Benacquista *Das Seifenopern-Quartett*

Aus dem Französischen
von Gisela Koschka und Helga Künzel

Tonino Benacquista

Das Seifenopern-Quartett

Roman

editionLübbe

Originalverlag: Editions Gallimard, Paris
Titel der Originalausgabe: SAGA

Aus dem Französischen von Gisela Koschka
und Helga Künzel

Schutzumschlag- und Einbandgestaltung:
Klaus Detjen, Holm bei Wedel
Satz: Kremerdruck GmbH, Lindlar
Gesetzt aus der DTL Documenta
Druck und Einband: Clausen & Bosse, Leck

Printed in Germany
ISBN 3-7857-1500-5

3 2 1

Inhalt

Er schrieb die Hörspiele der Reihe nach, wie sie gesendet wurden; ich stellte fest, daß er für jedes Kapitel kaum das Doppelte der Sendezeit brauchte, also eine Stunde.
Der Gynäkologe entbindet seine Nichte von Drillingen, und einer der Knirpse hat sich quergelegt.
Können Sie fünf Minuten warten? Ich mache einen Kaiserschnitt bei dem Mädchen, und dann gehen wir einen Kamillentee mit Pfefferminz trinken.

MARIO VARGAS LLOSA
Tante Julia und der Kunstschreiber

Literatur ist ein Luxus
Fiktion eine Notwendigkeit.

G.K. CHESTERTON

Anleihen bei Groucho, Bergman, Shaffer, Prévert
und einigen anderen.
Aber in erster Linie danke ich César, meinem Vater.

Dank auch an
Daniel, Jean-Philippe, Francis und Frédéric.

Die Vier

Louis

Sie lag ausgestreckt auf dem Parkett, die Stirn voll Blut, ihre linke Hand unter den Vorhängen verborgen.

»Ich habe Ihre Füße im Bild«, sagte der Fotograf vom Erkennungsdienst.

Der Oberinspektor trat einen Schritt zurück, damit der Mann Aufnahmen von der Leiche machen konnte.

»Wann ist es passiert?«

»Kann man hier vielleicht einen Kaffee machen?«

»Der Nachbar hat gegen sieben Uhr morgens Lärm gehört.«

»Können wir die Leiche wegschaffen?«

»Da brauchte eigentlich gar keine Leiche zu liegen – der Täter ist offenbar überrascht worden.«

Der jüngere der beiden Inspektoren hob die Augen vom Notizbuch, warf einen Blick auf seinen Kollegen und äußerte rasch eine Vermutung, damit ihm niemand zuvorkam.

»Das sieht nach dem Werk eines Einbrechers aus, der nur während der Ferienmonate arbeitet und Mist baut, wenn mal nicht alles nach Plan läuft.«

»Auf jeden Fall hatte er die Wohnungsschlüssel. Er wühlte eine Weile herum, stellte alles auf den Kopf und weckte dadurch das Opfer, das aufstand, um nachzusehen, was im Wohnzimmer los war.«

Das groteske Ballett um die Leiche herum hatte jetzt seinen Höhepunkt erreicht. Alle redeten durcheinander, keiner hörte dem anderen zu.

»Er ist in Panik geraten, hat den Aschenbecher auf dem Kaminsims gepackt und ihn der Frau zweimal auf den Schädel geschlagen.«

»Um so zuzuschlagen, muß er eine Heidenangst gehabt haben.«

»Weiß man schon, was gestohlen worden ist?«

Der junge Polizist deutete auf ein Kästchen mit Perlmuttintarsien: »Das, was hier drin war, höchstwahrscheinlich Schmuck. Sonst offenbar nichts.«

»Angehörige?«

»Keine Kinder. Sie lebte hier allein mit ihrem Mann. Der ist in Barcelona und kommt heute abend zurück.«

»Kann die Leiche jetzt endlich abtransportiert werden?«

»Wir werden keine Fingerabdrücke finden.«

»Die Concierge und die Zugehfrau haben Zweitschlüssel.«

»Bestellen Sie sie zu mir. Und den Nachbarn auch.«

Die Männer mit der Bahre traten in Aktion. Kaum war der Leichnam hinausgetragen, leerte sich der Raum schlagartig. Der Oberinspektor zog den Reißverschluß seiner Jacke hoch, sein Kollege schaute ein letztes Mal zum Fenster hinaus. Ein Hauch von Stille wehte durch den Raum – endlich. Es war fast elf Uhr. Die beiden wechselten ein paar Worte über das Mittagessen und über das Wetter. Sie mußten zunächst noch einmal aufs Kommissariat, und Didier, der jüngere, schlug vor, die großen Boulevards zu meiden und durch die Rue de Provence zu fahren.

»Kein schönes Ende …«

Die beiden Polizisten, die bereits auf dem Flur waren, drehten sich gleichzeitig nach der Stimme um.

»Wirklich, keiner würde gern so sterben, wie Sie es gerade beschrieben haben.«

In dem Zimmer, das die Polizisten eben verlassen hatten, saß Louis auf einem Stuhl, eingezwängt zwischen einem zum Bersten vollen Bücherregal und der Tür zu einem angrenzenden Büro. Es war ihm gelungen, sich wie ein Chamäleon seiner Umgebung anzupassen; eine seltsame Reglosigkeit und sein Anzug, der vom gleichen Braun war wie das Holz der alten Möbel, hatten ihn unsichtbar gemacht. Er sah sich nicht genötigt aufzustehen. Unerschütterlich, wie es seine Art war, blieb er sitzen. Didier fühlte sich bei einem Fehler ertappt. Er hatte den Eindringling einfach übersehen.

»Seit wann sind Sie hier?«

»Seit einer guten halben Stunde. Ich bin zufällig vorbeigekommen, und niemand hat mich bemerkt. Ich errege nur selten Aufmerksamkeit.«

»Und was tun Sie hier?«

»Ich gehöre gewissermaßen zur Familie. Vor zwei Jahren war ich noch mit ihr verheiratet. Sie hat sich scheiden lassen, um einen bekannten Schauspieler zu heiraten. Ich hätte ihr nie so eine Wohnung bieten können.«

»Wie heißen Sie?«

»Louis Stanick.«

Der Oberinspektor zog gereizt seine Jacke aus, ohne Louis dabei aus den Augen zu lassen.

»Sie sind also ganz zufällig hier vorbeigekommen?«

»Ich hatte eine geschäftliche Besprechung in der Nähe. Ich wußte, daß ihr Mann nicht da war, denn ich habe in der Zeitung über den Film gelesen, den er gerade in Spanien dreht. Ich hätte einfach zu ihr gesagt, ich sei zufällig vorbeigekommen, und dieses Mal hätte sie mich vielleicht hereingelassen.«

Der Oberinspektor wußte nicht, was ihn mehr aufregte, die unglaubliche Naivität des Mannes oder die unverfrorene Art, mit der er einfach über das Befremdliche der Situation hinwegging.

»Besitzen Sie einen Schlüssel zu dieser Wohnung?«
»Nein. Und ich habe ein Alibi für heute morgen.«
»Wir sind hier nicht in einem amerikanischen Fernsehfilm.«
Louis war seit kurzem fünfzig. Ein gerade geschnittener Schnurrbart und buschige Augenbrauen verliehen ihm ein ernstes Aussehen, dem seine lebhaft funkelnden Augen zu spotten schienen. Er stand auf, entrollte dabei seinen knorrigen Körper zu voller Länge und ließ seine Finger knacken. Seine klare Stimme hatte ganz tief in der Kehle etwas Trauriges.
»In einem US-Spielfilm wäre ich schon längst in Tränen ausgebrochen. Das spare ich mir lieber für später auf.«
»Ja, Sie haben recht...«, sagte Didier. »Aber Sie scheinen die ganze Sache recht gut wegzustecken – wie soll ich sagen...«
Mit einem Blick gab der Inspektor seinem jungen Kollegen zu verstehen, daß er sich diese Bemerkung hätte sparen können. Didier wunderte sich selbst über seine Worte.
»Da irren Sie sich. Es hat mir schon ganz schön zugesetzt: die offene Tür und der ganze Schwarm von Leuten um ihre Leiche. Was mich im Augenblick allerdings besonders bedrückt, ist Ihre Darstellung des Geschehens.«
Der Polizist holte tief Luft und beherrschte sich. Bei so einem konnte man nur improvisieren, auch wenn es Nerven kostete.
»Was ist mit unserer Darstellung des Geschehens?«
»Sie ist vielleicht wahrscheinlich, aber kaum realistisch. Glaubhaft, aber ohne den geringsten Anstrich von Wirklichkeit... Nein, das ist kein akzeptables Ende.«
»Wenn Sie irgendwelche Hinweise zu geben haben, tun Sie es.«
»Wer wird schon gern von einem kleinen Gauner mit dem Aschenbecher erschlagen und dann beraubt?«

»In unserem Beruf sieht man noch viel absurdere Tode.«
»In meinem nicht. Wollen Sie wirklich bei der Geschichte mit dem Schmuckkästchen bleiben?«
»Die wird uns ihr Mann bestätigen oder vielleicht die Zugehfrau.«
Was weiß denn schon die Zugehfrau, geschweige denn ein Ehemann, hätte Louis fast gesagt.
»Lisa haßte Schmuck. Das traf sich gut, denn ich hätte ihr in den zehn Ehejahren kein einziges Stück schenken können. Sie hat sogar während unserer Hochzeitsreise ihren Ehering verloren.«
»...?«
»Und wenn in dem Kästchen etwas anderes gewesen wäre. Etwas für sie sehr Wertvolles? Etwas, wonach der Täter bewußt gesucht hätte?«
»Wir gehen vorläufig nur von einem einfachen Einbrecher aus, der die Nerven verloren hat.«
»Da wüßte ich was Besseres.«
Louis sagte das ohne die geringste Spur von Ironie. Im Gegenteil, man spürte bei ihm den aufrichtigen Wunsch, alles richtig zu machen.
»Sie haben zehn Jahre mit ihr zusammengelebt. Also schießen Sie los!«
Ein Sonnenstrahl fiel auf die Lehne eines Sessels. Louis machte es sich darin bequem und kniff, von der Helligkeit geblendet, die Augen zusammen.
»Lisa hatte den leichtesten Schlaf der Welt. Keiner hätte die Wohnung plündern können, ohne daß sie es gemerkt hätte. Sie hat ihn gesehen. Er brauchte keinen Schlüssel. Sie selbst hat ihn hereingelassen.«
»Fahren Sie fort.«
»Der Kerl stellte die gleichen Überlegungen an wie ich. Er ist diese Nacht hier aufgetaucht, weil er wußte, daß ihr

Mann in Spanien war. Und um sieben Uhr morgens läßt man nur jemanden in die Wohnung, den man sehr gut kennt.«

»Einen Liebhaber?«

»Warum nicht? Ein Liebhaber, das würde zu ihr passen. Schon während der letzten zwei Jahre unserer Ehe hatte sie ein Verhältnis mit diesem Schauspieler, den sie dann heiratete.«

»Und was hätte der Liebhaber in diesem Kästchen suchen sollen?«

»Zur Zeit können wir ein oder zwei Vermutungen anstellen. Vielleicht eine dritte, aber die ist zu absurd, also kann man sie außer acht lassen. Stellen wir uns vor, der Liebhaber wollte ihr seinen Entschluß mitteilen, das Verhältnis zu beenden. Lisa, weit davon entfernt, so etwas zu vermuten, will endlich die unerwartete Gelegenheit nutzen, eine ganze Nacht mit ihm zu verbringen, ohne Gefahr zu laufen, von ihrem Mann überrascht zu werden. Aber der Liebhaber denkt gar nicht daran, ihr dieses Abschiedsgeschenk zu machen. Er kommt so spät wie möglich, im Morgengrauen, um sie vor vollendete Tatsachen zu stellen. Er hat sich vielleicht sogar zu einem Satz wie diesem hinreißen lassen: ›Ich hätte mir so gewünscht, daß du meine Geliebte wärst, aber ich war nichts als dein Liebhaber.‹ Das Problem ist, daß er noch gar nicht wirklich frei ist. Er muß seine Briefe zurückhaben.«

»Welche Briefe?«

»Die er ihr in der romantischen Anfangszeit ihrer Liebe geschrieben hat. Sie war ganz verrückt danach, sie brauchte solche Beweise, um sich geliebt zu fühlen. Für sie viel wertvoller als Schmuck! Ich weiß, wovon ich spreche, denn mit meinen Briefen habe ich sie erobert. Damals führte ich eine recht gewandte Feder.«

»Und wer sollte dieser Liebhaber sein?«

»Keine Ahnung, aber es ist ein verheirateter Mann. Conditio sine qua non. Sie hätte sich nie für einen jungen Verehrer interessiert, der sie so lange bedrängt hätte, bis sie frei gewesen wäre. Nur die Ambivalenz der Situation erregte sie, der doppelte Ehebruch. Der Schauspieler war ebenfalls verheiratet, als sie ihn kennenlernte. Und Lisa nahm nicht den erstbesten. Sie brauchte jemanden, der sie aufwertete, eine bekannte Persönlichkeit, etwa aus dem Showbusineß, verstehen Sie?«

»In etwa.«

Louis liebte es, das Ungewöhnliche als ganz alltäglich hinzustellen – alles eine Frage des Blickwinkels.

»Der Liebhaber mußte also diese Briefe um jeden Preis vernichten, sonst hätte Lisa sich ihrer mit Sicherheit bedient. Beim Durchwühlen der Schubladen stieß er schließlich auf das Perlmuttkästchen. Außer Gefahr, aber schon mit ein bißchen Wehmut, sagt er etwa: ›Jetzt bleibt noch das Schwerste zu tun, Lisa, dich zu vergessen, nur noch eine vage Erinnerung zu behalten und dann auch diese zu vergessen.‹ Rasend vor Wut droht Lisa, alles seiner Frau zu erzählen. Er gerät in Panik, sie schlägt ihn, er packt den Aschenbecher und …«

Stille.

Der Polizist betrachtete einen Augenblick lang das Perlmuttkästchen, dann bat er Didier, den restlichen Kaffee aus der Küche zu holen.

»Und diese Version des Hergangs gefällt Ihnen besser, Monsieur Stanick?«

Auch für den Inspektor gab es nun keinen Zweifel mehr: Dieser Mord war von anderem Kaliber. Ein Verbrechen aus Leidenschaft in der Schickeria zog auch er dem banalen Einbruch irgendeines Strauchdiebes vor.

»Ich weiß es nicht«, antwortete Louis. »Ich wäre froh, wenn mir das Rätsel ihres Todes endlich das Geheimnis ihrer Herkunft enthüllt hätte.«
»Was wollen Sie damit sagen?«
Didier erschien wieder, einen knapp gefüllten Becher in der Hand. Louis zog eine Zigarette aus der Packung, der Inspektor bat ihn ebenfalls um eine – Zeit, einander in die Augen zu blicken.
»Wußten Sie nicht, daß Lisa ein Findelkind war?«
Unaufgefordert fischte Didier seinen Notizblock aus der Tasche und überflog noch einmal die Informationen der Zentralkartei.
»Das stimmt. Lisa Colette, gefunden 1957 vor einem Krankenhaus in Caen, im Alter von zwei Jahren.«
»Im Waisenhaus bis zu ihrem sechzehnten Lebensjahr«, sagte Louis. »Damals kursierte das Gerücht, sie habe einen Bruder, aber man hat ihn nie gefunden.«
»Sie sind offenbar besser informiert als alle anderen.«
»Obwohl sie nicht viel von sich preisgegeben hat. Aber ihr Geheimnis machte mich noch verrückter nach ihr ...«
Mit wachsender Ungeduld forderte ihn der Polizist auf fortzufahren.
»Gut, stellen wir uns also folgendes vor: Der Bruder will mit seiner Schwester Kontakt aufnehmen.«
»Weil er Geld will?«
»Kaum, dann wäre er schon früher aufgetaucht.«
»Sentimentale Gründe?«
»Nach vierzig Jahren?«
»Also warum dann?«
»Es gibt nur einen einzigen Grund: Er braucht eine Knochenmark-Transplantation.«
»Wie bitte?«
»Finden Sie einen anderen Grund. Sie werden sehen, es

ist der einzig wahre. Und nur seine Schwester kann ihm helfen.«

»...?«

»Aber ein so bedeutender chirurgischer Eingriff bleibt nicht unbemerkt, und Lisa will nichts mehr von der Vergangenheit wissen, mit der sie auf einmal wieder konfrontiert wird. Sie lehnt rundweg ab. Ihr Bruder aber läßt nicht locker, denn es geht um sein Leben. Heute morgen versucht er es ein letztes Mal und fleht sie verzweifelt an. Sie weigert sich erneut. Da weiß er, daß er endgültig verurteilt ist zu sterben, aber eines steht für ihn fest: Dieses Miststück wird ihn nicht überleben.«

Wie ein Alkoholiker, der um jeden Preis versucht, nicht betrunken zu wirken, setzte der Ermittler seine ganze Polizistenehre darein, seine Überraschung zu verbergen. Dieser Mann schien das alles offenbar todernst zu meinen. Didier stand mit baumelnden Armen da und wartete die Reaktion seines älteren Kollegen ab.

»Sie hätte ihren eigenen Bruder zum Tode verurteilt?«

»Das war die einzige Möglichkeit sicherzugehen, daß er nie mehr bei ihr auftaucht!«

»Sie beschreiben uns ein Ungeheuer.«

»Nur Ungeheuer können Leidenschaften entfesseln.«

Der Polizist begann seine Routinebefragung ernsthaft zu bedauern, als Louis hinzufügte: »Wenn ich es mir allerdings recht überlege, kann ich Ihnen noch eine andere Version anbieten.«

Als hätte er es geahnt, verdrehte der Polizist die Augen und ballte eine Faust. Louis blieb unerschütterlich.

»Na dann los. Damit wir endlich fertig werden!«

»Was meinen Sie, Inspektor, wer kann den Tod eines Ungeheuers wollen?«

»...?«

»Ein anderes Ungeheuer«, sagte Louis.
Didier versuchte einen Seufzer zu ersticken, indem er ein Räuspern vortäuschte.
»Erinnern Sie sich an den Fall André Carliers?«
Keiner von beiden reagierte.
»Dieser Kriegsverbrecher, der von sämtlichen Polizeikräften gesucht wurde und 1957 in der Gegend von Caen verschwand? Man hat ihn nie gefunden.«
»Nie davon gehört!«
»Eines Tages habe ich in Lisas Handtasche einen alten Zeitungsausschnitt gefunden, der über diesen Fall berichtete. Das war natürlich kein Zufall. Sie war André Carliers' Tochter.«
Der Inspektor kam erst gar nicht dazu, seine Verblüffung zu zeigen.
»Sie glaubte ihn weit weg, vielleicht sogar tot, aber das Phantom kam schließlich doch zurück. Warum? Um vor seinem Tod ein letztes Mal sein geliebtes Kind zu sehen? Um sie zu erpressen? Oder um ihr vielmehr seine Kriegsbeute zu vermachen? Man weiß es nicht. Heute morgen ließ sie diesen Mann herein, den sie nie gesehen und der sie als kleines Kind ausgesetzt hat. Nach dem Wiedersehen, über das man nie etwas erfahren wird, tötete er Lisa durch Schläge auf den Kopf.«
»Und warum wird man nie etwas darüber erfahren?«
»Versetzen Sie sich in die Rolle des Vaters. Er hat seine Vergangenheit nie gesühnt, er ist alt, wird gejagt, und seine einzige Hoffnung ist, seine Tochter noch ein letztes Mal zu sehen. Glauben Sie, daß er eine Szene, wie sie sich heute morgen hier abgespielt hat, überleben würde? In den nächsten Tagen sollten Sie an den Ufern der Seine patrouillieren, es könnte gut sein, daß dort die Leiche dieses Verbrechers angespült wird.«

Der Inspektor verschränkte die Arme, sein Blick war abwesend. Nachdenklich. Didier öffnete seinen Block und notierte etwas.
Als Louis die Kreideumrisse der Leiche auf dem Boden betrachtete, trübte sich sein Blick zum ersten Mal. Vielleicht wurde ihm in diesem Moment bewußt, daß er Lisa nie wiedersehen würde.
»Monsieur Stanick, ich muß einen Bericht schreiben. Alles, was Sie gesagt haben, wird darin festgehalten.«
»Nicht nötig, Herr Inspektor. Vergessen Sie alles, was ich Ihnen erzählt habe.«
»Vergessen?«
Louis schloß die Augen, um seine Tränen zurückzuhalten. So gewann man immer etwas Zeit.
»Sie haben wahrscheinlich recht, Herr Inspektor. Lisa ist von einem einfachen Dieb getötet worden.«
»...?«
»Aber in meinem Beruf kann man sich schwer vorstellen, daß jemand so sinnlos stirbt. Vor allem jemand, den man geliebt hat. Man wünscht ihm einen spektakuläreren Tod.«
Langsam ging Louis in Lisas Zimmer. Die beiden folgten ihm verwirrt.
»Und ... was sind Sie von Beruf?«
Einen Augenblick lang herrschte Stille. Dann kniete Louis vor dem Bett nieder.
»Ich bin Drehbuchautor.«
Er schob die Hand unter die zerwühlten Laken und vergrub sein Gesicht im Kopfkissen.

Mathilde

Die Liebe.

Die Liebe hatte Mathilde nie auch nur einen Pfennig eingebracht. Oder vielleicht gerade mal soviel. Sie hatte ihr zwanzig Jahre lang gedient, sie hatte emsig wie eine Biene an ihr gearbeitet, sie hatte versucht, das Beste aus ihr herauszuholen. Die Liebe, das war ihr Beruf, sie kannte alle Tricks und Kniffe. Manchmal erfand sie auch Neues. Bevor die Liebe sich ihr ganz hingab, bedrängte sie sie mit ihren Launen und Eigenarten. Von morgens bis abends, Tag für Tag. Wozu sollte man die Stunden zählen, wenn es um Liebe ging? Hatte die etwa Zeit zu schlafen? Oder Urlaub zu nehmen? Die Liebe verlangte ständig nach mehr und würde nie als erste geben. Mathilde konnte in ihrem Fundus unbekannte Schätze der Zärtlichkeit finden. Zwanzig Jahre im Dienste der Liebe hatten sie gelehrt, daß die Hingabe tief und unerschöpflich war.

Auf jeden Fall war die Liebe das einzige, wozu sie taugte. Victor bestätigte ihr das jeden Tag von neuem.

»Dein Talent ist ein Geschenk des Himmels. Du kannst zwar nur das eine, aber das machst du dafür verdammt gut!«

Letztlich hatte sie sich an seine Vorstellung gewöhnt, eine Hohepriesterin der Liebe zu sein, wie er ihr mit Vergnügen vorgaukelte: eine Hexe der Herzen, eine Magierin der Leidenschaften und eine Botin der Inbrunst. Ihm waren alle Mittel recht, wenn es darum ging, sie bei Lust und Laune zu

halten. Sie glaubte einfach *alles*, was Victor sagte. Und das seit dem ersten Tag.
Nicht eine Sekunde lang hatte sie daran gedacht, sich der Falle zu entziehen, die in seinem Blick lag. Mathilde hatte auf der Stelle ihr Tagebuch zugeklappt, in jenem Moment in einem Bistro an der Place des Vosges. Mit dem Charisma eines Predigers, der seinen Glauben verloren hat, wußte er ihr Midinettenherz zu umgarnen. Und wurde so ihr erster Liebhaber, noch am gleichen Tag. Sie war noch nicht einmal achtzehn. Aber er hätte sie nie im Leben länger als einen Nachmittag bei sich behalten, wenn sie nicht so schnell ihre außerordentliche Begabung in allen Dingen gezeigt hätte, die die Liebe an Gutem und Schlechtem zu bieten hatte.
Zehn Jahre Glück. Sie an ihrem Werk, er beim Kassieren. Es hört sich wie ein Lied aus der »Dreigroschenoper« an. Er wußte sie zu beraten und ihr all die Annehmlichkeiten zu bieten, die sie brauchte, um ihr Handwerk ungestört ausüben zu können. Manchmal führte er sie aus, um sie auf andere Gedanken und etwas mehr Farbe in ihr Gesicht zu bringen. Nur eine kleine Aufmerksamkeit war nötig, um ihr, die sich nichts sehnlicher wünschte, nicht »Ich liebe dich« sagen zu müssen.
Das alles war Gewohnheit geworden, trostlos vorhersehbar. Jede dritte Woche kreuzte er in ihrem Zimmer in der Rue Monsieur-le-Prince auf, um die Früchte ihrer Arbeit zu ernten. Sie ließ sich von ihm fünf Minuten lang auf der Bettkante nehmen, ohne je mehr zu fordern. Für die kommenden zehn Jahre hatte sie noch genug von dem zu bieten, was er liebte. Und daran hielt sie sich fest, trotz seiner Heirat mit der erstbesten und den zwei Kindern, die anschließend auf die Welt kamen. »Die Liebe hat nichts mit der Familie zu tun«, pflegte er zu sagen. Letzten Endes

hatte sie ihm geglaubt. Als sie dreißig war, hatte er aus ihr eine Mätresse gemacht, der man nichts mehr versprechen mußte.

Mathilde arbeitete mit noch mehr Hingabe weiter. Sie war sich selbst nicht sicher, ob sie Victor auf diese Weise vergessen oder glücklich machen wollte. Er wollte immer mehr und bat sie hin und wieder, das alltägliche Einerlei mit etwas mehr Pfeffer zu würzen.

»Pfeffer ...? Was meinst du damit?«

»Phantasien, leidenschaftliche Hitze, verdammt noch mal! Laß das Tier in dir raus!«

Mit vierzig hatte Mathilde alles akzeptiert. Sie hatte ihre Jugend geopfert und die Kinder, die sie nun nie mehr haben würde. Und wofür das alles?

Für die Liebe?

»Schatz, es tut mir leid. Ich konnte noch nicht einmal tausend Exemplare von der ›Vergessenen Geliebten‹ an den Mann bringen.«

»Aber Victor ... Ich habe alles getan, was du von mir verlangt hast. Ich habe all diese Kapitel über das Eros-Center eingebaut.«

»Ich weiß, daß du dich bemüht hast, aber für Titten und Ärsche interessiert sich kein Mensch mehr.«

»Es liegt an meinem Pseudonym. Wer will schon den neuen Roman von Clarisse Grandville lesen? Den nächsten werde ich als Patty Pendelton schreiben. Sie hat schon lange nichts mehr veröffentlicht.«

Patty Pendelton. »Herzeleid«, »Ein Herrensitz ohne Liebe«, »Jene, die dort wartet«. Fünfunddreißigtausend Exemplare von jedem Titel. Patty Pendelton und ihre plötzlichen Schicksalsfügungen, ihre grenzenlose Romantik und ihre Landhäuser in Sussex.

»Das war vor fünfzehn Jahren, Mathilde. Heute würdest

du nicht einmal den Papierpreis damit wieder reinkriegen.«

»Und Sarah Hood? Ihre Fans warten ungeduldig auf die Fortsetzung der Liebesabenteuer von Janice.«

»Janice und die Herzdame«, »Janice zieht in den Krieg«, »Janice und ihre Schwester«, »Janices' Vermächtnis«. Und all die vielen anderen.

»Was willst du jetzt ausbrüten? ›Janice im Internet‹? ›Janice verliert ihr künstliches Gebiß‹? Niemand interessiert sich für das blöde Geschwätz dieser dummen Gans.«

»Ich werde die Serie ›Ekstase‹ wieder aufnehmen.«

»Schwefelträume«, »Tropenfieber«, »Andrea, das Kind der Wildnis«, »Die Oase der Lüste« und so weiter und so fort. Hinter ihrem Schreibtisch sitzend, lachte Victor höhnisch und schnappte sich ein Buch aus dem Regal an der Wand. »Du und Sex? Soll ich dir irgendeine beliebige Stelle aus ›Die Skandalöse‹ vorlesen? ›Unter Davids kundigen Händen fühlte Edwina ihren Willen schwach werden. Sie wußte, daß sie sich ihm früher oder später hingeben würde. Jetzt war es soweit, endlich. Sie kniete vor dem geliebten Mann nieder, und ihre Lippen näherten sich seiner Lanze.‹ Lanze! Man muß mindestens sechzig sein, um verstehen zu können, um was es dabei geht, verdammt noch mal. Dein altbackener Charme interessiert nicht mehr. Und das schlimmste daran ist, daß du nicht einmal schuld bist. Wie soll man dir diese reizlosen ›Ekstasen‹ abnehmen, dir, die gerade mal zwei Stellungen kennt. Und die zweite kommt nur an höheren Feiertagen dran.«

»...«

»Mathilde, es tut mir leid, aber du mußt dein letztes Manuskript überarbeiten.«

»Was hast du gesagt?«

»So werde ich es nicht veröffentlichen.«

»…?«
»Wenn ich den Umsatz nicht steigern kann, muß ich Anteile der Firma verkaufen. Aber ich habe zu sehr gekämpft, um sie jetzt mit Fremden zu teilen.«
Bleich und atemlos beugte sich Mathilde über den Schreibtisch, um Victors Hand zu packen.
»Der Phoenix-Verlag, das sind wir beide… Seit zwanzig Jahren. Wir haben diese Firma zusammen gegründet… Du bist zwar der Chef, aber ich habe dir die ersten Bücher geliefert, ohne Vorschuß, ohne Vertrag – beides habe ich heute noch nicht. Wir haben immer in vollem gegenseitigen Vertrauen gearbeitet… Wir waren doch immer ein Team, oder?«
Sie wartete darauf, daß er ihr Lächeln erwiderte. Aber er sah an ihr vorbei. Wahrscheinlich aus Verlegenheit. Oder aus Abscheu.
»Überarbeite den Text. Morgen bekommst du das, was ich dir für ›Die vergessene Geliebte‹ noch schulde.«
Sie legte ihre eiskalte Hand an die Stirn. Eine typische Janice-Geste, sensibel und kitschig, in der Art sich aufopfernder Liebender.
»Ich muß anderen Autoren eine Chance geben, so wie ich sie dir gegeben habe. Sie haben einen zeitgemäßen Stil, näher an den Wünschen der Leser. Meine Liebe, du hast in letzter Zeit zuviel gearbeitet. Mach Urlaub. Versuch eine Zeitlang, etwas anderes zu tun.«
Sie hielt sich an der Sessellehne fest, um nicht das Gleichgewicht zu verlieren. Niemals war sie ihren Heldinnen so ähnlich gewesen, so schön und so verletzlich zugleich.
»Aber ich kann doch nichts anderes…«
»Du wirst es schwer haben, deine Texte an den Mann zu bringen, Mathilde. Ich kenne keinen Verleger, der sich dafür erwärmen könnte.«

Es wäre ihr lieber gewesen, wenn er sie blutig geschlagen hätte.

»Aber wie soll ich leben?«

»Schreib Groschenromane oder Liebesgeschichten fürs Fernsehen. So schwer ist das nun auch wieder nicht. Oder heirate. In deinem Alter findest du noch jemanden. Warum sollte die Liebe für alle anderen da sein, nur nicht für dich?«

Jérôme

Deathfighter beugt sich über den in ein orangefarbenes Gewand gehüllten Mönch, der vor einer riesigen Buddhastatue betet. Weltuntergangsmusik. Eine Explosion erschüttert die Tempelmauern; unter ihren Füßen öffnet sich die Erde.
»Sag mal, wie schnell kann man lernen, die Schwerkraft außer Kraft zu setzen, Mann?«
Eine bläuliche Flüssigkeit dreht sich wie eine Windhose über dem Buddha, der nun die Augen öffnet. Dann erscheint Jinzos Gesicht. Deathfighter glaubt seinen Augen nicht zu trauen und schnappt sich den Mönch, um mit ihm das Weite zu suchen, bevor die letzte Mauer über ihnen zusammenbricht. Sie laufen aus dem Tempel und sind mitten im Herzen von Los Angeles.
Wieder zum Mensch geworden, verschwindet Jinzo in einem Wolkenkratzer. Verfolgung durch alle Stockwerke, Kämpfe mit den Fäusten. Deathfighter springt mit Jinzo ins Leere und kann sich an einem Baukran festhalten. Bauarbeiter lassen eine Dynamitladung hochgehen und sprengen den Wolkenkratzer. Jinzo ist in den Trümmern verschwunden. Deathfighter schüttelt sich wie eine nasse Katze und blickt vom Kran aus in die Nacht, die sich jetzt über Los Angeles senkt.
Schlußmusik.
Abspann.

Der Saal war voller aufgeregter Kinder, die nun dem Ausgang zustrebten. Die übrigen Zuschauer blieben bis zum Ende des Abspanns und gingen dann im Halbdunkel auf die Pendeltür zu. Als das Licht wieder anging, saß Jérôme mutterseelenallein inmitten einer Sesselwüste. Bleich wie ein Betttuch stand er auf und blickte sich suchend nach einem Ort um, wo er sich übergeben könnte. Eine Platzanweiserin, die ihn schwanken sah, folgte ihm in die Toilette und zog für ihn einige Papiertücher aus dem Spender.
»Hat der Film Sie so mitgenommen?«
»Ich nehme an, daß er prima läuft?«
»Und wie! Stallone und Schwarzenegger zusammen in einem Film! Die Mittagsvorstellung war ausverkauft, und am Abend werden wir eine ganze Menge Leute wegschicken müssen. Und für die gesamte Woche nehmen wir keine telefonische Reservierung mehr an.«
Jérôme hielt seinen Kopf unter den kalten Wasserstrahl, als müsse er nüchtern werden. Dabei lag sein letzter Rausch länger als drei Wochen zurück. Aus der Tasche seines alten Regenmantels holte er ein Exemplar der Zeitschrift »Le Film français«. Aus der anderen Tasche ragte ein rundes, blaubemaltes Holzstück hervor. Die Platzanweiserin wäre nie im Leben auf die Idee gekommen, daß es sich dabei um einen Bumerang handelte.
»Ich habe hier drin gelesen, daß der Film in Amerika mehr Zuschauer hatte als ›Batman‹. Wissen Sie, wieviel die Figur des ›Deathfighter‹ seinem Erfinder eingebracht hat? Vier Millionen Dollar!«
»Um so besser für ihn«, erwiderte sie.
Jérôme hatte Lust, sie zu ohrfeigen. Er hätte in diesem Moment auf jeden einschlagen können, sogar auf eine unschuldige Frau.

—

Ohne einen Sou in der Tasche, fragte er sich, wie er Tristan diesen Abend und die kommenden Tage ernähren sollte. Fünfunddreißig Franc für »Le Film français«. Vierzig für die »Deathfighter«-Vorstellung in einem Kino auf den großen Boulevards. Er bedauerte, sich nicht durch den Notausgang eingeschlichen zu haben, aber er hatte einfach nicht anders gekonnt, er war zur Kasse gestürzt. Um ihn zu sehen. Um *diesen* Film zu sehen.

Während er auf den Einbruch der Dunkelheit wartete, flüchtete er in den Bois de Boulogne, wie schon so oft in den letzten Monaten des Umherirrens. Ungefähr hundert Meter vom See entfernt, auf einer einsamen Wiese zog er seinen Bumerang aus der Tasche. Ein perfekter Windhauch kam aus genau der richtigen Richtung.

Wirf, mein Freund, vergiß diesen Schweinehund, du hast nicht alles verloren, es bleiben dir Tristan und der Bumerang, was ist das denn schon, vier Millionen Dollar!

Schon beim ersten Wurf glitt das Gerät auf einer so wunderbaren Linie durch die Luft, daß Jérôme nur fünf Meter nach links laufen mußte, um es im Flug aufzufangen.

Noch mal, denk nicht an diesen Schuft, das frißt dich innerlich auf, und heute abend hast du nicht mehr genug Galle, um sie ihm ins Gesicht zu spucken. Wirf!

Der Bumerang war wie sein Regenmantel das letzte Überbleibsel eines früheren Lebens, das er niemals zu bedauern gedachte. Er hatte ihn selbst gemacht, wie ein Fragezeichen, und Tristan hatte ihn in den Farben der amerikanischen Flagge bemalt. Ein kleines Schmuckstück, das seine Flugbahn dreißig Sekunden lang einhalten konnte. Genug, um sich vorzustellen, daß es nie mehr zurückkommen würde.

Noch einmal! Wirf, bis du dir den Arm ausrenkst. Nichts bleibt ungesühnt. Auch Dreckschweine werden irgendwann zur Kasse gebeten.

Als er gerade zum Wurf ausholte, spürte er ein seltsames Gefühl tief in seinem Bauch.
Nichts bleibt ungesühnt…
Wie eine Säure, die ihm den Magen auffraß.
Nichts bleibt ungesühnt…
Wie ein glühendes Brenneisen in seinen Gedärmen.
Nichts bleibt ungesühnt…
Das Brennen war so stark, daß Jérôme bedauerte, sich nicht noch einmal übergeben zu können. Er hatte *Mister Vengeance* erfunden, gerade weil ihm die Idee des Ungesühnten zutiefst zuwider war. Jeder wird einmal zur Kasse gebeten. Das ist ein göttliches Gesetz.
Und dennoch, ein entsetzlicher Zweifel zog an seinen Eingeweiden:
Und wenn das Ungesühnte doch existiert?

—

Er setzte sich für einen Augenblick auf die Bank einer Bushaltestelle an den Champs-Elysées. Auf der anderen Straßenseite sah er durch die breite Glasfront Schatten, die ihre Champagnergläser aneinanderstießen. Direkt neben ihm betrachtete eine Frau ununterbrochen ihre zerrissenen Tennisschuhe und ihre verblichenen, zerschlissenen Jeans. Jérôme blickte zu den Silhouetten im Smoking hinüber. Hemdbrüste, die leuchteten wie Glühwürmchen. Oben gingen schließlich die Lichter aus. Er überquerte die Straße und stellte sich unten ans Haus, wo die Lieferwagenfahrer vom Partyservice mit dem Einpacken begannen. Jérôme bückte sich nach einer Einladungskarte im Rinnstein und lehnte sich an die weiße Mauer der Metrostation Georges V.

Die Produktionsgesellschaft
BLUE-STAR PICTURES
freut sich, Sie zur Erstaufführung des Films
DEATHFIGHTER
von Norman van Vuys einzuladen.
Mit Sylvester Stallone und Arnold Schwarzenegger

Einige Gäste traten auf die Straße, allen voran Yvon Sauvegrain, leicht angetrunken, die Smokingjacke über die Schulter geworfen. Einer schlug vor, das Fest woanders weiterzufeiern, und Sauvegrain setzte sich begeistert zu der kleinen Schar der Gäste in den Fond eines Mercedes.

Da brüllte jemand vom Eingang der Metrostation seinen Namen. Sauvegrain erkannte Jérôme sofort. Nach einer Schrecksekunde beruhigte er die anderen mit einer Handbewegung: »Warten Sie eine Moment auf mich.«

Er stieg aus dem Auto und ging mit raschen Schritten auf Jérôme zu, während seine Hand nach der Brieftasche fingerte.

»Nehmen Sie das und verschwinden Sie. Ich verabscheue Leute, die sich lächerlich machen.«

Völlig verblüfft starrte Jérôme auf einen Fünfhundert-Franc-Schein in seiner Hand.

»›Mister Vengeance‹ hat Ihnen vier Millionen Dollar eingebracht! Das habe ich in der Zeitschrift »Le Film français« gelesen. Dort heißt es in einem langen Artikel über das Drehbuch: Vollständig von einem französischen Autor geschrieben und direkt an Hollywood verkauft. Und dieser Autor sind Sie!«

»Passen Sie auf, sonst verlieren Sie auch noch das bißchen, was Ihnen geblieben ist.«

»Zwei Jahre! Ich habe es Ihnen vor zwei Jahren geschickt, und Sie haben mich so lange daran herumfeilen lassen, bis es genau dem Drehbuch des Films entsprach, den ich heute gesehen habe. Sie haben nur den Titel geändert!«

»In dieser Branche wird jeder einmal übers Ohr gehauen. Betrachten Sie es als Ihre Taufe. Ihre Luxustaufe, wenn Sie so wollen. Es ist ein Beruf, in dem Naivität und Dummheit gleichbedeutend sind, und für Dummheit muß man immer bezahlen. Wie dämlich von Ihnen, Ihr Drehbuch an einen Kollegen zu schicken, ohne es vorher urheberrechtlich schützen zu lassen. Das war natürlich das erste, was ich getan habe, als ich Ihr Drehbuch bekam.«

Jérômes Hand fuhr in seine Manteltasche und umklammerte den Bumerang.

Für eine Sekunde schloß er die Augen und sah in Zeitlupe vor sich, wie das Wurfholz Sauvegrains Gesicht zerschmetterte. Das Bild war gestochen scharf: durch den Schock verzerrte Gesichtszüge, Blut aus einer aufgeplatzten Augenbraue, eine zerschnittene Lippe. Das alles in Farbe und Cinemascope. So etwas hätte ihn von seinem Schmerz befreit. Aber ein einziger Umstand hinderte ihn daran. Dieser Umstand war Tristan.

»Ich hätte nie geglaubt, daß jemand zu so etwas fähig sein könnte.«

»Willkommen im Club.«

Sauvegrain wollte zu den anderen zurückgehen, aber Jérôme hielt ihn am Arm fest.

»Ich habe einen Bruder, dem es nicht gerade gutgeht. Ich stehe mittellos auf der Straße ...«

»Der Kultusminister hat mich persönlich dazu beglückwünscht, daß ein französischer Autor den Amerikanern gezeigt hat, daß wir wie sie schreiben können. Er hat mir sogar vorgeschlagen, ihm einen Bericht über die Drehbuchkrise in Frankreich zu schreiben. Also sparen Sie sich Ihre Drohungen!«

Jérôme versuchte noch einmal, ihn zurückzuhalten, aber dieses Mal erwischte ihn Sauvegrains Handrücken mitten im Gesicht.
»Die Amerikaner reden schon von ›Deathfighter 2‹. Ich werde Sie schmerzlich vermissen, Jérôme.«

Ich

Wer von uns vieren ist der Schüchternste? Bestimmt ich, wenn ich an die schlaflose Nacht vor diesem Treffen denke. Aber bei keinem von uns hat man den Eindruck, er fühle sich in seiner Haut völlig wohl. Wir sitzen da wie die Ölgötzen auf zwei sich gegenüberstehenden Sofas und machen nicht einmal den Versuch, uns kennenzulernen.

Mathilde Pellerin stellt sich offenbar die Frage, was sie hier eigentlich macht. Ein- oder zweimal hat sie sich aufgesetzt, als wolle sie gehen, offenbar ohne selbst zu wissen, was sie davon abhält. Was sie tatsächlich an dieser Situation stört, ist meiner Ansicht nach rein physischer Natur: drei männliche Körper, die sich rücksichtslos in diesem schäbigen Büro breitgemacht haben. Drei unbekannte, forschende Augenpaare.

Bei Jérôme Durietz jedoch weiß man ganz genau, warum er wie angenagelt auf dem Sofa sitzen bleibt: Er braucht Geld. Manche Leute können gegenüber ihrer eigenen Armut eine hochnäsige Verachtung entwickeln, aber Durietz gehört nicht zu dieser Spezies. Die kleinste Bewegung verrät ihn. Er versuchte seine Manschetten zu verstecken, als er uns die Hand schüttelte. Vor dem Kaffeeautomaten tat er so, als suche er in seinen Taschen nach Kleingeld, und als ich ihm schließlich einen Kaffee spendierte, hat er ihn mit solchem Genuß geschlürft, als hätte er schon ewig keinen mehr getrunken. Ich hatte Lust, ihm etwas Geld zu leihen, nur um diesen angespannten Ausdruck aus seinem Gesicht weichen zu sehen, denn seine Art, keine Sekunde ungenützt verstreichen zu lassen, ist mir sehr schnell auf die Nerven gegangen. Gott allein weiß, wo sie den gefunden haben.

Louis Stanick aber ist derjenige, der mich am neugierigsten gemacht hat. Der einzige, der mit einer kleinen Ansprache, wie ein Gymnasialdirektor zu Beginn des Schuljahrs, versucht hat, die Atmosphäre etwas zu lockern. Wahrscheinlich ein Privileg des Alters. Er ist knapp über fünfzig, groß und hält sich kerzengerade. Mit seinem Schnurrbart und der Schildpattbrille sieht er ein bißchen aus wie Groucho Marx. Er ist der einzige von uns, dessen Namen ich im Lexikon gefunden habe. Ihm sind fünf Zeilen im »Larousse du Cinéma« gewidmet: Offensichtlich hat er in den Sechzigern viel in Italien gearbeitet, aber die Titel in der Filmographie sagten mir nichts. Zurück in Frankreich, hat er einen Spielfilm geschrieben, der nie gedreht wurde. Danach nichts Besonderes mehr, bis er nun in diesem seltsamen Büro auftauchte. Sein Lebenslauf ist so kurz, daß er auf einem Zigarettenpapier Platz fände. Obwohl meiner bisher auch nicht länger als eine Zeile ist, schwöre ich mir innerlich, nicht wie Louis Stanick zu enden.

Niemand macht den Versuch, die Stille zu durchbrechen. Ich stehe auf und blicke aus dem Fenster. Wir sind in einem dreistöckigen Haus in der Avenue de Tourville im siebten Arrondissement. Der Raum, in dem wir uns befinden, ist, abgesehen von den beiden Sofas und dem Kaffeeautomaten, erschreckend leer. Die früheren Bewohner haben sich offenbar in einer Nacht-und-Nebel-Aktion aus dem Staub gemacht und alles von Wert mitgenommen. Durch eine Trennwand, die von der Hüfte an aufwärts aus Glas besteht, kann man alles sehen, was sich im Flur abspielt. Und was sich dort im Moment ereignet, übersteigt mein Fassungsvermögen. Vielleicht liegt es an der Müdigkeit, der Ungeduld oder am Streß, auf jeden Fall habe ich den Eindruck, eine Fuhre kleiner Blondschöpfe vorbeiziehen zu sehen. Mal sieht man eine Stirn, dann wieder ein Paar Augen oder eine Mütze, aber nichts paßt richtig zusammen. Das Klingeln des Telefons unterbricht die dumpfe Stille und lockert die angestaute Spannung auf. Stanick hat den Hörer abgehoben und eine Sekunde später, nachdem ihm eine Sekretärin der Produktionsfirma mitgeteilt hat, daß sich unser Meeting um zwei Stunden verzögert, wieder aufgelegt.

»Jetzt sitzen wir hier schon seit einer Stunde unverrichteter Dinge«, sagt Durietz.

Schicksalsergeben zuckt Stanick mit den Schultern. Geduld scheint für ihn zu einer Ganztagsbeschäftigung geworden zu sein.

»Denen sind wir doch total egal!« sagt Mathilde Pellerin.

Ich hätte Lust, ihr zu erwidern, daß ich fünfundzwanzig Jahre alt bin und mein ganzes Leben vor mir habe, um auf ein so wichtiges Treffen zu warten. Sie steht lieber auf und geht hinaus, ohne uns mit ihrer altmodischen Empörung zu verschonen.

»Schade, sie roch gut«, sagt Stanick.

Jérôme sitzt jetzt allein auf dem Sofa. »Kann ich eine Runde pennen? Ich leide in letzter Zeit unter Schlaflosigkeit.«

»In unserem Job könnte man das fast als Vorteil ansehen«, sagt Stanick. »Machen Sie es sich bequem. Ich wecke Sie in eineinhalb Stunden.«

In weniger als zwei Minuten schläft Durietz so tief, daß es eine Freude ist, ihm dabei zuzusehen.

»Nur Kinder können so schlafen.«

»Kinder und Chinesen«, erwidere ich. »In Peking sieht man

Typen in jeder Situation schlafen: über einem Fahrradlenker, in einem überfüllten Restaurant, zwischen zwei Haltestellen im Bus.«
»Waren Sie oft dort?«
»Nein, noch nie. Man hat es mir erzählt.«
Ich sitze jetzt in einer Ecke, von der aus ich die Dinge im Flur durch eine Glastür sehen kann. Aber wenn man die Wirklichkeit sieht, wirkt sie noch verwirrender.
»Monsieur Stanick, was bedeutet Ihrer Meinung nach dieser Zwergenauflauf im Flur?«
»Ach, das? Das ist ›Prima‹, eine Casting-Agentur, die ihre Büros am Ende des Flurs hat. Ich bin vorhin hingegangen, weil ich genauso neugierig war wie Sie. Sie suchen Schauspieler für einen amerikanischen Film, der zum Teil in Paris spielt. Sie brauchen zweihundert erwachsene Zwerge, möglichst blond und zweisprachig.«
»Um was geht es?«
»Das konnten sie mir nicht sagen. Der Arbeitstitel lautet ›Pandémonium‹. Darin ist eine Szene mit Zwergen und einem Haufen gigantischer Weiber von strotzender Mütterlichkeit vorgesehen.«
»Barock...«
»In punkto Symbolik haben sich die Amis nie gescheut, aus dem vollen zu schöpfen. Das ist eine ihrer Stärken.«
Schweigen.
Wenn wir noch zwei Stunden auf den Produktionsleiter warten müssen, brauchen wir neuen Gesprächsstoff.
»Sagen Sie mal, die Sache hat doch einen Haken, oder?«
»Marco, lassen Sie mich raten. Sie haben weder fürs Fernsehen gearbeitet noch für irgendwen sonst, und Sie verstehen nicht, warum man sich für diese mysteriöse Serie, die im Herbst ausgestrahlt werden soll, ausgerechnet an Sie gewandt hat.«

»Doch, doch, ich habe schon für diesen Sender gearbeitet. Ich habe die französischen Dialoge des japanischen Zeichentrickfilms ›Herren des Universums‹ überarbeitet. Und ich habe einige Exposés für ›Zwei Bullen in der Hölle‹ vorgeschlagen, sie wurden allerdings nie gedreht.«
Er fragt mich, ob ich dafür bezahlt wurde.
»Ich habe ein miserables Honorar für den Zeichentrickfilm bekommen und für den Rest nichts.«
»Na, sehen Sie, jetzt wissen Sie, warum man Sie kommen läßt. Diese Leute wissen, daß Sie für eine lächerliche Summe alles annehmen.«
Er hat natürlich recht. Und ich bin durchaus dazu fähig, mich ein zweites Mal über den Tisch ziehen zu lassen. Aber das macht nichts. Ich, Marco, will Drehbuchautor werden. Das ist das einzige Ziel in meinem Leben, und wahrscheinlich sieht man mir das an. Ich würde meine Seele an jeden verkaufen, der mir eine Tür öffnet. Ich bin bereit, alle Beleidigungen zu schlucken, die schlechtesten Sachen zu schreiben, ganz mies oder überhaupt nicht bezahlt zu werden. Das ist mir alles egal. Eines Tages werden sie mir aus der Hand fressen, sie wissen es nur noch nicht.
»Und Sie, warum bleiben Sie, Louis?«
Ich spüre, daß er zwischen einer Redensart und einem Anfall von Aufrichtigkeit schwankt.
»Weil ich das bin, was man gemeinhin einen ›has-been‹ nennt. Mich um diesen Job zu bewerben, ist meine Art zu betteln. Mein Zenit ist seit langem überschritten, und heute nehme ich ohne Vorbehalte alles an, was man mir bietet. Ich bin wie ein alter Ackergaul, den man am Leben hält, weil er den Weg kennt und wenig Futter braucht. Und außerdem ist es das einzige, was ich kann.«
»Was?«
»Abenteuer am laufenden Band zu produzieren.«

Im Tiefschlaf dreht sich Durietz auf dem Sofa um. Eine neue Fuhre strohblonder Zwerge geht durch den Flur, todernst, bereit, ihr Bestes zu geben. Stanick steckt zwei Franc in den Kaffeeautomaten und reicht mir einen Becher. Seiner Meinung nach gehört das Gebäude dem Fernsehsender, der es sich mit der Casting-Agentur »Prima« und dem Besitzer einiger Schneideräume im letzten Stock teilt. Gestern hat mich der Produzent am Telefon gefragt, ob ich sofort verfügbar sei. Ich habe nicht kapiert, warum man mich für einen dringenden Fall benötigt.

»Hören Sie zu, Marco, wir dürfen nicht die Augen vor der Realität verschließen. Wenn ein Sender in ein und demselben Büro einen jungen, erfolgshungrigen Drehbuchautor, eine Schnulzenschreiberin, einen hundemüden Clochard und einen alten ›has-been‹ wie mich zusammentrommelt, dann ist auf jeden Fall etwas faul!«

Normalerweise bringe ich Zynikern keine Sympathie entgegen. Vor allem nicht dann, wenn sie naive Leute wie mich aufs Korn nehmen. Aber seine Art, die Unterhaltung allmählich auf eine spiegelglatte Eisfläche zu lenken, hatte etwas Verführerisches. So als wolle er bereits eine Arbeitsatmosphäre herstellen, die von vornherein von jeglichem Lügengespinst und jeder Selbstüberschätzung frei ist. Deshalb hatte der Naive in mir Lust, ihm weiter zuzuhören. Mit einem Anflug von Ehrlichkeit wagte ich zu äußern, daß es mir unmöglich sei, diesen Job auf die leichte Schulter zu nehmen. Die Geschichte zu respektieren, die man sich ausdenkt, heißt, die Zuschauer und sich selbst zu respektieren. Die zweifelhafte Moral der Auftraggeber ist dabei zweitrangig.

In der folgenden Stunde hatte ich genügend Zeit, ihm zu erzählen, daß ich praktisch vor dem Fernsehgerät geboren wurde. Und dabei handelt es sich nicht nur um eine Redensart. Das erste Bild, an das ich mich richtig erinnern kann, ist nicht die Brust meiner Mutter, sondern ein flimmerndes Rechteck, das mich unwiderstehlich in seinen Bann schlug. Der Fernseher war mein Babysitter, meine schulfreien Nachmittage, die Entdeckung der Welt und ihres Laufs vor meinen verwunderten Augen. Der Fernseher war ein Freund, mit dem man sich nie zankte, ein Freund, der von morgens bis abends voll guter Ideen steckte. Der Fernseher war ein Heer von Helden, die mich begeisterten. Die ersten Sympathien, aber auch die ersten Abneigungen. Ich war ein Bengel, der so plötzlich, wie man das Programm wechselt, erwachsen wurde. Ich erwähnte die verbotenen Bilder, die ich abends durch eine halb geöffnete Tür erhaschte, so wie er mir von seinen nächtlichen Abenteuern mit einer Taschenlampe und einem Schmöker unter der Bettdecke hätte erzählen können. Und zum Schluß sagte ich, daß ich im Namen all dieser Erinnerungen alles tun würde, diesen vor dem bläulich flimmernden Bildschirm allein gelassenen Jungen nicht zu verraten, falls man mir die Chance geben sollte, auf die andere Seite überzuwechseln.

Louis Stanick sah mich irritiert an. Anstatt irgend etwas zu sagen, lächelte er nur. Das wehmütige Lächeln eines Mannes, dachte ich, der sich seiner eigenen jugendlichen Begeisterung erinnert.

Es war Zeit, Durietz zu wecken. Ich spendierte ihm noch einen Kaffee und bat ihn dafür um einen seiner Träume.

»Ich war auf einem Berg und sah einen Feuerball auftauchen, der sprach. Danach bin ich zu einer Gruppe von Kerlen runtergestiegen, auf die ich wütend war, und habe sie mit Steinen beworfen, in die Befehle eingemeißelt waren. Ziemlich klasse, die Situation. Es ist noch einiges andere passiert, aber das habe ich vergessen.«

Nicht gerade stolz, eher ziemlich verlegen, tauchte Mathilde Pellerin wieder auf. Wir begrüßten sie, als wären wir nicht weiter überrascht, ohne ihr auch nur die geringste Frage nach ihren Motiven, diesen Job anzunehmen, zu stellen.
Das war auch ganz gut so. Alain Séguret, der Produktionsleiter, wollte sie auch nicht wissen.

—

Séguret, Typ Ecole Nationale d'Administration, hatte offensichtlich keinerlei Lust, uns Honig ums Maul zu schmieren. Seit er das Büro betreten hatte, wäre genug Zeit gewesen, uns zu erklären, daß sein Sender eine peppige Serie zu einem angemessenen Preis sucht, ohne jemals das Hauptanliegen aus den Augen zu lassen: dem Publikum zu gefallen. Statt dessen sagte er: »Machen Sie, was Sie wollen, egal was. Hauptsache so billig wie möglich.«
Anfangs konnte ich es nicht glauben, ich hatte sogar das genaue Gegenteil verstanden.
Mathilde Pellerin und Jérôme Durietz rührten sich nicht. Nur Louis Stanick faßte sich schnell genug, um zu reagieren.
»Was meinen Sie genau mit ›egal was‹?«
»Egal was. Was Ihnen gerade so einfällt, denn eins steht fest: Kein Mensch wird sich diese Serie ansehen. Jeden Tag, zwischen vier und fünf Uhr morgens, wird eine Folge von fünfundvierzig Minuten ausgestrahlt.«
»Würden Sie das bitte wiederholen?«
Gequält faßte Séguret sich an die Stirn.
»Die Quoten... Der beschissene obligatorische Anteil französischer Originalproduktionen. Französische Originalproduktionen... Schon allein die Verbindung dieser beiden Worte tut mir in den Ohren weh. Wen interessieren denn schon französische Originalproduktionen, abgesehen von

Ihnen, die Sie als Drehbuchautoren damit ein bißchen Kohle verdienen?«

Ich wußte nicht, daß ENA-Absolventen das Wort »beschissen« in ihrem Wortschatz haben.

»Wir haben gerade zu einem Spitzenpreis eine kalifornische Serie eingekauft, die unzählige Auszeichnungen bekommen hat, mit tollen Girls, Körbchengröße fünfundneunzig C. Die Minute im ersten Werbeblock wird uns dreihunderttausend Franc einspielen, nach zwei Monaten werfen wir T-Shirts und andere Artikel zur Serie auf den Markt. Wir haben gerade die Übertragungsrechte für den Europapokal an uns reißen können, und ich bin dabei, einen berühmten Fernsehmoderator eines Konkurrenzsenders an uns zu binden. Und Sie glauben ernsthaft, ich hätte da noch Zeit, mich um französische Originalproduktionen zu kümmern?«

Mit der Miene eines alten Hasen fragt Louis, ob die Quotenregelung bisher eingehalten wurde. Wie alle »Enarchen« haßt Séguret direkte Fragen, besonders wenn ein einfaches »Nein« die perfekte Antwort wäre.

»Wir haben es etwas schleifen lassen. Dieses Mal hat uns der oberste Funk- und Fernsehrat dazu verurteilt, achtzig Stunden französische Originalproduktionen nachzuholen. Wir müssen in drei Wochen anfangen zu senden, anderenfalls verlängert die Regierung unsere Konzession nicht.«

»Achtzig Stunden!«

»Darum sind Sie auch zu viert.«

»Die erste Folge in drei Wochen? Das ist wohl ein Scherz?«

»Sie müssen sich sofort an die Arbeit machen.«

Das war also der Haken.

Jeder zeigte seine Bestürzung auf seine Art, außer Stanick, der hartnäckig blieb und sagte, daß dringliche Fälle immer ihren Preis haben. Ein wenig erstaunt, unterdrückt Séguret ein Grinsen. In ihren Eliteschulen lernen sie auch das.

»Hören Sie jetzt bitte zu, alle vier. Sie sind nach zwei Kriterien ausgesucht worden. Erstens: Sie sind die einzigen, die zur Zeit verfügbar sind. Zweitens: Jeder von Ihnen kann nicht mehr als dreitausend Franc pro Folge verlangen.«

»Wie bitte?«

Séguret hob die Arme zum Himmel und legte los: »Jeder ist in der Lage, dieses Zeug zu schreiben! Selbst ich, wenn ich die Zeit dazu hätte! Sogar meine Putzfrau, wenn sie anständig Französisch könnte. Also entweder – oder. Diese Serie wird uns nur in einem Punkt berühmt machen: Es wird die billigste in der gesamten französischen Filmgeschichte sein.«

»Was sollen wir Ihnen in drei Wochen liefern, achtzig Stunden lang, ohne das nötige Kleingeld zu haben, den unvermeidlichen Kaffeekonsum zu bezahlen?«

»Uns ist alles recht. Erzählen Sie die alte Geschichte von zwei Familien, die sich im Treppenhaus eines Sozialbaus bekriegen. Das kommt immer an. Geben Sie noch eine oder zwei vor Schmalz triefende Liebesgeschichten und ein bißchen menschliches Drama dazu, und wir sind aus dem Schneider.«

»Wir können nicht einfach so loslegen... Wir brauchen... einen Arbeitsplatz...«

»Hier.«

»Hier?«

»Keine Miete und das Nötigste ist ja da: zwei Sofas und ein Kaffeeautomat. Morgen bringen wir Ihnen Computer und einen Drucker. Der Schnitt der Serie wird im Atelier ein Stockwerk höher erfolgen. Die Schauspieler werden von der Casting-Agentur ›Prima‹ ausgewählt. Was wollen Sie mehr?«

Mathilde Pellerin fühlt sich so überrumpelt, daß sie nicht mehr wagt, etwas zu sagen. Aus Angst, daß andere, entschlossenere und skrupellosere, diesen Job bekommen, haben auch Louis Stanick und ich nichts mehr hinzuzufügen. Durietz traut sich, um einen Vorschuß zu bitten, aber Séguret will vor der Lieferung der ersten vier Folgen nichts davon hören.

»Ich habe einen kranken Bruder... Ich brauche etwas Geld für die Medikamente.«

»Medikamente? Für einen kranken Bruder? Ich weiß, daß es Ihr Job ist, Geschichten zu erfinden, aber mal ehrlich, finden Sie nicht, daß Sie zu weit gehen?«

Zum ersten Mal verstehe ich Séguret. Durietz hat natürlich das Recht, es zu versuchen, aber doch bitte ohne die gesamte Branche in Mißkredit zu bringen. Ich hätte mir was Besseres als diese Medikamentenstory ausgedacht.

Séguret blickt auf seine Uhr, telefoniert zweimal und schickt sich an zu gehen.

»Ach ja, ein letzter Punkt. Was den Titel der Seifenoper betrifft, haben wir an ›Saga‹ gedacht. Das vermittelt den Eindruck, daß man diese Geschichte auswendig kennt und daß sie jahrelang laufen wird. Das ist doch genau das, was wir wollen, nicht wahr?«

Saga

Als ich das erste Morgenlicht durch das Fenster fallen sah, verließ ich Charlottes Bett. Fast die ganze Nacht lang hatte ich sie im Halbdunkel, während sie schlief, betrachtet, unfähig, wie sie in ein wohlverdientes Vergessen zu gleiten. Denn in mir war das tiefe Verlangen, den angehenden Tag zu erleben, ohne den Vortag zu vergessen, als wäre ich selbst im Werden begriffen.

Gestern traf ich drei Konkurrenten, heute habe ich einen Termin mit meinem Team. Gestern hatte ich Angst, am Kai zurückgelassen zu werden, heute gehe ich auf eine Reise, die mehrere Monate dauern wird.

Schließlich habe ich mich von Charlottes Rücken weggedreht und mit offenen Augen von einer grandiosen Odyssee mit einem Wirrwarr an Personen, mit unzähligen ineinander verschlungenen Intrigen geträumt. »Machen Sie egal was! Machen Sie egal was!«

Und wenn wir Sie beim Wort nehmen, Chef?

—

Jérôme Durietz und Louis Stanick sind schon dabei, sich in den Kabeln unserer vier Computer zu verheddern.

»Meiner Meinung nach gibt es nur eine Möglichkeit, sie anzuschließen: Kabel A in Stecker A, und Kabel B in Stecker B«, sagt Louis.

»Die haben uns Ladenhüter angedreht, die irgendwo vor sich hin gestaubt sind. Ich hab noch nie so veraltete Geräte gesehen. Wie sollen wir denn damit arbeiten?«

Trotz seines Gejammers gelingt es Jérôme, einen Apparat nach dem anderen anzuschließen. Nach einer Reihe von Klicks laufen kleine Männchen über den Bildschirm und begrüßen uns. Mit den Fingerspitzen klimpere ich auf meiner Tastatur, als wollte ich Jérômes Spekulation über das Alter der Apparate bestätigen.

»Sie sind verwöhnt, alle beide«, meint Louis. »Ich will mich hier wirklich nicht als Steinzeitmensch outen, aber ich kann Ihnen versichern, daß ich vielleicht genau in diesem Moment meinen Allerwertesten am Swimmingpool bräunen würde, wenn wir in den Siebzigern solch geräuschlose Arbeitsgeräte gehabt hätten. Die ›Underwood‹ hat meine brillante Karriere kaputtgemacht!«

Durietz und ich werfen uns einen skeptischen Blick zu, aber Louis ist nicht mehr zu bremsen.

»Damals war ich nie so gut wie mitten in der Nacht. Tagsüber trödelte ich herum, ohne Inspiration, und es grenzte schon an ein Wunder, wenn ich so gegen neunzehn Uhr einen unglücklichen Anfang gefunden hatte. Wenn es dann aber Nacht wurde, erwachte das Tier in mir, und ich hackte wie besessen auf meine Schreibmaschine ein. Damals arbeitete ich in schäbig möblierten Zimmern, Absteigen und Mansarden mit Wänden so dünn wie Zigarettenpapier. Sobald ich mit der Tipperei anfing, drohte eine Horde von Kerlen, mich zusammenzuschlagen, wenn ich nicht sofort mit diesem Lärm aufhörte. Das Schicksal kann an solchen Kleinigkeiten hängen.«

Ich habe nie über die Stille nachgedacht. Drehbuchautoren sind Boten von Lärm und Leidenschaft, aber ihre Arbeit beginnt weit vor dem Urknall, wenn alles noch leer und ruhig ist.

»Als ich für den Maestro arbeitete, hatten wir keine Probleme. Er besitzt ein Hotel in der Nähe von Rom und ist

selbst der einzige Gast dort. Wir konnten also soviel Krach machen, wie wir wollten. Keiner hätte sich je darüber beschweren können.«
Das Wort »Maestro« läßt uns aufhorchen. Louis hat diesen Effekt zweifelsohne kalkuliert, denn er verschränkt seine Arme vor der Brust und schaut uns zufrieden an.
Jérôme und ich zwinkern uns zu. *Maestro* mit *der* davor. Einen Augenblick lang macht sich Verlegenheit breit. Louis giert danach, Einzelheiten zu bringen, aber keiner von uns beiden will sich überwinden. Maestro ... Maestro ... Es muß sich um ein Mißverständnis handeln. Denn es gibt nur einen Maestro, und niemand spricht ihn mehr mit seinem wirklichen Namen an.
»Sprechen Sie von *dem* Maestro?«
»Von wem denn sonst?«
»Dem von Cinecittà?«
»Natürlich, dort war ich ein Star, ihr Grünschnäbel.«
Im Klartext hieße das, Louis Stanick hätte zusammengearbeitet mit ...
Unmöglich! Seit über zehn Jahren hat der Maestro nichts mehr produziert. Wenn er jemals zusammen mit einem französischen Drehbuchautor einen Film geschrieben hätte, wüßte ich davon. Ich hätte es in den Dutzenden von Werken gelesen, die einem der größten Genies der Filmgeschichte gewidmet sind.
Unmöglich.
»Irgendwann werde ich Ihnen erzählen, was er mir bedeutet. Aber bis dahin müssen wir erst mal unsere Serie in Angriff nehmen.«
Als hätte Louis sie gerufen, erscheint Mathilde, frisch und aufgekratzt, als freue sie sich über unser Wiedersehen. Sie riecht immer noch so gut, wie von einem natürlichen Duft umgeben, der sich als Parfüm ausgibt. Nachdem sie uns be-

grüßt hat, packt sie einige Dinge aus: einen Schreibblock, einen Teekessel und eine Kitschlampe, die den Zigarettenrauch schlucken soll.

»Die mache ich weniger für mich als für Sie an. Ich rauche Zigarillos.«

Wenn man sie jetzt betrachtet, ganz normal, von ihren Ängsten befreit, entdeckt man ein hübsches, gebräuntes Gesicht, zu einem akkuraten Nackenknoten geschlungenes Haar und ein Kleid aus roter Baumwolle, in dem sie wie eine Dorfschönheit aussieht. Jérôme hat sich auf der Toilette die Hände gewaschen und sich dann rittlings vor seinen Bildschirm gesetzt, um herauszufinden, was das Gerät hergibt. Als alle bereit sind, drehen wir uns zu Louis um, als könne nur er das Startsignal geben.

»Ich habe hier zwei Seiten mit den Bedingungen für diese Serie. Sie haben richtig gehört: zwei Seiten. Das ist geradezu lächerlich wenig. Die Lektüre können Sie sich sparen, ich fasse zusammen:

1. Keine Außenszenen.
2. Alles in allem darf jede Folge nur in vier noch festzulegenden Dekorationen gedreht werden.
3. Nicht mehr als zehn Personen für die gesamte Serie und nie mehr als sechs pro Folge.
4. Solange Sie die Punkte eins bis drei beachten, haben Sie bei den Drehbüchern absolut freie Hand.«

Mathilde lächelt, halb verschämt, halb amüsiert. Auf sie muß das alles ziemlich fremd wirken. Achtzig Folgen mit sechs Personen. Abgesehen von einem Tischtennis-Match weiß ich nicht, was man sich ausdenken könnte, um diese Personen zu beschäftigen. Jérôme fragt, ob eine Leiche als Person zählt.

»Übertreiben wir es nicht, die können auch einen Beleuchter den Toten mimen lassen«, sagt Louis.

Jérôme erklärt uns, daß es für gewöhnlich einige Massaker in seinen Stories gibt. Er könne nichts daran ändern, daß keines seiner Manuskripte ohne Leiche auskomme, ohne ein oder zwei Explosionen, um die Sache abzurunden. Mit einem Funken Ironie in der Stimme fragt ihn Louis, ob seine Drehbücher schon mal gedreht wurden, und Jérôme senkt den Kopf.

Verlegenheit…

Man muß kein Psychologe sein, um zu merken, daß ihm ein grober Schnitzer unterlaufen ist. Louis, eindeutig bestürzter als Jérôme, tut, als wäre nichts gewesen.

»Dieses Mal müssen Sie sich mit einem einzigen Toten zufriedengeben. Wir könnten vielleicht ein paar Verletzte mit Verbänden einfügen, aber mehr ist bei Séguret nicht drin.«

»Was macht das schon, schließlich wird sich diese Serie sowieso keiner ansehen«, antwortet Jérôme.

»Sechs Personen täglich, und das mehrere Monate lang«, sage ich. »Die sind bald verbraucht.«

»Wir könnten ihnen ein Stück à la Beckett bieten«, meint Louis. »Zwei einsame Figuren sitzen um eine Holzkiste und führen einen absurden Dialog, der wie eine Endlosschleife immer wieder zum Anfang zurückkehrt, und von Zeit zu Zeit zeigen sie etwas *action,* indem sich einer die Zähne putzt.«

»Ich verstehe Ihre Angst nicht«, sagt Mathilde. »Geben Sie mir zwei Personen in einem Schlafzimmer, nach Möglichkeit einen Mann und eine Frau, und ich liefere Ihnen ganz allein ein gutes Stück des Kontingents.«

Mit solcher Inbrunst vorgebracht, kann es nur stimmen.

Jérômes Magen knurrt unheilvoll. Er versucht es zu überspielen, indem er eine Hand auf den Bauch legt.

»Wir haben kein Anrecht auf Spesen oder Restaurantbons«,

sagt Louis. »Aber wir können auf Kredit bei ›Fly Pizza‹ bestellen. Anruf genügt.«
Jérôme hebt sofort den Hörer ab. Im Flur sehe ich eine merkwürdige Kreatur, eine Gestalt von geradezu monströser Merkwürdigkeit, an der Grenze zwischen Schönheit und Naturkatastrophe. Niemand hat sie bemerkt, und ich ziehe es vor, die anderen nicht auf sie aufmerksam zu machen, denn ich bin davon überzeugt, eine Halluzination zu haben. Zwei weitere Riesenweiber folgen kurz darauf. Richtig, der Film mit den Zwergen, erinnere ich mich jetzt.
»Diese ›Saga‹ macht mir mehr zu schaffen, als ich gedacht hätte«, meint Louis. »Nach dreißig beschwerlichen Jahren in dieser Branche ist es wirklich das erste Mal, daß man von mir verlangt, ›egal was‹ zu machen, also notgedrungen alles, was mir so durch den Kopf geht. Alles, was ich schon immer mal machen wollte. Ohne angeben zu wollen, das ist so einiges. Ich bin mir nur noch nicht sicher, ob es ein mittelmäßiger Alptraum oder ein verspäteter Wunschtraum ist.«
»Wenn man ans Honorar denkt, plädiere ich für den mittelmäßigen Alptraum«, sagt Jérôme, der am Fenster auf den Pizzaboten lauert.
»Dieses Thema haben wir schon besprochen, Louis. Ich kann mich in meinem Alter noch nicht dazu durchringen, Schrott zu schreiben.«
»Marco, Marco! Sie glauben doch nicht, daß Sie sich mit dieser blöden Serie einen Namen in der Branche machen können!«
»Vielleicht nicht, aber ich kann davon leben, wenn auch eher schlecht als recht. Das allein ist schon Glück. Heute morgen bin ich wie ein Drehbuchautor aufgewacht, ich ernähre mich wie ein Drehbuchautor, habe schon die Angewohnheiten und Sorgen eines Drehbuchautors... Denn

seit heute morgen *bin* ich verdammt noch mal ein Drehbuchautor.«

Ich weiß nicht, warum ich plötzlich solchen Mist von mir gebe. Vielleicht ist es der Mist eines Drehbuchautors.

»Also verlieren wir keine Minute mehr. Wir sollten uns unverzüglich an die Arbeit machen«, sagt Louis. »Dieser Tag muß rot im Kalender umrandet werden. Der wievielte ist heute?«

»Der neunundzwanzigste September.«

»Wir sollten uns bemühen, daß dieser neunundzwanzigste September in die Geschichte eingeht. Schließlich ist es ein bißchen unser Job, Geschichte zu schreiben.«

—

Zwei Stunden später ist »Saga« noch lange nicht im Embryonal-Stadium, aber wir, die Erzeuger, sind wenigstens schon beim Vorspiel. Vorsichtige Annäherung, mißtrauische Blicke vom einen zum anderen, zögerliche Vorschläge, Angst, sich lächerlich zu machen. Wir haben das getan, was alle tun würden. Von anfänglichen Selbstverständlichkeiten und Allgemeinplätzen haben wir uns allmählich mit dem köstlichen Gefühl, etwas Verbotenes zu tun, davon entfernt. Zwischen uns vieren kamen schnell die Themen Geld, Gewalt und vor allem Sex zur Sprache. Wir haben die Eckdaten so gelassen, denn sie haben den Vorteil, bereits da zu sein, man muß sie nicht mehr suchen. Da unsere Aufgabe nicht drin besteht, andere Menschen zum Träumen zu verführen, bleibt der letzte Schutz vor Langeweile und schlechter Laune, seinen eigenen Traum zu träumen. Wenn man Lust hat, einen Haufen von Verrücktheiten zu erfinden, hat man auf Anhieb eine dauerhafte Arbeitsdynamik geschaffen. Über eines waren wir uns sofort einig: keinen noch so aberwitzigen Vorschlag abzuweisen.

Wir haben den einfallslosen Vorschlag von Séguret als Basis genommen und die Geschichte in einem modernen Mietshaus angesiedelt, mit einem Treppenhaus als Treffpunkt zweier Familien. Die eine ist absolut durchschnittlich: Der Vater ist leitender Angestellter, die Mutter arbeitet halbtags in einem karitativen Verein, die älteste Tochter studiert Philosophie und der sechzehnjährige Sohn holt die zwölfte Klasse nach. Die zweite Familie ist eher untypisch, sogar etwas zwiespältig: Nach zwanzig Jahren in den Staaten ist sie erst seit kurzem wieder in Frankreich (Jérômes Idee). Der Vater ist Gitarrist einer Rock-Gruppe, die zwar schon in den Sechzigern ihren Höhepunkt hatte, aber immer noch auftritt. Die Mutter ist Sekretärin in einem Kunstbuchverlag, ihr fünfundzwanzigjähriger Sohn will Polizist bei Interpol werden (er macht gerade seine Aufnahmeprüfung), und seine fünfzehnjährige Schwester ist ein Wunderkind (sie ist überdurchschnittlich intelligent, kein Familienmitglied versteht sie – eine Idee von Mathilde, die wir ihr gar nicht erst auszureden versucht haben. Soll sie sich damit herumschlagen). Nichts davon ist natürlich endgültig, alles nur eine vage Diskussionsgrundlage. Es ist fast fünfzehn Uhr, als wir uns zur Entspannung weitere Pizzen bestellen und versuchen, diesen liebenswerten Figuren Namen zu geben. Für die Durchschnittsfamilie kursieren einige Namen: Martinet, Portier, Tisseron, Garnier und weitere.

»Wir sollten natürlich jede politisch unkorrekte Anspielung vermeiden. Aber wir sollten auch nicht übertreiben. Wir könnten etwas Besseres finden«, sagt Louis.

Ich erwähne meine Nachbarn, die dieser Familie etwas ähneln: Sie haben einen blauen Renault, Typ Safrane, der nie mehr als dreißig fährt, und sie heißen *Avoine*. Die von Mathilde heißen *Durant-Cochet*. Mit meinen Avoine stand ich ziemlich dumm da.

»Was halten Sie von *Matignon*«, fragt Jérôme. »Serge und Claudine Matignon. Jeder würde gerne wissen, was für Probleme die Matignons haben.«
»Unmöglich«, erwidert Mathilde. »So heißt der alte Mann, der meiner Mutter seit Papas Tod Gesellschaft leistet!«
»Heißt er Serge?«
»Nein. Aber irgendwie ist es trotzdem peinlich.«
»Leidet er unter Schlaflosigkeit?« fragt Jérôme.
»Nein, warum?«
»Frühstückt er um vier Uhr morgens?«
»Nein.«
»Geht sein Videorecorder mitten in der Nacht wie von Geisterhand an?«
Sie zuckt mit den Schultern.
»Warum glauben Sie also, daß sich Ihr Matignon diese bescheuerte Serie anschaut? Er wird es nie erfahren, das ist unser Problem. Sie können sogar seinen Vornamen preisgeben, die Nummer seiner Krankenversicherung, die zärtlichen Worte, die er nach dem Orgasmus flüstert, alles, was Sie wollen. Denn er wird niemals etwas von unseren Geschichten erfahren.«
»Wir machen alles, was wir wollen, Mathilde. Man hat es uns wirklich oft genug wiederholt!«
»Ich sagte: Nicht Matignon.«
»*Fresnel,* würde Ihnen das passen?« schlägt Louis vor. »Niemand hat jemals einen Serge oder eine Marie Fresnel mißhandelt, ihnen die Gurgel durchgeschnitten oder sie erpreßt? Also, damit wäre das erledigt. Und wie nennen wir die amerikanischen Nachbarn?«
Jérôme schlägt *Callahan* vor, den Namen Clint Eastwoods in »Dirty Harry«. Um ihn einmal mühelos glücklich zu machen, sind wir alle damit einverstanden. Wir haben also Walter und Jane Callahan und ihre Kinder Jonas und Mildred.

Fresnel gegen *Callahan*.
Die Besseren werden siegen!
»Können Sie sich vorstellen, daß wir mit denen jetzt wochenlang zusammenleben werden?«
»Man sucht sich nicht seine Freunde, sondern seine Familie aus.«

—

Die ersten beiden Dekorationen ergaben sich praktisch von selbst: das Wohnzimmer der Familie Fresnel und das der Callahans, billiger ging es nicht mehr. Die beiden anderen Dekorationen brauchen wir im Moment noch nicht, wir müssen erst wissen, wohin uns diese acht Figuren führen. Von Stunde zu Stunde verfeinern sich die Dinge. Mathilde hat uns gefragt, warum wir so großen Wert auf Paare legen. Könnten wir uns nicht vorstellen, Paare lieber erst im Lauf der Handlung finden zu lassen, ohne daß sie von vornherein festgelegt wären?
Serge Fresnel, Maries Mann, stirbt daher so schnell, wie er geboren wurde. Marie hat nie wieder geheiratet, und ihre Kinder sind nicht gerade wild darauf, einen neuen Vater zu bekommen. Als Ersatz für Serge haben wir Frédéric, genannt Fred, erschaffen, Bruder des Verstorbenen. Marie und ihre Kinder haben den sanftmütigen Irren bei sich aufgenommen. Fred ist Erfinder und verläßt seine Werkstatt nur selten (außer wenn wir ihn als Ersatzmann brauchen). Ein Erfinder kommt immer gut an. Die Figuren der Kinder, Bruno (der schlechte Schüler) und Camille (die Philosophiestudentin) sind noch in einem pränatalen Stadium.
Walter Callahan ist alleinerziehender Vater. Seine beiden Kinder sind von einer gewissen Loli, die ihn nach der Geburt des zweiten Kindes verlassen hat. Sie meldet sich nie,

man weiß weder, wo sie ist, noch, was sie macht. Wir werden sie im entscheidenden Moment wiederbeleben. Louis hat sich auffallend stark für die Idee eines geheimnisvollen Verschwindens von Callahans Ex-Frau eingesetzt, es wirkt wie der Kampf gegen einen persönlichen Dämon aus alten Tagen. Ich weiß nicht recht, ob wir mit all diesen Zutaten ein wirklich realistisches Bild dieser Familie entwerfen. Aber wozu auch, niemand wird sich jemals mit diesen Figuren identifizieren. Das Treffen der einsamen Herzen kann stattfinden. Marie Fresnel und Walter Callahan haben vierundzwanzig Stunden, um sich gegenseitig zu beschnuppern.
Für die erste Folge hat uns Louis zur Lockerung der Finger eine kleine Übung vorgeschlagen. Jeder sollte in wenigen Zeilen den Handlungsrahmen skizzieren und einige Einfälle der anderen übernehmen. Wir sollten dabei nie vergessen, daß wir absolut frei sind, vor allem auch im Aufbau der Handlung. Mit dem Schicksal der Serie vor Augen könnten wir ganz im Gegenteil alle herkömmlichen Regeln über Bord werfen, weil sich niemand je darüber beschweren wird.
»Strengen Sie sich nicht zu sehr an«, sagt Louis. »Die Pilotsendung soll vor allem die Figuren und Örtlichkeiten vorstellen. Denken Sie daran, daß jeder von uns für diese fünfundvierzig Minuten Schwachsinn nur *peanuts* bekommt. Es ist also wirklich nicht nötig, ein neues ›Vom Winde verweht‹ zu schreiben. Okay?«

—

Wir haben unsere Texte aufmerksam durchgelesen. Ich empfinde bei dieser Übung wieder den Reiz des Frischverliebtseins. Endlich nackt, wagen die Liebenden, sich so zu zeigen, wie sie wirklich sind. Sie haben ihre ganz spezielle

Art, »Ich bin so wie ich bin, diese Dinge liebe ich, mit allem was daran möglicherweise obszön oder altmodisch sein könnte« zu sagen.
Die ganze Prozedur hat zwei Stunden gedauert. Unsere Schreibweisen passen auf Anhieb gut zusammen, und wir wissen jetzt, aus welchen Grundelementen unsere Serie gebaut wird. Im Moment gibt es nichts, was nicht miteinander vereinbar wäre.
Mein Exposé sieht ungefähr so aus:

Marie Fresnel hat einen Haufen Schulden. Ihre Familie sitzt bald auf der Straße, wenn Marie nicht dem Drängen einer der Männer nachgibt, die sie umschwärmen.
Der neue Nachbar gehört auch zu ihnen. Seit ihn seine Frau Loli verlassen hat, ist Walter Callahan Alkoholiker, und bisher hat er keinen triftigen Grund finden können, mit dem Trinken aufzuhören. Als ehemaliger Anarchist und Rockmusiker ist er nicht einmal mehr in der Lage, mit seinen Kindern zu reden: Jonas ist Polizist und Mildred ist viel zu intelligent. Der junge Flurnachbar Bruno Fresnel wäre in seiner aufsässigen und stürmischen Art der ideale Sohn für ihn. Walter Callahan schlägt Marie Fresnel vor, die Kinder, zum Wohl aller Beteiligten, zu tauschen. Aber vorab muß Marie noch mit dem Verein ›SOS Freundschaft‹ darüber sprechen und ihre Tochter (die Philosophiestudentin) mit ihrem Psychoanalytiker.
Ihr sympathisches Familiendurcheinander ist nichts Außergewöhnliches im Vergleich zu den hinterhältigen Absichten Freds, Maries Schwagers. Fred, der unverstandene Erfinder, ist ein von Einsamkeit zerfressenes, gequältes Wesen. Sein Apparat zur elektronischen Messung von Gefühlsregungen funktioniert immer noch nicht fehlerfrei. Er versucht nun, seine Umwelt ins Verderben zu stürzen. Will er sich rächen? Aus purem Wahnsinn? Das weiß bisher noch niemand. Er hat

seine Wohnung und die des Nachbarn mit Kameras und Mikrophonen ausgestattet, um alles, was sich dort abspielt, zu kontrollieren und sich auch nicht die geringsten Informationen entgehen zu lassen. Um seine Instinkte zu befriedigen?

Ich bin vielleicht derjenige von uns vieren, der am gehemmtesten und am wenigsten von sich überzeugt ist. Ich habe mich deshalb strikt an die mir bekannten Grundsätze des Erzählens gehalten und versucht, möglichst die Ausgangssituation beizubehalten.
Louis und Mathilde fanden in meinem Text etwas wie »eine bei einem so energischen jungen Mann unerwartete Schwarzmalerei«. Ich weiß nicht, was sie mit Schwarzmalerei meinen. Für mich gibt es Schwarz und Weiß nicht, ich interessiere mich ausschließlich für Geschichten in Zwischentönen wie Ecru, Mausgrau und Beige. Ich liebe Kompromisse, Zweideutigkeiten, komplexe Charaktere, feige Helden und ritterliche Schlappschwänze. Jérôme gefällt die Idee, daß Fred seiner Umgebung mit raffinierten Geräten hinterherspioniert, aber Séguret würde uns niemals die entsprechenden finanziellen Mittel bewilligen. Louis glaubt aber, daß wir recht kostengünstig »SOS Freundschaft« und Camilles Psychoanalytiker als Füllmittel einsetzen können, wenn uns die Ideen ausgehen sollten.
Man fragt sich, wie Jérôme sein Pensum schafft. Er ist ständig in Bewegung, von einem kalten Pizzarest zum Kaffeeautomaten, hin zu einer Kippe, die er bei den Assistentinnen von »Prima« stibitzt. In den seltenen Momenten, die er vor seinem Computer sitzt, habe ich den Eindruck, er hackt ein Videospiel kaputt.

Jonas Callahan (Walters Bullen-Sohn) klingelt an der Tür der Familie Fresnel, ohne Bruno aus den Augen zu lassen, der in Handschellen neben ihm steht. Er hat ihn gerade wegen Diebstahls einer Ikone in einer Kirche festgenommen. Marie Fresnel ist nicht da, aber Camille bittet für ihren straffälligen Bruder um Nachsicht. Jonas, bezaubert, schlägt vor, Bruno gegen einen Kuß freizulassen. Verwirrt von diesem jungen, närrischen Polizisten, küßt Camille ihn. Als sie ihm sagt, daß sie ihn lieber nicht wiedersehen würde, grinst er und verschwindet in der gegenüberliegenden Wohnung. Sie kapiert, daß er der neue Nachbar ist.
Marie will sich bei Jonas bedanken, daß er ihren Sohn zurückgebracht hat, und lädt die gesamte Familie Callahan ein. Mildred, neugierig wie alle Hochbegabten, durchstreift die Wohnung und stößt auf einen verschlossenen Raum, aus dem seltsame Geräusche zu hören sind, wie Schreie oder das Brüllen einer Wildkatze.
Die Familie Fresnel verhindert energisch, daß die Tür geöffnet wird. Mildreds Blick macht deutlich, daß sie sich damit nicht zufriedengeben wird.
In Freds Werkstatt drückt eine behandschuhte Hand auf den Knopf eines Apparats und befestigt die Vorrichtung an der Verbindungswand zur Wohnung der Amerikaner.
Könnte es sein, daß die Familie Fresnel noch viel verrückter ist als die Familie Callahan?

Louis stößt einen langgezogenen Pfiff zwischen den Lippen aus.
»Sie sind der König der *teaser*, mein kleiner Jérôme.«
»Der was?« fragt Mathilde.
»Der Eingangsszenen, die den Zuschauer an seinen Sitz fesseln.«
»Wenn Sie erst einmal die Szene aus meinem ›Requiem des

Chaos‹ gelesen hätten«, sagt Jérôme. »Dort gab es schon nach vier Minuten ein Massaker auf dem Rummelplatz, für das sie die Genehmigung der Präfektur, des Verteidigungsministeriums und des Tierschutzvereins brauchten, das Ganze unter der Aufsicht der Feuerwehr und einer Spezialeinheit der Polizei.«

»›Requiem des Chaos‹? Nie gehört.«

»Es ist nie gedreht worden, obwohl eine ganze Menge Kohle aus ganz Europa zusammenkam. Angeblich hat ein Minister im letzten Moment kalte Füße gekriegt.«

»Ich mag die Szene mit dem Gebrüll aus dem verbotenen Zimmer. Wissen Sie schon, was es ist?«

»Nicht den blassesten Schimmer.«

Für die Pilotsendung haben wir nun genügend Ideen, und es wäre sinnvoll, einen Teil dieses Kuchens für schlechtere Zeiten aufzuheben.

Jetzt kommt Mathilde an die Reihe. Sie geht sich einen Kaffee holen, während wir ihr Werk lesen.

Bruno Fresnel ist ein verschlossener Junge, den seine Familie deshalb leichtfertig als Niete abtut. Die einzige, die ahnt, daß sein Innenleben weitaus reicher ist, als es nach außen den Anschein hat, ist die brillante Tochter der neuen amerikanischen Nachbarn.

Bruno und Mildred gehen einen Pakt ein: Sie tun sich zusammen, um eine Strategie zu entwickeln, wie ihre beiden Familien glücklich zu machen sind. Hauptanliegen: Die Eltern, Marie und Walter, sollen zu einem Paar werden, denn sie sind wie für einander geschaffen. Dann muß das Paar Jonas/ Camille zusammengebracht werden, der Polizist und die schöne Intellektuelle.

Werden der Schwachkopf und das Genie es schaffen? Sie stellen fest, daß ihre Schlafzimmer nebeneinander liegen,

und bohren ein Loch in die Wand, um Tag und Nacht in Verbindung bleiben zu können.
Sie ahnen nicht, daß Fred schon immer eine Schwäche für seine Schwägerin Marie hatte. Jedesmal, wenn er sich mittels seiner extra für sie erfundenen Leidenschaftsmeßmaschine einem Test unterzieht, erzielt er das maximale Ergebnis.
Marie selbst quält ein süßes Geheimnis. Wieder einmal findet sie vor ihrer Tür einen riesigen Blumenstrauß. Eine Karte liegt bei: »Es liegt nur an Ihnen«, unterschrieben mit »Ihr unbekannter Verehrer«. Sie stellt den Strauß in ihr Zimmer, das bereits voller Blumen ist.

All dies erinnert mich an Dutzende von Beatles-Songs. Mathilde hat eine seltsame Art, ihre Karten offenzulegen, ohne zu bluffen, ist sich ihrer Trümpfe aber durchaus sicher. Man spürt in ihrem Exposé das gesamte Potential an unterschwelliger Gefahr und schmerzvollen Herausforderungen der Liebe. Sie weiß, was wir von ihr erwarten: den Honigkuchen noch süßer und klebriger zu machen.
»Im Moment können wir den unbekannten Verehrer und das Loch in der Wand verwenden.«
»Also, der Typ liebt die Frau seines verstorbenen Bruders, da kommen einem ja die Tränen«, sagt Jérôme.
So sei eben das Leben, erwidert Mathilde.
Louis drückt auf eine Taste, um uns seinen Text auf die Bildschirme zu schicken.

Camille promoviert über Heidegger, Schopenhauer, Cioran und einige andere.
Von Natur aus schon sehr pessimistisch, fördert die Doktorarbeit ihren Hang zu morbiden Gedanken. Camille will sich umbringen, von dem heimlichen Wunsch erfüllt, mit ihrem Selbstmord ein Exempel zu statuieren.

Nur ihre neue Nachbarin Mildred versteht sie, da sie, obwohl weitaus jünger, sehr reif ist. Mildred hat die fixe Idee, endlich keine Jungfrau mehr zu sein: Um jeden Preis will sie ihr tatsächliches Alter mit ihrer geistigen Reife in Einklang bringen.
Walter Callahan trifft im Aufzug Marie Fresnel. Die Begegnung bringt ihn ganz durcheinander, und Marie spürt diese seltsame Verwirrung, die sie in ihm hervorruft, aber wie sollte sie ahnen, daß sie der schon seit langem verschwundenen Mutter der Callahan-Kinder, Loli, verblüffend ähnlich sieht?
Jonas bemerkt die Schwäche seines Vaters für die Nachbarin. Er beschließt, Nachforschungen über Marie anzustellen. Und insbesondere auch über Serge, ihrem verstorbenen Mann, der womöglich überhaupt nicht tot ist, wie es heißt …
Fred, der Erfinder, hat sich entschlossen, seine Werkstatt nicht mehr zu verlassen. Er wird immer eigenbrötlerischer und erlaubt niemandem, in sein Reich einzudringen. Fred ist nämlich kurz davor, etwas zu erfinden, was der Menschheit große Hoffnung bringen, sie aber auch in den Untergang stürzen könnte.

Louis ist dabei, uns die Arbeitsgrundlage zu liefern, die auch schon die Pilotsendung sein könnte, ganz allein. Ich liebe diesen Stil, der zwischen Geheimnis und Verzweiflung hin und her schwankt, mit genau diesem Quentchen Ironie, das das Ganze überzeugend wirken läßt. Der Kontrast zwischen ihm und seinem Stil ist erstaunlich. Er selbst ist heiter und fröhlich. Sein Stil aber ist verhalten, fast mysteriös. Als ich ihm sage, daß er mir in Sachen Schwarzmalerei in nichts nachstünde, antwortet er, daß seine und meine Sicht der Dinge völlig verschieden seien. Er glaube an das Schicksal, ich nicht.

Ich nehme mir vor, darüber nachzudenken.
Es ist neun Uhr abends, und wir sind erst jetzt mit der Zusammenfassung unserer vier Texte fertig. Es ist schon dunkel, wir sind bestimmt die letzten im Haus. Louis verteilt Zweitschlüssel für den Fall, daß der eine oder andere allein arbeiten will, ein Dach über dem Kopf, eine Tasse Kaffee oder einen Kollegen in der gleichen Situation sucht.

—

Nach einigen Nächten ist der Schlaf zurückgekehrt. Ich kann sogar die Maschine in meinem Kopf abstellen, um wieder alltägliche Dinge zu tun: essen, das Hemd wechseln oder mit Charlotte ausgehen. Wie früher.
»Schlaflos mochte ich dich lieber.«
Trotzdem sollte ich sofort diese Idee von dem Medium aufschreiben, das die Einprozenttheorie errechnen kann. Sie ist mir unterwegs eingefallen, und ich kann mir sehr gut vorstellen, wie ich diese Idee in fünf oder sechs Episoden verwerten könnte.
»Hast du gehört? Ich mochte dich lieber, als du nicht schlafen konntest.«
»Hast du einen Stift, Liebling?«
Gestern haben wir Folge eins, zwei und drei abgeliefert, die ersten Reaktionen erwarten wir morgen. Die Nummer vier ist schon ziemlich weit gediehen, ich muß noch Vorschläge für eine neunte, noch zu schaffende Figur machen. Ich hätte gern einen Mann reiferen Alters, einen weitgereisten Reporter, der bei den Fresnels wohnt, wenn er in Paris ist. Im übrigen bin ich noch nicht so ganz zufrieden mit dem Dialog zwischen Mildred und Bruno, den ich heute nachmittag ziemlich übereilt heruntergeschrieben habe.
»Seit drei Tagen habe ich mich nicht mehr gewaschen, um wie ein brünstiges Weibchen zu riechen.«

Die Stimmung in unserer Gruppe ist von einer unerwarteten Friedlichkeit. Taucht so etwas wie eine Meinungsverschiedenheit auf, warten alle auf den kleinen frischen Windzug, der eventuelle Vorzeichen eines Sturms wegfegt. Entweder brauchen wir alle das Geld zu dringend, oder wir haben unser Ego an der Garderobe abgegeben.
»Stanick hat angerufen: Er will, daß du um vier Uhr morgens ins Büro kommst.«
»Hättest du mir das nicht früher sagen können?«
Charlotte hat die Gabe, auf Kommando und überzeugend wie eine Schauspielerin in höhnisches Gelächter auszubrechen. Sie weiß, wie sehr ich das hasse.
»Und du glaubst das auch noch! Das Lächerlichste an der ganzen Sache ist, daß ich mich nicht einmal meiner besten Freundin anvertrauen kann, daß ich ihr nicht erzählen kann, daß mein Macker mich mit einer Serie betrügt, daß er von einer Seifenoper träumt und daß er mich ›Saga‹ nennt, wenn wir miteinander schlafen.«
»Du übertreibst. Das habe ich nie getan.«
»Richtig. Weil wir ja gar nicht mehr miteinander schlafen.«
»Sofort, auf der Stelle, wenn du willst...«
»Ich nehm dich beim Wort.«
Dieses Biest! Ich wußte, daß sie das sagen würde.
»Hör mal, wir können's auch lassen.«
Diese Art von Gesprächen würde ich in einem Restaurant lieber vermeiden. Ausgerechnet wenn wir nach langer Zeit wieder mal zusammen ausgehen.
»Würdest du dir gern das Büro ansehen, Liebes? Ich könnte dann schnell eine Sache nachlesen, die mir nicht aus dem Kopf geht.«
»Sag, daß du das nicht ernst meinst...«
»Sie haben uns einen gigantischen Fernseher mit Kabelanschluß gebracht.«

»Erzähl bitte nicht auch noch, daß es ein Sofa und eine Kaffeemaschine gibt.«

»Na klar.«

»Dann hast du ja alles, was du brauchst, um dort deine Nächte zu verbringen.«

Abrupt steht sie auf und verläßt das Lokal, ohne mich auch nur eines Blickes zu würdigen. Ihre Eifersucht steht ihr so gut, daß ich für einen Moment Lust bekomme, ihr zu folgen.

Ich mag es nicht, mich mit Charlotte zu streiten, aber andererseits sind das die einzigen Momente, in denen mir klar wird, wie verrückt ich nach ihr bin. Sie hat eine Schönheit, die achtundneunzig von hundert Männern kaltläßt, die restlichen zwei aber fasziniert. Ich bin einer von den zweien, und glücklicherweise ist der andere noch nicht aufgetaucht. Ich verstehe übrigens nicht, wie man sie in Ruhe lassen konnte, bevor wir uns begegnet sind.

Jetzt biegt sie um die Straßenecke, das Luder.

Ich erinnere mich sogar daran, daß ich eine seltsame Unruhe empfand, als ich sie das erste Mal ansah. Ich schwor mir, falls sie zu meinem Pech bereits in festen Händen wäre, ein ausschweifendes Leben zu führen, ohne mich jemals fest zu binden.

Sie verschwindet in der Metrostation Saint-Sébastien.

Spindeldürre Arme, überall Sommersprossen. Um ihren Typ »Herbstlaub« noch zu unterstreichen, färbt sie ihre Haare mit Henna und trägt nur braune Klamotten. Tolle Beine. Die sind das beste an ihr, die Beine. Sie weiß das. Als sie mir vorschlug zusammenzuziehen, habe ich nur unter der Bedingung zugestimmt, daß sie nie wieder Miniröcke trägt. Sie hat mir alle möglichen Schimpfwörter an den Kopf geworfen, aber schließlich habe ich mich durchgesetzt.

Sie steigt in die Metro, ohne sich auch nur umzuschauen, ob ich ihr gefolgt bin.
Es kommt nicht in Frage, ihr jetzt hinterherzulaufen. Eifersüchtig auf eine Serie? Lächerlich! Wie oft schon habe ich ihr erklärt, daß »Saga« die Chance meines Lebens ist, aber sie will es nicht verstehen. Ich bin auf dem besten Weg, ein Drehbuchautor zu werden, ein richtiger, aber das interessiert sie nicht. Ein Drehbuchautor, verdammt noch mal! Wenn sie sich noch ein bißchen geduldet, dann bin ich in wenigen Monaten wirklich einer.

—

Die Hände in den Taschen vergraben, bummle ich durch die Stadt und frage mich, was die anderen drei wohl jetzt nach Mitternacht machen. Ich stelle mir Mathilde vor, umgeben von roten Rosen, in einen Roman vertieft, den sie liest oder schreibt. Jérôme ist in einem leeren Kinosaal dabei, die Dialoge von »Terminator« auswendig zu rezitieren. Und Louis, in Morpheus Armen, träumt von seinem geliebten Maestro.
Ich finde den Lichtschalter nicht, gehe daher im Dunkeln die Treppe hoch und ein Stück über den Flur. In unserem Büro flimmert der Fernseher. Wir lassen ihn den ganzen Tag ohne Ton laufen, und keiner hat daran gedacht, ihn beim Weggehen auszuschalten. Ich taste mich zum Sofa, um die Fernbedienung zu suchen. Auf dem Bildschirm läuft ein Clip mit einem Mädchen, ziemlich sexy, den Körper von nassen Tüchern umhüllt.
Da berührt meine Hand etwas Lebendiges. Ich stoße einen kleinen, albernen Schrei aus und springe zurück.
»Entschuldigen Sie ...«
Ein Schatten, den ich nur schemenhaft erkennen kann, auf dem Sofa in sich zusammengekrümmt. Ich schiebe den

Halogendimmer bis zum Anschlag. Ein junger Mann sieht mich mit schuldvollem Blick an. Es sind die Augen Jerômes, wie dieser zum ersten Mal das Büro betrat.

»Wer sind Sie?«

»Er ist mein Bruder ... Er ist zur Apotheke.«

Er bleibt zusammengesackt auf dem Sofa sitzen, nachdem er ein- oder zweimal vergeblich versucht hat, sich aufzurichten.

»Heißen Sie Durietz?«

»Tristan.«

»Sie sind jünger als Jérôme.«

»Drei Jahre.«

»Ich heiße Marco. Wollen Sie einen Kaffee?«

Seine traurigen Augen verneinen, unwiderstehlich vom Bildschirm angezogen. Er will nur in Ruhe mit der Fernbedienung vor dem Fernseher sitzen, und ich kann das verstehen.

Es gibt keine bessere Erfindung als dieses kleine Fenster zur Welt, um für einige Stunden eben diese zu vergessen. Mit einer Handbewegung mache ich Tristan deutlich, daß ich ihn nicht stören will. Dann schalte ich meinen Computer ein.

Ich erinnere mich noch an Ségurets Reaktion, als Jérôme ihn um einen Vorschuß für das Medikament seines Bruders bat. »Meinen Sie nicht, daß Sie etwas übertreiben?« Auch ich war damals der Meinung, er würde ein Klischee verwenden, das sich schon Dickens verkniffen hätte. Womit wieder einmal bewiesen wäre, daß einem Drehbuchautor nie geglaubt wird, wenn er die Wahrheit sagt.

Ich überfliege die Szene zwischen der hochbegabten Mildred und dem dümmlichen Bruno. Von Anfang an stimmt etwas zwischen den beiden nicht, und ich komme nicht darauf, was es ist. Mildred muß selbstverständlich ihre etwas merkwürdige Art behalten, ich möchte aber auch, daß man sie anziehend findet. Nicht nur ein weiblicher Savonarola in einer Sozialwohnung. Bruno müßte sich körperlich mehr zu ihr hingezogen fühlen. Vielleicht kann ich ja etwas Neues zusammenbasteln.

12. SCHLAFZIMMER MILDRED. INNEN. TAG.

Mildred liegt auf ihrem Bett, über ihr hängt ein Riesenposter von »Das Phantom der Oper«. Mit einer Zigarette in der Hand schaut Bruno durch das Loch in der Wand in sein eigenes Zimmer und lacht sich kaputt.

BRUNO: Du hast mein Bett ja voll im Blick, du schreckst wohl vor überhaupt nichts zurück?

MILDRED: Beruhige dich. Ich weiß, daß Jugendliche ihre Intimsphäre mehr als alle anderen brauchen. Ich war auch mal in dem Alter.

BRUNO: Für mich bist du genauso alt wie ich, trotz deiner Intelligenz.

Er geht auf sie zu, setzt sich aufs Bett und legt vorsichtig seine Hand auf Mildreds Wade.

Sie schiebt sie energisch weg.

Er zuckt nur mit den Schultern.

BRUNO: Und wenn ich dir sagen würde, daß ich dich gestern abend völlig nackt gesehen habe, als du aus der Dusche gekommen bist?

Mildred richtet sich mit ernstem Blick auf.

MILDRED: Das ist nicht wahr! Du hättest meine Narben erwähnt!

BRUNO: Was?

MILDRED: Kennst du die Legende von der Medusa? Die jeden in den Wahnsinn stürzt, der ihr ins Antlitz blickt. So ergeht es allen, die mich nackt sehen.

BRUNO: Was soll dieser Unsinn?

MILDRED: Seit dem Feuer in unserem Haus in Bel Air ist es so. Ich schlief ganz friedlich in meinem Himmelbett …

BRUNO: Was?

MILDRED: Bemerkenswerterweise habe ich nichts gespürt, durch die giftigen Gase bin ich in ein Halbkoma gefallen, das mehrere Tage angedauert hat. Anscheinend haben sich die Moskitonetze in meine Haut eingebrannt, Verbrennungen vierten Grades. Es hat wahnsinnig lange gedauert, bis man sie mir auf dem OP-Tisch von der Haut gelöst hat. (*Sie legt ihre Hand auf die Körperteile, die sie nacheinander erwähnt.*) Die Haut meiner Beine sieht aus wie Käse auf einer Pizza, an der rechten Hüfte bin ich von einer glühenden Matratzenfeder wie texanisches Vieh gebrandmarkt, und auf der Brust habe ich … ich weiß nicht, wie ich es beschreiben soll … Blasen und komische Mulden … Man sagt, ich muß noch fünf bis sechs Jahre warten, bis ich diese Wunden einem Spezialisten für plastische Chirurgie zeigen kann. Aber ich bin mir nicht ganz sicher, ob ich es überhaupt tun werde, denn letztlich hänge ich an diesem Körper.

Bruno, ergriffen, steht auf und stürzt zur Tür.

BRUNO: Du bist ja verrückt. Kein Wort davon ist wahr, kein einziges Wort!

MILDRED: Du kannst es ja nachprüfen, wenn du den Mut dazu hast, kleiner Spanner.

Er schlägt die Tür hinter sich zu.

»Marco?«

Noch etwas benommen, sehe ich vom Bildschirm auf. Jérôme steht leicht beschämt mit einer Papiertüte vor mir. Ich beginne, mich an seine schlottrige Gestalt und seinen vorzeitig gealterten, müden Blick zu gewöhnen. Sollte die Regierung jemals eine antiamerikanische Kampagne star-

ten, würde man sein Konterfei für die Propagandaplakate nehmen. Nicht einmal in der Bronx trägt man löchrige Jeans mit einer derartigen Lässigkeit, seine Gestik würde einen Breakdancer wie eine antike Statue aussehen und seine Yankee-Flüche jeden Zuhälter der 42. Straße rot werden lassen. Man könnte glauben, das sei alles nur geschickt kopiert, aber das ist nicht wahr: Jérôme wurde so *geboren*, und ich kann ihm nur schwer glauben, wenn er schwört, Paris noch nie verlassen zu haben.
Sein Bruder hat ihn nicht einmal kommen sehen und schaut sich friedlich einen Film an.

»Normalerweise ist er in einem Heim, aber seit sechs Monaten kann ich nicht mehr zahlen.«
»Du mußt mir nichts erklären.«
In Wirklichkeit will ich, daß er mir alles erzählt, aus Neugierde, aber nicht nur deswegen. Ich will verstehen, wie man sich fühlt, wenn man sich in der Gosse wiederfindet, mit einem labilen Bruder am Hals, ohne Ausweg. Jérôme reicht mir ein kaltes Bier, das er sich aus dem Kühlregal im gegenüberliegenden Laden geholt hat. Ich spüle zwei Becher aus. Etwas Hochprozentiges wäre jetzt ideal, dieser kleine brennende Schluck, der einem Gespräch unter Männern den gewissen Kick gibt. Jérôme läßt Tristan zwei Tabletten mit einem Schluck Bier hinunterspülen, dann setzt er sich zu mir an den Schreibtisch.
»Er hat die Friedreich-Krankheit, eine Lähmung der unteren Glieder, die von Jahr zu Jahr schlimmer wird. Er kann sich nur wenige Minuten pro Tag bewegen. Er muß sich ausruhen und zu festen Zeiten krampflösende Mittel für die Muskeln einnehmen. Er braucht nur einen Platz, um sich fallen zu lassen, mehr nicht. Sobald wir bezahlt werden, kann ich ihn zurück ins Heim bringen.«

Er spricht von alldem mit der Gleichgültigkeit eines Menschen, der das Dramatische verachtet, alle Dramen, die Dramen des Lebens, jene Dramen, die sich niemals zum Guten wenden. Ich habe ihm etwas Geld angeboten, um die Wartezeit zu überbrücken, aber er lehnt ab.
»Wenn ich meine vier Millionen Dollar hätte, dann würde ich ihn mit einer oder zwei Krankenschwestern in Malibu unterbringen.«
»*Deine* vier Millionen Dollar?«
Er hat es natürlich mit Absicht gesagt, und ich bin sofort darauf hereingefallen. Ich spüre, daß Jérôme das unbändige Verlangen verspürt, sich mir anzuvertrauen. Er beugt sich zu meinem Ohr hinunter, ernst.
»›Deathfighter‹. Schon mal davon gehört?«
»›Deathfighter‹? Drei Millionen Zuschauer in Paris und Umgebung innerhalb von acht Wochen. Vier Oscars, davon der erste an Schwarzenegger als den besten männlichen Hauptdarsteller. Er weinte bei der Preisverleihung, es war ergreifend. Man hätte ihn genausogut Stallone geben können. In den Staaten selbst nähert sich dieser Film der sagenhaften Besucherzahl von ›E.T.‹, und wenn es so weitergeht, spielt er mehr ein als ›Batman‹.«
»›Deathfighter‹, das bin ich.«
Ein anderer hat das schon einmal vor langer Zeit gesagt, von der Figur der Emma Bovary. Damals hat das kaum einer geglaubt.

Ich ging nach Hause und ließ mich unter die Laken zu meiner Liebsten gleiten. Als ich ihren so herrlich abweisenden Rücken sah, mußte ich meine Hand bremsen und mich einige Zentimeter von ihr wegrollen, um sie nicht zu berühren.
Ist es meine Schuld, wenn ich nicht bei der Sache bin? Ich

hatte Lust, sie zu wecken und ihr zu raten, mich nicht weiter zu beachten. Ihr zu sagen, daß ich momentan nichts Besonderes zu erzählen habe, daß ich an andere Leute als an sie denke, an fiktive Personen, die ihrer Eifersuchtsszenen nicht im geringsten wert seien. Und daß ich sie immer noch so sehr liebe. Und daß ich noch ein ganzes Leben vor mir habe, ihr das immer wieder zu sagen.
Aber ich konnte es nicht.

—

Mathilde wird von Tag zu Tag schöner. Man möchte sie auf den Schoß nehmen, um zu zweit Dialoge zu schreiben, ohne auch nur ein Wort zu sagen, wie Liebende, die in demselben Buch lesen und aufeinander warten, bevor sie umblättern. Sie ist von morgens bis abends taufrisch und riecht wahnsinnig gut. Ganz egal, ob sie da ist oder nicht, ihr Wesen hüllt uns ein und läßt uns ab und an von unserer Arbeit aufblicken.
Sie hat es anfangs fertiggebracht, uns vergessen zu lassen, daß sie die einzige Frau in unserer Gruppe ist, aber seit achtundvierzig Stunden ist das verlorene Liebesmüh. Sie birgt in sich die Erinnerung Hunderter Herzdamen und das Leben Tausender Geliebter, die gegen ihren Willen auftauchen. Unsere Arbeit wird davon beeinflußt: Wir tun alle dreimal soviel.
»Dafür gibt es eine Erklärung«, sagte Louis eines Abends, als sie früher gegangen war. »Wenn man im Mittelalter eine offene Wunde bei lebendigem Leibe ausbrennen wollte, brauchte man zehn Männer, um den Verletzten stillzuhalten, das war immer mit Gewalt und Schmerzen verbunden. Bat man aber das schönste und jüngste Mädchen des Dorfes, die Hände des Verletzten zu halten, hatte es leichteres

Spiel als die zehn Männer. Ohne Mathilde würden wir wahrscheinlich nur herumtrödeln.«
»Glauben Sie, daß sie mit jemandem zusammenlebt?« fragte ich.
»Sieht nicht so aus«, meinte Louis. »Ich habe sie einmal abends nach Hause gebracht, und sie hat mich auf einen Kaffee hereingebeten.«
Louis, den Jérôme und ich insgeheim den »Alten« getauft haben, der Kapitän unserer geliebten Besatzung, hat jetzt zum zigsten Mal den Beweis für die Privilegien des Alters geliefert. Wir haben ihm das Messer an die Kehle gesetzt und ihn gezwungen, uns *alles* über die Welt der mysteriösen Mathilde, Königin der Liebe, zu erzählen.
»Eine ganz normale Einrichtung, nüchtern, zweckmäßig und ganz dekorativ. Sind Sie enttäuscht?«
»Wir sind wahnsinnig enttäuscht.«
»Was haben Sie sich denn vorgestellt? Möbel aus Rosenholz? Vorhänge und Bettüberwürfe von Laura Ashley? Kissen in Herzform?«
»Überall Blumen und kein welkes Blatt auf dem Boden.«
»Nippes in der Diele, ein großer Flakon ›Loulou‹ im Bad.«
»Marie-Brizard- und Chartreuse-Likör! Eine gigantische Plüschmaus!«
»Ein Riesenposter von Barbara Cartland!«
»Sie phantasieren, meine Herren. Aber ein kleines Trostpflaster kann ich doch anbieten: Ich habe immerhin auf dem Klo ein Foto der Brontë-Schwestern entdeckt.«
Mit der Zeit bekomme ich eine ganz genaue Vorstellung davon, wer meine Partner sind und wie sie auf ihre Umwelt reagieren. Wenn wir die kleinen Signale des einen oder anderen während der zehn bis zwölf Stunden gemeinsamer Arbeit nicht wahrnehmen würden, wäre unsere Harmonie bald zum Teufel. Louis kommt immer wie-

der auf seinen Maestro zu sprechen, so natürlich und detailliert, daß er sich das unmöglich alles ausgedacht haben kann. Abends, wenn Jérôme und ich noch Lust haben, Überstunden zu machen, sprechen wir häufig über ihn. Wir sind inzwischen davon überzeugt, daß Louis tatsächlich mit dem großen Meister gearbeitet hat. Wie, warum, für welchen Film? Ich möchte ihn nicht so direkt ausfragen, er soll seine Geschichte lieber selbst langsam enthüllen, wie eine Stripteasetänzerin, die besser als alle anderen die Reaktionen ihres Publikums vorhersehen kann. Seine Anwesenheit beruhigt uns, seine Rolle als Kapitän ist unbestritten. Wir sind übereingekommen, ihm bei allen Verhandlungen mit der Produktionsleitung voll und ganz zu vertrauen. Er hat sich um unsere Verträge gekümmert und hat beim Sender versucht, noch mehr herauszuschinden. Keiner hätte es besser machen können. Heute morgen hat er endlich unsere Schecks bekommen und wie Fleißbildchen ausgeteilt. Ohne einen Blick auf die Summe zu werfen, schiebt Mathilde den Scheck in ihre Handtasche. Jérôme stößt ein Freudengeheul aus und küßt das Stück Papier. Von uns allen braucht er das Geld am dringendsten.
Laut Louis äußert sich Séguret überhaupt nicht zu unserer Arbeit. Er schaut die Folgen nur oberflächlich durch und gibt alles an seinen Assistenten weiter, der den Etat ausrechnet und den Plan festlegt. Gestern hat man mit den Dreharbeiten für die Pilotsendung begonnen. Es wurde beschlossen, statt der üblichen zehn Minuten pro Tag fünfundvierzig abzudrehen, was gewisse Vermutungen über die Qualität des Endprodukts zuläßt. Niemand ist auf die Idee gekommen, uns die Darsteller vorzustellen oder uns wenigstens Fotos zu zeigen. Eines ist uns klar: Keiner ist bekannt und nur dreiviertel von ihnen sind

wirklich professionelle Schauspieler. Séguret behauptet, daß neue Talente noch alles zu beweisen haben. Und er sagt auch, daß man mit Statisten Wunder erleben kann, wenn man ihnen eine Chance gibt (»Denken Sie an Marilyn Monroe!«).

Jeder Darsteller erhält fünfhundert Franc pro Tag. Zu diesem Preis würde kein Klempner auch nur einen Finger rühren. Wir hatten zwar kein Wunder erwartet, aber jeder von uns hat einen längeren Monolog, einen Lieblingsdialog oder einen Satz, bei dem er an Laurence Olivier oder Anna Magnani gedacht hat.

»Uns haben sie schließlich genauso billig eingekauft«, seufze ich. »Geben wir ihnen eine Chance.«

Eine Anzahl von Klicks ertönt, und jeder setzt sich vor seinen Bildschirm. Tristan, »Das Ding«, sitzt mit der Fernbedienung in der Hand zusammengesackt vor seinem Bildschirm. Seit zehn Tagen hat er das Sofa nicht mehr verlassen und es geschafft, daß wir ihn vergessen haben. Man könnte ihn für eine Art Kaltblüter halten, in Beigetönen, mit halbgeschlossenen Augen, völlig unbeweglich. Er sitzt mit Kopfhörern vorm Fernseher, ernährt sich, ohne zu murren, von Pizzen und bewacht den Laden Tag und Nacht. Man muß sich nur davor hüten, ihn allzu lange anzusehen, um nicht von Schwermut befallen zu werden. Eigentlich sind wir über seine Gegenwart mehr oder weniger glücklich. Und seitdem ich weiß, daß sein Bruder virtuell vier Millionen Dollar schwer ist, betrachte ich die beiden als meine Familie.

Der Alte hat uns gefragt, ob wir noch Änderungen an Folge vier beabsichtigten. Jérôme findet, daß ich Jonas' Nachforschungen über das verbotene Zimmer der Fresnels (das Mildred unbedingt betreten will) zu schnell abgehandelt habe. In einer Szene streife ich die Theorie eines verborgenen Schatzes, ohne ernsthaft näher darauf einzugehen. Es könnte sich um alles mögliche handeln – nicht unbedingt ein richtiger Goldschatz, sondern eher etwas, das keinen finanziellen Wert besitzt. Ein Akt von van Gogh, die Büchse der Pandora, eine Mumie, ein Stück Holz von Jesu Kreuz. Jérôme könnte sich gut die verlorene Waffenkammer eines vergessenen Krieges vorstellen. Einen Schrank voller Handgranaten und Panzerfäuste, die vor sich hin rostend auf ihren Einsatz warten. Louis hätte das Zimmer lieber für einen bestimmten Zweck, als Falschgelddruckerei oder chemisches Labor. Die Idee des Labors lassen wir schnell wieder fallen, weil es zu sehr an die Werkstatt des Erfinders erinnern würde. Mathilde hat sich bisher noch nicht geäußert, und als ich sie frage, ob sie etwas dazu beitragen wolle, sagt sie zwar »Ja«, aber es klingt eher wie: »Es ist noch etwas unscharf. Ich möchte es dann lieber gleich schriftlich vorlegen.«

»An was denken Sie?«

»Es ist noch etwas unscharf. Ich möchte es dann lieber gleich schriftlich vorlegen.«

»Okay. Legen wir das verbotene Zimmer also zunächst auf Eis«, sagt Louis.

»Wollen wir Folge siebzehn noch mal gemeinsam lesen?« schlägt Jérôme vor.

Von Anfang an fühlte er sich von der Person der Camille nicht im geringsten angezogen, und er würde sie gerne für eine schöne Intrigantin über Bord werfen.

»Wir ziehen diese Kuh jetzt schon seit vier Folgen durch.«

»Wir müssen noch sechsundsiebzig schreiben, und du willst jetzt schon eine Figur draufgehen lassen? Dafür ist doch noch genügend Zeit, oder etwa nicht?«

»Camille umzubringen scheint mir zum jetzigen Zeitpunkt eher unpassend«, meint Mathilde. »Jonas ist gerade dabei, sich in sie zu verlieben.«
»Na und? Er kann sich auch in eine andere verlieben. Eine, die mehr so ist wie eine...«
»Giftschlange?«
»Genau.«

Schon beim ersten Testlauf wollte Louis aus Camille eine selbstmordgefährdete Figur machen.
»Ein Selbstmord hat nur Vorteile: Er ist edel, ist bedeutungsvoll, ganz Fin de siècle.«
»Aber für Philosophiestudentinnen finde ich das etwas grausam«, sagt Mathilde. »Man kann ja nie wissen, vielleicht sitzt während der Ausstrahlung eine Studentin über ihrer Doktorarbeit, die den Fernseher angelassen hat, um in ihrer Studentenbude nicht so allein zu sein.«
»Sie haben eine blühende Phantasie, Mathilde. Sie sind für diesen Job wie geschaffen.«
»Wir kommen vom Thema ab!« schreit Jérôme. »Wir bringen sie um, Schluß, aus. Wir müssen nur noch überlegen wie.«
Er bleibt hartnäckig, aber Mathilde ist wild entschlossen, für das arme Mädchen zu kämpfen und alles, was in ihrer Macht steht, zu tun, um es zu retten. Louis schlägt einen gerechten Kompromiß vor: Camille wird sterben, wenn keiner von uns dreien sie retten kann. Voll Spannung geht Jérôme auf dieses Spiel ein und regt an, daß jeder von uns seinen Vorschlag zur Rettung Camilles abgeben soll. Um mit gutem Beispiel voranzugehen, macht sich Louis als erster ans Werk.

17. SCHLAFZIMMER CAMILLE. INNEN. ABEND.

Camille trägt ein weißes Kleid, sie sitzt auf einem Schaukelstuhl und sieht die Nacht hereinbrechen, in ihrer Hand hält sie ein Buch mit dem Titel »Die Stoiker«. Laut liest sie einen Absatz über den Selbstmord vor. Sie nimmt einen Revolver aus der Kommode, entsichert ihn und steckt den Lauf in den Mund. Plötzlich klopft es an der Tür. Sie versteckt den Revolver hinter ihrem Rücken und öffnet. Überrascht läßt sie ihren Onkel Fred herein, der sich niedergeschlagen auf ihr Bett setzt.

FRED: Erinnerst du dich noch an die Erfindung, an der ich arbeite, seit du klein bist ...

CAMILLE: Dieses Wunderkästchen? Das Ding, das jeden unsterblich macht, der es bei sich trägt?

FRED: Meine Maschine kann jeden tödlich Verletzten innerhalb einer Stunde ins Leben zurückholen. Egal, ob es sich um einen Herzinfarkt, einen Schlaganfall oder um einen schlimmen Unfall handelt, mein Kasten kann ... wie soll ich es sagen ... in die Vergangenheit zurückgehen. Jetzt endlich, kurz vor dem Ziel, wird mir klar, daß ich dazu verdammt bin, ihn nie in Funktion zu sehen.

CAMILLE: Warum?

FRED: Weil ich meine Tests nur an Personen durchführen kann, die gerade gestorben sind.

CAMILLE: Na und? Die Krankenhäuser sind voll davon!

FRED *mit einem Achselzucken*: Im Vergleich zu meiner Erfindung befindet sich die Medizin zur Zeit noch im Mittelalter. Willst du, daß man mich wie einen Ketzer verbrennt? Einstein hat schon gesagt, daß es schwieriger ist, ein Vorurteil zu zerstören als ein Atom, und der Tod ist in höchstem Maße tabu. Außerdem müßte ich da sein, genau in der richtigen Minute, das ist unmöglich ...

CAMILLE *ernst*: Und wer wäre deiner Meinung nach die ideale Versuchsperson?

FRED: Ideal, *er beginnt zu träumen.* Das wäre ... ein Mensch, der sich auf jede nur mögliche Art und Weise selbst umbringt, unter meiner Aufsicht, und den ich immer wieder zum Leben erwecken könnte, bei jedem Testversuch! Aber wie lange wird es noch dauern, bis ich ihn finde? Und wie kann ich ihn davon überzeugen, sich mir anzuvertrauen? Wahrscheinlich werde ich sterben, bevor ich ihn getroffen habe, und die Arbeit eines ganzen Lebens, diese Hoffnung für die Menschheit, wird mit mir sterben.

»Diese Geschichte mit dem Wunderkasten ist total unfair«, sagt Jérôme. »Wenn du wirklich glaubst, sie so retten zu können...«
Und mit großzügiger Geste fügt er noch hinzu: »Aber ich werde ihr eine zweite Chance geben...«
Mathilde setzt sich vor ihre Tastatur.

Nach einer kurzen Pause bringt Camille ihren Onkel zur Tür.
CAMILLE: Ich bin überzeugt, daß du deine Versuchsperson eines Tages finden wirst.
Sie gibt ihm einen Kuß und schließt die Tür. Sie greift wieder zum Revolver und drückt ihn an ihre Schläfe. Bereit abzudrücken, kneift sie ihre Augen fest zu. Plötzlich entreißt eine Hand ihr den Revolver. Sie dreht sich fassungslos um und sieht Jonas.
CAMILLE: Wer hat Ihnen erlaubt hereinzukommen? Sogar meine Familie klopft vorher an.
Er nimmt die Kugeln aus der Trommel.
CAMILLE: Verschwinden Sie!
JONAS: Sie wissen, daß ich Sie wegen illegalen Waffenbesitzes festnehmen könnte.
CAMILLE: Er gehörte meinem Vater. Sie würden es nicht wagen, mir die letzte noch verbliebene Erinnerung an ihn zu nehmen.

Er geht auf sie zu, um sie in seine Arme zu nehmen. Sie stößt ihn weg.

JONAS *trocken*: Okay. Da Sie es unbedingt so wollen, kann ich Ihren Tod gebrauchen. Haben Sie von Pedro »White« Menendez gehört?

CAMILLE: Dem Terroristen?

JONAS: Er ist in Paris, wir rechnen mit einer neuen Welle von Attentaten in der Stadt, und das schlimmste daran ist, daß wir nichts in der Hand haben, um gegen ihn vorgehen zu können. Er ist zwar der Kopf dieser Organisation, aber er mischt sich nie persönlich ein. Wir können ihn nicht stellen, er wohnt in einem der besten Hotels, jeder weiß das, so unglaublich frech bietet er uns die Stirn. Hunderte unschuldige Menschen werden umkommen, und wir sind machtlos.

CAMILLE: Was kann ich dabei tun?

JONAS: Wir sind überzeugt, daß Menendez' Tod das Ende seiner terroristischen Organisation bedeuten würde. Alle legalen Mittel sind ausgeschöpft. Wir müssen ihn umbringen, so einfach ist das.

CAMILLE: Kann es sein, daß Sie mir gerade ein Selbstmordkommando vorschlagen?

»Da er sie nicht am Leben halten kann, wird er ihren Tod glorifizieren. Gibt es einen besseren Liebesbeweis?« fragt Mathilde.

Ich bin davon überzeugt, daß bei einem Sendetermin nach vier Uhr morgens diese Art von psychologischem Blödsinn völlig bedeutungslos ist. Aber ich wäre durchaus bereit, die Logik dieser Szene noch auszubauen. Ich finde allmählich Gefallen an dem Gedanken, daß man sich in diesem Haus nicht so ohne weiteres umbringen kann.

Man muß von folgender grausamen, aber klaren Feststellung ausgehen: Wer sich bewußt ist, daß er nur noch einige Stunden zu leben hat, wird zum ersten Mal in seinem Leben ein unbändiges Freiheitsgefühl verspüren. Eine allumfassende Freiheit, ohne Grenzen, ohne Tabus. Eine über allen Gesetzen stehende Freiheit.
Es wäre die reinste Verschwendung, diese Freiheit nicht zu nutzen!
Eine ganze Schar von Individuen zieht jetzt durch Camilles Zimmer, um ihrem Freitod einen Sinn zu verleihen. Es ist kinderleicht, in weniger als einer Stunde ungeheuer reich zu werden, aber soviel Korruption widert die Verzweifelte an. Einen Augenblick lang ist sie von der Idee einer Organspende in absolut frischem Zustand angetan, aber der Gedanke an das menschliche Puzzle, das dann aus ihrem Körper würde, macht ihr angst. Man schlägt ihr eine ganze Reihe von mythischen Todesarten vor, die jahrzehntelang Geister beschwören könnten, aber wozu? Ihr Handeln ist nur dann von Bedeutung, wenn es von hoher Ästhetik und damit zwecklos ist.
Camille läßt sich überzeugen und schiebt ihre Entscheidung auf, bis sie in ihrem Tod einen Sinn gefunden hat.
Jérôme liest die Szene zu Ende und legt die Blätter zurück auf den Tisch.
»Diese Schnepfe ist gerade noch mal davongekommen. Es hätte nicht viel gefehlt.«
Louis, Mathilde und ich stoßen einen Seufzer der Erleichterung aus. Obwohl noch nicht gänzlich außer Gefahr, hat Camille einen Aufschub gewonnen. Fortsetzung folgt.
Es ist zwölf Uhr mittags. Jérôme stürzt zum Telefon, um Pizzen zu bestellen. Sein Bruder sieht mit weit aufgerissenen Augen irgendwas Brasilianisches an. Mathilde speichert die gesamte Folge siebzehn auf Diskette.

Ein ockergelber Sonnenstrahl bricht durch den Herbsthimmel. Der Tag ist noch lange nicht vorbei. Wir müssen über unsere kleine Welt wachen.

»Abgesehen von Gott und Drehbuchautoren«, hat der Alte gefragt, »kennen Sie sonst noch jemand, der ganze Schicksale in der Hand hat?«

Allerheiligen fällt auf einen Donnerstag, und wir sind alle im Büro, als ob keiner von uns einen Toten hätte, dem er seine Aufwartung machen müßte. Einer von uns macht eine dementsprechende Bemerkung, und nur der Alte nimmt dies zum Anlaß festzustellen, daß seine Frau sich niemals auf dem Friedhof herumgetrieben hätte, wenn er als erster gestorben wäre. Er ist der Meinung, daß es weitaus angenehmere Gelegenheiten gäbe, sich zu erkälten (zum Beispiel auf dem Riesenrad in den Tuilerien), und daß alle Chrysanthemenverkäufer Halsabschneider seien. Er fügt hinzu, daß seine Frau ihn wegen eines Schauspielers verlassen habe, dem er möglichst nicht begegnen wolle.
»Ich fahre schon nicht mehr zum Filmfestival nach Cannes, um nicht mit ihm zusammenzutreffen, da werde ich mich doch nicht an Lisas Grab erwischen lassen.«
Louis spricht völlig ungezwungen von Lisa. Er läßt keine Gelegenheit aus, die Frau zu erwähnen, die er so sehr geliebt hat und die ihn so sehr verletzt hat. Ich weiß nicht, ob es Geschmacklosigkeit ist oder einfach das Verlangen, sich alles von der Seele zu reden. Mathilde sieht diese Beziehung mit der wissenschaftlichen Neugierde eines Geologen. Aus was bestand diese Liebe? Wie sahen die oberflächennahen Schichten aus? Was war tief im Inneren? Welcher Teil war am bröckeligsten? Louis behauptet, Lisa hätte ihn wegen seiner grenzenlosen Aufopferung für den Maestro verlassen. Sie habe nicht verstehen können, daß er seine eigene Karriere geopfert hatte, um dem Genie beim Schreiben sei-

ner Meisterwerke zur Hand zu gehen. Ich, bereit, für eine Nachtserie wie ein Besessener zu arbeiten, kann mir die unglaubliche Ehre nicht vorstellen, zum engen schöpferischen Kreis des Maestro zu gehören.

»Was für ein Schauspieler war der Kerl, der dir Lisa weggeschnappt hat?« fragt Jérôme.

»Einer von denen, die Shakespeare auf der Bühne rezitieren. Vollblutschauspieler. Ein Theatermensch reinsten Wassers.«

Lisa hätte ihn letztlich auch dann verlassen, wenn er den Maestro nie getroffen hätte, denn seine Arbeit steht nicht im Scheinwerferlicht. Wie er sie beschreibt, liebt sie Glitzer, Glamour und Bravorufe, und ein Drehbuchautor wird immer als letzter auf die Bühne treten, auch wenn er an dem Ganzen seit der ersten Minute beteiligt ist. Die Welt hat nur Augen für die Schauspieler. Ein Drehbuchautor erschafft zwar Träume, aber er ist nie selbst einer.

»Wenn er am Theater ist, steht er bestimmt erst spät auf und geht nicht vor zwei oder drei Uhr nachmittags auf den Friedhof«, sagt Mathilde.

»Wer weiß? Im übrigen, haben Sie schon das heutige Arbeitspensum gesehen?«

Séguret hat uns die Folge Nummer zehn zurückgeschickt und angestrichen, was ihm unklar erschien. Die Korrekturen haben uns zwei Stunden gekostet. Séguret ist es völlig egal, ob er etwas versteht oder nicht, er bedauert nur, daß einige Sätze, teilweise auch ganze Episoden, den Lauf der Dinge verlangsamen.

»Ich hätte gedacht, Séguret würde das Wort ›Apogäum‹ verstehen.«

»In welchem Dialog?«

»Szene einundzwanzig, als Jonas dummes Zeug von sich gibt und Mildred ihm antwortet, es handle sich um das ›Apogäum der mongolischen Denkweise‹.«

»Schreib einfach ›Zenit‹. Das klingt auch gut: ›Zenit der mongolischen Denkweise‹.«
»Bin mir nicht sicher, daß er das eher kapiert. Ersetze es durch ›Höhepunkt‹, ›Gipfel‹ oder ›Spitze‹.«
Offenbar sind die Dreharbeiten der Pilotsendung und der Nummer zwei ziemlich gut gelaufen. Séguret hatte keine Zeit, uns einen Mitschnitt zu machen, aber er meint, wir sollten die Folge anschauen, die in zwei Tagen ausgestrahlt werde. Er findet das Ergebnis »gar nicht so schlecht«, mit »ein oder zwei guten Szenen«. Der Programmdirektor hat noch nichts gesehen, und man kann mit Recht vermuten, daß es ihm auch völlig egal ist. Er hat schon genug mit der Programmgestaltung seiner Spielfilme, seiner Reality-Shows und den Nachrichten am Hals. Unsere Folgen drei und vier werden gerade abgedreht. Wir liegen gut in der Zeit.
»Ich dachte, Séguret wäre ein Typ, der Sätze wie ›Ich habe deinen Vater gesehen, Jonas. Er war sturzbetrunken und wedelte mit den Armen herum, als wolle er einen imaginären Sarg zunageln‹ zu schätzen weiß.«
»Er ist ja auch nicht der Typ, der uns für die Episode fünfundfünfzig lobt.«
Ach ja! Episode fünfundfünfzig! Wir haben den Strom abgestellt, weil Marie ihre Rechnung nicht bezahlt hat. Die gesamte Szene spielt im Dunkeln, man erkennt nur, daß sich »jemand« im gleichen Zimmer aufhält wie sie. Zu Anfang hat sie Angst, dann erregt sie die Situation, und schließlich hört man kleine unterdrückte Seufzer. Ich weiß nicht, wie sich die Schauspielerin, die Marie darstellt, aus der Affäre ziehen wird. Es muß eine schauspielerische Glanzleistung sein. Was Séguret daran stört, ist, daß man nie erfährt, wer sich mit ihr in diesem Raum befindet. Ich habe ihm erwidert, daß selbst Marie es lieber

nicht wissen will. Ein Mann, eine Frau, ihr unbekannter Verehrer, ihr Schwager, niemand wird es jemals wissen. Für Séguret ist es wichtig, daß der Zuschauer nicht denkt, es könne sich um ihren Sohn Bruno handeln. Keiner von uns hat an Inzest gedacht! Ein unschlagbarer Beweis dafür, daß die Dunkelheit Nährboden für jedwede Phantasie ist, und die von Séguret überrascht mich jedesmal von neuem. Hoffentlich wird diese Szene so gedreht, wie sie geschrieben wurde.

Der Alte klebt Tausende von Zetteln um seinen Bildschirm herum, ganz vertieft in die Person des Amerikaners Callahan.

»Walter ist ein Trottel. Er lebt nicht richtig, er hat nichts zu sagen, seine Dialoge sind extrem langweilig. Dreiviertel der Zeit ist er sturzbetrunken.«

Ich bin damit einverstanden. Walter lebt in seiner von Alkohol benebelten Welt mit einer gewissen Eleganz, das macht ihn irgendwie charmant. Er ist vor allem auf der Suche nach einer ihm unbekannten Normalität, die er nur durch das Trinken herzustellen glaubt. Beim ersten Glas stellt er fest, daß er nicht dieser Aufschneider ist, von dem ihm jeder erzählt. Beim zweiten wird er zum Durchschnittsmann. Gleichzeitig ist er ein guter Familienvater, auf den man sich verlassen kann.

»Wir müssen irgend etwas extra für ihn erfinden. Irgend etwas ... irgend etwas mit ... mit Herz.«

Bei dem Wort »Herz« richten sich Jérômes und mein Blick auf Mathilde.

»Ich habe an etwas mit Marie gedacht, aber es ist nicht ganz so einfach«, sagt sie. »Der unbekannte Verehrer gewinnt zunehmend an Bedeutung.«

»Zwischenzeitlich können wir Walter eine Geliebte verpassen«, sagt Jérôme. »Sie brauchen nur das Scriptgirl zu nehmen und ihr Gerangel unter der Bettdecke zu filmen. Von Zeit zu Zeit sieht man einen Fuß.«

»Wenn ich von Herz spreche, denke ich an etwas anderes. Ich spreche vom Herzschlag des Lebens! Von Eingebung ...! Von metaphysischem Taumel ...! Gott, der Tod, das Nichts, solche Sachen eben ...«

Louis spielt den launischen Trotzkopf. So etwas passiert immer, wenn wir uns eine Figur vornehmen. Ohne ihn zu seinem wirklichen Alter ego machen zu wollen, hat Louis in Walter gewisse Elemente seines eigenen Lebens einfließen lassen. Der Verlust eines geliebten Menschen ist eines unter vielen. Mit dem Ton eines Jungen, der gefallen will, schlägt Jérôme eine Art existentiellen Tod frei nach Camus vor. Walter könnte Camille töten, um ihr zu helfen, das würde dem guten nachbarschaftlichen Verhältnis einen »emotionalen Schock« versetzen, wie er sagt. Louis sieht nicht gerade begeistert aus.

»Walter beginnt, Gospels zu schreiben, und trifft Gott«, sage ich. »Gott als wirkliche Person!«

Mathilde glaubt, ich scherze, aber sie irrt sich. Wenn Gott überall ist, ist er notgedrungen auch in unserer Serie. Und da scheint es mir nur logisch, ihn auftreten zu lassen. Wir haben noch nicht unsere Nebenfigur für die neunte Folge eingesetzt, sie könnten einen Typ engagieren, der Gott spielt, der dürfte nicht so schwer zu finden sein. Eine kleine Bastelei am Videogerät und – siehe da! – eine Gestalt erscheint, Gott höchstpersönlich, während Walter einen Gospel für ihn komponiert. Man muß diese Szene schon etwas abgehoben schreiben (ein Mann, ein Gospel, ein Gott). Die Idee als solche wirkt sicher etwas verwunderlich, aber Séguret hat uns angefeuert, »egal was« zu schreiben, und ich werde das ausnutzen. Was aber natürlich kein Grund ist, »egal wie« zu schreiben.

Louis reagiert nicht und steht auf. Sieht aus dem Fenster und zündet sich eine Gauloise an.
»Meinen Sie nicht, daß es an der Zeit wäre, uns um Loli zu kümmern?«
»Die Mutter der Kinder? Die vor fünfzehn Jahren verschwunden ist?«
Ich hätte es mir denken können. Louis will Walter eine Möglichkeit geben, die Frau wiederzusehen, die nicht mehr bei ihm ist. In jeder Person der Serie steckt ein Teil von uns. Und wenn Fiktion das Leben imitiert, um so besser.
»Sie ist schon seit langem tot«, sagt Louis. »Walters Absicht ist simpel: Er hat den Todesfall vor seinen Kindern verheimlicht, um bei ihnen kein Trauma auszulösen, hat ihnen erzählt, daß ihre Mutter zwar weggegangen sei, daß sie aber zurückkommen wird. Er hat sich selbst zehn oder fünfzehn Jahre als Frist gesetzt, um sich in eine andere zu verlieben und sie zu bitten, sich bei seinen Kindern als Loli auszugeben, die auf diese Weise schließlich ihre Mutter wiederbekommen.«
»Und das nennst du simpel?«
»Nenn es zumindest verzwickt, aber warum nicht?«
»Ich finde es sehr schön«, meint Mathilde. »Die Rolle, die er sie zu spielen bittet, ist für diese Frau ein Rettungsring. Sie heißt... Eva. Die Liebe hat sie schrecklich mitgenommen. Ihr Leben war geprägt von einer furchtbaren Eintönigkeit, und natürlich hat sie niemals Kinder bekommen. Loli zu werden, ist für sie die Chance ihres Lebens. Eine Abenteurerin, die ihr eigenes Leben der Familie vorgezogen hat und jetzt reumütig zurückkommt und um Verzeihung bittet. Für eine Frau, die nichts mehr vom Leben zu erwarten hat, gibt es keine großartigere Aufgabe. Die Kinder werden sie lieben, der Vater wird sie anbeten. Können Sie sich das im-

mense Liebespotential vorstellen, das mit einem Mal auf diese Unglückliche hereinstürzt?«
Woher kommen diese Ideen? Wie kommen diese Figuren zustande? Eines ist sicher: Man muß zu viert sein, um eine Serie zu erzeugen. Sobald einer von uns einen Wunsch, einen Eindruck oder einen Zweifel in den Raum wirft, findet sich immer ein Kollege, der ihn noch im Flug auffängt. Wer hat diese Eva geschaffen? Alle. Sie ist die Geburt von Louis' Sorge, Mathildes Feinfühligkeit und Jérômes Spott. Und sicher auch ein bißchen meines Schweigens.

—

Als es Zeit wird, uns zu trennen, zögere ich, zu Charlotte zurückzukehren. Wie jeden Abend wäre es uns unmöglich, das Paar zu spielen, das sich für den Alltag des anderen interessiert. Um unser Schweigen zu überbrücken, müßte ich mir ihre Bürogeschichten anhören, und da liegt meines Wissens ihr einziger Fehler: Sie hat nicht das geringste Talent, Geschichten zu erzählen. Ein Streit mit einer Kollegin wird zu einem monotonen Bericht. Sie erwähnt eine Vielzahl von Leuten, die ich angeblich kennen müßte, und verwechselt die direkte Vergangenheit mit der nahen Zukunft. Sie benutzt mit Vorliebe unmögliche syntaktische Auslassungen, sie beginnt mit der Analyse statt mit der Synthese, dramatische Momente läßt sie im Alltäglichen versanden, und wenn manchmal ein Höhepunkt gekommen zu sein scheint, hat sie ihn einfach nicht wahrgenommen. Sie ist überzeugt, ihre Zuhörer in Bann geschlagen zu haben, und es gelingt ihr auch, weil sie schön, unendlich schön ist, selbst wenn sie sich völlig in ihren Geschichten verheddert.
Obgleich mich ihr Job nur mäßig interessiert – sie bildet leitende Angestellte in einem Unternehmen weiter –, bin

ich der erste, der zugibt, daß sie einen *richtigen* Beruf hat. Ich selbst, Marco, ein kleiner Drehbuchautor, werde noch manchmal rot, wenn man mich fragt, was ich mache. Ich warte auf den Tag, an dem ich mit lauter und fester Stimme verkünden kann, daß ich Söldner des Schicksals, diplomierter Schriftsteller und Berufsfabulierer bin. »Saga« wird meine Feuertaufe.

An manchen Abenden habe ich Lust, die Frau meines Lebens um eine dreimonatige Wartezeit zu bitten. Als müßte ich einen Auftrag erfüllen, weit weg, in Übersee.

Ich trödle noch etwas im Büro herum. Mathilde und der Alte sind verschwunden, Jérôme ist mit seinem Bumerang in den Bois de Boulogne gegangen. Ich bleibe einen Augenblick bei Tristan, ohne zu hoffen, daß er von seinem Bildschirm abläßt, um sich mit mir zu unterhalten. Er sagt nie etwas außer »Danke«, wenn sein Bruder ihm eine Pizza reicht. Mir ist es schleierhaft, wie die Brüder Durietz rund um die Uhr im gleichen Raum mit immer demselben Einheitsfraß zusammenleben können. Wie alle, die schwere Zeiten durchgemacht haben, verbindet die Brüder Durietz ein besonderes Hygienebewußtsein. Sobald der Tag anbricht, nutzen sie das Badezimmer von »Prima« und ziehen sich neue Klamotten an, die der Ältere aus der Reinigung holt. Jérôme leert die Aschenbecher und lüftet. Wenn wir eintrudeln, ist das Büro tipptopp. Séguret kann sich über die eingesparten Ausgaben freuen.

Tristan zappt in der teuersten Sendezeit des Tages herum, zwischen neunzehn und zwanzig Uhr, wenn alle Sender ihre stärksten Geschütze auffahren, um dann das Gros ihrer Werbeblöcke auszustrahlen, wenn die ganze Familie auf die Zwanzig-Uhr-Nachrichten wartet. Tristan hält sich das alles vom Leib, diese abendliche Aufregung nervt ihn. Ich habe versucht, sein Zappingverhalten zu analysieren, konnte seine Logik aber nicht verstehen. Videoclips und Nachrichten kann er überhaupt nicht ausstehen, mit einem Augenzwinkern kann er eine ganze Rap-Band inklusive ihrer drei Tonnen Dezibel zum Teufel jagen oder jedem Sprecher, der ihm gerade das Neueste aus aller Welt mitteilen will, das Wort abschneiden. Werbung spricht ihn nicht an, und er bleibt lieber einige Sekunden bei einem Naturfilm über Tiere oder einer Talk-Show mit Grobheiten und Gemeinheiten, bevor er nach Besserem sucht. Er haßt Zeichentrickfilme und Reportagen über Land und Leute. Er meidet Archivsendungen über den Krieg und Lottoziehungen. Dagegen fasziniert ihn die Wetterkarte, ihn, der nie das Haus verläßt. Er sieht sich von Anfang bis Ende alle Sendungen über Spielfilme und die Vorankündigungen der Kinos an. Früh morgens, vor Morgengrauen, klebt er vorm Tele-Shopping oder vor Kochsendungen. Dieser ganze Bilderschwall ist nichts anderes als ein kurzes Atemholen auf seiner frenetischen Suche nach Fiktion. Spielfilme stehen ganz oben auf der Werteskala. Ein schlechter Film ist besser als eine amerikanische Serie, eine schlechte amerikanische Serie ist besser als eine europäische. Aber er kann sehr schnell eine offenbar fesselnde Folge verlassen und einige Sekunden lang bei einer brasilianischen Seifenoper oder einer Kindersendung verweilen. Dann zappt er wieder zurück zu der Serie, die er problemlos eine Viertelstunde aus den Augen gelassen hat. Denn während dieser Zeit hat Tristan den Mitwirkenden Gelegenheit gegeben, sich bekannt zu machen und die Geschichte in Gang zu setzen. Er muß erst in dem Moment auftauchen, in dem es wirklich zur Sache geht. So kann er mehrere Geschichten auf einmal sehen und sich jeweils nur das Beste herauspicken. Meine Anwesenheit stört ihn nicht. Der Anblick, den er bietet, macht mich fast schwindlig. Ich spüre eine ganze Maschinerie auf Hochtouren, einen hochperfektionierten Computer, der alle Gegebenheiten analysiert, jede erzählerische Sackgasse eliminiert und die fiktionalen Möglichkeiten hochrechnet. Wenn er bei einem Programm bleibt und keine Lust hat, weiterzuzappen, dann hat er endlich die Freude des Kindes wiedergefunden, das sich vom Erzähler einlullen läßt. Und dann helfen ihm seine gesamten seherischen Fähigkeiten nicht mehr.

Meistens liegt er auf dem Rücken, immer mit der Fernbedienung in seiner Hand. Manchmal dreht er sich auf den Bauch, um seine Wirbelsäule zu dehnen, und kehrt dann wieder zur ursprünglichen Position zurück. Nur selten dreht er dem Bildschirm den Rücken zu und schließt die Augen. Dann ist der Moment gekommen, in dem er kurz einnickt, die Filmdialoge aber weiterverfolgt, ein *sine qua non* für seinen Schlaf. Ein zusätzlicher Beweis, daß nur Fiktion reibungslos ins Land der Träume führt. Eine Reportage kann nur zu Schlaflosigkeit führen. Tristan lächelt oder lacht nie, sein Blick bleibt immer gleichmütig. Nur die Fernbedienung lebt. Manchmal erinnert er mich an ein einfältiges Kind, das sich die Nase ob der Wunderdinge eines Aquariums an der Glasscheibe platt drückt, oder an einen alten Mann, der vor einem Lagerfeuer seine eigenen Erinnerungen vergißt.

»Schon als kleiner Junge war er so.«

Jérôme ist zurück, völlig verschwitzt, seinen Bumerang in der Hand. Er öffnet eine kleine Wodkaflasche und reicht mir einen Becher.

»Von seinem Bett aus sah er mich mit meinen Kumpels zum Spielen in den Hof gehen. Wenn ich zurückkam, mußte ich ihm allerdings eine Viertelstunde widmen und ihm alle Dummheiten erzählen, die wir so gemacht hatten. An ereignislosen Tagen mußte ich dann etwas erfinden. Zu

Anfang waren das ziemlich banale Geschichten, um ihm nicht zu sehr weh zu tun.«

Tristan hat die Kopfhörer auf den Ohren. Auf dem Bildschirm lassen soeben einige Explosionen ein gigantisches Museum für zeitgenössische Kunst in die Luft fliegen. Es besteht keine Gefahr, daß er uns zuhört.

»Aber dann hat es schnell gefährliche Ausmaße angenommen, kleine Jungs verlangen ständig nach mehr. Ich mußte ihm Waffenkämpfe, gewaltige Heldentaten und Duelle im Schulhof zusammendichten. ›Das ist das mindeste, was du für ihn tun kannst‹, sagte meine Mutter, immer kurz davor, mir meine ausgezeichnete Gesundheit zum Vorwurf zu machen. Ich weiß natürlich, daß das häßliche Entlein immer vorgezogen wird, aber in diesem Fall hat sie echt übertrieben, die Alte. Tristan und ich haben uns wunderbar ergänzt, ich wollte mich interessant machen, und er war interessiert. Also mußte ich Talent entwickeln.«

»Bist du so dazu gekommen?«

»Zum Drehbuch? Ja.«

Ich zünde mir eine Gauloise aus dem Paket an, das der Alte vergessen hat. Jérôme ist überrascht, daß ich rauche. Ich liebe den Tabak zu sehr, um den ganzen Tag mit einem Stummel im Mund herumzulaufen. Er öffnet das Fenster und schaut hinaus. Kühle Luft strömt ins Zimmer. Ich trinke einen Schluck Wodka, inhaliere noch einmal und verstehe endlich, warum ständig die Gefahren dieser Sucht angeprangert werden. Jérôme blickt in den Sternenhimmel, auf die Dächer, das letzte Funkeln der Stadt, die wenigen Hochhäuser, die sich in der Ferne abzeichnen, und stößt vor der großartigen Kulisse einen Seufzer aus.

»Wenn ich daran denke, daß mir all das gehören wird, eines Tages.«

»Was, all das?«

»Ganz Paris wird mir gehören, seine Schätze, seine Frauen, alles wird mir gehören.«

»Einsame Spitze, dieser Wodka. Er steigt sehr schnell zu Kopf, aber er ist gut.«

»Ich werde so mächtig sein, daß die Amerikaner mich haben wollen und die Franzosen mich anflehen werden zu bleiben.«

Allmählich kenne ich Jérôme ziemlich gut, es ist nicht das erste Mal, daß er mir seine bittersüße Litanei vorsingt.

»Du wirst diese vier Millionen Dollar wohl nie verdauen können? Ich wäre auch durchgedreht. Eine solche Summe ist überhaupt nicht real, vier Millionen Dollar! Unvorstellbar! Vier Millionen Dollar ... selbst wenn man in Dutzenden von Filmen diese Aktenkoffer voll Kohle gesehen hat, kann man es sich nicht wirklich vorstellen! Vier Millionen Dollar! Das muß man sich mal auf der Zunge zergehen lassen, diese drei Wörter. *Vier Millionen Dollar.* Das klingt so toll, daß man es noch nicht einmal in Francs umrechnen möchte.«

Er fragt mich, was ich damit machen würde, wenn man sie einfach so vor mich auf den Tisch legen würde, aber ich habe nicht die geringste Idee.

»Bist du Drehbuchautor oder nicht?«

»In punkto Knete habe ich überhaupt keine Phantasie.«

»Versuch eine Geschichte über einen Typ zu erfinden, dem man soeben etwa zwanzig Millionen Franc in die Hand gedrückt hat.«

»Als erstes würde er all die verrückten Dinge tun, die keiner je macht, von denen aber alle träumen.«

»Schieß los!«

Das Geld und seine kleinen Glücksmomente. Ich denke eigentlich nie daran. Ich habe einmal tausend Franc gespart, um Charlotte ein Geschenk zu machen, konnte aber nichts Außergewöhnliches finden. Da ich nicht wußte, was ich ihr kaufen könnte, habe ich zwei Tage lang damit verbracht, ihr ein Haiku zu dichten.

»Wird's endlich, Freund?«

»Er würde seinen Körper einem halben Dutzend Kosmetikerinnen anvertrauen, die acht Stunden Zeit hätten, um aus ihm einen Adonis zu machen. Danach die Boutiquen mit den Luxusklamotten dieser beflissenen Schneider stürmen, die das Geld hundert Meter gegen den Wind riechen. Er kleidet sich ein, vom Tweed-Anzug à la Gentleman-Farmer bis zum klassischen Smoking. Dann kauft er sich ein kleines englisches Cabrio, eines dieser unbezahlbaren Schmuckstücke, die ununterbrochen kaputtgehen, mit anderen Worten: Das verbotene Glück. Dann beginnt die Märchenstunde. Er holt sich eine Traumfrau von einer Begleitagentur, die nur das Feinste vom Feinsten anbietet. Er hat den Spiegelsaal in Versailles für ein exquisites Nachtmahl gemietet, danach trinken sie Champagner auf der obersten Plattform des Eiffelturms, die nur für sie geöffnet wurde. Und sie beenden die Nacht in der besten Suite des ›Crillon‹.«

»Damit hast du hundert Mille ausgegeben. Und am nächsten Morgen?«

»Am nächsten Morgen fragt er sich, wer dieses Mädchen in seinem Bett ist, das nur hinter seinem Zaster her ist. Er fragt sich, was er in einer Suite macht, in der er es nicht einmal wagt, einen Aschenbecher zu beschmutzen. Als er sich in den eleganten Klamotten des Vortages betrachtet, fragt er sich, warum er wie eine alte Werbung für Alka Seltzer aussieht. Er fragt sich nicht, ob er in einer Luxuskarre, die zu ihm wie eine Federboa zu einer Putzfrau paßt, lächerlich wirkt, denn das weiß er. Bilanz? Er erinnert sich, daß der immer schlecht laufende Kurzwarenladen seiner Mutter mit einer Hypothek belastet ist, und stellt einen Scheck aus. Seiner Schwester schenkt er einen Urlaub auf den Seychellen, weil sie nie auf Hochzeitsreise war, in Ermangelung einer Hochzeit und eines Bräutigams. Dann hat er ein seriöses Gespräch mit seinem Bankier, der ihm diverse Anlageprojekte empfiehlt. Die Konjunktur ist gut, der Zinssatz nicht schlecht, und er könnte in Sicav-Aktien investieren, auf zwei Jahre angelegt. Aber er fühlt sich bei einer Immobilie sicherer, und ein Immobilienmakler findet für ihn im Handumdrehen eine hundertzehn Quadratmeter große Wohnung in einem Viertel, dessen Wert im Steigen ist. Das wär's!«

Jérôme schenkt sich einen weiteren Wodka ein und legt sich aufs Sofa.

»Irrsinnig spannend ...«

»Ich habe dir von Anfang an gesagt, daß ich in Sachen Kohle keine Phantasie habe. Und du, was würdest du denn mit vier Millionen Dollar machen?«

»Man müßte ›Vengeance‹ fragen. Er würde alles in einen unerbittlichen Anschlag investieren, der alle erbarmungslos vernichtet, die ihm Unrecht getan haben.«

Ich hatte eine gewisse Bewunderung für Yvon Sauvegrain (den »French Wonder Boy«, wie ihn »Variety« nennt), bevor Jérôme mich darüber aufklärte, wie dieses Schwein ihn um sein Wertvollstes gebracht hatte. Der große Autor des Jüngsten Gerichts, Dante Alighieri, hat den neunten und innersten Kreis der Hölle für die vorgesehen, die das Vertrauen ihrer Mitmenschen mißbraucht haben. Von Judas bis Brutus sind sie alle da, alle Spezialisten des Dolchstoßes in den Rücken, und für Yvon Sauvegrain halten sie schon einen Platz warm. Aber bevor ihn der brennende Schoß der Erde bis in alle Ewigkeit verschlingt, muß er seine Niederträchtigkeit in dieser Welt büßen. Jérôme und ich lassen uns unversehens auf ein Brainstorming ein: Wie kann man

diesen Schurken zu fassen kriegen, ihm die Moneten entreißen und den moralischen Schaden wiedergutmachen? Dieses Experiment ist für mich noch viel aufregender als unsere »Saga«.
Einige artistische Klippen müssen umschifft werden: Wir können nichts beweisen, dieser Halunke Sauvegrain kann auf die Unterstützung Hollywoods und die des Kultusministers zählen, und im Moment kann Jérôme nicht mal einen Sou in diese Sache investieren.
Mitten in der Nacht, vom Wodka beflügelt, brüten wir abstruse Ideen aus, einige Spuren klären sich. Völlig überdreht besteht Jérôme darauf, seine Notizen ins reine zu schreiben und in die Form eines Exposés zu bringen.
»Ich bin damit bestimmt die halbe Nacht beschäftigt, leg dich aufs Sofa, wenn du nicht nach Hause gehen willst.«
Ich lehne die Einladung ab und lasse die beiden Brüder allein.

Heute habe ich den Eindruck, daß unsere Serie einen neuen Weg einschlägt. Obwohl nichts Besonderes die alltägliche Arbeit gestört hat. Ich glaube, daß ich der einzige bin, der diese Kursänderung bemerkt.
Eigentlich begann der Tag völlig normal, wir haben uns gegen neun Uhr morgens getroffen, um einige Belanglosigkeiten in den Folgen sechzehn und siebzehn zu ändern. Inzwischen ist es dreizehn Uhr, die Brüder Durietz stopfen sich mit Pizza voll, aber Mathilde und ich ziehen es vor, zum Essen auszugehen. »Ich habe Lust auf etwas anderes«, sagt sie, ohne zuzugeben, daß sie der klebrige Geruch nach Mortadella anwidert. Der Alte will nicht mitkommen. Mathilde scheint erleichtert zu sein, aber ich verstehe nicht, warum. Im Grunde habe ich Mathilde bisher nur in unseren vier Wänden gesehen, meist noch durch ihren Bildschirm verdeckt, und nun bin ich neugierig, sie im bürgerlichen Leben zu sehen.
Wie alle echten Pariserinnen geht sie mit schnellen Schrittchen, aufmerksam das Geschehen auf der Straße beobachtend, ohne unser Gespräch zu unterbrechen. Heute trägt sie ein rostfarbenes Kleid, das ausgezeichnet zu ihrem kastanienbraunen Haar paßt und locker über ihre Schultern fällt. Sie hat das Restaurant ausgewählt, ein kleines Bistro, das trotz des Lärms der Flipper einen gewissen Charme behalten hat. Da ich noch nie mit einer Autorin von Liebesromanen gegessen habe, passe ich bei der Wahl der Speisen besonders auf.

»Ich freue mich über unser Tête-à-tête.«
Etwas verlegen mache ich eine Handbewegung, die »Danke« oder »Ich auch« bedeuten könnte.
»Können wir uns duzen, Marco?«
»Natürlich.«
»Für mich ist es komisch, dich Marco zu nennen. Denn so hieß ein Latin Lover, dessen Eroberungen ich in meinem Roman ›Der Mann ohne Herz‹ beschrieben habe.«
Gestern, mitten in der Arbeitssitzung, als wir einer prickelnden Szene zwischen Jonas und Camille den letzten Schliff geben wollten, glitt die Unterhaltung schnell auf das Thema Liebe ab, und Mathilde erklärte, sie befände sich in einer Liebesrekonvaleszenz. Wir wollten natürlich mehr darüber erfahren. Wenn ich an die Dialoge und Szenarien denke, die sie erfinden kann, wenn es um Herz und Leidenschaft geht, wage ich mir nicht vorzustellen, wozu sie fähig ist, wenn sie sich dazu entschieden hat, sich mit Leib und Seele hinzugeben.
»›Der Mann ohne Herz‹? Das wird meiner Verlobten gefallen.«
»Wie heißt sie?«
»Charlotte.«
»Wie niedlich, Marco und Charlotte.«
Wir unterbrechen die Konversation und wühlen uns erst mal durch den Rohkostsalat. Ihr Duzen wirkt entsetzlich künstlich, man könnte meinen, sie wolle auf Teufel komm raus unsere Beziehung anheizen, auch auf die Gefahr hin, übers Ziel hinauszuschießen. Aber warum?
»Wo bist du heute nacht?«
»Heute nacht...?«
»Ja, während der Ausstrahlung der Pilotsendung.«
»Ist heute der... Zwölfte?«
»Wachen Sie auf, Marco.«

Ja klar, heute nacht geht es los, um vier Uhr morgens! Ich bin zu jung, um mich an die erste Mondlandung zu erinnern, aber alle, die alt genug waren, wach zu bleiben, wissen genau, wo sie in dieser historischen Minute waren.

Heute nacht wird ein Ereignis stattfinden, das für mich weitaus bedeutender ist, als es die Mondlandung für die Menschheit war. Natürlich, heute nacht geht es los! Wir sind nur vier, die an dieser Sternstunde der Geschichte direkt teilnehmen werden, aber die kommenden Generationen werden sich mit Stolz die Ausstrahlung der ersten Folge von »Saga« in Erinnerung rufen, Dienstag, der dreizehnte Oktober, in diesem Jahr des Herrn, um drei Uhr fünfundfünfzig morgens.
»Wenn wir Glück haben, sind wir mehr als vier, ich bin mir sicher, daß auch andere …«
Sie versuchte den Satz zu Ende zu bringen, der so optimistisch begonnen hat.
Wer außer uns sollte dabeisein?
Da wäre ein Dutzend Schlafloser, die eine geheime Sekte gegründet haben, um Putschversuche gegen glückselige Schläfer zu unternehmen. Da wäre ein Selbstmordkandidat, der seinen Fernseher angelassen hat, um vor dem großen Ereignis noch etwas Licht auf seiner Netzhaut zu spüren. Da wäre der Mann mit dem verdrehten Tagesrhythmus, er wird seinen Aperitif nehmen und über seine Zeitung hinweg einen Blick auf den Bildschirm werfen. Da wäre eine alte Dame, die auf ihren sechzehnjährigen Enkel wartet, der viel zu glücklich ist, um nach Hause zu kommen. Da wäre ein Mann vor einem Gerät ohne Ton, der nervös die Krankenschwestern beobachtet, die sich um die Gebärenden kümmern. Und da wäre die Frau, die mit Tränen in den Augen auf den Sechzehn-Uhr-Anruf ihres Mannes

wartet, der in einem Gefängnis in Kuala Lumpur festsitzt. Vielleicht sind es auch noch einige mehr, wer weiß...

»Wo werden Sie diese Nacht sein?«

Ihr Siezen ist natürlicher und seltsamerweise viel intimer.

»Wahrscheinlich zu Hause, mit Charlotte, ich weiß es noch nicht. Und Sie?«

»Bei meiner Mutter, nehme ich an. Ich habe ihr angeboten, ein Video aufzunehmen, damit sie sich die Folge zu einer vernünftigeren Zeit anschauen kann, aber es macht ihr Spaß, um vier Uhr morgens vor ihrem Apparat zu sitzen. Ich höre sie schon sagen: ›Bringt dir das wenigstens Geld ein?‹ Das hat sie mich auch immer gefragt, als ich noch meine Romane schrieb, und ich habe immer verneint. Heute nacht werde ich sagen: ›Ein bißchen.‹«

Sie lächelt. Ich mag sie gern. Man serviert uns gegrillten Lachs, sie schiebt die Kräuterbutter auf den Tellerrand.

»Übrigens, Marco, ich wollte mit Ihnen allein zu Mittag essen, weil ich Sie wegen des verbotenen Zimmers der Familie Fresnel um etwas bitten wollte.«

In gewisser Weise beruhigt mich das. Wenn mich nicht alles täuscht, sollte sie diese Szene schreiben.

»Ich wollte sie den anderen heute nachmittag vorlegen, aber es wäre mir lieb, wenn Sie vorab einen Blick darauf werfen könnten. Um ehrlich zu sein, habe ich immer etwas Angst vor Louis' Reaktionen. Manchmal blickt er mich an, als hätte ich voll danebengegriffen. Außerdem habe ich den Eindruck, daß Jérôme mich mit meinen Schnulzen für einen sentimentalen Backfisch hält.«

»Und Jérôme glaubt, daß Sie in ihm einen Blutrausch-Fetischisten sehen, das ist auch nicht besser. Alle schätzen Sie sehr, Mathilde. Geben Sie mir Ihr Exposé, und bestellen Sie uns zwei Kaffee.«

Es gibt nichts Schlimmeres, als das Werk eines Menschen

zu lesen, der auf das geringste Zeichen, das kleinste Lächeln lauert. Und noch dazu in einem Bistro in der hektischen Mittagszeit, zwischen Würstchengeruch und klingelnden Flipperautomaten. Ich muß mich unbedingt konzentrieren. Diplomatischer Auftrag von immenser Bedeutung! Der Zusammenhalt unseres Teams liegt auf meinen ach so jungen Schultern! Ich muß diesen Text lesen, ich muß!

38. WOHNZIMMER FRESNEL. INNEN. TAG.

Marie Fresnel packt in Windeseile einige Kleidungsstücke in eine Reisetasche. Mildred sitzt neben ihr.

MARIE: Fred ist seit drei Tagen verschwunden, ich habe einen Anruf von der Polizei aus London bekommen. Als er zu diesem Kongreß fuhr, habe ich gleich gemerkt, daß etwas nicht stimmte.

Sie greift nach ihrer Tasche, überprüft die Abflugzeit auf ihrem Ticket und zieht ihren Mantel an.

MILDRED: Soll ich meinen Bruder bitten, sich zu erkundigen?

MARIE: Ich habe nicht gewagt, dich darum zu bitten ... *Sie küßt sie auf die Stirn* ... Sag Bruno und Camille, daß ich sie heute abend anrufe. Und geh bitte ans Telefon, es könnte ja Fred sein. Vielen Dank, ich werde mich tausendfach revanchieren.

Sie verläßt das Zimmer. Schweigen. Mildred wagt sich hinaus auf den Flur und bleibt vor der Tür des mysteriösen Zimmers stehen, das bereits in Szene siebzehn der zweiten Folge gezeigt wurde. Sie legt ihr Ohr an die Tür, hört aber nichts. Sie versucht, die Tür zu öffnen, aber die ist verriegelt. Sie geht ins Wohnzimmer zurück, kommt mit einem Schlüsselbund wieder, probiert einige Schlüssel aus, aber keiner paßt. Sie studiert einen Moment lang das Schloß, geht wieder weg und kommt mit verschiedenen Gegenständen zurück: einem Messer, einem Kleiderbügel, einer Plastikhülle für die Metrokarte.

»Einer Plastikhülle für die Metrokarte?«
»Mein Nachbar hat einmal abends meine Tür damit aufgekriegt. Aber mit Kreditkarten scheint es auch zu klappen.« Sie führt ihre Kaffeetasse zum Mund und tut so, als sei sie mit ihren Gedanken ganz woanders. Ein einfaches Blähen meines Nasenflügels und sie würde in Ohnmacht fallen.

Sie schiebt die Plastikhülle in den Spalt neben dem Schloß und das Messer unter die Schnappfeder, bewegt beides gleichzeitig, und durch den Druck öffnet sich die Tür.

39. DAS VERBOTENE ZIMMER. INNEN. TAG.
Das Zimmer liegt im Halbdunkel, sie sucht nach dem Lichtschalter und erkennt kaum etwas. Sie findet eine Nachttischlampe, knipst sie an und benutzt sie wie eine Fackel. Sie findet den Lichtschalter. Das gesamte Zimmer ist leer, bis auf ein großes Bett und einen Teller voll Weintrauben mitten im Raum. Plötzlich stößt Mildred einen entsetzten Schrei aus. Man sieht im Halbdunkel einen hingekauerten nackten Körper. Panisch dreht sie sich um, aber das Wesen stürzt sich auf sie und schlägt die Tür zu. Mildred schreit, wehrt sich, sucht nach einem anderen Ausgang, ohne einen zu finden. Nach einem kurzen Gerangel verkriecht sie sich in einer Ecke des Zimmers.
Das Wesen ist ein junger Mann von etwa sechzehn oder siebzehn Jahren. Er kauert sich wieder hin, als wäre das die natürlichste Stellung für ihn. Trotz der Angst, die man in ihren Augen sieht, versucht sie sich zu beruhigen. Sie schaut den jungen Mann an. Er ist von einer unbeschreiblichen Schönheit, seine Augen sind blau, seine Haare blond, leicht gewellt, und seine weiße Haut, ohne die geringste Unebenheit, umhüllt einen mageren Körper. Er brüllt und bewegt sich wie eine Wildkatze. Sie blicken sich an. Er scheint eher überrascht als aggressiv zu sein. Noch zitternd zwingt sie sich zu einem gequälten Lächeln.

MILDRED: Ich wollte Sie nicht … stören … Ich mische mich immer in alles ein, vergesse aber sehr schnell wieder … Wenn Sie mich bitte … durchlassen würden.
Plötzlich erstarrt er. Seine völlige Regungslosigkeit ruft eine sonderbare Atmosphäre hervor.
MILDRED: Ich heiße Mildred … Und Sie?
Keine Antwort.
MILDRED: Ich schwöre Ihnen, daß ich nichts sagen werde … Sie müssen mir glauben! … Bitte!
Sie legt ihre Hand auf die Türklinke. Er packt mit raschem Griff ihr Handgelenk, sie schreit auf und flüchtet in die Zimmerecke zurück.
MILDRED: Fassen Sie mich nicht an!
Das Wesen reagiert nicht auf ihr Geschrei. Es springt auf das Bett, um sich eine Weintraube zu schnappen. Seine animalischen Bewegungen geben seiner Gestalt eine seltsame Eleganz. Es trägt seine Nacktheit mit unglaublicher Natürlichkeit. Sie drückt ihren Rücken an die Wand. Es wirft ihr eine Traube zu, sie fängt sie nicht auf.
MILDRED: Ver-ste-hen Sie, was ich sa-ge?
Das Wesen zeigt immer noch keine Reaktion. Sie geht einen Schritt auf die Tür zu, es knurrt. Sie entfernt sich wieder. Plötzlich wendet sie fassungslos ihren Blick ab. BLENDE. *Man begreift, daß es ins Waschbecken uriniert.*
MILDRED: Was wollen Sie? … Warum sind Sie hier eingesperrt? Sie sehen überhaupt nicht wie ein Fresnel aus. Halten sie Sie versteckt? Sind Sie ihr Gefangener? Sagen Sie doch was!
DAS WESEN: … Was …?
MILDRED: Ja, irgendwas!
DAS WESEN: Was …
Es springt auf sie zu, sie zuckt zurück.
MILDRED: Welche Sprache sprichst du, Himmelherrgott?

DAS WESEN: Gott ...?

MILDRED: Speak english? Sprechen deutsch? Nix?

DAS WESEN: Nix ...

Sie läßt resigniert ihre Hände sinken.

MILDRED: Mein Gott, Sie sind ja das reinste Echo!

DAS WESEN: Echo ...?

Sie seufzt.

Es lächelt.

MILDRED: Sie sehen eigentlich nicht zurückgeblieben aus, aber ich habe einen überdurchschnittlich hohen IQ ... Sie verstehen ...

Es geht auf sie zu und legt eine Hand auf Mildreds Bein, sie ist an die Wand gedrückt und weiß nicht, was sie tun soll.

MILDRED: Gehen Sie nicht zu weit ... Sie riskieren, sich furchtbar zu erschrecken ...

Wie ein Hund beschnüffelt es ihr Bein.

MILDRED *nach Luft schnappend*: Ich bin gar nicht so intelligent, wie ich gesagt habe ... *Sie spricht schnell, als wäre sie in Zugzwang.* Das Ganze ist ein medizinischer Irrtum ... Selbst wenn ich zunächst mit einem bedeutenden Vorteil ausgestattet bin, liegt das in Wirklichkeit nur an meinem Vagusnerv ... Kennen Sie den Vagusnerv? *Es reibt sein Gesicht an Mildreds Knie.* Dieser Nerv verlangsamt die Herzschläge, alle Welt glaubt, ich sei besonders reif und hätte meine Gefühle voll unter Kontrolle, aber das ist nur auf diesen Nerv zurückzuführen, der bei mir besonders aktiv ist. Man wirkt unerschütterlich, und jeder hält einen für stark, alles Schwachsinn! Als ich klein war, litt ich unter sogenannten Schluchzkrämpfen, das war ...

Sie hält plötzlich inne und schließt die Augen für einen Moment, als sich die Hand des Wesens zu ihrem Schenkel hocharbeitet.

MILDRED: Sie begeben sich auf jungfräuliches, noch nicht erforschtes Gebiet ... Alle, die es gewagt haben, sind tot oder verrückt geworden ... Bis heute hat es keiner unbeschadet überstanden ...

DAS WESEN: Was ...

Es hebt langsam Mildreds Kleid hoch. Völlig vernarbte Schenkel kommen zum Vorschein.

MILDRED: Sie haben noch nicht alles gesehen. Das Schlimmste kommt noch ...

Es umfaßt ihre Taille und zieht sie an sich. Sie genießt diese wortlose Umarmung.

MILDRED *mit geschlossenen Augen*: Wie heißt du, Echo?

Ich gebe Mathilde mit einem ermunternden Lächeln die Blätter zurück und stehe auf, um meinen Mantel zu holen. »Ich glaube, das ist ganz okay so.«

—

Seit wir ihr Wesen in die Serie aufgenommen haben, will uns Mathilde unbedingt die Geschichte von einer verlorenen Prinzessin aufdrängen, die gefunden wird, die man für tot hält, was sie aber gar nicht ist, oder vielleicht doch, obwohl, man weiß es nicht so recht, und so weiter. Unsere reizende Kollegin sieht Jérôme mit ihren Rehaugen an: »Ich habe einen Fachausdruck vergessen ... Dieser Trick am Ende einer Folge, der den Zuschauer in Spannung versetzt und ihn zwingt, die nächste Folge anzuschauen.«

»Ein Cliffhanger.«

»Genau! Ich brauche einen Cliffhanger.«

»Sie wissen genau, daß Sie das nicht können, Mathilde. Lassen Sie mich das für Sie machen, das ist das mindeste, was ich Ihnen schulde. Ich habe nicht vergessen, daß Sie mir erst vor zwei Tagen mit diesem kleinen Bettgeflüster aus der Bredouille geholfen haben, auf das ich allein nie gekommen wäre. Ist es eilig?«

»Ja, es geht um die Prinzessin ohne Gedächtnis, die man vor der Tür der Callahans findet. Wir brauchen eine Schlußeinstellung, die sie bewußtlos zeigt.«

»Tot oder bewußtlos?«

»Bewußtlos, aber der Zuschauer ist überzeugt, daß sie tot ist. Nur Camille und Walter wissen, daß noch ein Hauch Leben in ihr steckt. Können Sie mir etwas in der Art schreiben?«

Schweigen auf allen Rängen. Es fällt mir schwer, alle Parameter dieses verwickelten Drehbuchs im Kopf zu behalten. Um in den Genuß der Wertschätzung unserer schönen Kollegin zu kommen, müßten wir alle drei schnellstens reagieren.

Aber immer noch nur Schweigen.

»Haben Sie ›Mord mit kleinen Fehlern‹ gesehen?«

Ich hebe den Kopf, um zu sehen, wer das gesagt hat, denn ich erkenne die Stimme nicht.

»Ein Film von Mankiewicz, der kürzlich im Ciné-Club gezeigt wurde.«

Wir blicken alle zum Sofa, auf den dahingefläzten Tristan. Er versucht, sich mit ungeheurer Anstrengung aufzurichten. Jetzt sind wir die Gelähmten. Er spricht mit gesenktem Blick, schüchtern, mit unsicherer Stimme.

»Ich habe noch nicht mal davon gehört«, meint schließlich Mathilde.

»Ein Mann schießt aus nächster Nähe auf einen Typen, den er haßt, dann beugt er sich über den Körper, hebt den Arm und fühlt den Puls. Mit einem zufriedenen Lächeln läßt er den Arm fallen, der leblos auf dem Boden aufschlägt.«

Dieser leblose Körper hier ist dagegen ganz eindeutig voller Leben. Es brodelt in ihm wie Lava. Obwohl er uns von unten herauf mit verschwörerischer Miene ansieht, obwohl seine Stimme tief aus der Kehle kommt, kann er den Vulkan nur schwer bändigen, der in seinem Inneren rumort.

»Wenn man den Film zum ersten Mal sieht, ist man davon überzeugt, daß der Schütze den Puls fühlt, um sich zu vergewissern, daß sein Feind auch tatsächlich tot ist. In Wirklichkeit hat er aber mit Platzpatronen geschossen, um ihn vor Todesangst bewußtlos werden zu sehen. Wenn man den Film zum zweiten Mal sieht, versteht man, daß er den Puls fühlt, um sicherzugehen, daß sein Opfer noch lebt. Die gleiche Bewegung hat je nach Interpretation zwei völlig verschiedene Bedeutungen. Haben Sie das alles verstanden, oder soll ich es noch mal erzählen?«
Schweigen.
Mathilde löst die Spannung, indem sie ihm eine Kußhand zuwirft.
»Bravo! Tristan, Sie schickt uns der Himmel. Sie sind die Quadratur des Kreises! Das unerläßliche fünfte Rad am Wagen! Sie sind die Konstante in einer mathematischen Gleichung!«
Tristan nimmt seine Kopfhörer und zappt los, als wäre nichts gewesen. Jérôme weiß vor Verlegenheit nicht, wohin mit sich.
»Beachten Sie ihn nicht weiter. Er wird uns nicht mehr stören, ich werde es ihm erklären.«
»Uns stören?« schreit der Alte. »Ab sofort gehört er zum Team. Jawohl!«
Ich freue mich über meinen neuen Kollegen, muß allerdings dem allgemeinen Jubel einen Dämpfer versetzen.
»Das alles ist ja schön und gut, aber es handelt sich trotz allem um Diebstahl. Eine oder zwei Ideen klauen, das kann noch durchgehen, aber seit den letzten drei Folgen artet es langsam aber sicher in Plünderung aus. ›Mord mit kleinen Fehlern‹ ist die Verfilmung eines wunderbaren Stücks von Anthony Shaffer. Der Puls von Shaffer ist und bleibt der Puls von Shaffer.«

Jérôme hebt mit fröhlichem Gesicht seine rechte Hand und legt sie wie ein Pfarrer auf meinen Kopf.
»Du wirst plündern, mein Sohn, aber im Namen des Genies.«
»Nichts geht verloren, nichts wird geschaffen, alles wandelt sich«, überbietet ihn Mathilde. »Wer von Ihnen weiß denn, ob Shaffer von Nachahmern nicht begeistert wäre?«
»Sie haben völlig recht«, meint Jérôme. »Betrachten wir es als eine Hommage. Oder besser noch: als den persönlichen Beitrag des großen Shaffer zu unserer idiotischen Serie.«
Mathilde und Jérôme schütteln sich herzlich die Hand. Spontan bin ich davon überzeugt, daß sich die beiden künftig nicht aus den Augen verlieren werden.
Der Alte steht auf und streckt sich. Ich reibe mir die Augen, um das Flimmern des Bildschirms zu vertreiben. Es ist fast zweiundzwanzig Uhr, und wir haben mehr als zehn Stunden geackert. Ich sehne mich nach Ruhe und einem zehnminütigen Blitzschlaf. Mein Computer nennt das *reset*. Ein kurzer Druck auf die entsprechende Taste und, klack, ist alles wie weggewischt.
Natürlich sind wir alle neugierig zu erfahren, was die anderen während der Pilotausstrahlung vorhaben, heute nacht um vier Uhr früh. Die Brüder Durietz werden eine kleines Mitternachtsmahl zu sich nehmen und sich die Folge im Liegen, ganz relaxed, ansehen. Mathilde wird bei ihrer Mutter sein, und ich werde mich bemühen, Charlotte wach zu halten. Was den Alten betrifft, schwört er, wie ein Säugling zu schlafen.
Zum ersten Mal küssen wir uns, alle vier. Eine kleine familiäre Geste, wie in der Silvesternacht.

—

Ein Petersfisch mit Sauerampfer und eine Crème Caramel, darauf hatte ich Appetit. Ich habe nur eine Büchse Makrelen in Teufelssoße und Joghurts bekommen. Aber ich habe Champagner gekauft. Schließlich ist Weihnachten. Oder vielmehr Silvester, und wir sind nur eine Handvoll, die es wissen.
Wie in einem Film steige ich die Treppe hoch, öffne champagnerschwenkend die Wohnungstür und rufe laut Charlottes Namen. Auf einmal werde ich zu einem verliebten Romantiker, für den das Leben ein Fest ist. Im Badezimmer ist Licht, ich stelle mir ihre nackte Haut vor, umhüllt von den Düften exotischer Inseln. Ohne anzuklopfen, stoße ich die Tür auf. Ich werde mich in voller Montur in die Badewanne schmeißen!
»Charlotte!«
Dampfschwaden. Heiße Luft.
»... Charlotte?«
Sie war hier gewesen, in diesem Badezimmer, noch vor knapp einer Viertelstunde. Der Dampf hat die Spiegel beschlagen und verbreitet das milde Parfüm in der Luft. Sie hat sich sogar die Beine rasiert, denn ihr elektrischer Rasierapparat liegt auf dem Badewannenrand. Ich habe ihr schon mindestens hundertmal gesagt, wie gefährlich das ist. Noch einmal rufe ich ihren Namen, aber schon weniger überzeugt. Im Wohnzimmer finde ich einen gelben Zettel, der auf dem Fernseher klebt.
Ich ziehe es vor, meine Lieblingsgeschichte zu verfolgen: meine eigene. Bis morgen, vielleicht.
Sie wäre sowieso vor meiner Serie eingeschlafen. Ich hätte ihr alles erklären müssen und hätte die Hälfte nicht mitbekommen.

—

Jérôme und Tristan sind vor einem Tierfilm über Krokodile in ein Gespräch vertieft. Es ist drei Uhr fünfundvierzig morgens, und hier ist mehr Leben als in der angesagtesten Disco der Stadt. Die beiden Brüder bilden eine Art Club, dessen einzige Mitglieder sie sind, ein nächtlicher Treffpunkt, wo ernste Fragen vor den Bildern einer untergehenden Welt erörtert werden.

»Es ist eine gute Marke, und er ist gekühlt«, sage ich und zeige auf den Champagner.

Jérôme fragt nicht, warum ich nicht da bin, wo ich eigentlich sein sollte, er ist fast glücklich darüber. Tristan richtet sich auf, die sitzende Haltung erscheint ihm angemessener zur Begrüßung eines unerwarteten Gastes. Er dreht den Ton des Fernsehers herunter, die Krokodile büßen ihr Röcheln ein, führen ihr geheimnisvolles Ballett aber fort. Ich setze mich. Ein kleines Glas Wodka landet in meiner Hand.

»Stell dir eine Frankreich-Karte vor«, sagt Jérôme zu mir. »Schließ die Augen ... ein schokoladenbraunes Sechseck... mit kleinen Zacken an den blauen Seiten. Siehst du es?«

»Bei Finistère bin ich mir nicht ganz sicher, aber sonst ist es okay.«

»Stell dir nun kleine rote Punkte vor. Alle, die aufleuchten, bedeuten einen Fernsehapparat, der in diesem Moment läuft. Siehst du welche?«

Ich spiele mit großem Ernst mit und konzentriere mich, einen kleinen Schluck Wodka in der Kehle.

»Siehst du nun welche oder nicht?«

»Psssst!«

Ich halte das Glas an meine Stirn, um sie zu kühlen.

»Ich sehe einen in der Nähe von Biarritz. Drei oder vier im Norden.«

»Lille?«

»Eher Caen.«

»Logisch, dort gibt es massenhaft Schlaflose und Seefahrer.

»Was ist mit Paris?«

»Wow! Ein gutes Dutzend.«

»Darauf müssen wir einen trinken, Mann.«

»Und in der Gegend von Saint-Junien im Département Haute-Vienne?« fragt eine Stentorstimme, die uns alle zusammenzucken läßt.

»Louis? Was machst du denn hier?«

»Man glaubt, alt zu sein, man spielt den Überheblichen, man tut so, als stünde man drüber, und um zwei Uhr morgens wacht man fiebernd auf, ohne zu wissen, warum.«

Er setzt sich neben mich, eine Plastiktüte auf den Knien.

»Hast du nichts in der Haute-Vienne gesehen?«

»Nein.«

»Ich habe dort einen Freund, der mir versprochen hat, es sich anzusehen, der Schuft.«

Er holt ein Holzkästchen hervor und reißt mit dem Fingernagel das Etikett auf.

»Meine Lieben, heute abend wird gefeiert, oder? Ihr werdet sehen, daß ich meine heißgeliebten Gauloises für diese kleinen Meisterwerke liegenlassen werde. Hoffentlich macht ihr mit.«

Zigarren, so lang wie ein Unterarm, jeweils zu dritt in einer Schmuckrolle, die man am liebsten gleich mitrauchen würde.

»Es sind Lusitanias. Mit anderen Worten, der Traum aller Havanna-Liebhaber. Es dauert genau eine Dreiviertelstunde, einschließlich Abspann.«

Jérôme öffnet vorsorglich das Fenster, während der Alte sich auf dem Sofa breitmacht und seine Zigarre präpariert. Tristan dreht den Ton leicht auf und schaltet zum richtigen

Sender, wo sich ein Kulturfilm über die Kalkhochebenen in Mittelfrankreich oder über die Cevennen dem Ende nähert. In zwei Minuten beginnt die Messe. Die Kindstaufe. Auf jeden Fall etwas Religiöses. Wir wollen uns gerade andächtig unsere Zigarren anstecken, als uns ein Hauch von Parfüm aufblicken läßt. Ein Duft, den wir auswendig kennen, der unsere Tage begleitet und der uns fehlte. Mathilde steht im Türrahmen, als bäte sie um Erlaubnis, hereinkommen zu dürfen.

»Ich war sicher, daß meine Mutter selig vor dem Bildschirm einschlafen würde. Darf ich mich zu Ihnen setzen?«

Nichts geht über ein Familientreffen. Denn schließlich sind wir alle hier, um unser Baby zu sehen, wie im Krankenhaus inständig betend, daß es nicht entstellt ist.

»Wissen Sie, was meine Mutter vor dem Einschlafen gemacht hat? Sie hat ihre beiden Fernsehapparate angestellt, um die Einschaltquote zu heben. Ist das nicht rührend?«

Sie knotet eine Serviette voller Kekse auf.

»Was das Kochen angeht, bin ich eine absolute Niete, aber Gebäck kriege ich eigentlich ganz gut hin.«

Aus Höflichkeit knabbere ich an einem Keks und schlinge ihn dann mit naschhafter Gier hinunter. Durch den Schokoladenduft war von einem Moment auf den nächsten Tristans gesamte Schüchternheit wie weggeblasen. Jérôme schenkt jedem von uns Champagner ein und will gerade einen Trinkspruch loswerden, als auf dem Bildschirm das Senderlogo erscheint, untermalt von einer kleinen Fuge von Bach.

Unité Fiction präsentiert:

SAGA

»Dieses Abenteuer endet vielleicht heute abend, aber ich wollte euch allen drei sagen, daß ich nie vergessen werde, was ihr für Tristan und mich getan habt. Ich ...«

»Halt's Maul und setz dich hin.«

Jeder von uns hat einen kleinen Schrei ausgestoßen, als er seinen Namen im Vorspann auftauchen sah. Und das ist nur der Anfang, sie werden die kommenden achtzig Nächte immer wieder über den Bildschirm laufen! Die Welt wird endlich wissen, daß es mich gibt! Selbst wenn sich diese Welt auf drei oder vier Schlaflose beschränkt, die sich vor ihren Apparat verirrt haben. Warhol hat gesagt, daß im zwanzigsten Jahrhundert jeder von uns eine Viertelstunde lang berühmt sein wird. Wahrscheinlich hat er recht, ich bedauere nur, daß mein Ruhm auf vier Uhr morgens fällt. Das erste Bild unserer Serie versetzt uns in eine Wohnküche à la USA. Zwei riesige Grünpflanzen bedecken einen Teil der Wand, im Wohnbereich stehen ein türkisfarbenes Sofa und zwei beige Sessel, ein Couchtisch und ein veralteter Geschirrschrank. Die Dekoration eines Pornofilms aus den Siebzigern hätte nicht mehr gekostet, aber es ist wirklich nicht der Moment, über die Dürftigkeit der Kulissen zu plaudern. Die Fuge von Bach klingt aus, und im Hintergrund sieht man eine zierliche, einfache Frau herumwirtschaften. Sie ist allein.

»Wer ist das?«

»Das muß Marie Fresnel sein.«

»Die Kleine da?«

»Singt sie?«

»Nein, sie führt Selbstgespräche, das war übrigens deine eigene Idee.«

»Ich hab sie schon mal in einem Werbespot gesehen.«

»Für Pflaster! Werbung für Pflaster! Sie hat ihrem Sprößling eine ganze Rolle auf die kleine Schramme geklebt.«

»Was sagt sie?«
»Sie übt, was sie Walter sagen wird, um ihn zu einem Aperitif einzuladen, aber wenn ihr mit eurem Gequatsche nicht aufhört, versteht man gar nichts.«
Nahaufnahme von der zierlichen, einfachen Frau, die auf das Kommen und Gehen im Flur horcht. Man kann sie als hübsch bezeichnen, sie sieht aus wie eine Frau, die einiges aus ihrem Leben hätte machen können, wenn sie sich nicht für ihre Familie aufgeopfert hätte, was ihr nur edle Sorgenfältchen eingebracht hat. Sie öffnet die Tür (Aufnahme des Flurs), ein Mann geht in die gegenüberliegende Wohnung, es ist Walter.
Wo haben sie denn den aufgetrieben? Aus dem alternden Gitarristen im Drehbuch hat man die Karikatur eines Hippies gemacht, der wahrscheinlich nie von seinem Haschischtrip runterkommen wird. Sie haben ihm ein Hemd mit Maokragen, eine lilafarbene Weste und Jeans verpaßt, deren Fransen den Fußabtreter kehren. Er kaut Kaugummi wie ein waschechter GI, aber das nimmt man kaum wahr, denn der Zuschauer ist damit beschäftigt, die Buttons zu entziffern, die er nicht ohne Stolz trägt.
Ich identifiziere die Doors, und Jérôme glaubt, den Kopf von Dylan wiedererkannt zu haben. Es ist so lächerlich, daß niemand es wagt, sich darüber lustig zu machen. Mit starkem Akzent sagt er: »Ich habe eine gute und eine schlechte Nachricht: Ich bin Ihr neuer Nachbar, und ich bin Amerikaner.« Man hat den Eindruck, er sagt: »Come on, Baby, ich hab Lucky Strikes und Nylonstrümpfe in meinem Jeep.« Glücklicherweise zieht sich Marie ziemlich gut aus der Affäre, als sie fragt: »Und welche ist die gute Nachricht?« Eine ganze Menge Figuren drängen sich auf dem Flur, der höchstens vier Quadratmeter groß ist. Innerhalb von zehn Minuten haben wir alle Schauspieler gesehen.

Unbekannte und alltägliche Gesichter, Leute, wie man sie jeden Tag auf der Straße trifft. Camille, die Selbstmordkandidatin, sieht wie eine nette Schulkameradin aus, die man gerne auf einen Kaffee einladen würde. Bruno, der Dummkopf, entspricht genau seiner Rolle: Ein ungehobelter Halbwüchsiger mit einer Fülle pubertärer Komplexe. Jonas ähnelt einem Polizisten so wie ich einem Armani-Model, und Fred ist weit von den ein Meter achtzig entfernt, die wir für ihn angesetzt hatten. Die angenehme Überraschung ist das komisch alterslose Mädchen, das die Rolle der Mildred spielt. Es hat ein hartes, tiefgründiges Gesicht, in dem man die Verzweiflung, nicht schön zu sein, spürt. Selbst ihre Art zu sprechen hat etwas Zweideutiges und wirft jede Regieanweisung über den Haufen, die wir mühsam im Drehbuch festgehalten hatten. Manchmal ändert das den Sinn eines Satzes, aber nicht unbedingt zum Negativen. Wo ich geschrieben habe:

MILDRED *mit einer Geste des Erwürgens*: Ich möchte ihn in der Hand haben, jetzt, und fest zudrücken!

sieht das jetzt so aus:

MILDRED *führt ihre Hand in einer perversen Geste zum Mund*: Ich möchte ihn in der Hand haben … jetzt … und zudrücken *Seufzer* … fest.

Bei den anderen ist es schwer zu sagen, ob sie schlecht sind oder nicht. Es ist eine komische Mischung aus gutem Willen und Dilettantismus. Aber auf jeden Fall scheinen sie daran zu glauben, wie wir. Und wenn sie manchmal die Finesse eines Dialogs verpatzen oder im Ausdruck einer Geste voll danebenhauen, sind wir ihnen nicht wirklich böse. Sie sitzen, wie wir, im »Saga«-Boot. Wie wir haben sie mit ihren Familien heute spät in der Nacht vor dem Bildschirm ausgeharrt.

Universitätskrankenhaus Kremlin-Bicêtre
Geriatrie

Werter Herr Autor oder werte Herren Autoren!

Bitte entschuldigen Sie die krakelige Schrift eines alten Mannes, aber keiner von uns kann mit dem Gerät umgehen, das uns die Oberschwester liebenswürdigerweise zur Verfügung stellen wollte. Mit diesem Brief meldet sich ein kleines Grüppchen (zur Zeit sind wir acht), das sich vor genau einer Woche gebildet hat. Da wir jede Nacht nur ein oder zwei Stunden Schlaf finden (oh, Krankheit Alter!), haben wir es uns zur Angewohnheit gemacht, die Morgendämmerung eher im Fernsehraum als in unseren Zimmern zu erwarten, trotz der Proteste der Krankenschwestern. Am dreizehnten Oktober dieses Monats haben wir zufällig die erste Folge der Serie »Saga« gesehen. Bereits am nächsten Tag stand es außer Frage, daß wir keine Folge mehr verpassen würden, wir haben sogar die Werbetrommel gerührt und die Neugierde einiger anderer verknöcherter Alter unserer Station wecken können. Das bedeutet, daß sich nun jede Nacht um Punkt vier Uhr ein richtiger Club vor dem Bildschirm einfindet. Bald werden wir die gesamte geriatrische Station bekehren, verlassen Sie sich darauf! Ihre »Saga« ist weitaus origineller als alles andere, was wir um diese Zeit normalerweise sehen (aber auch zu Sendezeiten mit höherer Einschaltquote), und Sie können uns glauben, daß wir ein sehr strenges Publikum sind. Diese neuen amerikanischen Serien machen soviel Krach, nichts als ohrenbetäubende Musik und eine banale Handlung. Wir haben nichts gegen ein bißchen Gewalt, aber sie muß einen Zweck haben, zum Donnerwetter! Ja, natürlich bleiben noch die jungen Muskelprotze und die zum Anbeißen aussehenden jungen Damen, aber das läßt uns fünf Minuten lang in Träume versinken und bringt uns für den Rest des Tages in melancholische Stimmung. Bei den europäischen Serien habe ich den Eindruck, daß sie für Kinder gemacht werden, man muß schon sehr naiv sein, um sich für diese prüden Geschichten zu interessieren, die sich nie auf unbekanntes Terrain wagen. Wie anders ist dagegen Ihre »Saga«! Nichts läuft so, wie wir denken, die Figuren sind fesselnd, aber auch sehr vielschichtig, die Geschichten kommen und gehen, ohne langweilig zu werden, und wir sind wie verzaubert, sobald wir das kleine Stück von Bach hören. Ich persönlich bin besonders von der Figur des Erfinders angetan, der nicht weiß, was er noch erfinden soll, um die Menschheit zu retten! Und mich fasziniert auch alles, was zwischen Marie und Walter passiert, ich hoffe, daß sich die beiden letzten Endes ihre Liebe gestehen (aber ich passe auch auf den unbekannten Verehrer auf...). Auf jeden Fall sind und bleiben wir Ihnen treu, und wir denken oft an Sie, die Sie in gewisser Weise unsere letzten Weggefährten sind. Und es ist so schwer, dieses letzte kleine Stückchen des Weges, das noch vor uns liegt. Vor allem nachts.

Wir werden auch den Schauspielern von »Saga« einen Brief schreiben, um sie anzuspornen, aber an erster Stelle wollten wir Ihnen, den Autoren, unseren Dank aussprechen.

Weiter so. Und sei es nur für uns.

Der Club der Acht der Station B1 - »Altenabteilung«

Dieser Brief ist heute morgen gekommen, das heißt zehn Tage nachdem er abgeschickt wurde. Er hat eine Woche im Postkorb von Séguret herumgelegen, bevor eine gute Seele von Sekretärin ihn an uns weitergeleitet hat. Mathilde hat ihn laut vorgelesen. Wir haben der Form halber gelächelt. In Wirklichkeit waren wir alle vier viel zu gerührt, um unsere echten Gefühle zu zeigen. Dieser Brief ist das einzige Echo auf unsere Serie. Zwölf ausgestrahlte Folgen und keinerlei Reaktion, weder von den Journalisten noch von der Senderleitung, noch nicht einmal aus unseren Freundes- und Bekanntenkreisen. Wir hatten nichts anderes erwartet. Das bedeutet offensichtlich, daß alles nach Plan läuft und daß »Saga« ihren Zweck voll erfüllt: mit der größtmöglichen Diskretion Quoten zu erfüllen. Séguret hat ebenfalls nichts gesagt, er wartet auf die Fortsetzung, auf die vertraglich festgelegten weiteren sechsundfünfzig Folgen, und dann wird der Sender wieder auf den Beinen sein. Wir haben nichts weiter zu erwarten.
Alles ist in Ordnung.
Louis hat den Brief der Altenabteilung an die Wand neben den Kaffeeautomaten gepinnt.

—

Die sechzehnte Folge wurde diese Nacht ausgestrahlt, ich habe vergessen, meinen Videorecorder zu programmieren. Den ganzen Tag habe ich an den zwei letzten Szenen der Folge sechsundzwanzig gearbeitet. Wenn sie gesendet wird, haben wir ein Drittel der Serie im Kasten. Das Wichtigste ist, keine Zeit zu verlieren. Weitermachen, wie es uns gefällt, aber so schnell wie möglich. Unnötig zu fragen, ob »Saga« abdriftet oder den Kurs beibehält. Tun, als wären wir vier verrückte Kapitäne an Bord, die nur dann die Kontrolle über die Maschinen übernehmen, wenn sie Lust dazu ha-

ben. Lieber Gott, vergib uns, denn wir wissen nicht, was wir tun! Manchmal habe ich den Eindruck, wir entwickeln eine »écriture automatique« à la Dalí und Buñuel, wir äußern alles, was uns durch den Kopf geht, und lassen es sofort wieder fallen, wenn die anderen es ablehnen, ohne daß sie sich rechtfertigen müßten. Wie Kinder, denen niemand etwas verbietet, vergnügen wir uns damit, die Grenzen des Anstands zu verschieben, und niemand klopft uns auf die Finger. Wir haben eine Figur erfunden, die uns köstlich amüsiert, einen entfernten Vetter der Familie Callahan, direkt von einer kleinen Insel im Pazifik. Er heißt Mordécai, ist immens reich und völlig verrückt. Sein unglaublicher Reichtum dient mal der Tugend, mal dem Laster, ohne ersichtliche Logik. Da Mordécai prinzipiell davon überzeugt ist, daß jeder Mensch und jede Sache käuflich ist, stellt er Schecks aus wie ein Weltmeister. Weil Geld und Wahnsinn Hand in Hand gehen, läßt Mordécai seine Wut mal mit besonderem Vergnügen an einem Unschuldigen aus, mal belohnt er einen Halunken. Aber er kann auch genausogut das Gegenteil tun. Er schenkt einer tattrigen Alten einen Besuch in Disneyland, er setzt im Centre Pompidou die Retrospektive eines unbekannten Malers von der Place du Tertre durch, er ist bereit, eine Million Dollar für das Nacktfoto einer Ministerin zu zahlen, in die er sich verknallt hat (und er bekommt es). Er läßt kostspielige Partys steigen, um auf einen Schlag sowohl den Jet-set als auch das Rote Kreuz zu demütigen. Das alles mit viel Zynismus oder Unbefangenheit, je nachdem, von welcher Seite man es betrachtet. Zu unserer Verzweiflung reagieren bisher weder Séguret noch andere Zensurinstanzen auf diese Provokation. Wir sind die Schöpfer und die einzigen Zuschauer von »Saga«. Ein frustrierender Luxus.
Den ganzen Tag über raucht Mathilde ihre langen, zier-

lichen Zigarillos wie eine arrogante Mata Hari. Sie ändert ihre Physiognomie täglich und spricht über Sex wie andere über Computerprogramme. Sie wäre wirklich perfekt, wenn sie nicht die Boulevardpresse lesen würde. Sie weiß alles über den Urlaub der Stars, die Hinterteile der Prinzessinnen und die Krankheiten der Großen dieser Welt. Manchmal schneidet sie Fotos aus und klebt sie in ein riesiges Album, das sie in einer Schublade unter Verschluß hält. Wenn wir sie darauf ansprechen, sagt sie nur, daß es ihr geheimer Garten sei und daß wir viel zu neugierig seien. Es gibt überhaupt keinen Zweifel mehr, Mathilde ist eine professionelle Midinette, sie übt nur ihr Metier aus.

Jérôme hat sich finanziell gefangen und blüht auf. Man fragt sich, welche Art Mensch er mit seinen vier Millionen Dollar wäre. Er wollte uns sogar von Tristan befreien, aber Louis hat sich regelrecht empört: Unmöglich, uns um »sein hervorragendes, hellwaches Gedächtnis« zu bringen, dieser Bursche sei eine echte »Präsenzbibliothek«, ein »lebendes Figurenarchiv«, voll »pharaonischen Reichtums an dramatischen Wendepunkten«. Eine wohlverdiente Laudatio! Mehr als einmal hat Tristan für uns Kompromisse gefunden, wir gehen sogar manchmal direkt zu ihm, in ganz bestimmten Fällen. Er braucht nur einige Vorgaben, damit er seine Handlungsfäden spinnen kann. Hier geht es nicht um Phantasie oder irgendeinen kreativen Vorgang. Tristan ist vielmehr ein Komparatist und wandelndes Lexikon in einem. Kurzum, wir haben ihn bei uns behalten und in unseren Kreis aufgenommen.

Unsere Familie hat zwei neue Mitglieder bekommen: Lina, die Chefin von »Prima«, und William, der Schnittmeister. Lina ist eine ein Meter fünfzig große Headhunterin, die Schauspieler findet und neue Gesichter ausfindig macht, nach denen die Regisseure verzweifelt suchen. Da bei »Saga«

keine personelle Verstärkung geplant ist, nimmt unsere Serie sie nur zehn Minuten pro Woche in Anspruch. Sie hat den Job nicht wegen des miserablen Honorars angenommen, das Séguret ihr dafür geboten hat, sondern weil sie die Brüder Durietz in ihr Herz geschlossen hat. Sobald ein neues Gesicht in der Serie auftaucht, besuchen wir sie, ich gratuliere zu ihrer Wahl, und Louis gibt ihr zu verstehen, daß sie sich wohl nicht übermäßig angestrengt habe.

William hat über unseren Köpfen eine phantastische Werkstatt. Er kümmert sich um den Schnitt und um jede Art technischer Spielerei für den Sender. Er werkelt mit wahrer Lust an den hypermodernen Geräten herum, und die Techniker betrachten ihn als einen Houdini des Videoschnitts. »Saga« zusammenzubasteln, sagt er, sei für ihn wie eine Verschnaufpause.

Alles wäre in Butter, wenn Séguret nicht immer gereizter würde. Aus unerfindlichen Planungs- und Budgetgründen läßt er uns ganze Passagen umschreiben, meist in letzter Minute. Dieser Mann zappt statt mit einer Fernbedienung mit seinem Taschenrechner. Es ist uns nicht möglich, die objektiven Gründe seiner Änderungswünsche nachzuvollziehen. Manchmal ist es nicht seine Schuld, wie gestern, als ein Schauspieler ohne Vorankündigung abgesprungen ist, weil man ihm einen Werbespot angeboten hatte, der ihm an einem einzigen Tag zwanzigmal mehr einbringt als die ganze Serie. Das Fax der Produktionsleitung lautete: »Erfinden Sie einen zehnminütigen Füller bis morgen früh.«

»Zehn Minuten…«

»Aber es ist neun Uhr abends!«

»Ich will nach Hause.«

»Mir reicht's…«

»Jérôme?«

Empört hat Jérôme gesagt, daß er Séguret die billigsten

zehn Minuten der Welt liefern wird. Wie Feiglinge haben wir ihn allein gelassen.
Heute morgen bin ich der erste im Büro, denn ich bin neugierig, wie Jérôme sich aus der Affäre gezogen hat. Die Brüder Durietz schlafen noch. Neben dem Fax finde ich zwei Blätter.

27. FENSTER. INNEN. NACHT.
Marie und Walter im Rahmen eines geöffneten Fensters. Während der ganzen Szene sieht man sie nur von hinten, ziemlich nah aufgenommen, über das Fensterbrett gelehnt. Man erkennt weder das Innere des Zimmers, noch was sie draußen in der dunklen Nacht sehen.
MARIE: Es war nett von Ihnen, mir diese Reise nach New York zu schenken.
WALTER: Gern geschehen.
MARIE *blickt kurz ins Innere des Zimmers*: Ich hätte nie gedacht, daß ich eines Tages die Nacht in der schönsten Suite des Waldorf Astoria verbringen würde.
WALTER: Dieses Hotel ist Ihrer nicht würdig, Marie ... *Er zeigt zum Himmel.* Betrachten Sie lieber dieses einzigartige Nordlicht, dieses Schauspiel ist Ihrer wert.
MARIE: Es ist wunderschön, all diese unglaublichen Farben, man hat den Eindruck, Gott wolle uns sein Malertalent zeigen ... *Sie legt ihren Kopf auf Walters Schulter.*
WALTER: Genau! Als habe De Kooning das Himmelsgewölbe gemalt ... Grandios, diese Arabeske um den Großen Bären ...
MARIE *fassungslos*: Aber ... was ist das ... dort, sehen Sie ...! Eine Sternschnuppe?
WALTER: Das ist ein Meteorit, der direkt vor unseren Augen aufschlagen wird. Mitten in New York!
MARIE: Er rast auf dieses Gebäude zu ...
WALTER: Er wird auf das Empire State Building stürzen.

MARIE *entsetzt*: Neiiiin ...

Man hört eine Explosion, Marie und Walter drehen sich einen Moment um, schützen ihre Augen mit den Händen vor einer schrecklich blendenden Helligkeit. Dann sehen sie erneut aus dem Fenster.

WALTER: Der Flammenball verglüht noch über Manhattan!

MARIE: Wall Street in Feuer und Asche ...

WALTER: Da ... Der Meteorit hat die Flugbahn einer Boing umgeleitet, die direkt auf die Freiheitsstatue zufliegt.

MARIE: Um Gottes willen, sie hat ihr den Kopf wegrasiert! ... Wie grauenvoll!

WALTER: Sie stürzt auf die Stadt und läßt auf ihrer tödlichen Bahn Hunderte von Wolkenkratzern explodieren ...

MARIE: ... während man in der Ferne immer noch dieses wunderschöne Feuerwerk auf Coney Island sieht!

WALTER: Herzlich willkommen in New York, Marie.

Sie küssen sich.

Séguret hat uns neue Dekorationen bewilligt, obwohl das reichlich hochtrabend klingt. Wir haben das Recht auf ein zusätzliches Zimmer, das wir nach Gutdünken einsetzen können. Mal ist es eine (miese) Hotelhalle, mal die Praxis eines Psychiaters, ein Klassenzimmer, ein Bankschalter, ein Bahnhofswartesaal, die Toilette eines Kinos, das Hinterzimmer eines Cafés und so weiter. Séguret hat beschlossen, daß dieses »Tor zur Welt« unsere »fiktionale Virtualität« verzehnfachen würde. Vielen Dank, Chef. Wir haben immer noch keine Erlaubnis, auch nur die kleinste Außenszene zu schreiben.

Trotz des Aufschwungs unserer fiktionalen Virtualität waren die ersten zwei Wochen im Dezember schwierig. In nur wenigen Tagen ist unsere Begeisterung abgeflaut, und unser Wunsch, gute Arbeit zu leisten, hat darunter gelitten. Als hätten wir beim Aufwachen unseren Sinn für Humor verloren und als würde es mehrere Stunden dauern, ihn wiederzufinden. Gibt es etwas Schlimmeres auf der Welt? Mathilde hat dieses Phänomen auf den allgemeinen Streß zurückgeführt, der sich unvermeidlich bei dem Tempo einstellt, das wir uns seit zwei Monaten auferlegt haben. Seit einigen Tagen hat Jérômes Arbeitseifer nachgelassen, und seine gewohnte Bissigkeit ist stumpf geworden. Sein Bruder hingegen bleibt unerschütterlich wie eh und je, aber er ist auch nicht dem gleichen Druck ausgesetzt wie wir. Ich fluche ständig über den hereinbrechenden Winter, der jedes Jahr Todessehnsüchte in mir weckt. Der Alte ist, wie er sagt, auf der Suche nach dem »zweiten Atem des Marathonläufers«. Uns gegenüber spielt er den Nachsichtigen und übernimmt allein die Rolle des Transmissionsriemens zwischen Séguret und uns. Wir achten darauf, diese verhängnisvollen Anfälle schlechter Laune tunlichst zu vermeiden. Um alles nicht zu tragisch zu nehmen und um diese vorübergehende Krise durchzustehen, nehmen wir uns manchmal gegenseitig mit dem noch verbliebenen Spott auf den Arm. Jeder kennt jedoch das wahre Problem: Wie leicht kann man sich die Niedergeschlagenheit eines Bäckers vorstellen, der jeden Morgen mit Hingabe sein Brot bäckt, das letztlich keiner ißt. Diese verdammte »Saga« hat es nicht verdient, daß wir uns für sie abquälen.

Séguret drängt uns, Maries Telefonate mit »SOS Freundschaft« und Camilles Sitzungen beim Psychoanalytiker auszubauen. Logisch, denn billiger geht's kaum. Louis und ich verfassen unsere Dialoge mit einem Maximum an Energie, am Ende einer Folge sind wir manchmal völlig ausgebrannt. Seit gestern haben wir einen Teil des Problems gelöst: Nach einem vor Verzweiflung triefenden Monolog erhebt sich Camille von der Couch, verabschiedet sich von

ihrem Psychoanalytiker und geht. Während sie die Treppe hinuntersteigt, hört man einen Schuß. Abgang des Psychoanalytikers, der einer solchen Dosis Irrsinn nicht gewachsen war.
Jérôme kümmert sich um Jonas' Problem mit dem Terroristen Pedro »White« Menendez. Niemand weiß, warum er Bomben legt. Die Wahl des Tatorts ist immer ungewöhnlich: das Grévin-Museum, das Verteidigungsministerium, der Triumphbogen, das Jahrmarktsgelände, das Luxusrestaurant »Tour d'Argent«, das Postamt am Louvre und viele andere. All diese Gewalt ist natürlich abstrakt (Séguret erlaubt uns nach jeder Bombenexplosion nicht mehr als eine kurze Meldung im Radio), und Jérôme dreht bei soviel Frustration fast durch. Ergebnis: Von Folge zu Folge wird Menendez radikaler. Man weiß fast nichts über ihn, außer daß er immer ein Buch von Kafka bei sich hat.
Mathilde kümmert sich vorrangig um Mildred und das Wesen. Sobald die beiden sich in einem Raum befinden, wird alles möglich. Als wolle Mathilde bis ins Detail die Unmenge moralischer und physischer Verschachtelungen zweier Individuen beiderlei Geschlechts ausleuchten. Ich habe noch nie etwas so Anstößiges gesehen! Séguret merkt nichts, so wie er auch Walters Betrunkenheit erst dann zu bemerken scheint, wenn sich dieser zwischen leeren Flaschen auf dem Boden wälzt. Solange man das Wesen nicht mit erigiertem Penis und hechelnder Zunge beschreibt, findet er überhaupt nichts dabei, daß sich zwei junge Menschen in einem abgeschlossenen Zimmer verlustieren. Wenn er nur einen Augenblick den Verdacht hätte, wie weit wir schon die Grenzen des Anstands überschritten haben! Durch das Aufeinanderprallen gewisser Worte mit gewissen Bewegungen entsteht etwas zugleich Reines und Hitzig-Schwüles. Im Vergleich dazu geht jeder Pornofilm

der Konkurrenz als eine naturwissenschaftliche Vorlesung durch.

Es ist, weiß Gott, wirklich nicht der Moment, meine Sinne zu reizen … Vor allem, seitdem ich spontan ein komisches Brennen in mir spüre. Dieses Brennen befindet sich weder in meinem Herzen noch in meinem Kopf, eher irgendwo zwischen Nabel und Unterleib. Ein kleines Flämmchen, das sich zu einer Feuersbrunst ausdehnt …

Ich kann nur schwer zugeben, daß es eine perverse Reaktion auf das distanzierte Verhältnis zwischen Charlotte und mir ist. Wenn wir uns begegnen, relativ selten und nur zufällig, spüre ich in ihr das völlig verständliche Verlangen nach einem Nervenkrieg, bei dem immer einer auf der Strecke bleibt. Vor ungefähr zehn Tagen habe ich sie aus Versehen berührt, und sie ist zusammengezuckt, als hätte sie sich den Ellenbogen an meiner Schulter verbrannt. Eine derart überwältigende, derart instinktive Ablehnung, daß ich in einer Viertelsekunde mehr kapiert habe als in den ganzen letzten Wochen. Seither ist es unmöglich, um sie herumzuschwirren oder sie auch nur nackt im Badezimmer zu sehen.

Neben dieser Phase der körperlichen Sprachlosigkeit habe ich gemerkt, daß die nächtliche Ausstrahlung von »Saga« auf mich eine bisher nie gekannte Wirkung ausübt. Während einer der Nächte außer Haus habe ich mich Jérôme anvertraut.

»Macht dir das nichts aus, wenn diese weiblichen Figuren sich all dem hingeben, was du sie erleben läßt?«

»Bei einer Garbo oder einer Faye Dunaway weiß ich es nicht. Aber Madame Pflaster oder diese kleine Nutte Camille bringen mich nicht aus der Ruhe.«

»Und ihre mentale Intimität?«

»… ?«

»Nimm zum Beispiel die Szene, in der bei Camille die Sicherungen durchbrennen und sie Walter verführen will. Erinnerst du dich, was sie ihm da im Schlafzimmer gesagt hat?«

»Nicht wirklich.«

»Sie hat ihm zu verstehen gegeben, daß sie ihre Schamhaare nur für ihn abrasiert hat und daß sie de Sade gelesen hat, um sich auf dieses Treffen vorzubereiten. Ganz so sagt sie es natürlich nicht, aber so ähnlich.«

»Na, und?«

»Als ich diese Szene gesehen habe, als ich das Mädchen sah, das Camille verkörpert, als ich sah, wie sie diese Szene mit wogendem Busen vor einem degenerierten Beatnik spielt, als ich all diese grandiosen Metaphern über Sex hörte, habe ich mich gefragt, ob wir überhaupt das Recht haben, sie zur Anregung unserer eigenen geilen Phantasien zu benutzen, mit der Libido anderer zu spielen, selbst wenn es fiktive Figuren sind.«

Aus seinem Blick sprach die ängstliche Zurückhaltung des Guten Wilden, der den Missionar an Land gehen sieht.

»Wie lange warst du nicht mehr mit einer Frau im Bett, Mann?«

»...?«

Um Haltung zu bewahren, habe ich den Kerl gemimt, den derartige Klischees kaltlassen. In einer hitzigen Streitrede im Stil von Sascha Guitry – großmäulige Gereiztheit, ein Paradox nach dem anderen – habe ich ihm zu verstehen gegeben, daß die Libido nicht alles sei, egal was Freud dazu sagt. Die Welt teile sich nicht in Priapisten und Eunuchen auf. Der Mythos des Menschen, der von seinem erigierten Glied beherrscht wird, sei ein bigottes Hirngespinst und so weiter. Überzeugt, mich großartig geschlagen zu haben, bin ich gegangen.

Ich bin erst wieder am nächsten Tag damit konfrontiert worden, als Louis mich bat, eine Szene nachzulesen.

23. SCHLAFZIMMER CAMILLE. INNEN. NACHT.
Jonas betritt das Zimmer, nachdem ihn Camille hereingebeten hat. Sie ist dabei, das Telefon anzuschließen, das er ihr in Folge sechzehn anvertraut hat.
CAMILLE: Das Losungswort ist »Alles oder nichts«?
JONAS: Nein. Es wurde gestern geändert in »Nichts geht mehr«.
CAMILLE: Das hätten Sie mir früher sagen können. Haben Sie nicht schon genug mit mir gespielt?
JONAS: Wann treffen Sie sich mit Menendez?
CAMILLE: Um zwanzig Uhr, in seinem Hotel.
JONAS: Und was werden Sie anziehen?
CAMILLE: Wer stellt diese Frage, der Polizist oder der Verehrer?

»Geht das deiner Meinung nach so?«
»...«
»Du siehst so komisch aus, Marco ...«
Ich hätte ihm unmöglich sagen können, was ich in *Wirklichkeit* gelesen habe.

23. SCHLAFZIMMER CAMILLE. INNEN. NACHT.
Jonas betritt das Zimmer, nachdem ihn Camille hereingebeten hat. Sie ist dabei, das Telefon einzuschieben, das er ihr in Folge sechzehn anvertraut hat.
CAMILLE: Das Losungswort ist »Arsch oder nichts«?
JONAS: Nein. Es wurde gestern geändert in »Nichts geht mehr«.
CAMILLE: Das hätten Sie mir früher sagen können. Haben Sie nicht schon genug in mir gespielt?

JONAS: Wann treffen Sie sich mit Menendez?
CAMILLE: Um zwanzig Uhr, in seinem Hotel.
JONAS: Und was werden Sie ausziehen?
CAMILLE: Wer stellt diese Frage, der Polizist oder der Verehrer?

Es war Zeit, nach Hause zu gehen.

—

Es fällt mir schwer, mich an Einzelheiten der Folge einunddreißig zu erinnern. Keiner hat sie noch mal durchgesehen, sie ist ungelesen abgeschickt worden, mit all unseren Zweifeln und unseren Narrheiten. Wir haben jeden Gedanken an korrekte Zusammenhänge aufgegeben, Glaubwürdigkeit ist nur noch eine vage Erinnerung, das »egal was« hat sich unserer bemächtigt. Das schallende Lachen des Alten ist für uns das einzige Auswahlkriterium. Séguret läßt uns ungestört schalten und walten, er merkt nichts und läßt uns völlig freie Hand. Er will nicht wissen, wer was in dieser verdammten Seifenoper tut, wer mit wem schläft, wer wem die Kehle durchschneiden will und warum. Es ist ihm völlig egal, solange er nur möglichst viel in kürzester Zeit abdrehen kann.
Trotz der Verschleißerscheinungen brauchen wir inzwischen weniger als vier volle Tage, um eine Folge von fünfundvierzig Minuten abzuwickeln. Aber es sind die längsten Tage meines Lebens. Hatte ich mich anfangs noch mit einer gewissen Unbeschwertheit durch unsere Serie bewegt, komme ich mir jetzt vor wie ein Infanterist, der nur wegen der Aussicht auf seine Beförderung Tag und Nacht durch den Schlamm robbt. Gestern habe ich bei einer heiklen Szene Mildred mit Camille verwechselt: Der entscheidende Moment, als Camille feststellt, daß sie Walter lieber hat als

Jonas. Der gleiche Dialog, von Mildred gesprochen, wird zu einer Art ödipalem Gebet, von dem sich Psychoanalytiker inspirieren lassen könnten. Ich hätte alles wieder in Ordnung bringen können, indem ich einfach die Vornamen ausgetauscht hätte, aber ich habe es so gelassen, ohne den anderen etwas zu sagen. Ich bin nicht der einzige, der sich absurde Schlenker erlaubt, in Folge neunundzwanzig läßt Jérôme Etienne wieder auftauchen, einen komischen Kauz, den Louis schon in Folge vierzehn beseitigt hatte. In letzter Minute haben sie versucht, eine unverständliche Geschichte mit Seelenwanderung und Geisteskrankheit zusammenzubasteln. Ich weiß nicht, welcher Schauspieler so etwas spielen kann, es sei denn, Lina findet ihn in einem Ashram, das im Kontrollbereich eines Atomkraftwerks steht. Jérôme hat eine internationale Intrige, mit allem was dazu gehört, erfunden, mit einem Killer, einer multinationalen Holding und einer Geiselnahme, und das alles mit zwei Innendekors. Währenddessen schlägt Mathilde vor, das Defizit in der staatlichen Krankenkasse mit Hilfe einer Liebessteuer aufzufüllen (diese Szene existiert, ich habe sie gelesen).
Bisher hat die Polizei uns noch nicht ausfindig gemacht.

—

»Hallo?«
»Hab ich dich geweckt, Kleiner?«
»...?«
»Natürlich habe ich dich geweckt.«
»Wie spät ist es?«
»Nach acht.«
»Bist du's, Mama?«
»Wer sonst?«
»Stimmt. Nur eine Mutter kann um diese Zeit anrufen. Bist du im Büro?«

»Nein, eben nicht. Deine Mutter braucht dich, und du wirst sie nicht im Stich lassen. Ich bin auf dem Bahnhof und werde eine gute Stunde zu spät kommen. Letzte Woche ist es mir schon mal passiert, und Combescot war wütend.«
»Und was soll ich tun?«
»Ich werde denen was erzählen müssen.«
»Na und ...?«
»...«
»Hör zu, Mama. Ich weiß, daß zwischen Mutter und Sohn schon geringste Gesten, Blicke und Schweigen genügen, aber im Moment verstehe ich wirklich nicht, was du willst.«
»Denk eine Entschuldigung aus.«
»Wie bitte?«
»Erfinde eine Geschichte, die ich Combescot erzählen kann. Ich habe ihm schon die Story vom kaputten Wecker und von dem Selbstmörder auf den Metroschienen aufgetischt.«
»...?«
»Schließlich ist es dein Job, oder?«
»Lügen?«
»Nein, Geschichten zu erfinden. Denk dir eine Geschichte aus, schnell ...«
»...?«
»Willst du, daß man meinen Job einer Jüngeren mit Minirock gibt, die Englisch spricht und als erste im Büro auftaucht, nachdem sie ihre Runden gejoggt hat?«
»Du bist schon zwanzig Jahre in dieser Firma, man wird dir so etwas nicht antun, Mama.«
»Meinst du? Vor sechs Monaten bin ich knapp einer Kündigungswelle entgangen. Sie finden immer etwas. Sei kein Spielverderber! Weißt du, was es heißt, mit vierundfünfzig arbeitslos zu sein? Erfinde schnell eine plausible Geschichte.«

»Unmöglich. Ausgeschlossen. Combescot wird glauben, du hältst ihn für einen Trottel.«
»Wenn ich etwas Blödes sage, sicher. Du weißt genau, daß ich keinerlei Phantasie habe. Wir müssen eine Geschichte finden, die man einfach glauben muß.«
»Bist du dir darüber im klaren, was du von mir verlangst?«
»Nun mach schon ...«
»Es gibt zwei Arten, eine wenig glaubhafte Geschichte als echt zu verkaufen: das realistische Detail und die Überbietung.«
»...?«
»Wenn du mir zum Beispiel erzählen würdest, du hättest einmal mit Jean Gabin zu Abend gegessen, würde ich dir nicht glauben. Wenn du mir aber erzählen würdest, du hättest mit Jean Gabin zu Abend gegessen, er hätte Forelle mit Mandeln bestellt, er hätte alle Mandeln auf den Rand gelegt, weil er sie nicht mag, und du hättest sie eine nach der anderen von seinem Tellerrand aufgepickt, dann kann es nur wahr sein. Das wäre das realistische Detail. Aber in einem eiligen Fall wie deinem würde ich eher die Überbietung versuchen.«
»Leg los!«
»Das beste Mittel, ein außergewöhnliches Ereignis glaubhaft zu machen, besteht darin, es mit einem noch unglaublicheren zu verbinden. Wenn du ins Büro kommst und sagst, dein Zug wäre beinahe entgleist, und es hätte die Reisenden fast das Leben gekostet, dann glaubt man dir wahrscheinlich nicht. Aber wenn du sagst, dein Zug wäre beinahe entgleist, und es hätte die Reisenden fast das Leben gekostet, der gesamte Zugverkehr sei lahmgelegt worden, aber du hättest ein Taxi gefunden, doch in dem Moment, als du dachtest, alles wäre in Ordnung, hätte der Taxifahrer das Auto eines Irren angefahren, der daraufhin deinen Fah-

rer mitten auf der Straße verprügelt hätte, bis ein Bulle aufgekreuzt sei – dann hält man dich für ein Wunder. Hast du das Prinzip verstanden?«

»Ich glaube schon. Das bringt mich auf neue Ideen. Ich habe nur Angst, nicht genug schauspielerisches Talent zu besitzen.«

»Darüber mache ich mir weniger Sorgen.«

»Ich umarme dich, mein Herz.«

»Mama?«

»Ja?«

»Ehrlich währt am längsten.«

»Hab ich dir das beigebracht?«

Sie legt auf. Ich will meine Hand in Charlottes Haare gleiten lassen und erwische nur das Kopfkissen.

Wenn sie wenigstens ihren Geruch dagelassen hätte.

Ich bin ein olfaktorischer Typ.

Es riecht nur nach Verlassensein und Waschsalon. Im Halbdunkel ziehe ich die Kommodenschublade auf, in der sie ihre Wäsche aufbewahrte. Ich will mein Gesicht hineinwühlen, aber die Schublade ist leer.

Vielleicht schläft sie hier, wenn ich nicht da bin.

Sie hätte noch ein paar Monate warten können. Und ich wäre zu ihr zurückgekommen, um sie niemals wieder zu verlassen.

Ich habe nicht die leiseste Ahnung, wo sie sein könnte, und komischerweise wirkt ihre Abwesenheit wie eine Herausforderung. Ich weiß nur noch nicht, was für eine. Ihre Familie wird mir nicht weiterhelfen. Ihre Freundin Juliette tat am Telefon so, als fiele sie aus allen Wolken. Da lasse ich mir noch eher die Reaktion von Charlottes Vater gefallen, der sich über »die Entlobung« freut. Der Begriff »Entlobung« hat sich in meinem Ohr festgesetzt. »Entlobung«... Wenn sie mich wenigstens verlassen

hätte, wie alle es tun, mit lautem Geschrei und Hals über Kopf gepackten Koffern.
Charlotte macht nichts wie alle anderen.

—

Im Gegensatz zu meiner lieben Mutter bin ich zu früh im Büro. Das Kommen und Gehen der Casting-Leute von »Prima« läßt mich seit geraumer Zeit kalt, aber auf einmal bin ich wirklich verblüfft, ich sehe den Schauspieler Philippe Noiret, der darauf wartet, entdeckt zu werden. Drei weitere Philippe Noirets stehen am Ende des Flurs, ein halbes Dutzend verläßt Linas Büro, andere gehen die Treppe hinunter, der letzte kommt, Entschuldigungen stammelnd, aus meinem Büro. Diese Philippe-Noiret-Lawine bringt mich ganz durcheinander. Zwischen Tür und Angel erklärt Lina mir, daß sie sechs Doppelgänger von Philippe Noiret für einen Zwanzig-Sekunden-Gag in ihrem nächsten Film finden muß.
Mathilde ist schon da und begrüßt mich mit einer Tasse Tee. Sie wird von Tag zu Tag schöner. Sobald sie den Kopf wegdreht, begutachte ich intensiv ihre Beine. Der Alte kommt wie ein Imperator herein.
»Hat jemand die Folge von heute nacht gesehen? Nein? In diesem Fall, meine Lieben, haben Sie einen historischen Moment verpaßt. Ein Streit zwischen Jonas und Bruno. Es war wie zu Zeiten des experimentellen Films. Nichts hatte Hand und Fuß, aber, wie soll ich es ausdrücken ... *es passierte was.*«
»Die Szene, in der Jonas den Jungen dazu verführt, etwas Verbotenes zu tun?«
»Ein kleines Meisterwerk! Ihr *Face-à-face* ist steil von unten aufgenommen, man sieht Gegenstände, die aus dem Nichts hervortreten. Die Surrealisten hätten ihre Freude daran gehabt.«

Im Drehbuch war es eine eher heikle Szene. Bruno hat schon wieder eine Dummheit angestellt. Jonas stellt ihn zur Rede, der Bursche macht sich schon auf eine Moralpredigt und noch dazu auf eine schreckliche Androhung für den Fall eines Rückfalls gefaßt. Wider Erwarten schnappt sich Jonas den Jungen und erklärt ihm, daß eine Gesetzesübertretung nicht bedeutet, ein Auto zu klauen oder seinem schlimmsten Feind die Fresse zu polieren. Das Verbotene ist verdammt noch mal etwas ganz anderes. Das Verbotene ist nicht unbedingt ein Vergehen und auch nicht der dazugehörige Mut. Das Verbotene ist… ganz einfach, eine freie Tat. Eine Handlung, die weder Sittenkodex noch Forderungen, noch Vergeltung kennt. Eine freie Tat, das heißt: eine Geige in der Stille des Abends aus dem Fenster schmeißen, in einer fremden Sprache vor dem Spiegel rezitieren, in Ruhe langstielige Gläser zerschmettern und dabei eine riesige Zigarre rauchen, einen ulkigen Hut tragen und so tun, als wäre er unsichtbar.

Mit anderen Worten, es zu genießen, in den Augen der Umwelt für verrückt gehalten zu werden. Gleichzeitig alle Vernunft, jedweden guten Geschmack und alle Regeln über Bord zu werfen. Jeder Mensch hat Lust, einmal etwas total Absurdes, völlig Unlogisches zu tun. Er muß nur das Passende finden. In diesem Fall ist es Jonas' Plädoyer.

»Stand in dieser Szene nicht noch, daß man hier ordentlich Schaum schlagen sollte?« fragt Mathilde.

»Klar! Die haben Seifenschaum geschlagen! Die haben eine zur Improvisation offengelassene Regieanweisung von mir wörtlich genommen und gedreht! Eine große Schüssel voll Schaum taucht in Jonas' Händen auf. Während er wie ein Besessener grinst, rührt er mit den Fingern darin herum, knetet eine Minute lang. Diese Szene hat eine fast unerträgliche Sinnlichkeit. Der Kleine erschaudert.«

Jonas fordert ihn auf, es ihm nachzumachen, aber es geht über Brunos Kräfte, der Junge kann es nicht und wird es wohl niemals können. Wahnsinn und Absurdität sind für einen jungen Menschen die größten Tabus, niemals würde er wagen, die festgelegten Regeln so weit zu überschreiten. Nur Erwachsene haben diesen Mut. Nachdem Jonas diese Kerbe in Brunos Seele geschlagen hat, überläßt er ihn seiner jugendlichen Verwirrung.

Eines ist sicher: Der »Saga«-Regisseur gehört ab sofort zu unserem Team. Séguret hat ihn wahrscheinlich, wie uns, auf dem Grund einer Mülltonne gefunden. Dieser Kerl filmt unser Drehbuch mit akribischer Treue, er ist das direkte Bindeglied zwischen der Handvoll Zuschauer und uns. Da er sich selbst nie bei uns gemeldet hat, plädiert Louis dafür, keinen Kontakt aufzunehmen. Aus Angst, vielleicht etwas kaputtzumachen.

Über dem Kaffeeautomaten hat der Alte zwei neue Briefe an die Wand geklebt. Einer kommt von einem durchgeknallten Nightclubber, dessen Schrift wir nur schwer entziffern konnten. Ganz zu schweigen vom Stil.

Salut an die Abenteurer der Cyber-Seifenoper!

Noch bis gestern haben mein Kumpel Rizzo (the Rizzo himself) und ich uns wie üblich gegen acht Uhr morgens, nach einer nächtlichen Sauftour und einer Tasse Earl Grey bei Mireille, in die Falle gehauen. Vorbei! Wir müssen um Punkt vier Uhr für fünfundvierzig flashy Minuten zu Hause sein, ich spreche von The »Saga«, dem twilight-zone-surf auf den Schwingungen der Neuronen. Ganz unter uns, Leute, falls ihr zum Schreiben was einwerft, brauchen wir unbedingt den Namen des Stoffs. Seitdem wir uns diesen Junkie-Müll vor der Glotze reinziehen, haben wir nichts Vergleichbares

gesehen. Unser Kumpel, dem »Le Tube« gehört (ein Schuppen, in dem wir euch sofort einen VIP-Tisch reservieren, sobald ihr euch meldet), hat ein Videogerät aufgestellt, um diese nächtliche Messe der Typen von der anderen Seite zu feiern. Die Sekte wird von Nacht zu Nacht größer. Macht nicht schlapp!
Luc und Rizzo
P.S. Wir würden Mildred gerne mal nackt sehen, nur wegen der Narben.

Am nächsten Tag bekommen wir einen weiteren.

Sehr geehrte Damen und Herren Drehbuchautoren von »Saga«,

nur einige Zeilen, um Ihnen folgendes zu sagen: Ich bin einundvierzig und verbringe jede Nacht in meinem Elternhaus in der Nähe von Carcassonne, weil meine Mutter dort im Sterben liegt. Meine Schwester kümmert sich tagsüber um sie, und ich übernehme die Wache bis zum nächsten Morgen. Sie freut sich, wenn ich da bin. Wenn sie einnickt, drehe ich den Ton des Fernsehapparates nur ganz schwach auf, um mir »Saga« anzusehen. Ich weiß nicht recht, wie ich es sagen soll, diese knappe Stunde ist die einzige, die mich in eine andere Welt mitnimmt, wo ich endlich einmal wieder kurz aufatmen und zu mir selbst finden kann. Manchmal lache ich sogar leise vor mich hin. Wenn die Folge zu Ende ist, bin ich mit mir zufrieden, so als hätte ich mehr Abstand zu diesem absurden Possenspiel, das wir jeden Tag leben. Danke.

Wir wußten nicht, was wir davon halten sollten. Es hat uns gutgetan. Das ist alles. Gutgetan.
Strotzend vor neuer Energie haben wir Folge sechsundvierzig in Angriff genommen. Séguret ist am Spätnachmittag vorbeigekommen, um uns eigenhändig unsere Schecks zu bringen und zwei Folgen mitzunehmen. Ich habe nichts gegen diesen Mann, der Tag für Tag Höllenqualen leidet. Er hält alles für eine Plage, die Autoren, die Schauspieler, von den Werbeleuten ganz zu schweigen, selbst die Zuschauer haben sich gegen ihn verschworen, um seine großartigen Pläne zu vereiteln. Er hat den Ansatz eines Schmerbauchs, den er offensichtlich bekämpft, denn er schleppt immer eine Sprudelflasche mit sich herum. Unser größter Trumpf ist seine fabelhafte Halbbildung. Es ist die formelle Garantie, »egal was« durchzusetzen, ohne daß er es merkt. Heute abend hat er mich gebeten, ihm eine Bemerkung von Jonas zu erklären, die dieser nach dem Diebstahl eines Gemäldes, das Mordécai der Familie Fresnel geschenkt hat, macht (»Wenn es ein echter *Braque*-Schinken ist, wird er auf dem Markt wieder auftauchen«). Meine Anspielung auf den Kubismus ist voll danebengegangen. Seiner ganz sicher, hat er gesagt: »Der *Pracht*-Schinken wird sicherlich wieder auftauchen.«
Gebenedeit sei dieser Mann, der Vater und Mutter für eine Zappingsperre verkaufen würde.
Beim Weggehen habe ich Mathilde in den Mantel geholfen. Überrascht bedankte sie sich mit einem Lächeln. Ganz schnell zog ich heimlich einen Zug weiblicher Sinnlichkeit in meine Lungen und behielt ihn bis draußen in mir.

—

Seit Charlotte verschwunden ist, muß ich nicht einmal versuchen, auf andere Gedanken zu kommen. Nach zweiundzwanzig Uhr hasse ich es zu denken, warum es also versuchen? Jeden Abend tauche ich in ein heißes Bad und halte meinen Kopf unter kaltes Wasser. Ich lese »Mickymaus«. Ich blättere in einem dicken Fotoalbum. Ich spiele Solitär. Ich bin kurz davor, eine Exfreundin anzurufen, die vielleicht wissen will, wie es mir geht. Aber das hat alles keinen Zweck. Ich kann einfach diese Geschichten-Produktionsmaschine nicht per Knopfdruck ausschalten. Es nützt nichts, den Kopf im Bad unter kaltes Wasser zu halten, in meinen Gedanken bin ich bei Marie, Walter und den anderen. Schon bei der ersten Sprechblase im »Mickymaus«-Heft nimmt mich die folgende in Anspruch, und ich fange an, Geschichten zu erfinden, die einer so weltberühmten Maus unwürdig sind. In dem dicken Fotoalbum sind zufällig zusammengewürfelte Gruppenaufnahmen, für jede Person darauf erfinde ich unzählige Umstände, um sie mit den anderen zu verbinden. Ich kann sogar den Lebenslauf aller Abgebildeten bis ins Detail erzählen. Bevor ich zum Telefon greife, um die Ex einzuladen, gehe ich das Gespräch mit lauter Stimme durch und ändere gewisse Adjektive, damit es ehrlicher klingt.

Als alles nichts mehr hilft, trete ich in den abendlichen Rauhreif hinaus, und meine Schritten lenken mich zu dem kleinen Haus in dem verlassensten Viertel der Stadt. Nur hier kann ich widersinnigerweise an etwas anderes denken. Auf dem Weg kaufe ich eine Flasche Pfefferwodka, um Jérôme eine Freude zu machen. Wir trinken einige rote und brennende Schlucke. Auf seinem Floß hingekauert, zieht sich Tristan einen Film über Hochseefischerei rein und driftet langsam ab, auf unbekannte Ozeane.

Ich schaue hinaus in den Nebel. Die sanfte Melodie der Schlafstadt dringt zu mir herauf. Um sie besser hören zu können, stütze ich mich auf das Fensterbrett.

Ein Wald von Antennen und Kaminen, Tausende von Dächern, die sich vor dem Mondlicht abzeichnen, Paläste und Bruchbuden, willkürlich aneinandergereiht.
Ich spüre sie, überall, sie alle, hinter ihren Wänden versteckt, in ihre Betten gekuschelt. Vielleicht haben die Schläfer ein Anrecht auf Frieden. Die übrigen sind Statisten einer Seifenoper, die seit ewig jeden Abend gespielt wird.
Die treulosen Liebenden spielen Gangster auf der Flucht. Die Nachtschwärmer gehen für ein letztes Glas auf Kreuzfahrt. Die Notärzte werden in Familiengeheimnisse eingeweiht. Die Umherirrenden werden sich finden und die Auserwählten sich verlieren.
Die Nacht wird ihr gewohntes Maß an unaufgeklärten Verbrechen und den üblichen Tragödien mit sich bringen. Den Akteuren wird es nicht an Talent mangeln, sie werden lügen und schauspielern. Sie werden ihre Rolle bis zu Ende spielen, und die Besten werden mit nie gehörten Sätzen die Stille sprengen. Man darf auf keinen Fall eine Folge auslassen, die Welt der Finsternis ist eine Fortsetzungsgeschichte.
Und sollte ihr jemals die Phantasie für neue Abenteuer ausgehen, genügt ein Blick in den Flimmerkasten. Wir sind da, um sie zu liefern.
Im obersten Stock eines Hauses, weit weg, sehe ich in einer Mansarde ein kleines Licht aufleuchten.
Es ist drei Uhr fünfundfünfzig. »Saga«-Zeit.
»Weißt du, Marco, ich habe kürzlich gedacht, daß wir nach den Bauern den wichtigsten Job haben.«
»Meinst du?«
»Was braucht die Menschheit, abgesehen von Nahrung? Geschichten.«
»Und wir kommen deiner Meinung nach noch vor den Schneidern und Eheinstituten?«

»Ja.«
Tristan zieht seine Kopfhörer abrupt von den Ohren, wir heben die Köpfe, als wir die Erkennungsmelodie des Senders hören. Die Fuge von Bach zieht uns vor den Bildschirm.
Herzlich willkommen.

—

»Hat einer von euch die Folge heute nacht gesehen?«
Louis stellt diese Frage fast jeden Morgen. Offenbar seine Art, uns zu begrüßen. Diese Nacht habe ich zehn Stunden am Stück geschlafen, Tristan ist vor einer »Star-Trek«-Folge eingenickt, und Jérôme hat seinen Bumerang in einem Stadion geworfen. Mathilde sieht sich die Folgen nie zur tatsächlichen Ausstrahlungszeit an, sie nimmt sie auf, um sie während des Frühstücks durchzuschauen. Sie meint, daß sie ihren Videorecorder falsch eingestellt hat: Heute morgen sah sie beim Broteschmieren einen Film über die Gasvorkommen in Lacq.
»Was war mit dieser Folge, Louis?«
»Sie ist nicht gesendet worden.«
Wir sind wie vor den Kopf gestoßen. Was soll das heißen … *»Sie ist nicht gesendet worden«*?
Soweit ich mich erinnere, kam in dieser Folge nichts besonders Böses vor. Die Sektenheinis vom »Le Tube« haben Anspruch auf Schlimmeres.
Sie ist nicht gesendet worden.
Ich erinnere mich nur an einige Einzelheiten. Die Stola aus Dobermannfell, verborgen in einer Hutschachtel. Das hohe Fieber, das Mildred auf Lateinisch phantasieren läßt. Was noch?
Sie ist nicht gesendet worden.
Bruno nervt seine Umwelt, weil er bei jeder Gelegenheit

Shakespeare zitiert (*One pound of flesh* ist sein Leitmotiv). Er sucht ein Medium auf, um mit dem Geist seines neuen Lehrmeisters in Verbindung zu treten.
Sie ist nicht gesendet worden.
Walter und Marie träumen den gleichen Traum und laden sich schließlich gegenseitig in ihre Gedankenwelt ein, um die staubigen Ecken ihrer Seele zu erkunden.
Sie ist nicht gesendet worden?
Was ist das, dahinten, gar nicht so weit weg? Das Ende des Wegs? Hat ein unerwartetes Ereignis, das wir außer acht gelassen hatten, unser Boot zum Kentern gebracht? Der Alte wettet mit uns, was der Grund sein könnte. Mathilde glaubt an Zensur: Eine Anti-»Saga«-Lobby hat sich gebildet und gedroht, den Intendanten zu lynchen, wenn der Skandal nicht sofort gestoppt wird. Jérôme glaubt, daß der Oberste Funk- und Fernsehrat diese Quotengeschichte abgeschafft hat: Die Serie hat damit ihre Daseinsberechtigung verloren. Da ich nichts wirklich Vernünftiges anbieten kann, stelle ich mir Außerirdische vor, die alle Folgen gestohlen haben, um ihren Mitbürgern das Zersetzungsstadium unserer Zivilisation vorzuführen.
Der Alte kreuzt seine Arme wie ein gutmütiger Lehrer vor der Brust. »Die Folge neunundvierzig wurde diese Nacht nicht gesendet, weil sie heute morgen zwischen acht und neun Uhr ausgestrahlt wurde.«
»Wenn du meinst, du könntest hier miese Scherze machen, Louis …«
»Séguret hielt es nicht für nötig, uns zu informieren, denn dieses Mal wollte er selbst die Lorbeeren seiner Chefs einheimsen. Stellt euch vor, der Sender erhält jede Woche ungefähr zweihundert bis dreihundert Leserbriefe.«
Mit einer perfekten Simultaneität haben wir uns die paar armseligen Blätter über dem Kaffeeautomaten angeschaut.

»Die da hat man uns nur geschickt, weil sie an uns persönlich gerichtet waren, die anderen werden im Senderbüro aufbewahrt. Nach der Einschaltquote zu urteilen, sind die nächtlichen Zuschauer samt und sonders um ›Saga‹ geschart. Man könnte denken, es sind nicht viele, aber wenn man alle Leute, die zwischen vier und fünf Uhr morgens nicht schlafen, zusammenzählt, sind die anderen Sender der Verzweiflung nahe. Umfragen haben ergeben, daß fünfundsiebzig Prozent der ›Saga‹-Seher diese Serie aufnehmen und sie sich abends nach der Arbeit ansehen.«
Quatsch! Ich könnte vielleicht glauben, daß eine Handvoll Debiler für diese Serie schwärmt, aber auf keinen Fall kann ich mir eine Durchschnittsfamilie beim »Saga«-Sehen vorstellen. Und noch weniger abends, zur Prime time, wenn Dutzende von Sendern Filme, die erst vor kurzem im Kino gelaufen sind, und Reality-Shows voller schockierender Bilder anbieten.
»Saga« kann da nicht mithalten.
»Habt ihr von den beiden Journalisten gehört, die regelmäßig über die Serie berichten?«
»Glaubst du, ich komme dazu, Zeitung zu lesen?«
Um uns völlig mundtot zu machen, holt Louis einige Presseausschnitte hervor. Der Ton der Artikel schwankt zwischen Logbuch und vertraulichem Bericht für Eingeweihte. »Man dachte, sie würden es nicht wagen, und dennoch!« oder »Auch diese Nacht war es wieder soweit...« oder: »Es ist zu befürchten, daß Mildred und Fred eine Maschine zur Kontrolle der Neuronen erfinden ... Also, bis heute abend, am Videorecorder!«
»Ganz zu schweigen von den Dutzenden Amateurfunkern in ganz Frankreich, die die nächtliche Ausstrahlung für ihre Zuhörer live kommentieren.«
»Willst du, daß wir dir das glauben, Mann?«

»Ein Fanclub hat sich aus dem Département Oise gemeldet.«
»Was zuviel ist, ist zuviel, Louis.«
»Konsequenz: Sie verlegen das Tele-Shopping, das von den anderen Sendern überholt wurde, und planen statt dessen ›Saga‹ ein. Wenn ihr noch mehr Beweise braucht, ich habe noch einen, der euch begeistern wird.«
Er hat sich das Beste für den Schluß aufgehoben, ich spüre es. Louis ist der unumstrittene Meister der Spannung. Er hätte mit Hitchcock arbeiten können, wenn ihn nicht der Maestro in Beschlag genommen hätte.
»Ich habe für jeden von uns dreitausend mehr pro Folge rausschlagen können.«
Vor soviel Gnade sinkt Jérôme dem Alten zu Füßen und stößt ein herzzerreißendes Freudengebrüll aus. Wenn ich richtig rechne, macht das… Mein Gott! Was soll ich mit der ganzen Kohle anfangen?
»Falls ihr noch weitere Forderungen habt, jetzt ist der richtige Zeitpunkt, Séguret kommt heute nachmittag vorbei.«

—

Séguret wurde nicht enttäuscht. Er hat drei verwöhnte Kinder vorgefunden, die ihn für den Weihnachtsmann hielten. Jérôme hat die Spesenabrechnung fürs Essen durchgesetzt. Wir können also ab sofort den Pizzabäcker für einen Kredit von hundert Franc pro Tag und Person links liegen lassen. Mathilde hat daran gedacht, unseren Alltag mit einigen großen und kleinen Dingen bereichern zu lassen. Ich habe eine supermoderne Fernsehanlage mit Riesenbildschirm, Parabolantenne, Recorder und allem Drum und Dran verlangt. Ich wußte, daß Jérôme mir ewig dankbar sein würde. Séguret geht weg, als hätte er eine Niederlage einstecken müssen, ohne überhaupt gekämpft zu haben.

»Ich möchte Sie alle vier zur Vorsicht ermahnen. Selbst wenn eine Horde Schlafloser und zielloser Nachtschwärmer sich in diese Serie verknallt hat, ist noch nicht gesagt, daß ein Morgenpublikum mehr davon sehen will. Es könnte sie sogar schnell in der Versenkung verschwinden lassen.«
Na bitte, es sieht so aus, als ob dieser kleine Erfolg ihn mehr kränkt als alles andere. Unsere nächtlichen Kreaturen sollten wahrscheinlich nie das Tageslicht sehen, wer weiß?
All diese Neuigkeiten waren wie Balsam für unsere Seelen. Wir brauchen diesen zweiten Kick. Denn wir müssen noch ungefähr dreißig Folgen liefern und jetzt ein Morgenpublikum an uns binden, eines, das in den Startlöchern hockt, bevor es zur Arbeit hetzt, oder das blitzende Schnellkochtöpfe am Bildschirm kauft. Dort ist es, das ganze Land, nirgendwo anders.
»Hat einer von euch schon mal was im Fernsehen gekauft?« frage ich.
»Was brauchst du, Mann? Du hättest es sagen sollen, als der Enarch da war.«
»Ich will nur wissen, wie das Tele-Shopping funktioniert.«
»Ich habe schon mal einen Lippenstift gekauft«, sagt Mathilde, »es ist ganz einfach. Sie lassen sich von dem unsagbar oberflächlichen Geschwätz des Moderators und von der lächerlichen Vorführung einer Dame, mit der man sich identifizieren soll, einlullen. Sie geben ihre Kreditkartennummer durch, und das war's. Es funktioniert, sehen Sie mich an: Dieses fuchsienfarbene Lächeln, das meinen Charme ausmacht, habe ich vom Tele-Shopping.«
»Der farbtreue Lippenstift?« fragt Tristan, der aus seinen Träumen erwacht. »Der keinerlei Spuren hinterläßt?«
»Genau der, der Lippenstift für den Ehebruch, der Lippenstift der leichten Mädchen. Wenn Sie wüßten, was ich ihm verdanke ...«

»Wir müssen besser sein als Tele-Shopping«, sage ich. »Diese phänomenale Konsummacht, die die Zuschauer benebelt, müssen wir für ›Saga‹ nutzen.«
»Das heißt im Klartext?« fragt der Alte.
»Versuchen wir, uns die äußerste Grenze des Konsums vorzustellen.«
»Seinen *point of no return,* von wo kein Weg zurückführt?«
»Den größten Traum jedes Konsumenten?«
»Seine totale Straffreiheit!«

21. WOHNZIMMER FRESNEL. INNEN. ABEND.

Die Familien Fresnel und Callahan sitzen zusammen beim Abendessen, bis auf Fred. Bruno hat ein Buch auf den Knien. Walter reicht die Schüssel herum, die Marie soeben hereingebracht hat. Mildred stürzt sich mit Heißhunger auf ihren Teller.

MILDRED *enthusiastisch*: Abgesehen vom Essen ist alles andere nebensächlich.

MARIE *fühlt sich geschmeichelt*: Na, dann iß, mein Schatz!

CAMILLE *mit einem Achselzucken*: Ich hasse das Wort »essen«. Alle von »essen« abgeleiteten Worte sind entwürdigend: Eßnapf, Eßtrog …

JONAS: Ziehst du fressen vor?

CAMILLE: Die zwei ekligsten Wörter unserer Sprache sind »kaufen« und »essen«. Ich rede nicht von ihrer Bedeutung, sondern von ihrem Klang: kau-fen, kau-fen, kau-fen, findet ihr das nicht gräßlich?

MARIE: Man merkt, daß du nicht einkaufen gehst. Also, ich meine … du gehst nicht Essen kaufen.

Camille zuckt mit den Schultern. Plötzlich taucht Fred im Wohnzimmer auf, er strahlt. Überrascht blicken alle auf. Er ringt nach Luft, legt seine Hände zusammen und blickt nach oben. Pein-

liche Stille breitet sich aus. Immer noch völlig in Trance geht Fred in die Knie.

FRED: Ich habe die Menschheit vom Hunger erlöst.

Stille. Die anderen blicken sich an. Fred merkt jetzt, welche Verwirrung er gestiftet hat.

FRED: Habt ihr mir zugehört? Ich habe die Lösung für die Hungersnöte auf der Welt gefunden! Hungersnöte auf der Welt! Habt ihr gehört?

Vor Schreck wagt keiner, sich zu rühren. Fred wird wütend.

FRED: Nie mehr werden die Menschen unter Hunger leiden! Nie wieder wird man Kinder mit aufgeblähten Bäuchen in den Armen ihrer Mütter sterben sehen. Die Entwicklungsländer werden ihre Würde wiederfinden! Ihre Kraft! Malthus ist passé. Es wird niemals mehr Hunger oder gar Hungernde geben! Habt ihr gehört? Habt ihr gehört!

Er bricht in Tränen aus. Walter beugt sich zu Marie hinüber.

WALTER *flüsternd*: Du hättest ihn nicht so lange allein lassen sollen.

Marie nickt diskret zustimmend, aber Fred hat es bemerkt.

FRED: Ich habe verstanden … Ihr haltet mich für verrückt, stimmt's? In dieser Familie hat man mich immer für einen Verrückten gehalten … Ihr versteht einfach nicht! Die Hälfte der Welt wird endlich das Mittelalter hinter sich lassen, dank meiner Erfindung.

Er weint wieder, da steht Mildred auf und beugt sich über ihn. Fürsorglich führt sie ihn zu einem Sessel, holt eine Flasche Cognac und reicht ihm ein Glas.

MILDRED: Ich, Fred, ich glaube Ihnen.

FRED: Danke … Danke, meine Kleine … Ihre Intelligenz übersteigt bei weitem die aller hier Anwesenden …. Sie sind die erste, die mir glaubt, Mildred … Ich werde es nicht vergessen.

MILDRED: Und wenn Sie uns sagen würden, wie Sie dieses Wunder vollbracht haben, Fred?

FRED: Es war ganz einfach, aber ich bin mir nicht sicher, ob die da – *zwinkert mit dem Auge in Richtung der anderen* – es verstehen können.
MILDRED: Dann tun Sie es für mich.
Er nimmt einen Schluck Cognac, der ihn kräftigt.
FRED: Die Idee war simpel, nur die physikalische Umsetzung war problematisch. Ich habe ein Programm erfunden, das die Fettvorräte durch ein Transadipismus-System auf der ganzen Welt umverteilen kann.

»Marco?«
Ich habe irgendwo meinen Namen gehört…
Ich blicke hoch. Es ist schon Nacht. Alle sitzen vor ihrem Computer.
»Brauchst du Hilfe, Marco?«
Um den Alten herum sehe ich nichts als eine dicke Rauchwolke.
»Nein, danke. Ihr könnt schon gehen, ich brauche noch ein Weilchen.«
»Wir müssen alle noch an einer Folge basteln. Brauchst du etwas?«
»Ist noch Pfefferwodka da?«
Ich lese den letzten Satz noch mal, vier-, fünfmal. Er müßte von einem Arzt oder einem Wirtschaftswissenschaftler gegengelesen werden. Oder von jemandem, der von Medizin *und* Ökonomie etwas versteht.

Die Gäste sehen sich immer noch an. Bruno tippt sich an die Stirn, Camille sieht besorgt zu ihrer Mutter hinüber, alle sind sprachlos. Nur Mildred reißt die Augen auf.
MILDRED: Fred …? Sie meinen doch nicht …
FRED: Doch, ich weiß, wie man Fettgewebe übertragen kann, ich habe erfolgreiche Versuche an Testpersonen mit

absolut unvereinbaren Blutgruppen durchgeführt. Fett ist ab sofort ein universaler Rohstoff!

MILDRED: Das wäre zu schön, Fred ... Ich habe Vertrauen in Sie, aber ...

FRED: Ich weiß, daß Vertrauen Beweise braucht.

Er rennt in sein Labor und kommt mit einem dünnen Kater im Arm zurück. Betretenes Schweigen.

BRUNO: Aber ... das ist doch ... Odysseus! Es ist Odysseus!

MARIE: Unmöglich, Odysseus ist vor zwei Wochen verschwunden, und außerdem war er fett wie ein Schwein.

CAMILLE: Er ist es, schau nur, der weiße Fleck auf der rechten Flanke.

JONAS: Madame Giroux meinte, er sei tot ...

Fred öffnet einen Weidenkorb auf dem Boden. Ein weiterer Kater, weitaus fülliger, kommt heraus.

CAMILLE, BRUNO, MARIE, MILDRED und JONAS *im Chor*: Sultan!

Alle stürzen sich auf Sultan, um ihn hochzuheben und ihn zu streicheln.

MARIE: Dieses Tier war bis auf die Knochen abgemagert ... Es hatte keinen Appetit mehr, auf nichts, nicht einmal auf Hühnerbrust oder Nierchen, wir hatten den Eindruck, es wolle nicht länger leben.

FRED *triumphierend*: Der Fettüberschuß von Odysseus kommt jetzt Sultan zugute. Verstehen Sie allmählich?

Ungläubiges Schweigen.

FRED: Nein, Sie haben es immer noch nicht kapiert? Also gut! Wenn es sein muß ...

Er geht zum Fenster und blickt zum Stockwerk über ihm hinauf.

FRED *mit lauter Stimme*: Evelyn! ... Evelyn!

MARIE: Jetzt gehst du aber zu weit, Frédéric!

WALTER: Ist das diese Frau von oben?

BRUNO: Dieses fette Weib, das sich überhaupt nicht mehr vorwärtsbewegen kann. Camille kauft für sie ein.

CAMILLE: Sie muß jemand anderen gefunden haben, seit drei Monaten hat sie sich nicht mehr bei mir gemeldet.

MARIE: Die Ärmste, sie ist nach dem Tod ihres Mannes Bulimikerin geworden. Nach einigen Monaten war sie so dick, daß sie sich nicht mehr vor die Tür getraut hat. Dabei war sie so eitel, früher.

Es klingelt. Niemand wagt sich an die Tür außer Mildred. Sie erblicken wie versteinert eine sehr hübsche Frau, schlank und rank. Sie küßt Fred.

EVELYN *zu Fred*: Du hattest mich doch gebeten, das Geheimnis noch einige Tage für mich zu behalten ...

MARIE *verwundert*: Kennt ihr euch?

FRED: Ich brauchte ... Ich mußte meine Erfindung an einem menschlichen Wesen testen ... Ich wußte, daß Evelyn ein Problem hat und ...

EVELYN: Ich fand mich monströs. Es war meine letzte Chance ...

Schweigen.

WALTER: Aber was haben Sie mit ihrem Gewichtsüberschuß gemacht ...?

Evelyn wagt nicht zu antworten und blickt zu Fred.

FRED: Ich habe seit sechsundneunzig Tagen nichts gegessen.

»Genau nach diesem Satz brichst du ab«, sagt der Alte über meine Schulter. »Willst du nicht eine kleine Pause einlegen?«

Mit den Augen sage ich nein. Mathilde schläft auf einem der neuen Sofas. Tristan schaut sich einen Film an. Jérôme arbeitet an Szene vierundzwanzig, in der Camille als Köder für Pedro »White« Menendez eingesetzt wird. Ich frage Louis, welche Szene danach vorgesehen ist.

»Ich glaube, wir sollten Freds Erfindung besser erst wieder in der nächsten Folge aufgreifen, sozusagen als Opener.«
»Als Szene eins?«
»Genau, das gibt Fred Zeit, seine Erfindung voranzutreiben.«
»Ich kann weitermachen, ich bin noch gut dabei.«
»Wenn du neue Statisten oder neue Dekors brauchst, zögere nicht.«
Ich will nicht wissen, wie spät es ist, ich spüre nur, daß die Nacht ihren süßen Höhepunkt erreicht.

1. FREDS HAUPTQUARTIER. INNEN. TAG.
Eine große Arbeitshalle mit Dutzenden von Personen, die hin und her laufen. An den Wänden Grafiken und eine riesige Weltkarte. Vor Energie strotzend, gibt Fred Anweisungen an jeden. Zwei Leute in weißen Kitteln folgen ihm auf Schritt und Tritt. Zwei weitere in Militäruniform diskutieren vor der Weltkarte. Ein Mann sammelt die Ausdrucke aus den zwei Faxgeräten ein, ein anderer, hinter einem Schreibtisch sitzend, tippt fieberhaft auf einen Computer ein. Drei Telefonistinnen nehmen Anrufe entgegen.
FRED: Wo ist der Abgeordnete?
DER ABGEORDNETE *kommt von hinten*: Hier!
FRED: Haben Sie New York erreicht?
DER ABGEORDNETE: Die UNO prüft die Unterlagen, aber die Weltgesundheitsorganisation scheint nicht Schritt halten zu können, sie sagen, sie bräuchten einen Monat mehr.
FRED: Scheiße! Ich habe Ihnen alle Unterlagen zur Verfügung gestellt, ich kann doch nicht überall sein! Wie viele Spender haben wir zur Zeit?
Der Abgeordnete kann sein Lachen nicht unterdrücken, als ein Trupp aufgeregter Leute in der Halle auftaucht, alle fett. Ein Mann schiebt sie zum Ausgang zurück.

DER ABGEORDNETE: Wir haben sechstausend auf unserer Warteliste.
DER MANN AM COMPUTER: In einer Woche werden es dreimal soviel sein. Nach unseren Schätzungen können wir schon vor Monatsende einen ersten Transporter mit zweihundert Tonnen Lipose chartern.
FRED: Verdammt, das geht mir nicht schnell genug! Wenn wir noch die Homogenisierung dazurechnen, können wir mit der Verteilung nicht vor vierzig Tagen beginnen!
SOLDAT 1: Vielleicht, aber wenn man bedenkt, daß manche Länder seit vier oder fünf Jahrhunderten darauf warten …
DER MANN AM COMPUTER: Genau, wir werden Prioritäten setzen müssen.
SOLDAT 2: Das lassen Sie mal unsere Sorge sein. *Er lächelt.* Monsieur Fresnel, ich kann nicht umhin, an all diese karitativen Blutsauger zu denken, an all diese Halunken, die Hilfssendungen immer umgeleitet haben, ohne daß wir was dagegen tun konnten. Die werden jetzt ganz schön dumm aus der Wäsche gucken, mit diesen Tonnen von Fett.
FRED: Die Lipose wird der einzige Rohstoff sein, der nicht für kommerzielle Zwecke recycelt werden kann.
DER MANN AM COMPUTER: Welche Ironie! Mit Fett nicht fett zu werden!
TELEFONISTIN: Monsieur Fresnel? Der Gesundheitsminister will Sie sprechen.
FRED *gereizt*: Was haben Sie dem Außenminister gesagt?
TELEFONISTIN: Er soll morgen noch einmal anrufen.
FRED: Sagen Sie denen dasselbe.
Evelyn und Marie betreten die Halle, Fred eilt ihnen entgegen.
FRED *zu Evelyn gewandt*: Haben sie dich endlich in Ruhe gelassen?
EVELYN: Sie wollen noch in einer Woche eine Reihe von Untersuchungen machen.

FRED: Aber ich habe sie doch schon alle durchgeführt, sogar die abwegigsten ... Du mußt erschöpft sein.
EVELYN: Ich bin stolz ...
DER ABGEORDNETE *leise zu Fred*: Sagen Sie, Herr Professor ... Ich möchte Sie um einen kleinen Gefallen bitten ... Es geht um meine Frau ... sie macht mich Abend für Abend fertig ... sie will vorrangig behandelt werden ... sie will fünf Kilo abnehmen.
Völlig erschlagen verdreht Fred die Augen.

—

Endlich habe ich verstanden, was hinter Charlottes Verschwinden steckt: Sie fordert mich heraus, ihre Gründe zu verstehen. Sie fordert mich heraus, ohne sie zu leben. Sie fordert mich heraus, sie wiederzufinden. Ich werde alle Herausforderungen annehmen, sobald wir »Saga« abgeschlossen haben. In einigen Wochen werde ich laut herausschreien können, daß ich einen Beruf habe. Ich bin zu nah am Ziel, ich kann jetzt nicht alles aufgeben.

—

Im Büro sind alle etwas gereizt, weil wir auf den Alten warten, der mit Séguret unsere fünf letzten Folgen durchgehen wollte. Seitdem sich unser geliebter Produzent in den Kopf gesetzt hat, das Geschehen im Griff zu haben, will er Drehbuchautor spielen. Es ist schon einundzwanzig Uhr, und der Alte ist immer noch nicht zurück. Tristan auch nicht, er ist jetzt dick mit William, dem Cutter von oben, befreundet.
»Mir geht es an die Nieren, wenn ich sehe, wie er die Treppe raufgeht«, sagt Jérôme. »Ich stelle mir dann immer eine billige Puppe vor, die sich die Gelenke ausrenkt.«
»Was macht er denn an diesem Schneidetisch?«

»Es ist ein irrsinnig raffiniertes Gerät aus den USA. Ein Riesenapparat für technologische Basteleien und Virtual-Reality-Bilder. Ich verstehe nicht viel davon, aber Tristan ist wie verzaubert. Er hat den Eindruck, jetzt aktiv an der Herstellung der Bilder beteiligt zu sein, anstatt sie sich nur wie bisher passiv reinzuziehen.«
Im leeren Haus hört man die Schritte des Alten von weitem. Er kommt herein, setzt sich aufs Sofa und verschnauft. Ich stürze mich auf sein Paket Gauloise und zünde ihm eine an, Jérôme reicht ihm ein Bier.
»Ihr könnt euch bei mir bedanken, meine Lieben. Als hätte ich eine Runde Schach gegen eine Armada kleiner, mißgünstiger Leute gespielt, die hinter meinem Rücken die Figuren verschieben. Sogar meine Arbeitssitzungen mit dem Maestro sind nicht so anstrengend gewesen. Séguret hält überhaupt nichts von der Geschichte mit Camille und dem Terroristen, er will ein anderes Finale. Er will auch die Episode klären, in der Jonas an seinem dreiunddreißigsten Geburtstag von Angstzuständen gepeinigt wird, er nennt es »sibyllinisch und zu metaphorisch für morgendliche Zuschauer«. Er hält die Lipose »für ein extravagantes Konzept, dessen praktische Auswirkungen man sich lieber nicht vorstellen sollte«. Er versteht auch nicht, auf was Mildred sich mit dem, wie er sagt, »Wilden« einläßt. Er hat mir einige völlig abstruse Verbesserungsvorschläge gemacht: Das Wesen lernt sprechen und sich zu kleiden, findet heraus, der versteckte Sohn eines ich-weiß-nicht-welchen Prinzen im Exil zu sein.«
»Hat er seine Sozialversicherungsnummer und seinen Führerschein erwähnt?« höhnt Jérôme.
Mathilde kann ihre Wut nur schwer zügeln, wenn man Mildred und das Wesen angreift. Selbst wir dürfen uns nur klitzekleine Kritikpunkte erlauben.

»Und was haben Sie auf all diesen Schwachsinn geantwortet, Louis?«
»Daß es überhaupt nicht in Frage kommt, irgend etwas zu ändern. Er hätte mir am liebsten mit einer Axt den Schädel eingeschlagen. In seinen Augen habe ich gelesen, was ihn beschäftigte: ›Sie wollen den Zauberlehrling spielen, aber ich werde es verhindern.‹«
Die aufreibenden Machtkämpfe mit Séguret werden immer häufiger. Wir müssen jeden seiner Sätze mit dem Röntgengerät durchleuchten, um zu wissen, was dahintersteckt. Es ist mühsam, die Argumente des einzigen Menschen, der uns eigentlich unterstützen sollte, mikroskopisch analysieren zu müssen.
»Ich hab's satt, mich Tag für Tag zu fragen, *woher* die Leute das haben, was sie denken«, sagt Jérôme.
»Es ist unmöglich, gegen die normale Heuchelei in der Sprache vorzugehen«, meint Mathilde, »wir lügen alle, ohne es zu wollen.«
»Am traurigsten macht mich diese Verschwendung unnötiger Worte«, sagt der Alte. »Das macht sie so schal und falsch.«
Alle möglichen Verrenkungen des Hirns, Kratzfüßeleien, blumige Umschreibungen, diplomatische Redensarten und am Ende ist man noch nicht einmal sicher, ob alles richtig verstanden wurde. Einen Augenblick lang träume ich von einer unverschleierten und ungeschminkten Sprache. Eine für Schmeichler und Speichellecker verbotene Sprache.
»Anstatt mit einem Wörterschwall alles zu übertünchen«, sage ich, »würden vier sehr klare und sehr ehrliche Sätze genügen, um genau das auszudrücken, was man wirklich denkt.«
»Das wäre das Ende der Welt.«

Mathilde hat zweifelsohne recht, aber eines ist sicher: Ehrlichkeit ist weitaus witziger als Betrügerei.
»Nur vier Sätze ...«
»Vier nackte Sätze.«

—

Niemand hatte Lust zu gehen. Während des restlichen Abends haben wir diese Idee von vier nackten Sätzen ausgebaut. Gegen zwei Uhr morgens, schon leicht berauscht von unserer Diskussion, haben wir eine neue Regel festgelegt, die wir stolz die Viertelstunde der Ehrlichkeit getauft haben. Ab heute wird jede Folge von »Saga« eine Viertelstunde der Ehrlichkeit enthalten. Wir wollten sofort wissen, ob es funktioniert, und haben uns noch vor Ende der Nacht an die praktische Anwendung gemacht. Der Alte hat einen Dialog zwischen Marie Fresnel und Walter Callahan hervorgeholt. Der entscheidende Moment, als sie kurz davorstehen, miteinander zu schlafen. Wir haben ihn zur Erinnerung laut vorgelesen. Mathilde sprach Marie, Jérôme sprach Walter. Ich habe zugehört und Kaffee gemacht.

31. SCHLAFZIMMER MARIE. INNEN. TAG.
Walter hat gerade das Waschbecken im angrenzenden Badezimmer repariert.
MARIE: Normalerweise repariert Fred alles im Haus, aber seit er sich in den Kopf gesetzt hat, die Menschheit zu retten, nimmt er keinen Schraubenzieher mehr in die Hand.
Er kommt aus dem Badezimmer, sein Hemd verdreckt und weit geöffnet, einen Klempnerschlüssel in der Hand, er wischt sich über die schweißbedeckte Stirn.
WALTER: Jetzt muß ich unter die Dusche.
MARIE: Fühlen Sie sich wie zu Hause, ich hole Ihnen ein Handtuch, das ist das mindeste.

WALTER: Ich habe auch ein Badezimmer, wie Sie wissen, ich brauche nur über den Flur zu gehen.
MARIE: Wie Sie wollen.
Sie sehen sich einen Augenblick schweigend an. Er zögert sichtlich.
WALTER: Warum eigentlich nicht? Zumal sich Mildred dort ärgerlicherweise stundenlang vorm Spiegel begafft. Ich glaube, sie hat sich in den Kopf gesetzt, eine Schönheit zu werden.
MARIE: Das ist das Alter ... *Sie öffnet eine Schublade, reicht ihm ein Handtuch.* Ich habe eine Seife mit Vanilleduft.
WALTER *überrascht, aber belustigt*: Her mit der Vanille ...
MARIE: Fehlt noch was?
WALTER: Nein ... Ich brauche nur ein bis zwei Minuten.
Er verschwindet im Badezimmer, Marie stürzt zum Spiegel und zupft ihre Haare zurecht. Man hört den Strahl der Dusche. Marie legt schnell etwas Lidschatten auf.
WALTER *aus dem Off, unter der Dusche*: Bei Ihrer Dusche wäre auch eine kleine Überholung fällig.
MARIE: In diesem Haus müßte fast alles repariert werden!
Das Wasser wird abgedreht, sie setzt sich auf die Bettkante, ungezwungen.
WALTER *aus dem Off*: Man könnte stundenlang drunter bleiben.
MARIE: Der Boiler ist in zehn Minuten leer!
Er kommt ins Schlafzimmer, während er sein Hemd zuknöpft.
WALTER: Nicht schlecht, Ihr Vanillezeug.
MARIE: Es gibt auch noch ein passendes Shampoo dazu.
Er schnürt seine Schuhe zu und geht nah an ihr vorbei. Stille. Zart legt er seine Hand auf die ihre. Sie erschauert.
MARIE *angespannt*: Walter ... Sie wohnen erst seit kurzem hier ...
Er setzt sich neben sie.

WALTER: Ich war überzeugt, meinen Schmerz über Lolis Verlust nie überwinden zu können … Seit sie verschwunden ist, habe ich noch keine Frau so angesehen, wie ich jetzt Sie ansehe.

Er versucht sie zu umarmen. Sie stößt ihn sanft zurück.

MARIE: Ich weiß noch nicht, ob ich soweit bin …

Er nimmt sie erneut in den Arm, knöpft langsam ihr Kleid auf. Sie läßt ihn gewähren.

»Was haltet ihr davon?«

»Jetzt sollten wir ihnen eine Viertelstunde Ehrlichkeit gönnen, oder?«

31. SCHLAFZIMMER MARIE. INNEN. TAG.

Walter hat gerade das Waschbecken im angrenzenden Badezimmer repariert.

MARIE: Ich habe lange gezögert, Sie zu bitten, mein Badezimmer in Ordnung zu bringen. Ich hatte Angst, es könnte wie ein … Vorwand aussehen.

WALTER *aus dem Off*: Wenigstens muß ich dann keinen mehr suchen.

Er kommt aus dem Badezimmer, sein Hemd verdreckt und weit geöffnet, einen Klempnerschlüssel in der Hand, er wischt sich über die schweißbedeckte Stirn.

MARIE: Sie brauchen eine anständige Dusche, ich hole Ihnen ein Handtuch.

Sie sehen sich einen Augenblick schweigend an.

MARIE: Ich habe eine Seife mit Vanilleduft. Nehmen Sie die, ich wollte schon immer wissen, wie diese Mischung aus Männergeruch und Vanille riecht.

WALTER: Hmmmm, ich spiele gern den Appetitanreger …

Er verschwindet im Badezimmer, Marie stürzt zum Spiegel und zupft ihre Haare zurecht.

MARIE *mit lauter Stimme*: Brauchen Sie noch etwas?
WALTER: Kommen Sie zu mir unter die Dusche.
MARIE: Das habe ich noch nie gemocht.
Neugierig blickt sie in Richtung Badezimmer.
MARIE: Ich würde Ihnen aber gern beim Duschen zusehen.
WALTER *aus dem Off, unter der Dusche*: Lieber nicht, ich habe gerade eine Erektion, und das ist mir ziemlich peinlich.
Sie lacht und streicht ihr Kleid glatt. Das Wasser wird abgedreht, sie setzt sich auf die Bettkante.
WALTER *aus dem Off*: Es ist wohl nicht nötig, daß ich mich anziehe, oder?
Er kommt ins Schlafzimmer, in Unterhose.
MARIE: Ich habe schon lange nicht mehr mit einem Mann geschlafen, und ich fürchte, mich etwas dumm anzustellen.
WALTER: Keine Sorge, ich bin mir auch nicht sicher, dieser Situation gewachsen zu sein, denn ich habe schon lange nicht mehr in nüchternem Zustand mit einer Frau geschlafen. Ich weiß nur, daß ich auf diesen Moment warte, seit ich Sie zum ersten Mal gesehen habe. Ihre Augen haben diesen gewissen vulgären Glanz, der mich verrückt macht.
Sie umarmen sich leidenschaftlich.
MARIE: Ich bin dreiundvierzig und brauche einen Mann, der meinen Körper wieder zum Leben erweckt. Nur ab und zu. Mehr nicht.
WALTER: Für mich sind Sie die ideale Geliebte. Unabhängig, frei, bereit, alles bisher nicht Gewagte auszuprobieren, und darüber hinaus noch meine Nachbarin.
MARIE: Falls ich Ihnen in einem schwachen Moment sage, daß ich Sie liebe, glauben Sie bitte kein Wort.
WALTER: Sie könnten mir weitaus Schlimmeres sagen, ich werde es beim Verlassen dieses Zimmers vergessen haben.
Er umarmt sie erneut und knöpft langsam ihr Kleid auf.

Tristan stürzt humpelnd ins Büro. Bevor er sich aufs Sofa fallen läßt, erkennt er unsere unbeweglichen Umrisse vor dem Halogenlicht.
»Das kriegen wir nie durch«, sagt Jérôme.
»Für die Hausfrauen des Tele-Shopping ginge es noch«, sagt Louis, »aber um die Zeit haben wir es vor allem mit Kindern zu tun, die sich für die Schule fertig machen.«
»Also, ehrlich, welcher Satz würde ein Kind von acht Jahren mehr traumatisieren, ›O Spektor, ich befehle dir, das Virus zu verbreiten, das die Hirnzellen der Erdlinge zerfrißt‹ oder ›Ich wollte schon immer wissen, wie diese Mischung aus Männergeruch und Vanille riecht‹?« fragt Mathilde.
Nach Ansicht Ségurets vermutlich der zweite. Wahrscheinlich weil er ihn selbst traumatisiert.
»Und wenn die Serie von einem Vanilleseifen-Hersteller gesponsert würde? Nichts verkauft sich besser als Bettgeschichten. Wir kurbeln landesweit den Verkauf von Vanille an, und die wird zu *dem* Aphrodisiakum, das Frauen schwach werden läßt. Könnt ihr euch die überfüllte Metro nach Vanille riechend vorstellen?«
»Jetzt solltest du wirklich zu Bett gehen, Marco.«
Wir entscheiden gemeinsam, diese Szene beizubehalten, selbst wenn sie letzten Endes gestrichen werden sollte. Es ist drei Uhr morgens, und Louis schlägt vor, uns nach Hause zu fahren, aber Mathilde geht lieber zu Fuß.
»Um mein Gehirn zu durchlüften, sonst kann ich nicht einschlafen.«
Ich biete ihr an, sie ein Stück zu begleiten. Unmöglich, diese Gelegenheit auszulassen, im Morgengrauen mit einer schönen Frau am Arm durch Paris zu flanieren. Ein bißchen Romantik tut gut in sexuellen Notzeiten. Wir durchqueren die Rue de Tourville in Richtung Invalidendom. An

Gesprächsstoff mangelt es nicht, es ist der ideale Moment, eine Spezialistin zu konsultieren.
»Ihre Vermutung einer multiplen Herausforderung ist bei weitem die zutreffendste«, sagt sie. »Das paßt durchaus zu einer kapriziösen jungen Frau wie Charlotte. Verschwindet und gibt Ihnen damit eine Chance. Lassen Sie uns Punkt für Punkt vorgehen.«
Sie spielt die Eheberaterin. Ihr Ruf steht auf dem Spiel.
»Erste Herausforderung: Ohne den geringsten Anhaltspunkt zwingt Charlotte Sie, die Gründe ihres Weggehens zu erraten. Haben Sie darüber nachgedacht?«
Bis mir der Kopf schmerzt. Sobald ich mich ins Bett lege, frage ich mich, was ich falsch gemacht haben könnte. Die einzige vernünftige Antwort fällt nicht zu Charlottes Gunsten aus: Sie hat nicht akzeptiert, daß ich endlich der werde, der ich immer sein wollte.
»Genau darum ging es in einem meiner Romane«, erklärt Mathilde, »daher weiß ich, daß es sich um falsch angewandte Psychologie handelt. So wie Sie sie mir schildern, ist Charlotte das genaue Gegenteil einer mütterlichen Frau, die befürchtet, daß ihr Mann eines Tages flügge wird. Wie die meisten von uns ist ihr der Schmetterling lieber als die Larve. Nun zur zweiten Herausforderung.«
Mathilde hat die Hartnäckigkeit eines Sanitäters vom Roten Kreuz mitten im Gefecht.
»Sie fordert Sie heraus, ohne sie zu leben.«
Typisch Charlotte! Hält sich für unersetzlich! Nur weil ich sie eines Abends gebeten habe, mich zu heiraten! Ich weiß nicht, was in mich gefahren war, wir hatten uns »Doktor Schiwago« angesehen, es war Sommer, wir sind zu Fuß nach Hause gegangen, eine Dose Bier in der Hand. Und plötzlich, in der Rue des Petits-Carreaux, habe ich sie gefragt, ob sie meine Frau werden will. Ich hatte noch die

letzte Filmszene vor Augen: Omar Sharif fällt tot um, als er der nichtsahnenden Lara hinterherläuft. Idiotischerweise habe ich mir gedacht, daß die Ehe ein Schutz vor solchen Infarkten sei. Völlig gelassen sagte Charlotte: »Ich nehme dich beim Wort!« Wir sind nur deswegen nicht zum Standesamt gegangen, weil ich nie daran gedacht habe, diese dämliche Geburtsurkunde anzufordern. Ich habe »Doktor Schiwago« schon immer gehaßt. Es ist Charlottes Lieblingsfilm. Wie konnte ich nur sechs Jahre mit einer Frau zusammenleben, die für »Doktor Schiwago« schwärmt?

»In meinem Roman ›Jene, die da wartet‹ habe ich akribisch den Prozeß des Verlassens beschrieben. Es ist die Geschichte einer sehr unglücklichen Frau, die ihren Tod vortäuscht. Daraufhin empfindet der Mann, der sie verlassen hat, plötzlich eine entsetzliche Leere. Von Tag zu Tag wird die Erinnerung an die Frau immer mehr zur Idealisierung einer verlorenen Liebe. Wie lange kann sie dieses Spiel zu ihren Gunsten treiben, bevor der Moment kommt, in dem er sie vergißt? Um einen Fehlschlag zu vermeiden, spioniert sie ihm nach.«

Wir gehen um den Invalidendom herum und dann die Esplanade hinunter. Wie viele Paare auf der Welt träumen genau in diesem Augenblick davon, in Paris zu sein?

»Ihre Charlotte gehört nicht zu dieser Sorte von Frauen, aber sie ist sicher, daß eine kurze Trennung ihrer Aura neuen Glanz verleiht. Kommen wir jetzt zur dritten Herausforderung, der größten: nämlich, sie wiederzufinden.«

Ich habe jetzt wirklich keine Zeit für die Launen und Empfindlichkeiten einer jungen Dame, selbst wenn sie die Frau meines Lebens sein sollte. »Saga« hat Vorrang.

»Warum setzen wir uns nicht alle vier für ein ›Brainstorming‹, wie Jérôme sagen würde, zusammen? Für uns ist es bestimmt sehr viel einfacher, Ihre Charlotte wiederzufinden, als für einen Trupp von Privatdetektiven. Das geheimnisvolle Verschwinden eines geliebten Menschen aufzuklären, ist bestimmt ein schöner Stoff für einen Film, der besondere Anstrengungen verdient, nicht wahr?«

Fast hätte ich sie geküßt, sofort hier, bevor wir die Brücke Alexandre III betreten. Welcher Gaul hat mich nur geritten, von Charlotte zu sprechen! Das ist die Gelegenheit meines Lebens. Nur im Film findet man soviel poetische Leidenschaft.

Oder in einem der Liebesromane, die Mathilde ihr Leben lang geschrieben hat.

»Wären Sie mir böse, wenn ich Ihnen gestehen würde, nicht einen einzigen Roman aus dem Phoenix-Verlag gelesen zu haben?«

»Warum Zeit mit Lesen vergeuden? Vor allem mit Liebesromanen?«

»Einmal habe ich einen durchgeblättert, aus Neugierde. Im Katalog taucht Ihr Name nirgendwo auf.«

Ein schakalhaftes Lachen löst sich von ihren Lippen. Sie beugt sich über die Brücke, um die Seine dahinfließen zu sehen.

»Unter dem Namen Pellerin hätte ich in meinem ganzen Leben nicht einmal zehn Exemplare verkauft.«

Wir gehen zügiger, als ich vermutet hatte, als hätte die Anspielung auf ihr früheres Leben den Zauber des Augenblicks gebrochen. Sie hakt sich bei mir ein, um wie eine Tischdame von mir geführt zu werden. Für mich ist diese Geste nichts als ein Vertrauensbeweis.

»Die acht Schriftstellerinnen unter meiner Federführung haben all ihre Geschichten für einen einzigen Mann geschrieben.«

Während wir am Grand Palais vorbeigehen, erzählt sie mir von ihren ersten Schreibversuchen, von der Begegnung mit ihrem Mentor Victor Hébrard, der Gründung des Phoenix-Verlages. Bis zu den Champs-Elysées ziehen zwanzig Jahre aus Mathildes Leben vorüber. Zwanzig Jahre voller Schmerz und Aufopferung für einen Mistkerl, der sie wie ein kaputtes Spielzeug zum alten Eisen geworfen hat.

»Wollen Sie, daß ich ihm die Fresse poliere?«

Sie lächelt etwas wehmütig. Ich sehe wahrscheinlich wie ein verspäteter und wenig glaubwürdiger Ritter ohne Furcht und Tadel aus.

»Sie sind sehr nett, Marco, aber ich möchte nicht, daß ihm etwas zustößt. Für das, was ich ihm antun will, muß er in bester Form sein.«

»Haben Sie schon eine Idee?«

»Eine vage. ›Mister Vengeance‹ hat mir wertvolle Tips gegeben.«

Jetzt verstehe ich die häufigen konspirativen Frühstücksgespräche zwischen Jérôme und Mathilde.

»Trotz allem muß ich Victor dankbar sein. Ohne ihn hätte ich Sie nie kennengelernt, alle drei nicht. Und ich hätte niemals auch nur eine Zeile geschrieben. Vor nicht allzu langer Zeit habe ich es mir mal ausgerechnet: Neuntausendsechshundert Seiten voller Liebe. Meine erste Lebenshälfte bestand aus Theorie, und ich habe die feste Absicht, diese in der zweiten Hälfte in die Praxis umzusetzen.«

»Wie meinen Sie das?«

»Ich will alles machen, was ich in meinen Büchern beschrieben habe, Liebe, Sex, Betrug. Eines ist sicher, ich werde nicht mehr darunter leiden, ich werde nicht mehr vor dem Telefon ausharren, und ich werde nicht mehr wie eine dumme Gans nur vom Glück träumen.«

Sex, Sex… Wenn sie wüßte, welche Verwirrung ihr Parfüm seit eineinhalb Monaten in mir auslöst! Nur ein einziger Satz würde genügen, ein einziger. Aber diese Sätze sind im wirklichen Leben nicht erlaubt.

»Ich kann mir nicht vorstellen, daß Sie irgend jemanden betrügen können, Mathilde.«

Wir waren jetzt auf Höhe der Kirche Saint-Philippe-du-Roule, sie sah mich mit einer gelinden Bestürzung an, und ich machte mich auf eine Standpauke gefaßt. Völlig unabsichtlich hatte ich an etwas Lebendiges und Kostbares gerührt.

»Betrügen…? Aber, Marco… der Betrug ist… mein Leben!«

Nicht mehr und nicht weniger.

»Der Ehebruch, der Treubruch überhaupt, ist das Epizentrum der Liebe. Erst durch ihn wird die eheliche Liebe leidenschaftlich und das geliebte Wesen so wertvoll. Der Treubruch ist der spannendste Teil einer Paarbeziehung, er ist wie der Giftschrank einer Bibliothek. Deshalb will man immer mehr davon. In punkto Gefühle sind wir nicht alle gleich, wissen Sie. Es gibt Begabte und Unbegabte.«

»Köstlich unmoralisch, ihre Ansichten.«

»Überhaupt nicht. Das heißt… es ist nicht meine Absicht. Hören Sie doch nur mal aufmerksam den Leuten zu, die sich mit Leidenschaft für die Treue einsetzen. Dann werden Sie das Knistern der Furcht hören, vielleicht sogar das enttäuschte Knirschen, auf jeden Fall werden Sie die ganze Resignation spüren, die dahintersteckt.«

Das einzige, was ich im Moment spüre, ist, daß sie wie Kohle glüht. Ein Atemhauch auf ihrer Haut, und sie würde zu voller Glut entfacht.

»Schon allein dieses Wort: Treubruch! Klingt es nicht schrecklich? Ich hingegen habe ihm ein ganzes Buch gewidmet.«

»Wie bitte?«
»Sollten Sie jemals über ein Buch mit dem Titel ›Rendezvous um Mitternacht‹ stolpern, können Sie auf der ersten Seite lesen: ›Dem Ehebruch in Dankbarkeit. Wo steht geschrieben, daß die schönsten Worte die schönsten Dinge benennen?‹«
»Sie sind völlig verrückt, allerdings nicht ohne einen gewissen Charme.«
»Und wenn man bedenkt, daß das lateinische Wort *adultus,* also der Erwachsene, verwandt ist mit dem Wort für Ehebruch – *adulterium* –, ist das nicht irre!?«
Ich antworte nichts darauf. Wie schön sie im Licht der Straßenlaternen der Rue du Faubourg-Saint-Honoré aussieht.
»So bin ich dazu gekommen, ›Abenteuerromane‹ zu schreiben, wie ich sie nenne. Mal ehrlich, kennen Sie aufregendere Geschichten?«
»Nicht wenn es sich um Liebe auf den ersten Blick handelt, aber die meisten dieser heimlichen Beziehungen sind doch zu achtzig Prozent reine Bettgeschichten – etwas verkürzt gesagt!«
»Sie scheinen Ihrer selbst sehr sicher, junger Mann. Alle Männer dieser Welt waren einmal in ihre Nachbarin verliebt, in ihre unnahbare Kollegin, in die Frau des besten Freundes oder in das Mädchen in der Buchhandlung. Was Sie Bettgeschichten nennen, davon kann ich Ihnen überwältigende, ans Herz gehende Dinge erzählen, während sich langjährige Ehepartner gegenseitig bis aufs Blut quälen.«
Himmel… sie will mir weismachen, daß Charlottes Existenz sie nicht im mindesten stört.
»Aber Sie haben sicher recht, Marco. Natürlich bin ich verrückt, halblaut geflüsterte Telefonanrufe romantisch zu

finden, die Hotelzimmer am Nachmittag, die völlig abstrusen Alibis, die verwechselten Vornamen, die verräterischen Düfte. Aber jede erkämpfte Stunde mit dem Geliebten ist ein kleiner Sieg. Und die kürzeste Nacht ein Triumph.«
Jetzt ist es genug, Mathilde, wir haben nur noch dreihundert Meter vor uns und niemand wartet heute zu Hause auf mich.
»Nehmen Sie zum Beispiel Jérôme. Was fasziniert ihn am meisten an der Gewalt?«
»Rache?«
»Genau. Er ist überzeugt, Rache steht über Gewalt, so wie ich überzeugt bin, daß der Treubruch über der Liebe steht.«
»Ich sehe den Zusammenhang nicht mehr, Mathilde. Vielleicht bin ich nicht sentimental und nicht nachtragend genug, um Ihnen folgen zu können.«
»Treubruch und Rache sind Sünden aus Leidenschaft. In ihnen verschmelzen unsere guten und schlechten Triebe. Stolz und Verlangen in einer einzigen Glut. Beides ein unaufhaltsames Taumeln, das uns in den gleichen Abgrund stürzen läßt – in die Selbstliebe.«
Sollte ich mich in Mathilde von Anfang an geirrt haben? Die kleine Puppe, die Jérôme und ich in eine Bonbonschachtel gezwängt haben, hat nichts mit dieser Rachegöttin der Liebe gemein, die vor mir steht.
Ich frage sie, wie es mit dem Schmerz steht. Der Schmerz, der einen wie das Begehren verzehrt.
»Der Schmerz? Die Hand, die man blutig beißt, weil man sich den geliebten Menschen in einer neu entdeckten Liebesstellung mit jemand anderem vorstellt?«
»Genau. Dieser Schmerz.«
»Wenn Ihre Affäre auch nur einen Menschen unglücklich macht, haben Sie sie nicht verdient.«

Als sei sie wütend, läuft sie auf ihre Wohnung zu, tippt den Code am Eingang ein, winkt mir kurz zu und verschwindet.

Ich wende mich in die entgegengesetzte Richtung und habe den Eindruck, etwas gelernt zu haben.

Universitätskrankenhaus Paul-Brousse, Villejuif
Haus Narzisse, 2. Stock

Sehr geehrte Herren,

die Alten vom gegenüberliegenden Gebäude haben unsere Neugierde auf Ihre »Saga« geweckt. Seit einigen Folgen sind uns Dinge aufgefallen, über die wir Sie unbedingt in Kenntnis setzen wollen.

– Nach den Symptomen zu urteilen, ist Mildred zweifellos eine Mythomanin. Geschickt manipuliert sie den, unter uns gesagt, leicht debilen Bruno zu vermeintlich dubiosen Zwecken. Aber bei genauerem Hinsehen sind sie durchschaubar. Warum hat sie Ihrer Meinung nach unbedingt das Brautkleid ihrer verstorbenen oder angeblich verstorbenen Mutter anprobieren wollen? Und wie schafft sie es, an dem Abend, an dem sich Marie Fresnel ihrem Walter hingibt, den Aufenthaltsort von Pedro Menendez herauszukriegen?

– Finden Sie es nicht sonderbar, daß Maries unbekannter Verehrer ihr immer die gleichen Blumen schickt, neun rote Rosen und zwei weiße Lilien (Folge vierzehn und neunundzwanzig). Schlagen Sie es im Lexikon der Blumensprache nach, und Sie werden verstehen, in welcher Gefahr sie schwebt.

– Wie kommt es, daß der »Schwarzlicht-Kasten«, den Fred schon in der fünften Folge erwähnt, nie mehr aufgetaucht ist?

– Serge, der verstorbene Mann von Marie Fresnel, ist nicht tot. Es ist noch zu früh, die wahren Gründe seines Verschwindens aufzudecken, aber er ist nicht tot.
Wir wären Ihnen dankbar, wenn Sie diese Punkte berücksichtigen würden, und stehen Ihnen für ein persönliches Gespräch gerne zur Verfügung.
Ihre aufmerksamen Zuschauer …

»Wo steht, daß Geistesgestörte die Realität subtiler gewichten?«
»Ein derartiger Brief darf auf gar keinen Fall Séguret in die Hände fallen«, sagt Louis. »Er würde sofort nach Villejuif rasen, um diese Typen unter Vertrag zu nehmen, und wir könnten uns verabschieden.«
»Was mich am meisten an den Irren stört«, sagt Jérôme, »ist ihr hoffnungsloser Ernst. Ließen wir all diese Zweifel in unser Spottwerk einfließen …«
Wenn man es genau betrachtet, ist die schöpferische Arbeit eines Drehbuchautors nicht weit von dem Verhalten eines Paranoikers entfernt. Beide sind Wissenschaftler des Argwohns, sie sind ständig damit beschäftigt, Ereignisse vorauszuahnen, sich das Schlimmste auszumalen und grauenvolle Dramen hinter den alltäglichsten Dingen zu wittern. Sie müssen auf alles eine Antwort finden und die Reaktion der anderen vorhersehen, immer in der Angst, in eine Falle zu tappen. Wenn wir nicht im Gefängnis landen, bringt uns »Saga« womöglich noch ins Irrenhaus.
Der Brief kommt zu den anderen, fast die ganze Wand ist jetzt mit einem weißen Mosaik überzogen. Manchmal werfe ich einen Blick auf die Briefe, um mich davon zu überzeugen, daß unsere Arbeit auch noch andere Menschen außer uns bewegt. Ohne es zu wissen, begegne ich vielleicht manchmal Leuten auf der Straße, die sich über

den unbekannten Verehrer von Marie den Kopf zerbrechen oder darüber, ob Camille für Pedro Menendez Partei ergreift und Terroristin werden wird. Fast beneide ich diese Leute darum, nur einfach auf die nächste Folge warten zu müssen.

Die Folge sechzig ist fertig. Ich habe noch knapp vor Schluß die neueste Marotte von Fred einfügen können, der den Armen der Welt zu Hilfe kommen will. Nachdem er allen Hungerleidenden Nahrung verschafft hat, will er jetzt Licht in die Finsternis bringen. Er hat ein ganz einfaches System erfunden, das Muskelenergie in Elektrizität umwandelt. Der Rohstoff? Der Rohstoff sind die Millionen Menschen, die sich in Gymnastiksälen und Fitneßcentern schinden. Die kleinste Übung an Turngeräten oder Hanteln kann in Joule umgerechnet werden, die dann für alle die in Licht verwandelt werden, die keinen Strom haben. Bodybuilding und Aerobic erfahren eine Transzendenz.

Es ist zwölf Uhr, und Jérôme schlägt uns Kalbskopf in Gribiche-Soße unten im Bistro vor.

»Ich wollte heute Diät halten«, sagt Mathilde. »Ich habe im Moment einige Kilo Lipose zu vergeben. Ich bleibe hier und arbeite weiter.«

»Aber das ist es doch! Drehbuchschreiben ist die einzige Beschäftigung der Welt, die man stehend, liegend, vorm Fernseher oder vor Kalbskopf in Gribiche-Soße ausüben kann.«

Zehn Minuten später spricht Jérôme nicht mehr über Kalbskopf in Gribiche-Soße, denn er verschlingt ihn bereits. Der Alte hat das Tagesmenü gewählt und ich auch.

»Haben Sie eigentlich schon mal an einen Mörder gedacht?« fragt er.

»Einen was?«

»Einen geheimnisvollen Mörder, der die anderen in Angst

und Schrecken versetzt. In jeder Serie gibt es so einen. Man rätselt, wer es sein könnte, und verdächtigt sogar die Angehörigen.«

Noch im Kauen hebt Jérôme die Hand. »Mörder sind meine Spezialität. Wenn ihr wollt, kann ich euch einen zusammenbauen, aber es muß ein außergewöhnlicher Mörder sein. Ein Mörder, wie es ihn als Mensch nicht gibt.«

»Aber nach dem sich alle Frauen sehnen?« fragt Mathilde.

»Ein Verbrecher, der unsere täglichen Erniedrigungen rächt. Der mit Recht über den Gesetzen steht. Ein Robin Hood der Städte!«

»Bloß nicht! Bloß keinen Kämpfer für die Gerechtigkeit. Ein Mörder, haben wir gesagt. Ein echter!«

»Das heißt … ein Profi?«

»Nein. Geld interessiert ihn nicht.«

»Ein Psychopath? Ein Serienkiller? Ein Massenmörder?«

»Warum unbedingt ein Psychopath? Warum nicht einfach jemand, der ganz normal und ausgeglichen ist?«

»Wen würde so ein Kerl umlegen?«

»Warum unbedingt ein Kerl?«

»Also schön, dann eine Frau.«

»Warum eine Frau?«

»Wenn es weder ein Mann noch eine Frau sein soll, gebe ich auf.«

»Ein Kind?«

»Hmmmm …«

»Warum muß es ein menschliches Wesen sein?«

»Ein Hund?«

»Schon gehabt.«

»Ein Wiesel, eine Spitzmaus, ein Emu, allmählich langt's mir …«

»Warum unbedingt ein lebendiges Wesen?«

»…?«

»Ein Gespenst?«
»Eine Gottheit?«
»Ein Roboter?«
»Ein Virus?«
»Ein Außerirdischer?«
»...«
»Eine Ideologie.«
»Eine was?«
»Was verstehst du unter *Ideologie*?«
»Eine Idee, ein Prinzip, eine Geisteshaltung, irgend etwas ...«
»Und du kennst bestimmt viele Ideologien, die töten können?«
»Fanatismus, Rassismus, Totalitarismus ...«
»Kapitalismus, Fortschritt.«
»Und noch viele andere mehr.«
»Gebt mir eine Woche«, sagt Jérôme.

Ich habe während des Essens fast ausschließlich die Kellnerin angestarrt. Sexuelle Abstinenz wirkt manchmal wie leichte Trunkenheit: Alle Frauen sind begehrenswert und jeder Ort für einen Quicky geeignet. Als sich drei neue Gäste zwei Tische weiter niederließen, war die Kellnerin schnell vergessen. Drei Sekretärinnen in Eile, gackernd, lustig. Drei durchschnittliche Frauen. Aber keine von ihnen schien noch zu wissen, eine Frau zu sein. Und jede wäre es wert gewesen, sie wieder daran zu erinnern.

Auf dem Weg zurück zum Büro habe ich in jedes Gesicht jeder Frau auf der Straße geblickt. Allen wollte ich entgegenschreien, daß es mich gibt.

Im Büro glaubte ich, schließlich in Sicherheit zu sein, aber dort lauerte die Gefahr erst wirklich.

Woher kam diese Lawine blonder Gestalten auf dem Flur? Ich hörte Dschungelgeräusche und sah tausend hochmütige Frauen wie ausgehungerte Panther alles, was ihnen den Weg versperrte, in Brand setzen. Ich sah Nymphen, deren Schönheit in alle Ecken strahlte und die ihre Brüste wie Orden trugen. Es war zu spät, sich dagegen zu rüsten, man konnte sich nur noch verstecken und sie heimlich beobachten.

»Aha, das Casting für ›Trivial‹«, sagt der Alte und setzt sich vor seinen Bildschirm.

»Im wirklichen Leben begegnet man solchen Frauen nie«, stellt Jérôme fest.

»Ich habe mich schon immer gefragt, was Männer eigentlich an solchen Mädchen finden«, meint Mathilde. »Was meinen Sie, Marco?«

—

Beim ersten Kaffee am Morgen hören wir das bzzz des Faxgeräts. Um diese Uhrzeit kann das nur Séguret sein.

Sie alle wissen, daß die Folge fünfundvierzig gestern ausgestrahlt wurde. Sollte einer von Ihnen sie gesehen haben, kann er den anderen drei bestätigen, daß die berühmte »Erklärungs«-Szene zwischen Marie und Walter wortgetreu gedreht wurde, so wie Sie sie geschrieben haben, mit ihrer ganzen erotischen Atmosphäre. Ich möchte, daß Sie endlich verstehen, wie teuer uns derartige Phantasiegespinste zu stehen kommen können, selbst wenn wir an diesem Morgen die höchste Einschaltquote erreichen konnten. Um den Erwartungen des Publikums zu entsprechen, dessen tägliche Post immer zahlreicher wird, arbeite ich gerade eine Art Auflagenkatalog aus, der den genauen Rahmen der Serie »Saga« und somit die nicht zu überschreitenden Grenzen eindeutig definiert. Wie oft habe ich ausdrücklich darum gebeten, daß wir endlich die wahre Identität von Maries

unbekanntem Verehrer verraten! Seit der Szene mit dem verstopften Waschbecken (!!!) ist das von enormer Bedeutung. Ich erwarte die Episode in den kommenden Tagen. Darüber hinaus kann ich nicht länger Zugeständnisse bei Szenen machen, die von einigen aus der Führungsetage unseres Senders mißverstanden werden. Ich denke vor allem immer noch an Folge fünfundvierzig, an den rätselhaften Augenblick, als Camille ihre mystische Krise (???) anspricht. Dieses Abschweifen geht vollkommen am allgemeinen Ton der Serie vorbei und paßt vor allem nicht zu der Figur der Camille. Um ganz ehrlich zu sein, möchte ich hinzufügen, daß ich diesen Text für eher schwach und etwas gekünstelt halte. Wir sind Besseres von Ihnen gewöhnt.
Ich nehme diesen Brief zum Anlaß, Ihnen mitzuteilen, daß die gesamte Serie ab Folge Nummer eins von kommendem Montag an um zwölf Uhr dreißig wiederholt wird. Eine Länge von sechsundzwanzig Minuten erscheint uns für diesen Sendeplatz am angemessensten.
Und noch eins: Vergessen Sie nie Ihren Teamgeist.

Gelassen warf der Alte alles in den Papierkorb.
»Offensichtlich hat Séguret das Prinzip des nackten Satzes nicht mal ansatzweise verstanden. Wenn er sich nur eine ›Viertelstunde der Ehrlichkeit‹ zugetraut hätte, wären ein paar Zeilen genug gewesen: ›Saga läuft wie am Schnürchen, ändern Sie bloß nichts. Werden Sie möglichst noch härter. Ich begreife inzwischen nichts mehr.‹«
Woher nimmt er den Mut, zu schreiben: »Wie oft habe ich Sie ausdrücklich darum gebeten, daß *wir* endlich die wahre Identität von Maries geheimnisvollem Verehrer verraten?« Zwischen uns und den Zuschauern wird Séguret bald zerrieben werden, und ich sitze dabei in der ersten Reihe. Aber

die erwähnte »mystische Krise« sagt mir nichts. Der Alte hält nur mühsam ein Grinsen zurück.
»Die Geschichte mit dem Pastor? Ich dachte, das hätte, so wie ihr, niemand bemerkt.«
Wir gehen alle zum Sofa, wo Tristan ein Morgennickerchen hält. Neben ihm greift sich Jérôme die oberste Videokassette vom Stapel. Er zeichnet alle Folgen auf, gewissenhaft, Tag für Tag. Der Alte stoppt das Video an der entsprechenden Stelle.
»Ich fasse kurz den Fall Camille zusammen, sonst versteht ihr nichts. Die Arme findet weder in ihrem Leben noch in ihrem Tod einen Sinn. Sie will sich daher dem erstbesten Geistlichen anvertrauen.«
»Warum einem Geistlichen?«
»Warum nicht einem Geistlichen?«
»Aber dieses Mädchen *glaubt nicht* an Gott.«
»Genau deshalb.«
Das Bild erscheint. Camille sitzt, zu Dreiviertel in Rükkenansicht, rechts im Bild, der Pastor vor ihr, neben einer Mauer aus alten Steinen. Der Schauspieler, der den Pastor spielt, muß ungefähr fünfzig Jahre alt sein, sein Gesicht spiegelt einen außerordentlichen Ernst wider. Man hat das Gefühl, dabei zu sein.

»Denken Sie schon lange an Selbstmord?«
»Ich weiß nicht ... ja ... seit langem.«
»Haben Sie einen Arzt konsultiert, geht es Ihnen gesundheitlich gut?«
»Ja.«
Furchtbares Schweigen. Der Pastor faltet seine Hände in Höhe der Nase zusammen, nicht um zu beten, sondern um Anlauf zu nehmen.
»Meine Frau ist vor vier Jahren gestorben. Ich habe sie geliebt.

Mein Leben war zu Ende. Ich habe keine Angst vorm Tod. Daher hielt mich nichts im Leben zurück. Und dennoch habe ich weitergelebt. Nicht für mich, sondern um zu dienen. Als junger Mann hatte ich Träume und Ehrgeiz. Das Böse blieb mir verborgen. Als ich die Weihe empfing, war ich wie ein Kind. Und dann ist alles auf mich eingestürzt, ich wurde Marinegeistlicher in Lissabon, während des spanischen Bürgerkriegs. Ich sah nichts mehr. Verstand nichts mehr. Ich verweigerte mich der Realität. Mein Gott und ich lebten in einer hermetisch abgeschlossenen Welt. Wie Sie sehen, bin ich als Pastor nichts wert.«

Ich suche Jérômes Augen, er die meinen. Der Alte hört zu, distanziert, als kenne er den Dialog auswendig. Wird dieser Mann jemals den Tod seiner Frau überwinden können?

»Ich glaubte an einen absurden, väterlichen Gott, der uns alle liebt, insbesondere mich. Verstehen Sie meinen entsetzlichen Irrtum? Ich war so feige, so egoistisch ... Ich konnte einfach kein guter Pastor sein. Können Sie sich meine Gebete vorstellen, an diesen so angenehmen Gott, der wie mein eigenes Echo war? Wenn ich ihm die Realität vor Augen hielt, wurde er scheußlich. Ein Spinnengott, ein Ungeheuer. Ich habe ihm daher die Wahrheit, das wirkliche Leben vorenthalten. Nur meine Frau konnte meinen Gott verstehen ...«

Die Kamera bewegt sich nicht. Der Pastor sprudelt seinen Monolog in einer einzigen Einstellung heraus.

»Sie war meine Stütze, gab mir Vertrauen, füllte diese Leere in mir ...«
Schweigen. Peinlich berührt steht Camille plötzlich auf.
»Ich muß gehen.«

»Nein! Lassen Sie mich erklären, warum ich so viel über mich rede! Lassen Sie mich erklären, was für eine elende Kreatur ich bin! Ein Bettler!«
»Ich muß gehen, meine Familie wird sich sorgen.«
»Nur einen Augenblick!«
Großaufnahme von Camilles Gesicht, die weder gehen kann noch bleiben will.
»Lassen Sie uns in Ruhe reden. Vielleicht finden Sie mich zu lebensfremd. Aber all das spielt sich in meinem Kopf ab. Selbst wenn es Gott gäbe, würde es wenig ändern. Denn das Leben hat eine Erklärung. Und der Tod ist nichts anderes als die Trennung von Körper und Geist. Die Grausamkeit der Menschen, ihre Einsamkeit und ihre Ängste. Das alles ist klar! Eindeutig! Es gibt keinen Grund für das Leid! Denn es gibt keinen Schöpfer! Keinen Retter! Keinen Glauben, nichts!«
Schweigen. Camilles Augen sind jetzt so ernst wie die des anderen. Als hätte er gerade alles bestätigt, was sie bereits in sich gespürt hat. Sie geht. Nahaufnahme des Gesichts des Pastors, der jetzt allein ist.
»Mein Gott … Warum hast du mich verlassen?«

In der nächsten Szene sieht man das Wohnzimmer der Familie Fresnel, wo Bruno mit Mildred quatscht, eine Hähnchenkeule zwischen den Zähnen. Der Alte hält den Film an.
»Nicht schlecht«, sagt Jérôme, der genauso fassungslos ist wie ich. »Genau das Gegenteil von dem, was mir gefällt, aber es hat was.«
»Jemand wie Hitchcock hätte so etwas schreiben können«, sage ich. »Es ist voller Dramatik und Spannung. Erst fragt man sich, ob es diesem Pastor ernsthaft in drei Minuten gelingt, den Beweis für die Existenz Gottes zu liefern. Und

dann, ganz plötzlich, eine Hundertachtzig-Grad-Wendung, und die Figur des Pastors selbst führt den Bruch herbei.«

»Ich verstehe Ségurets Verunsicherung«, sagt Mathilde, »aber warum, verdammt noch mal, findet er diesen Text...«

»... eher schwach und etwas gekünstelt«, höhnt der Alte. »Dabei handelt es sich um einen Dialog zwischen Gunnar Björnstrand und Max von Sydow in ›Licht im Winter‹ von Ingmar Bergman. ›Eher schwach und etwas gekünstelt‹.«

»Sag uns, daß das nicht wahr ist!«

»Doch. Ich konnte es mir nicht verkneifen.«

»...«

»Hat keiner von euch den Film gesehen? Er ist in meinen Augen vielleicht der verrückteste Film überhaupt. Wenn wir mitten in einer Arbeitssitzung auch nicht mehr weiter wußten, haben der Maestro und ich uns diesen Film wieder und wieder angesehen. Man kann sich eine derartige Entsagung kaum vorstellen: Ein Pastor, allein in einer Kirche, versucht sich von seinem Glauben an Gott zu lösen. Das hört sich zwar einfach an, aber für mich ist es ein cineastischer Notfall. Im Film spielt Max den Angstvollen, der zu Gunnar, dem Pastor geht, und wißt ihr weshalb? Weil er in einem Artikel gelesen hat, daß die Chinesen die Atombombe gekauft haben und daß dieses Volk nichts zu verlieren hat.«

»Und dann?«

»Am Ende der Unterredung geht Max zum Flußufer und schießt sich eine Kugel in den Kopf.«

»Natürlich.«

»Ingrid Thulin ist bis über beide Ohren in den Pastor verliebt, aber er verachtet sie, weil sie Ekzeme an den Händen hat. Wenn sie die Hände faltet, könnte er sich übergeben.«

»Und wie endet es?«
»Er liest eine Messe in einer leeren Kirche.«
Schweigen.
Schwedisches Schweigen.
»Warum hast du das gemacht, Louis?«
»Findet ihr es etwa nicht verlockend, Tausenden von halbverschlafenen Zuschauern um acht Uhr morgens Bergman um die Ohren zu hauen? Warum haben die denn kein Recht darauf? Filme dieser Art werden erst nach Mitternacht ausgestrahlt, wenn die Leute den Schlaf der Gerechten schlafen.«
»Am meisten hat dich der Gedanke gereizt, diese Szene an Séguret und den Verantwortlichen des Senders vorbeizuschmuggeln.«
Statt einer Antwort verzieht Louis nur sein Gesicht, wie ein Zocker, dem ein großer Bluff gelungen ist.
»Und wenn es jemand merkt? Ein besessener Cineast?«
»Er würde es als eine Huldigung an Bergman verstehen. Im übrigen sind Séguret und seine Chefs ja daran schuld. Er hätte uns nicht sagen sollen, ›egal was‹ zu schreiben.«
Zum ersten Mal habe ich das seltsame Gefühl, einen gefährlichen Beruf auszuüben. Eine Art Terrorismus. Was unterscheidet uns denn noch von diesen Typen, die sich das Recht herausnehmen, eine Bombe auf Unschuldige zu werfen?

—

Gestern habe ich mich dabei ertappt, an sie in der Vergangenheit zu denken.
Ich sagte mir: »Charlotte haßte Dramen ...«
Es ist wahr, daß sie Dramen haßte. Meist sind Frauen der Ansicht, daß ein anständiger Streit der beste Beweis für die Liebe sei. Charlotte war genau das Gegenteil davon. Wer

auch immer in ihrer Gegenwart laut wurde, war bei ihr unten durch. Ich habe sie nie weinen gesehen. Nicht einmal an dem Tag, an dem sie zwei Kilo Zwiebeln für eine Salade Niçoise geschält hat. Heute bin ich davon überzeugt, daß es ihr keiner beigebracht hat, als sie klein war. Ich weiß immer noch nicht, wo sie ist. Vielleicht sind wir wirklich auseinander. Vielleicht sieht sie sich »Saga« an, nur um etwas von mir zu hören.

—

Seitdem die erste Folge in der Mittagszeit wiederholt wurde, hat sich vieles in meinem alltäglichen Leben verändert. Als wolle mir das Fernsehen seine unglaubliche Macht beweisen. Meine Mutter ruft mich oft aus dem Büro an, ich höre allen ihren Kolleginnen zu, die mich mit Fragen bombardieren, auf die ich keine Antwort weiß: Wird Bruno das Wesen umbringen, um Mildred zu bekommen? Was steht in Serge Fresnels Testament, und warum ist er verschwunden? An welche Adresse muß man sich wenden, um seine Lipose zu stiften? Meine Kollegen und ich mußten sogar das Bistro wechseln, weil der Besitzer mitbekommen hatte, daß wir die »Saga«-Drehbuchautoren sind und das Mittagessen in ein regelrechtes Verhör ausgeartet war. Meine Nachbarn – ein junges Paar in meinem Alter – werfen Notizzettel in meinen Briefkasten *(Einfach spitze, diese ›Sprache der Liebenden‹, wir sind fest entschlossen, sie anzuwenden! Im Gegensatz dazu sind wir von diesem Taschenspieler nicht besonders angetan, man durchschaut sein Spiel, und das ist für einen Magier nicht unbedingt das Wahre. Ciao)*. Leute, die ich seit langem nicht mehr gesehen habe, rufen »rein zufällig« an, um sich in Erinnerung zu bringen. Der Intendant des Senders wollte ein gemeinsames Abendessen mit uns vieren vereinbaren, aber der Alte sagte ganz dreist, daß

wir völlig überlastet seien. Keiner von uns hat ihm widersprochen.
Es ist fast einundzwanzig Uhr. Mathilde und Louis sind schon weg, Tristan ist zu seinem Schnittkumpel hinauf, und Jérôme hat mich überredet, »Rocky 1« anzusehen. Mit Sandwiches und Bier, wie bei der Kripo. Wir sind auf keinen Besuch eingestellt, als plötzlich eine schmale Silhouette im Halbdunkel des Flurs auftaucht. Sie drückt die Nase an die Glaswand und entdeckt uns.
Dieses Gesicht sagt mir etwas. Jérôme glaubt an einen späten Termin von Lina und weist auf die Büros von »Prima«. Unsere Tür öffnet sich einen Spalt.
»Monsieur ... Louis Stanick?«
»Er ist schon weg. Können wir was für Sie tun?«
»Ich suche das Drehbuchautorenteam von ›Saga‹. Ich hätte mich vorher anmelden sollen, aber man hat mir gesagt, es sei immer wer da.«
»Mein Freund Marco und ich sind die Nachtschicht. Aber verraten Sie bloß nicht, daß wir während unserer Arbeitszeit fernsehen. Wer sind Sie?«
»Elisabeth Réa.«
»...?«
»Sie kennen mich wohl besser unter dem Namen Marie Fresnel.«
Madame Pflaster! Madame Pflaster persönlich! Ein Meter fünfundsechzig, haselnußbraune Augen, ein umwerfendes Lächeln. Sie selbst! Bei uns!
»Bitte entschuldigen Sie. Wir sind es nicht gewöhnt, Schauspieler im echten Leben zu sehen.«
Ich biete ihr einen Stuhl an, sie sieht sich im Büro um, neugierig. Sie nimmt eine Tasse Kaffee. Wer hätte sie erkennen können, in Jeans, einem knielangen Pullover und mit Haaren, die über die Schultern fallen? In Wirklichkeit ist sie

bestimmt zehn Jahre jünger als die Familienmutter, die sie für uns spielt.

»Wer von Ihnen hat mich geschaffen?«

Wer, bis auf einen Drehbuchautor, kann auf so eine heikle Frage mit »ich« antworten?

»Alle ›Saga‹-Figuren sind in Teamwork entstanden und gehören keinem speziell.«

Schweigen.

Ein wirklich seltsamer Besuch.

»Für uns Schauspieler sind Sie ein echtes Geheimnis. Schon oft habe ich Alain Séguret gefragt, ob ich Sie nicht einmal kennenlernen könnte, aber er beschreibt Sie als ›wenig umgängliche Menschen, eingeschlossen in ihrem Elfenbeinturm‹.«

»Die Grundlage der Macht«, sagt Jérôme. »Teilen und herrschen. Séguret ist davon überzeugt, noch ein bißchen Kontrolle auszuüben, solange er uns genug abschottet.«

Ich hätte dasselbe geantwortet, aber man muß zugeben, daß keiner von uns wirklich bei den Dreharbeiten dabei sein wollte. So als wäre das schon nicht mehr unsere Angelegenheit.

»Um Ihnen die Wahrheit zu sagen, wir sind jedesmal alle etwas ratlos, wenn die neuen Manuskripte kommen. Wir wissen nie, worauf Sie hinauswollen. Einige lachen sich kaputt, aber andere haben eine Heidenangst. Ich gebe zu, daß ich manchmal eine Szene spiele, ohne den wirklichen Sinn zu verstehen. Ich hoffe, daß Sie sich nicht falsch verstanden fühlen.«

Wer von uns beiden hat den Mut, ihr einzugestehen, daß wir uns diese Serie praktisch gar nicht ansehen, nur selten, um unser Gedächtnis aufzufrischen. Heute morgen mußte ich in Windeseile die letzte Folge durchsehen, da ich mich nicht mehr an Brunos Haarfarbe erinnern konnte, aber unbedingt mit einem Wortspiel darauf anspielen wollte. Bruno, Mildred, Walter und alle anderen existieren nur in unseren Köpfen und auf unseren Festplatten. Louis achtet darauf, daß kein äußerer Einfluß unsere Phantasie und unsere schriftstellerische Freiheit hemmt. Was aus den Drehbüchern wird, wenn sie unser Büro verlassen haben, betrifft uns nicht mehr. Nur so können wir uns zu den letzten zwölf im Vertrag vorgesehenen Folgen motivieren.

»Wenn Sie wüßten, welche Dramen sich an manchen Tagen bei uns abspielen. Mit Alexandre haben wir diese Szene ...«

»Mit wem?«

»Dem Schauspieler, der Walter darstellt. Die Szene, in der ich mich ihm an den Hals werfe! Das war wirklich kein Vergnügen, wenn ich das so sagen darf. Ich weiß nicht warum, aber er brauchte eine gute Stunde, bevor er sagen konnte: ›Marie, Ihre Augen haben diesen gewissen vulgären Glanz, der mich verrückt macht.‹ Und versuchen Sie einmal, sich einzureden, daß ein Mann mit Vanillegeruch Sie wahnsinnig macht, wenn er entsetzlich nach Jasmin stinkt ...«

Sie hat ihn! Diesen gewissen vulgären Glanz in ihren Augen, sie hat ihn! Deshalb fiel es ihm so schwer, diesen Satz zu sagen.

»Oder nehmen Sie Jessica, die Kleine, die Camille spielt, sie haben ihr mit diesen Selbstmordgedanken Angst eingejagt, und sie dreht von Tag zu Tag mehr durch.«

Ich bitte sie, deutlicher zu werden.

»Camille steht ständig kurz davor, sich eine Kugel in den Kopf zu jagen, und Jessica fühlt, daß sie eines Tages diese Drohung wahr machen wird. Versetzen Sie sich in ihre Lage, es ist nicht einfach, monatelang in einem Zustand zwischen Leben und Tod zu schweben.«

»Sie können sie beruhigen, sie wird bis zum bitteren Ende gehen, sie wird sogar eine Nationalheldin.«
Ihr Lächeln weckt in einem die Lust, von ihr gebissen zu werden. Ich würde viel darum geben, ihre Beine zu sehen, aber ihre Jeans geben mir nicht die geringste Chance. Ich schwöre mir, eine prickelnde Szene zu schreiben, in der sie nackt im Scheinwerferlicht tanzt, wenn das die einzige Möglichkeit sein sollte, ihre Beine zu sehen. Bisher sagt sie aber immer noch nicht, warum sie gekommen ist. Als wäre sie in geheimer Mission da. Ich schiele zum Vorspann von »Rocky«, der tonlos läuft. Die Mayonnaise auf den Sandwiches trocknet an.
»Auf jeden Fall wollte ich mich bei Ihnen bedanken, daß Sie die Figur der Marie erfunden haben. Wenn ich ihr nicht begegnet wäre, wäre mein Leben ziemlich trostlos verlaufen. Es war ein fabelhaftes Zusammentreffen.«
Irgend etwas ist faul. Niemals wäre sie aufgekreuzt, nur um sich bei uns zu bedanken. Sie spricht über ihre Rolle wie von einer Freundin, die man eben zu Grabe getragen hat.
»Was halten Sie von einer kleinen Hochzeitsreise mit Walter?« schlägt Jérôme vor. »Nur Sie beide, ohne Kinder, ein oder zwei Folgen lang?«
Sie fühlt, daß er es ehrlich meint, und verzieht den Mund zu einem Lächeln. Es ist ein gequältes Lächeln.
»Ich bin gekommen, um sie darum zu bitten, Marie zu beseitigen.«
»...«
»...«
»Nicht unbedingt, sie zu töten. Dafür mag ich sie zu gern. Sie nur ... verschwinden zu lassen.«
Man spürt, daß die Wörter »beseitigen« und »verschwinden lassen« sorgfältig ausgewählt wurden. Jérôme repetiert den Satz mindestens zehnmal in verschiedenen Tonlagen,

um herauszufinden, was dahintersteckt. Unbeholfen angelt sie aus ihrer großen Ledertasche ein Manuskript, das sie uns wie das heilige Sakrament überreicht. Es heißt »Das Beste in ihr«, von einem gewissen Hans Koenig, und es riecht nach Ärger.
»Der erste Film eines jungen deutschen Regisseurs, er hat eine Folge von ›Saga‹ gesehen und will mir die Hauptrolle geben. Lesen Sie es, und Sie werden verstehen. Ich wäre verrückt, dieses Angebot anzunehmen, aber ich wäre noch viel verrückter, wenn ich es ausschlagen würde.«
»›Saga‹ ist bald zu Ende, in zwei Monaten sind Sie frei. Bis dahin kann Ihr kleiner Orson Welles sicher noch warten.«
»Die Dreharbeiten haben schon begonnen, in Düsseldorf. Im Moment dreht er alle Szenen ohne die Heldin, aber wenn ich mich nicht bald entscheide, gibt er die Rolle einer anderen.«
Für sie ist es ein Märchen und für uns ein Alptraum. Marie verschwinden zu lassen, wäre wie den letzten heilen Zahn aus einem kranken Kiefer zu ziehen. Ich frage sie, was Séguret dazu sagt.
»Er weiß von nichts. Séguret ist ein Scheusal und sein Sender Co-Produzent des Films von Hans. Ein einziger Anruf von ihm genügt, um mir die Rolle wegzunehmen.«
Und um allem die Krone aufzusetzen, bricht sie in Tränen aus, ohne Vorwarnung. In echte Tränen. Ich reiße die Papierservietten von den Sandwiches, um sie dem Star zu reichen.
»Laß dich nicht beeindrucken, Marco! Sie ist Schauspielerin, verdammt noch mal! Es ist ihr Beruf, auf Kommando loszuheulen! Madame Pflaster ist clever, sie will die Serie verlassen, bevor es zur Sache geht, und das alles nur, weil sie sich für Marlene Dietrich hält! Für eine einzige Großaufnahme würde sie dich wie eine Laus zerquetschen.«

Ich weiß nicht, wer recht hat. Tristan, der diskreteste Mensch der Welt, kommt herein und humpelt in Richtung Sofa, ohne etwas zu sehen oder zu hören. Wenige Sekunden später richtet er sich auf, mit weit aufgerissenen Augen, und schreit:
»Madame Pflaster?«
Was den Tränenausbruch unserer Besucherin zum Höhepunkt bringt. Mir geht dieser ganze Lärm auf die Nerven, ich greife zum Telefon und wähle eine Nummer.
»Hallo? Ja, ich weiß, daß es spät ist, aber es handelt sich um einen Notfall.«

—

Eine Viertelstunde später ist der Krisenstab zur Stelle. Mathilde und Louis haben ziemlich schnell verstanden, um was es geht. Komischerweise stellt keiner die Gründe des Ausscheidens von Elisabeth Réa in Frage. Mathilde findet es »wahnsinnig romantisch«, und Louis gibt zu, daß er selbst in einem ähnlichen Fall nicht eine Sekunde zögern würde, eine TV-Serie zugunsten eines Spielfilms aufzugeben. Jérôme, von soviel Mitgefühl tief gekränkt, schmollt in seiner Ecke. In Erwartung des Urteils hockt die Réa auf ihrem Stuhl, ein Plaid über den Schultern, einen Kaffee in der Hand. Wenn wir sie gebeten hätten, eine Überlebende eines Schiffsunglücks zu spielen, hätte sie nicht mehr Überzeugungskraft hineinlegen können. Da alle einverstanden zu sein scheinen, bittet Jérôme darum, die Beseitigung Maries ihm zu überlassen. Er will einen Folterknecht erfinden, der wie besessen mit allen möglichen spitzen Gegenständen auf sie einsticht, bis der Tod eintritt. Der Alte scheint nicht gerade begeistert, aber Jérôme läßt nicht locker.
»Ein Selbstmord mit Gas, bei dem das ganze Haus in die

Luft fliegt? Ein Sturz aus dem Fenster? Oder aber... wir lassen sie von einer Straßenwalze plattfahren, wie bei Tex Avery?«

Elisabeth Réa zuckt mit den Schultern und zieht das zigste Papiertaschentuch aus der Box, die ich von »Prima« stibitzt habe.

»Erinnert sich jemand von euch an die Serie ›Peyton Place‹?« fragt der Alte.

»Peyton Place«. Allein der Titel wirkt auf mich wie Zuckerwatte. Ein altes amerikanisches Ding in schwarzweiß, mit vielen inzwischen berühmten Darstellern, wie Ryan O'Neil und Mia Farrow. Wie hieß noch mal ihre Rolle...?

»Allison!« sagt Tristan, der unsere Debatten aufmerksam verfolgt. »Von einer Folge auf die andere ist sie spurlos verschwunden, niemand hat jemals erfahren, warum.«

Doch, man hat es erfahren, aber erst sehr viel später. Allison war die Hauptfigur dieser Geschichte, und alles brach in dem Moment zusammen, als Mia Farrow Frank Sinatra, der im Nachbarstudio drehte, kennenlernte. Ohne jemandem ein Wort zu sagen, hat sie ihre Koffer gepackt und ist mit ihm abgehauen. Elisabeth Réa ist nicht die erste.

»Und wie haben sich die Drehbuchautoren aus der Affäre gezogen?« fragt Mathilde.

Völlig fassungslos haben sie irgend etwas erfunden. Allison verschwindet in einem Wald, nachts, das gesamte Dorf sucht nach ihr, und eines schönen Tages findet man ein junges, menschenscheues Mädchen, das ihr Gedächtnis verloren hat und ihr entfernt ähnelt. Wer ist sie? Woher kommt sie? Kennt sie das Geheimnis von Allisons Verschwinden? Ist sie Allison? Die ganze Welt hat sich diese Fragen gestellt, und die Drehbuchautoren haben darauf keine richtige Antwort gefunden, und das war das Ende der Serie.

»Wir müssen aus den Fehlern unserer Vorgänger lernen«, sagt der Alte. »Wir werden Marie zwar töten, aber die Gründe ihres Verschwindens dürfen keine Zweifel aufwerfen. Morgen gehe ich zu Séguret und erkläre ihm, daß ihr plötzliches Verschwinden für die Serie nur von Vorteil sein kann. Das ist vielleicht der zündende Funke, der uns noch fehlte. Kommt sie zurück, kommt sie nicht zurück, das ganze Land wird sich diese Frage stellen. Welche Szenen stehen für morgen auf dem Drehplan, Elisabeth?«
»Die Szene, in der Mildred Marie informiert, daß sie von dem Wesen schwanger ist.«
»Wann wollten Sie los?«
»Ich habe einen Flug für Samstag morgen.«
»Samstag morgen!« brüllt Jérôme. »Das läßt uns nur vierundzwanzig Stunden. Diese Frau ist völlig durchgedreht!«
Louis ist der Ansicht, daß vierundzwanzig Stunden durchaus reichen. Wenn wir die Szene diese Nacht schreiben, kriegen sie das morgen noch hin. Es wäre nicht das erste Mal, daß Séguret in letzter Minute Änderungen von uns verlangt. Die Réa hat sich uns bestimmt ganz anders vorgestellt. Louis wartet auf Vorschläge.
»Sie fährt mit einem Lipose-Konvoi nach Afrika.«
»Anstelle von Camille, die ständig auf der Suche nach ihm ist, trifft sie Gott und geht ins Kloster.«
»Sie macht sich auf die Suche nach ihrem toten Mann, der vielleicht gar nicht tot ist.«
Mathilde schlägt die einfachste und wirkungsvollste Lösung vor: Marie geht mit dem Mann ihres Lebens weg, Punkt, aus. Aber dieser Mann ihres Lebens kann weder Fred noch Walter, noch jemand anderes sein, den wir für die Fortsetzungen noch brauchen.
»Wäre das nicht der ideale Zeitpunkt, den unbekannten Verehrer einzuführen?« fragt Jérôme.

»Phantastisch!« sagt der Alte. »Séguret wird entzückt sein, schließlich geht er uns mit dieser Sache schon seit Wochen auf die Nerven. Inzwischen bin auch ich gespannt, wer es ist. Wer hat diese Idee eigentlich ausgebrütet?«
Wie ein ertapptes Schulmädchen hebt Mathilde die Hand.
»Wir können also mit Recht davon ausgehen, daß Sie, und nur Sie allein, wissen, wer hinter diesem unbekannten Verehrer steckt.«
»Das Problem ist, daß ich nicht mehr den leisesten Schimmer habe.«
»Wie bitte?«
Ich wußte es! Der unbekannte Verehrer ist eine Art Hirngespinst, ein Mittelding zwischen Schloßgespenst und Yeti.
»Ihr seid wirklich witzig, alle drei... Anfangs war ich ihm noch auf der Spur, aber mit der Zeit habe ich seine Fährte verloren. Ihr habt immer wieder gesagt: ›Lassen Sie diesen unbekannten Verehrer erst einmal raus, wir sehen dann später‹, ›Das hängt von diesem unbekannten Verehrer ab, den lassen wir jetzt noch nicht auftreten‹, ›Es ist immer noch Zeit, diesen unbekannten Verehrer aus der Versenkung zu holen‹, so daß er allmählich zu einer vertrauten Figur geworden ist. Eine Art ›unauslöschliche Transparenz‹, wie Sartre sagt.«
»Und seine *Existenz*? Herrgott noch mal! Hat denn keiner an seine Existenz gedacht?« schnauzt Louis.
»Mathilde hat recht, die Ärmste. Wir haben ihn uns immer wieder gegenseitig zugeschoben, weil er praktisch war«, sagt Jérôme. »Als nur gedachtes Wesen war er absolut perfekt.«
»Ich glaub, ich träume...«
»Jetzt muß ich uns aus der Klemme helfen«, sagt Mathilde.
»Es wird wohl die ganze Nacht über dauern, aber morgen früh wird Séguret es wissen, das ganze Land wird es wis-

sen, Marie Fresnel findet schließlich ihr Glück und Elisabeth kann beruhigt nach Düsseldorf fliegen.«
Wir applaudieren alle.

—

Durch das Bürofenster sehe ich die ersten Anzeichen der Morgendämmerung. Ich öffne es, und ein Hauch Frische strömt ins Zimmer. Jérôme schläft auf den Kissen. Sein Bruder zappt. Elisabeth und der Alte haben die ganze Nacht miteinander geplaudert, leise, um Mathilde nicht zu stören, die auf ihre Tastatur einhackt und offensichtlich nicht merkt, daß der Tag anbricht. Ich mache Kaffee für die ganze Mannschaft.
»Wenn ich daran denke, daß ich die Serie gerade jetzt verlasse, wo ich beginne, ein Star zu werden«, sagt die Réa.
»Wie meinen Sie das?«
»Hat Ihnen Séguret nichts gesagt? Sie wollen ›Saga‹ verlegen, vor die Prime time.«
»Um neunzehn Uhr fünfzehn? Zwischen die beiden Hauptnachrichtensendungen?«
Louis ist am Boden zerstört. Weil Séguret uns wirklich nie über die Entscheidungen des Senders informiert, beginne ich ernsthaft zu glauben, daß dieses Schwein uns haßt. Jérôme öffnet die Augen, scheint uns zwar zu erkennen, hat aber völlig vergessen, warum wir um diese Zeit noch hier sind.
»Wer hat von Prime time gesprochen?«
Mathilde drückt ihren letzten Zigarillo aus, nimmt einen Schluck Kaffee und tippt auf die Taste für den Drucker. Eine kleine Bewegung, unscheinbar, lautlos, die aber sämtliche Gespräche verstummen läßt. Ich bin der erste, der fragt, wer dieser Kerl ist, für den wir uns die ganze Nacht um die Ohren geschlagen haben.

In seliger Ermattung räkelt sie sich, voll erblüht nach ihrer Liebesnacht.
»Der unbekannte Verehrer?«

47. WOHNZIMMER FRESNEL. INNEN. TAG.
Marie Fresnel sieht aus dem Fenster, schwermütig. Sie legt die Hand aufs Telefon, zögert, nimmt ab und wählt eine Nummer.
MARIE: Hallo?
STIMME AUS DEM OFF *neutral*: SOS Freundschaft, guten Abend.
MARIE: Ich möchte mit diesem Mann sprechen, der eine so warme und gleichzeitig trockene Stimme hat … die Stimme eines Spions, der sich verliebt hat.
STIMME AUS DEM OFF: Wir alle haben diese Stimme. Aber ich glaube, Sie meinen mich.
MARIE: Erinnern Sie sich an mich?
STIMME AUS DEM OFF: Wie könnte ich Sie vergessen? Sie sind diese Frau, die seit einem Jahr anruft und die nur mit mir sprechen will. Darf ich Sie fragen, warum nur mit mir?
MARIE: Ich weiß nicht … für mich hat Ihre Stimme eindeutig den schönsten Klang, nach der Stille.
STIMME AUS DEM OFF: Ein Radiosprecher würde es dann vielleicht auch tun.
MARIE: Aber ich brauche auch jemanden, dem ich mein Herz ausschütten kann.
STIMME AUS DEM OFF: Dann wäre ein Psychoanalytiker für Sie der Richtige.
MARIE *leicht beleidigt*: Ich vergeude Ihre Zeit, nicht wahr? Sie haben andere Anrufe zu beantworten, weitaus dringendere Fälle, Menschen an der Schwelle des Todes, und Sie fragen sich, warum diese kleine dumme Frau über ihr Leben als Hausfrau und Mutter flennt.

STIMME AUS DEM OFF: Als wir das letzte Mal miteinander sprachen, litten Sie darunter, zu sehr geliebt zu werden.

MARIE: Danke für diese knappe Zusammenfassung, ich dachte, Ihre Arbeit besteht darin, Menschen aufzurichten.

STIMME AUS DEM OFF: Arbeit ist es nicht! Sagen Sie, was Sie bedrückt.

MARIE: Ich brauche einen Partner.

STIMME AUS DEM OFF: Und Sie finden keinen?

MARIE: Ich habe vier.

STIMME AUS DEM OFF: Sehen Sie, ich habe ein gutes Gedächtnis.

MARIE: Machen Sie sich nicht über mich lustig. Es ist nicht so einfach. Sie sind alle sehr verliebt, und wenn ich mich für einen entscheide, weiß ich, daß ich die anderen damit todunglücklich mache.

STIMME AUS DEM OFF: Geben Sie ihnen meine Nummer.

MARIE: Heute sind Sie nur zu sarkastischen Bemerkungen fähig. Ich lege besser auf …

STIMME AUS DEM OFF: Nein! … Legen Sie nicht auf. Erzählen Sie mir von ihnen.

MARIE: Einer lebt schon bei mir in der Wohnung. Es ist der Bruder meines verstorbenen Mannes. Er ist bei mir eingezogen. Ich weiß, daß er mich von dem Tag an geliebt hat, an dem ich seiner Familie vorgestellt wurde. Er ist verrückt, er sieht seinem Bruder so ähnlich, er ist so rührend … Er ist …

STIMME AUS DEM OFF: Kommen wir zum nächsten. Der ist es nicht.

MARIE: Woher wissen Sie das so genau?

STIMME AUS DEM OFF: Zwingen Sie mich nicht, das Offensichtliche sichtbar zu machen, Sie haben Mitleid mit ihm, mehr nicht. Wenn Sie wüßten, wie weit weg er von Ihnen ist! Sobald er an seinen Maschinen bastelt, hat er Sie vergessen, und sein Verlangen, der Menschheit zu helfen, hat Vorrang vor allem anderen. Er ist nie vor Ihren unergründlich blauen Augen in Träume versunken.

Ganz verwirrt bleibt sie einen Augenblick stumm.

STIMME AUS DEM OFF: Beschreiben Sie mir den zweiten.

MARIE: Ich kenne ihn noch nicht lange. Mein Nachbar, der vor einigen Monaten eingezogen ist. Er ist Amerikaner, sehr witzig, meine Kinder lieben ihn. Er ist verwitwet wie ich …

STIMME AUS DEM OFF: Jetzt machen Sie es sich zu einfach. Sie werden ihn nie lieben.

MARIE: Aber …!

STIMME AUS DEM OFF: Er ist Alkoholiker. Tagsüber sind Sie nur eine nette Nachbarin, mehr nicht, aber abends werden Sie zu einer praktischen Mutter, man bräuchte nur die Wände einzureißen, um eine einzige nette Familie zu werden. Ohne eine anständige Dosis Whisky hätte er noch nicht einmal den Mut, Ihnen den Hof zu machen.

Marie, überfordert, weiß nicht, was sie antworten soll.

STIMME AUS DEM OFF: Der dritte! Erzählen Sie mir vom dritten!

MARIE: Der dritte lebt nur in meiner Erinnerung, aber ich weiß, daß er lebt, und wenn ich mich aufraffen könnte, ihn zu suchen, wäre alles wieder wie früher …

STIMME AUS DEM OFF: Ihr Mann? Denken Sie noch an dieses Phantom? Während irgendwo ein lebendiger Mann aus zuckendem Fleisch und kochendem Blut nur auf ein Zeichen von Ihnen wartet! Weiter! Der vierte! Nun machen Sie schon!

MARIE: Es ist … ein heimlicher Verehrer. Er schickt Blumen …. Er macht mir angst … Ich weiß nicht, ob …

STIMME AUS DEM OFF *unterbricht sie voll Wut*: Haben Sie immer noch nicht begriffen, wie sehr dieser Mann Sie liebt! Er ist der einzige, der Sie wirklich liebt, Sie einfach nur liebt. Allmählich glaube ich, daß Sie ihn nicht verdient haben! Er ist verrückt nach Ihnen, seit dem Tag, an dem er den Ton Ihrer Stimme gehört hat! Er ist zu all diesen wahnsinnigen Dingen bereit, von denen Sie nie zu träumen gewagt haben! Er will Sie aus Ihrem miesen Hausfrauendasein befreien! Glücklicherweise hat er Geduld und kennt alle Feinheiten Ihrer Seele. Er wartet seit Wochen darauf, daß Sie endlich begreifen, daß es ihn wirklich gibt!

Marie ist verstört, schweigt.

STIMME AUS DEM OFF: Was wäre, wenn er Sie bitten würde, heute abend mit ihm wegzulaufen, alles für ihn aufzugeben?

MARIE: Ich weiß nicht...

STIMME AUS DEM OFF: Was würden Sie ihm antworten ...? Schnell!

MARIE: Ja. Ich würde ja sagen.

—

Wir haben uns alle die Hände geschüttelt. Der Alte sagte, er wolle noch zu Hause duschen, bevor er mit Séguret zusammentrifft. Er hat mit Elisabeth einen Termin im Studio vereinbart und sie gebeten, die Ahnungslose zu spielen, wenn Séguret ihr blutenden Herzens mitteilt, daß ihre Rolle gestrichen ist. Trunken vor Müdigkeit murmelt Mathilde, zu Fuß nach Hause gehen zu wollen. Und allein. Der Alte hat mir angeboten, mich zu fahren. Als Zeichen des Friedens hat Jérôme Elisabeth die Hand gegeben, und sie hat ihn gebeten, sie nie wieder »Madame Pflaster« zu nennen. Er hat es versprochen. Beim Weggehen gab sie ihm einen zarten Kuß.

Auf der Heimfahrt blieben Louis und ich stumm, starrten in die Regenflut auf der Windschutzscheibe. Dann sagte er: »Damals, mit dem Maestro, haben wir immer davon geträumt, ein Drehbuch ohne jeden dramatischen Dialog zu schreiben. Keinen Stummfilm, sondern eine Geschichte ohne Worte. Nur Gebärden reinen Glücks. Diese Geschichte würde in einer Welt spielen, die den Gipfel ihrer Entwicklung erreicht hat, wenn keiner dem anderen mehr irgendein Leid antun will. Die Abenteuer heiterer Gelassenheit.«

Auf der Busfahrt zum Büro steht eine Frau auf, und keiner will ihren Sitzplatz. Ich setze mich neben ein Grüppchen, das mich nicht einmal bemerkt.

»Mildred ist ganz schön ausgeflippt, gestern abend.«

»Die Sache mit dem Privatdetektiv?«

»Genau. Ein Typ will ihr mitteilen, daß er die Vergangenheit des Wesens kennt, und sie schmeißt ihn raus! Sie zerreißt alle Beweise, sie will überhaupt nicht wissen, wer dieser Wilde ist, von dem sie schwanger ist.«

»Ein so intelligentes Mädchen!«

»Wenn ihr mich fragt, diese Geschichte zwischen Camille und dem Terroristen wird böse enden.«

»Das sage ich schon seit Wochen. René will es nicht glauben.«

»Wissen Sie schon das Schlimmste? Meine kleine Céline, nicht mal zwölf Jahre alt, will jetzt Philosophie studieren, sie hat sich in Camille verliebt, sie will alles so machen wie sie.«

»Meine Frau stößt jedesmal kleine Seufzer aus, wenn sie diesen Walter sieht.«

»Sie will Sie nur ärgern, Jean-Pierre.«

»Also, wissen Sie, an Ihrer Stelle würde ich mich in acht nehmen, er braucht dringend eine Neue, seit Marie nicht mehr da ist.«

»Sie könnte nie mit einem Säufer zusammenleben.«

Wir erreichen meine Haltestelle. Nahe beim Ausgang unterhalten sich zwei Schüler.

»Würdest du dich mit Evelyn einlassen?«
»Seitdem sie dünner geworden ist, sieht sie nicht schlecht aus, aber sie ist in Fred verliebt.«
»Saga« ist nie zu der geplanten Sendezeit um neunzehn Uhr fünfzehn ausgestrahlt worden. Auf Anweisung irgendeines uns nicht bekannten hohen Tiers beim Sender wird die Serie nun jeden Donnerstagabend um zwanzig Uhr fünfzehn gesendet. Zur *Prime time*, wie sie es nennen. Die letzten zwölf Folgen sollen im Wochenrhythmus gesendet werden. Bei diesem Tempo ist die letzte für den einundzwanzigsten Juni vorgesehen. Meine Komplizen und ich sehen dem Sommer mit einer gewissen Ungeduld entgegen.
Am Zeitungskiosk kaufe ich mir den »Nouvel Economiste«. Ich werde ihn heute für einen Dialog zwischen Fred und dem Milliardär aus Hongkong brauchen. Nur um einige Fachbegriffe einfließen zu lassen, denn ich kenne mich in der Finanzwelt nicht aus. Eigentlich sollte ich mich etwas mehr dafür interessieren, denn bestimmt hintergeht mich mein Anlageberater mit seinen dämlichen Börsenspekulationen. Er ist so ein richtig schleimiger Typ. Vielleicht bin ich ja inzwischen schon ein reicher Mann und weiß es nur nicht.
»Monsieur Marco, ich habe mit meinen Kumpels gewettet, daß Walters Exfrau zu Jonas' Hochzeit zurückkommt. Also los, geben Sie mir einen kleinen Tip ...« Seit er mein Foto in einer Zeitschrift gesehen hat, ist der Zeitungsverkäufer der ideale Presseattaché. Ich sage ihm, daß er seine Wette beruhigt verdoppeln kann. Überglücklich tippt er mit dem Finger auf eine sternförmige Beilage in »Télé 7 Jours«: Test: Sind Sie ein Callahan oder ein Fresnel?
Man kann eine Statistenrolle bei den Dreharbeiten gewinnen. Jessica, die Kleine, die die Rolle der Camille spielt, ist

auf dem Cover einer Illustrierten. Unter ihrem Foto im Bikini steht: »Camille hat mir meine Lebensfreude zurückgegeben.« Man erkennt sie kaum. Ich hatte bei ihr nie einen so enormen Busen vermutet. Der Kiosktyp fragt mich, wie sie im wirklichen Leben ist, und ich sage ihm die Wahrheit: Ich habe sie nie kennengelernt. Ein durchdringender Schrei von Mathilde dringt an mein Ohr, ich hebe den Kopf, sie macht mir wilde Zeichen vom Bürofenster. Sie will, daß ich all diese idiotischen Zeitschriften kaufe mit den Pos der Stars und aristokratischen Hochzeiten. Obwohl ich sie sehr schätze, verstehe ich immer noch nicht, was sie an diesem geballten Kitsch und dem inzüchtigen Adelspack fasziniert, von dem längst keiner mehr träumt. »*Es ist mein geheimer Garten! Es ist mein geheimer Garten!*« Das ist alles, was sie dazu zu sagen hat, wenn Jérôme und ich eine Rechtfertigung von ihr verlangen. Diesen geheimen Garten stelle ich mir brachliegend vor, voller fleischfressender Pflanzen und unausrottbarem Unkraut. Möglicherweise findet sie dort ihre Inspirationen für »Saga«, wer weiß? Ohne mich auch nur zu begrüßen, stürzt sie sich auf die Zeitschriften und holt das große Album heraus, in das sie Fotos und Artikel klebt. Und diese Frau wird bald vierzig!

Jérôme schlürft einen Kaffee, während er mit glanzlosen Augen die tägliche Postlawine durchsieht. Immer wenn er einen etwas witzigen, etwas originellen Brief findet, liest er ihn uns laut vor. Séguret ist noch nicht da. Er hat sich angewöhnt, jeden Freitagmorgen zu kommen, um uns über die Einschaltquoten des Vortags zu informieren und neue Anweisungen zu geben. Dieser Mann verströmt Anweisungen wie ein Geysir Wasser. Er wirft mit Ausdrücken wie finanzielles Risiko, Zielsetzung, Zielgruppe, Einschaltquote und Marktanteil nur so um sich, die mir nicht viel

sagen, es sei denn, er findet für mich andere, gleichbedeutende Begriffe. Zwischen Stolz und Angst hin und her gerissen, hat er mir erklärt, daß »Saga« kürzlich eine höhere Quote hatte als der Spielfilm am Sonntagabend. In der darauffolgenden Woche war sie höher als die beim Finale der Fußball-Europameisterschaft. Er hat »Saga« schon in ganz Europa verkauft, und die Amerikaner interessieren sich für die Rechte an einem Remake. Sie wollen die Serie umgekehrt aufziehen: Die Familie Fresnel, typisch französisch, zieht in eine Wohnung gegenüber den Callahans ein. Der Drehort würde Los Angeles sein – und dieser letzte Punkt hat Jérôme und mich ins Schwärmen gebracht. Los Angeles… wir stellen uns »Saga« à l'américaine vor: Sonne, Wolkenkratzer, Starauftritte, bombastische Musik, eine blonde Silikonschönheit in der Rolle der Camille, Explosionen, Stunts, einfach alles, der Himmel! Obwohl die Meldungen von Séguret sehr anschaulich sind, kann ich mir das wirkliche Ausmaß des Erfolgs nicht vorstellen. Ich versuche, vor meinem geistigen Auge neunzehn Millionen Menschen Gestalt annehmen zu lassen, alle den starren Blick auf das gleiche Bild gerichtet. Ich versuche, sie mir alle in einer unendlichen Wüste, eng aneinandergepreßt, vorzustellen, mit verlorenem Blick zum Sternenhimmel, wo jede Figur unserer »Saga« so groß wie der Große Bär wäre und wo jede Folge, soweit das Auge reicht, bis zu den Grenzen der Milchstraße vorüberzieht.
Aber diese Vorstellung verblaßt schnell wieder, und Séguret gibt auf. Er ist jetzt zum starken Mann des Senders geworden, ganz abgesehen von den Angeboten, die ihm andere Sender machen. Er ist der Wunderprogrammdirektor des französischen Fernsehens, eine Art seherisches Genie, das »Dringlichkeit der Botschaft mit Hypermodernität, Raffinesse des Konzepts mit Realisierungstempo koppelt«. Er

gibt ebenso viele Interviews wie die Darsteller der Serie, ein Ghostwriter schreibt für ihn ein Buch (»›Saga‹ oder ein Jahrtausend von Geschichten«), und man lädt ihn in der ganzen Welt zu Seminaren ein, bei denen er Tausende von Profis in seine Produktionsgeheimnisse einweiht. Séguret ist der König, überall wo er hinkommt.

Überall.

Überall, außer in den fünfunddreißig Quadratmetern unseres Büros, wo wir ihn normalerweise in nur wenigen Minuten dazu bringen, sich in ein Mäuseloch verkriechen zu wollen. Trotzdem fängt er jedesmal von neuem an. Er redet uns mit seinen Theorien besoffen, und je mehr er sich ereifert, desto pathetischer wird er. Er betrachtet sich als eine Art Christoph Kolumbus, der eine neue Welt erobert, während er in Wirklichkeit nur ein netter Schiffsjunge ist, der das Achterdeck der »Titanic« blankschrubbt. Es ist neun Uhr, und in zehn Minuten ist sein Auftritt fällig.

»Ach übrigens, Mathilde, im Schaufenster meiner Lieblingsbuchhandlung habe ich eins Ihrer Bücher gesehen, ich war ganz überrascht. Auf dem Umschlag ist Ihr Foto, mit der Unterzeile: Von der ›Saga‹-Autorin.«

»Niemand hat mir gesagt, daß er die zehn Bände der Serie von Axelle Sinclair neu aufgelegt hat.«

Ihr früherer Verleger, dieser zweifelhafte Victor, hat sich einen solchen Werbegag nicht entgehen lassen. Seit dem Erfolg der Serie hat sich der feine Herr daran erinnert, daß Mathilde ihm einst ihre Seele geschenkt hatte.

»Er will mich zum Abendessen einladen, aber ich bin noch nicht bereit.«

»Bereit wofür? Sich ein x-tes Mal von diesem Halunken übers Ohr hauen zu lassen? Sind Sie blind, oder was?«

Offensichtlich war ich etwas zu schnell, denn Jérôme zwinkert ihr verschwörerisch zu. »Mister Vengeance« scheint

bereits in dieser Angelegenheit zu Rate gezogen worden zu sein.
»Seien Sie unbesorgt, Marco, die Liebe hat mich zwar blind, aber nicht völlig blöde gemacht. Diese Neuauflagen werden Axelle Sinclair eine zweite Chance geben.«
»Wie war sie, diese Axelle Sinclair?«
»Kompliziert, die Art Frau, die den ganzen Tag auf der Suche nach dem perfekten Glück ist.«
»Da ist er«, schreit Jérôme, der sich hinter seinem Bildschirm versteckt, als er Ségurets Silhouette auftauchen sieht.
Auf Ihre Plätze, stillgestanden zum Appell. Séguret kommt herein, wirkt gesammelt, zieht den Mantel aus und stellt seine Sprudelflasche auf die Kante eines Schreibtischs. Jérôme will schon losprusten. Séguret sieht schräg zu Tristan hinüber, der wie ein Unschuldslamm schläft. Er wagt nichts zu sagen, aber man spürt, daß er sich in all den Monaten immer noch nicht an dieses vor dem Fernsehapparat zusammengekrümmte Etwas gewöhnt hat. Er begrüßt uns in einem Ton, als wolle er seine Stimme ölen.
»Wollen Sie die Ergebnisse von gestern wissen?«
Wenn wir das Ritual einhalten wollen, müssen wir jetzt mit »Ja« antworten.
»Siebenundsechzig Prozent Marktanteil und achtunddreißig Prozent Einschaltquote. Während der Präsidentschaftswahlen hatte die letzte Podiumsdiskussion vor dem zweiten Wahlgang einunddreißig. Fragen Sie mich nicht warum. Sie müssen dieses Phänomen jetzt nicht unbedingt verstehen. Der Sender hat ein – überwiegend aus Soziologen bestehendes – Gremium sowie eine Untersuchungskommission damit beauftragt, eine Antwort zu finden. Aber selbst wenn wir eine Erklärung für dieses Phänomen gefunden haben, müssen wir jetzt mehr denn je

darauf achten, daß die Zusammenhänge schlüssig bleiben. Ich weiß, daß der bisherige Erfolg weitgehend auf die von Ihnen angewandten stilistischen Freiheiten zurückzuführen ist. Ich würde sogar sagen, daß Sie, trotz unserer Meinungsverschiedenheiten, mit Recht Ihren ursprünglichen Absichten treu geblieben sind. Alle Programmdirektoren, ich als erster, danken Ihnen dafür. Aber Sie wissen, daß noch zwölf Folgen à neunzig Minuten geschrieben werden müssen, die vor den Sommerferien ausgestrahlt werden sollen. Die kleine, mit bescheidenen Mitteln hergestellte Sitcom, die letzten Oktober zum ersten Mal gesendet wurde, existiert nicht mehr. ›Saga‹ ist nicht nur die aufwendigste französische Originalproduktion, die je gedreht wurde – ich stehe einem Team von vierundachtzig Leuten vor und habe einen fast unbegrenzten Etat –, sondern auch und vor allem eine *nationale* Angelegenheit.«

»National, Sie haben völlig recht«, unterbricht ihn der Alte. »Offenbar hat im Abgeordnetenhaus einer zum Podium hochgerufen: ›Ihr Gesetzesentwurf würde niemals einer Viertelstunde der Ehrlichkeit standhalten.‹«

»Und alle haben sich totgelacht, wie es scheint«, sagt Jérôme. »Mein Lieblingsblatt, der ›Canard enchainé‹, berichtet, daß es in Gewerkschaftssitzungen der letzte Schrei sei, nackte Sätze einfließen zu lassen. Das ersetzt den bisher üblichen Genossenjargon.«

»Eine nationale Angelegenheit«, hebt Séguret wieder an, der es, wie alle Enarchen, haßt, unterbrochen zu werden. »Das bedeutet, daß wir ab sofort und absolut vorrangig ein *stimmiges, konviviales* und vor allem *föderalistisches* Produkt liefern. Wir müssen föderalistisch denken! Diesen Aspekt Ihrer Arbeit haben Sie bisher mit einer besonderen Gerissenheit unbeachtet gelassen.«

So etwas hat er uns noch nie gesagt.

Völlig niedergeschmettert führt der Alte seine Hand an die Stirn und schließt die Augen. Mathilde, weitaus entspannter, überfliegt einen Artikel über einen Palazzo in Venedig, den sich eine dubiose Prinzessin, die sich mit Vorliebe oben-ohne bräunt, gekauft hat. »Föderalistisch denken«...?
Jérôme und ich halten einen kurzen telepathischen Dialog.
Was soll das heißen, föderalistisch denken, Mann?
Das bedeutet, daß die Geschichten, die wir erzählen werden, allen gefallen müssen.
Und du meinst, das ist möglich?
Es wäre so wie in einem Kriegsgefangenenlager, wo man den Häftlingen jahrelang nur Scheiße zu fressen gibt. Und der Lagerkapo würde sagen: Gebt denen bloß nichts anderes, die lassen nie was übrig.
»Kommen Sie mir nur nicht mit Gegenargumenten! Bislang haben Sie vor allem Ihren eigenen Spaß gehabt. Und die Hausfrau in der Provinz, haben Sie an die gedacht? Die Hausfrau in der Provinz, die eine Familie ernähren und mit der Wirtschaftskrise fertig werden muß, die sich eine kurze Verschnaufpause vor dem Fernseher gönnt? Können Sie mir sagen, was sie mit den Gewissensnöten eines Pastors zu tun hat, der nicht mehr an Gott glaubt? Und mit dem schlecht verdauten Ödipuskomplex einer Camille? Das soll ihr was sagen? Denken Sie an den Arbeitslosen aus Roubaix, der vor dem verschlossenen Fabriktor mit der harten Realität konfrontiert wird. Das Fernsehen ist seine einzige Ablenkung, sein einziger Zeitvertreib. Anstatt eine Reality-Show anzusehen, gibt er uns die Ehre, vor unserer ›Saga‹ zu verweilen, und was bieten wir ihm? Hetzparolen gegen das Fernsehen, die an Eindeutigkeit nicht zu überbieten sind: Schmeißen Sie das Gerät aus dem Fenster! Diese Art Demagogie ist längst überholt. Und der Fischer in Quimper... Ich wage kaum, diesen Fischer in Quimper zu

erwähnen. Den hatten Sie von vornherein auf der schwarzen Liste. Nichts haben Sie ihm erspart: Anstiftung zur Anarchie, zur Unzucht. Und all das führt geradewegs zur Abschaffung der Moral. Worauf ich hinauswill: Die Richtlinien des Senders sind kategorisch: Ab sofort muß jedes Manuskript von einem Ausschuß gelesen und gebilligt werden, bevor es gedreht wird. Ich weiß, es klingt etwas schroff, deshalb möchte ich noch eine ganz persönliche Bitte an Sie richten: Denken Sie auch etwas an die anderen.«
Mit Schwung kippt er die Hälfte seiner Sprudelflasche hinunter. Vermutlich wieder so eine Technik, die er auf der Eliteschule gelernt hat. Angeblich lernt man dort irrsinnig viele kunstvolle Techniken, wie man eine kleine Gruppe in Schach hält, selbst die unbedeutendste Bewegung entspricht einem Code.
Er wartet kurz und mustert uns, die Arme verschränkt. Keiner von uns zeigt die geringste Reaktion, überrumpelt wie wir sind. Séguret scheint überrascht.
Schweigen.
Tristan, immer noch schlafend, wälzt sich auf dem Sofa, um eine bequemere Lage zu finden.
Schweigen.
»Was haben Sie dazu zu sagen?«
Schweigen.
»Nicht einmal Sie, Louis?«
»Seit der Gründung unseres Teams sind Sie überzeugt, daß ich hier eine Art Leithammel spiele und daß die anderen drei, zweifellos eingeschüchtert von meiner großen Erfahrung, es nicht wagen, den Mund aufzumachen. Um Ihnen zu beweisen, wie falsch Sie damit liegen, will ich Ihnen sagen, wie wir verfahren werden. Jeder von uns nimmt sich ein Blatt und schreibt auf, was er denkt, sofort, ohne jegliche Absprache.«

Séguret verliert ein bißchen von seiner imposanten Haltung und setzt sich.
In weniger als drei Minuten werden die Blätter abgegeben. Séguret liest sie mit zermürbender Langsamkeit durch.

»Monsieur Séguret, Sie haben achtundvierzig Stunden, um die zehn besten Drehbuchautoren in Paris unter Vertrag zu nehmen. Geben Sie ihnen einen phantastischen Vertrag und die Auflage, nicht unter ich-weiß-nicht-welchen Prozentsatz Ihrer geliebten Einschaltquote zu kommen. Bis zum einundzwanzigsten Juni werde ich jeden Donnerstag vor meinem Fernseher sitzen.«

»Du wirst doch nicht den Goldesel schlachten wollen, Mann? Schmeiß uns raus, und nach zwei Folgen wird man dich rausschmeißen.«

»Ich möchte Sie hiermit davon in Kenntnis setzen, daß ich meine Kündigung einreiche.«

»Eine Freundin von mir ist Hausfrau in der Provinz, sie liebt unsere Serie so, wie sie ist. ›Never change a winning team‹, *hat man Ihnen das nicht beigebracht? Sogar der Hausmeister Ihrer Eliteschule weiß das.«*

Er steht ohne einen Mucks auf. Würdevoll. Zieht seinen Mantel an. Blickt uns noch einmal kurz an, bevor er geht.
»Als Sie das erste Mal dieses Büro betreten haben, waren Sie nur vier kleine Kümmerlinge, die mir die Füße für diesen Job geküßt hätten. Vergessen Sie nie, daß ich es war, der Ihnen Ihre letzte Chance gegeben hat. Ihre letzte.«

Nach dem Mittagessen schlug ich den anderen vor, die Folge von gestern noch einmal anzusehen, nur so, aus reiner Neugierde. Noch etwas angegriffen von Ségurets Besuch, stimmten sie zu.

Keiner hat mehr Lust, wie sonst üblich, bei jedem Auftritt jedes Schauspielers der Serie eine spöttische Bemerkung zu machen. Es herrscht eine fast feierliche Atmosphäre, als würde man endlich seine wahren Gefühle für einen Menschen offenlegen, den man bislang immer gekränkt hat. Vielleicht sehe ich »Saga« zum ersten Mal mit den richtigen Augen. Fünfundvierzig Minuten lang fühle ich mich ständig in Bewegung und habe den Eindruck, daß die Geschichte dieser Figuren ihren Lauf nimmt und ihr Ende unmittelbar bevorsteht. Ich glaube endlich ernsthaft an Walters Krebsleiden, ich mußte die Bilder sehen, um den Beweis zu haben, daß es stimmt. Der Darsteller hat seine Rock'n'Roll-Masche aufgegeben und ist jetzt nur noch ein Mensch, der voller Angst auf die Untersuchungsergebnisse wartet. Der Arzt rückt nicht mit der Sprache raus, Walter will einen ehrlichen Satz, einen einzigen. Ich finde seinen Ausdruck gerade in diesem Moment besonders überzeugend, als er erfährt, daß er Lungenkrebs hat. Er geht wankend auf die Straße. Er beobachtet die vorbeihastenden Leute. Statisten. Der Regisseur hat sich bemüht, Passanten zu filmen, die ahnungslos vorbeilaufen. Einen von ihnen bittet Walter um eine Zigarette und Feuer. Er schaut auf seine Finger, als sähe er zum ersten Mal eine Zigarette in seiner Hand. Es ist tatsächlich das erste Mal, daß er eine hält. Er inhaliert tief, hustet wie ein Kind und inhaliert noch mal, mit einem amüsierten Lächeln. Er muß nichts sagen, in seinem Gesicht liest man: »Gar nicht so schlecht, ich weiß nicht, warum ich damit so lange gewartet habe.« Wieder im Haus trifft er auf Fred, der verspricht, ein All-

heilmittel gegen das Fortschreiten des Krebses zu erfinden. Sein neuer Kreuzzug.
Im Nebenzimmer halten sich Mildred und das Wesen in den Armen. Auch hier kaum ein Wort. Zumal das Wesen nicht mehr als zwei kennt. Es ist wie immer nackt, sie wie immer geistreich. Es schiebt den Ärmel von Mildreds T-Shirt hoch, um ihre verbrannte Haut zu sehen, es legt sein Gesicht darauf. Sie rezitiert ein Gedicht einer amerikanischen Dichterin, es versteht natürlich nichts. Es schleckt ein Glas Wasser, statt es zu trinken. Sie legt die Hand auf ihren Bauch, der sich schon leicht rundet. Nie im Leben glaube ich etwas so Innig-Verschmolzenes gesehen zu haben. Das Zimmer ist voll von einer schwerelosen Liebesschwüle, und ich weiß nicht, woher das kommt. Vielleicht ist es auch etwas kaum Wahrnehmbares zwischen Sehnsucht und Hoffnung, etwas, das Mathilde schon seit langem in sich barg und das der Regisseur den Schauspielern vermitteln konnte. Diese erstaunliche Alchimie, dort auf dem Bildschirm, trifft uns wie ein Bumerang ins Gesicht.
Der Alte hält das Band an und fragt Mathilde, ob sie das Kind wirklich bis zum einundzwanzigsten Juni auf die Welt kommen lassen will.
»Ich habe zwar nicht viel Erfahrung damit, aber warum nicht?«
»Das würde Séguret hoch erfreuen.«
»Manchmal verstehe ich nicht, warum gerade diese beiden so gut ankommen, ich habe doch so viele andere erfunden… Eine Psychologiestudentin will ihre Examensarbeit über sie schreiben. Sie stellt mir unglaubliche Fragen … über die Osmose von Gefühl und Wildheit, das verlorene Paradies, die körperlichen Leiden, den Zustand der Natur und des geistigen Sex. Ich habe ihr gesagt, daß sie gar nicht so weit zu gehen braucht, anfangs wollte ich nur eine mo-

derne Version von ›Die Schöne und das Biest‹ schreiben und offenlassen, wer wer ist. Das enttäuschte sie sehr. Ich habe statt dessen versucht, ihr von meiner Vergangenheit zu erzählen, von der Geschichte eines Mannes, der eine Frau trifft, mit der er schließlich ins Bett geht, zuvor aber verletzen sie sich, stoßen auf soziale Schranken und Tabus. Die beste Gelegenheit, alle psychologischen Aspekte außer acht zu lassen, wirklich alle, boten Mildred und das Wesen. Genau betrachtet ist ihre Geschichte eine absolute und unvergängliche Symbiose. Wenn ich alt bin, werde ich über die Schulter hinweg sagen: Ja, ein Mal, ein einziges Mal, habe ich mich bei allem, was ich gemacht habe, der puren, hundertprozentigen Liebe genähert.«
Der Film läuft wieder. Camille wird immer verführerischer. Seit Marie nicht mehr dabei ist, hat sie die Rolle des Objekts der Begierde übernommen. Mit Ségurets Unterstützung, natürlich. Die Schauspielerin, die sie verkörpert, posiert inzwischen für Erotikmagazine und gibt Schönheitstips. Sie beruhigt die Journalisten mit: »Nein, Camille wird sich nicht umbringen.« Jetzt, auf dem Bildschirm, sitzt sie mit Pedro »White« Menendez, dem kafkaesken Terroristen, in der Pianobar eines Luxushotels. Sie nutzt den Augenblick, als Pedro telefonisch einige Befehle erteilt, das Mikrophon zurechtzurücken, das Jonas ihr in den Ausschnitt gesteckt hat. Pedro ist ihr als ein bedeutender Zigarrenexporteur vorgestellt worden. Und er hält sie für ein Luxus-Callgirl.
Sie unterhalten sich, nippen an ihren Cocktails, als er sie plötzlich und ohne Umschweife fragt, ob sie schon einmal einen Toten gesehen habe.
»Warum fragen Sie mich das?«
»Antworten Sie.«
»Nein, noch nie.«

»Nicht einmal einen alten Opa oder einen Unfalltoten?«
»Nein.«
»Schade. Man kann sich den inneren Frieden erst dann wirklich vorstellen, wenn man einen Toten in den Armen gehalten hat. Trotzdem mag ich die Vorstellung vom Tod nicht, wissen Sie. Mir wäre es lieber, die Menschen würden einfach verschwinden, von heute auf morgen, sich in Luft auflösen, mit der Natur eins werden.«
»Eine pantheistische Vision des Todes?«
Sie unterbricht ihn so spontan, daß Menendez sichtlich überrascht ist. Camille weiß nicht, wie sie diesen Schnitzer wiedergutmachen kann.
»Ich hatte vergessen, daß wir in Frankreich sind, hier haben sogar Nutten einen Hochschulabschluß.«
Er sieht kurz auf seine Uhr und sagt: »Ich lasse Ihnen die Wahl: Entweder holen Sie mir noch einen Cocktail von der Bar, oder Sie setzen sich eng neben mich, damit ich Ihre Brüste streicheln kann.«
Verwirrt legt sie die Hand auf ihre Brust, an der das Mikrophon versteckt ist, beschließt aber trotzdem, sich neben Pedro zu setzen. Er legt seine Arme um sie und preßt sie gegen die Rücklehne. Eine Sekunde später explodiert die Bar, Körper werden vom Explosionsdruck durch die Luft geschleudert. Camille ist nichts geschehen.

»Ich habe drei Leichen mehr verlangt«, meint Jérôme.
»Beklag dich nicht, vor knapp einem Monat hat man dir noch den Verbandsstoff vom Honorar abgezogen.«
»Von den Spezialeffekten der Amerikaner sind wir zwar noch meilenweit entfernt, aber ich muß zugeben, diese Explosion war Klasse. Sie haben sich sogar bei dem Stunt große Mühe gegeben, als Mordécai sich vom Dach des Turms stürzt.«

»Mordécai? Ich dachte, den hätten wir schon in Folge dreißig oder einunddreißig sterben lassen?«
»Mordécai ist sehr, sehr reich. Mit soviel Geld findet man für alles eine Lösung, selbst im Falle eines Todes. Jedenfalls hat sich keiner beklagt, daß er wieder aufgetaucht ist.«
Manchmal macht mir genau dieser Punkt zu schaffen. Ich stelle mir Fragen über diese wahnwitzige Freiheit, die Séguret uns jetzt nehmen will. Es ist so unendlich viel geschehen seit dem bedeutenden Tag, als er sein »Machen Sie egal was« verkündete! Heute suche ich seine Grenze. Es gibt sie bestimmt. Man kann nicht ungestraft alle Gesetze überschreiten und neunzehn Millionen Zuschauer mit in den Wahnsinn ziehen, ohne jegliche Zensur. Ich habe den Alten darauf angesprochen. Mit einer gewissen Traurigkeit in der Stimme antwortet er: »Ich fürchte, die einzige Grenze ist die unserer Phantasie.«

—

Schon seit langem habe ich es angedroht. In der Folge, die wir heute abgeschlossen haben, erscheint Gott. Gott höchstpersönlich.
Er gleicht dem Bild, das sich die meisten von ihm machen, ein respekteinflößender alter Mann, in weiße Gewänder gehüllt, sein prachtvolles Gesicht mit markanten Zügen vermittelt eine Art Furcht, gemischt mit Freude.
»Louis, glaubst du, diese Beschreibung genügt?«
»Laß sehen… Als er vom Joggen zurückkommt, trifft Bruno einen respekteinflößenden, in weiße Gewänder gehüllten, alten Mann, sein prachtvolles Gesicht mit markanten Zügen vermittelt eine Art Furcht, gemischt mit Freude. Das genügt völlig.«
Lina, die Headhunterin, wird es schwer haben, einen Schauspieler mit einem Blick zu finden, der eine Art

Furcht, gemischt mit Freude, vermittelt. Schon das Wesen haben sie erst nach großen Mühen in einer Art Schauspiel-Bruderschaft in Ungarn aufgetrieben. Aber was soll's, das ist ihr Job. Ihre Scouts können jetzt unter Beweis stellen, daß sie ihren Lohn wert sind.

»Apropos Casting«, sagt Jérôme, »wir brauchen sie noch, um eine Frau einzustellen, die Dune spielt.«

»Skizzieren Sie uns noch mal diese Dune.«

»Eine Frau, die aus der Sekte der Barbarier geflüchtet ist. Sie ist ungefähr fünfundzwanzig, dreißig Jahre alt, sie ist ziemlich hübsch, Ende.«

»Das ist alles?« fragt Mathilde. »Sie erschaffen eine junge Schöne von fünfundzwanzig, und das ist alles, was Ihnen dazu einfällt?«

»Frauen waren nie seine Stärke«, grinst Tristan. »Er sieht zwar nicht so aus, aber er ist schüchtern. Als Jugendlicher hat er sie mit dem Versprechen in die Wohnung locken wollen, ihnen den ›Sofa-Mann‹ zu zeigen. Erinnerst du dich noch an die Rothaarige?«

»Du mußt das jetzt nicht unbedingt erzählen«, sagt Jérôme, puterrot im Gesicht.

»Und raten Sie mal, wer der ›Sofa-Mann‹ war?«

»Wenn ich einen attraktiven Mann beschreibe«, sagt Mathilde, »schöpfe ich aus meinem Erinnerungsfundus. Der reicht vom Nachbar bis zum Hollywoodstar.«

»Gibt es keine Schauspielerin, die dir gefällt, Jérôme? Jede würde in ›Saga‹ mitspielen.«

»Öhhh…«

»Dann müssen wir sie von Kopf bis Fuß erfinden«, sagt Louis. »Beschreibe mir deine Idealfrau.«

Es macht richtig Spaß, ihn zu beobachten, wie er seine Finger ineinanderflicht, die Augen starr auf seine Tennisschuhe gerichtet. Er, der sich jedesmal über mich lustig macht, wenn ein Mädchen den Flur überquert. Er, für den Frauen nur Ruhekissen der Krieger sind, es sei denn, sie sind selbst Rambos in Netzstrümpfen. In wenigen Minuten werden wir erfahren, daß er ein ganz sentimentaler Typ ist.

»Guckt mich doch nicht so blöd an. Ich habe mir noch nie diese Frage gestellt...«

»Eine Braunhaarige, eine Blonde?«

»...«

»Eine Rothaarige?« meint Tristan, immer breiter grinsend.

»Ihre Augen?«

»Sie muß tiefblaue Augen und eine matte Haut haben, leicht kupferfarben, wie eine Indianerin vom Stamm der Zuni, und...«

»Und was?«

»Sie muß ein kaum wahrnehmbares Lächeln haben wie eine Geisha. Sie muß unendlich lange Beine und nur wenig Busen haben. Aber der muß auch kupferfarben sein.«

»Psychologisches Profil?«

»Eine liebenswerte Nervensäge?«

»Eine Giftschlange?«

»Nichts von alldem. Die kleinste ihrer Bewegungen vermittelt Fröhlichkeit, man liest in ihr wie in einem offenen Buch, und ihr Lachen plätschert wie ein kleiner Bach.«

»Hat sie besondere Fähigkeiten?«

»Was meinst du damit?«

»Ich weiß nicht, egal was, Tennis, Stepptanz, Bungee jumping...«

»Sie muß viele Sprachen sprechen, ich liebe Frauen, die viele Sprachen sprechen. Ihr Französisch hat einen leichten Akzent. In ganz bestimmten Situationen wechselt sie ins Japanische, niemand weiß warum. Manchmal rezitiert sie Shakespeare im Original. Und außerdem kann sie einen Bumerang werfen...«

Der Alte unterbricht eine kurze köstliche Stille, indem er eine Seite von seinem Block abreißt.
»Ich glaube, ich habe nichts vergessen. Wir werden sehen, wie lange die brauchen, um Dune zu finden.«
»Aber diese Frau gibt es nicht!« brüllt Jérôme.
»Lina wird ihre Häscher in die ganze Welt ausschwärmen lassen und Anzeigen in allen fünf Kontinenten veröffentlichen, und sie wird sie für uns finden!«
Der Alte hat recht, wir sollten die Situation ausnutzen, solange es noch geht. Am einundzwanzigsten Juni wird man uns rausschmeißen, aber bis dahin werden wir denen zeigen, was eine Harke ist!
»Ich bin jetzt vierzig«, sagt Mathilde, »es hat also lange gedauert, bis ich jemand gefunden habe, der mir alle Launen erfüllt. Er heißt Séguret, und ich werde ihn schonungslos ausbeuten, wie eine Tänzerin ihren verliebten Bankier ruiniert.«
Ich gebe eine Runde Pfefferwodka aus, und wir stoßen auf diese Dune an, die wir möglichst schnell kennenlernen wollen. Jérôme zuckt mit den Schultern, er glaubt, daß Louis ihn von Anfang an auf den Arm genommen hat. Mathilde sieht auf die Uhr und geht als erste. Tristan greift sich die Krücken für seinen abendlichen Besuch im Schneideraum. Der Alte fragt, ob er ihn begleiten kann, er interessiert sich für Williams Arbeit.
Tristan lächelt: »Sie werden mir beim Türöffnen helfen.«
Beide verschwinden. Ich suche überall nach der Wodkaflasche, Jérôme spült die Gläser aus. Das Faxgerät fängt an zu surren, und zu dieser Zeit haben wir bestimmt nichts Gutes zu erwarten.
»Wenn es wieder darum geht, in letzter Minute etwas umzubasteln, kann dieser Idiot Séguret mir den Buckel runterrutschen.«

Er reißt das Papier ab und liest. Ich mache mich auf das Schlimmste gefaßt.
»Sie veranstalten ein Fest im Filmstudio …«
»Wann?«
»Heute abend.«
»Nett, uns in letzter Minute zu informieren.«
»Sie haben den Geburtstag von Jonas mit dem Ende des Drehtages der Folge Nummer siebenundsechzig zusammengelegt.«
»Hast du Lust?«
»Wir kennen doch niemanden. Wie würde das aussehen …?«

—

Im Taxi, das mich nach Hause und anschließend Jérôme ins Büro bringt, schweigen wir, in Gedanken versunken. Betrunken vom Champagner. Séguret hat kurz vorbeigeschaut, uns aber nicht entdeckt. Niemand hat uns erkannt, niemand hat uns gefragt, wo wir herkommen, und niemand hat mit uns geredet.
»Die die Evelyn spielt, sieht ganz nett aus.«
Das Buffet war einsame Spitze, der Champagner hervorragend und die Ober des Partyservice servierten kleine, warme Snacks.
»Wer war der Kerl, der die Nase rümpfte, als wir ihn nach seiner Meinung über das letzte Manuskript fragten?«
»Der wie Walter aussah?«
»Ja.«
»Das war Walter.«
Vor den Festlichkeiten habe ich dem Ende der Dreharbeiten beigewohnt. Ich hatte mir dieses unwahrscheinliche Ballett, diese in Windeseile wechselnden Kulissen, das Hin- und Herlaufen Dutzender Menschen anders vorgestellt. Bei

meinem Rundgang befand ich mich plötzlich in einer Galerie für zeitgenössische Kunst, voller Gemälde und Skulpturen. Ich hatte mir das Zusammentreffen von Bruno und seiner Verlobten an einem solchen Ort ausgedacht und sogar spaßeshalber die dort ausgestellten Kunstwerke erfunden. Ein hyperrealistischer Akt neben einem Heizkörper, eine Ansammlung von Tellern und Fotos von Dalí, eine Säule aus kaputten Kopiergeräten, ein orangefarbenes Monochrombild, von oben bis unten zerschlitzt. Vor meinem Computer habe ich mich richtig amüsiert, habe mit Concept Art und chromatischen Wallungen nur so um mich geworfen, überzeugt davon, daß die Produzenten meine ganzen akribischen Beschreibungen in den Papierkorb werfen und undefinierbare Reproduktionen auf dem Flohmarkt in St. Ouen kaufen würden. Aber nein! Sie haben alles nach Maß angefertigt! Mein Akt an der Heizung ist ein kleines Meisterwerk! Meine Kopierinstallation könnte durchaus ins Centre Pompidou passen! Ich bin ein Künstler! Ein Künstler!

»Hast du von der Sache mit dem Spiel gehört?«

»Nein.«

»Sie wollen ein ›Saga‹-Spiel rausbringen.«

»Das ist nicht dein Ernst!«

»Beschlossene Sache. Ungefähr so: Gehen Sie drei Felder vorwärts, Mildred testet Ihren IQ, wenn Sie unter 100 sind, müssen Sie fünf Felder zurückgehen. Oder: Überspringen Sie vier Felder, um nicht einem Attentat von Pedro Menendez zum Opfer zu fallen, und so weiter.«

»Glaubst du, wir kriegen was von den Einnahmen ab?«

»Wird sich zeigen.«

Die Rede eines der Produzenten hat mir gefallen. Er sagte, »Saga« sei eine große Familie, bei deren Mitgliedern er sich einzeln bedanken wolle. Die Liste war lang, von den Hauptrollen bis hin zu den unbedeutendsten Technikern, nicht ohne die Würdenträger des Senders zu erwähnen, mit einer Laudatio auf unser aller Vater: Alain Séguret. Kein einziger Drehbuchautor wurde genannt. Er hat Jonas zum Geburtstag gratuliert und Geschenke verteilt, das war die große Überraschung des Abends: eine Schmuckkassette mit vier Videos, auf denen alle zwölf ersten Folgen der Serie vereint sind. Standing ovations. Ich konnte mir eine Kassette schnappen, Jérôme hatte weniger Glück.

»Bis morgen, Mann.«

Als ich noch ganz benommen vom Champagnerrausch unter die Bettdecke glitt, habe ich mit Charlotte gesprochen, als wäre sie im Zimmer.

»Weißt du, heute habe ich Gott als Figur verwendet.«

»...«

»Ich habe mir schon gedacht, daß du das sagen würdest, aber stell dir vor, ich weiß nicht einmal mehr, ob es der Gott ist, von dem alle Welt redet, oder ob ich ihn von Kopf bis Fuß erschaffen habe.«

»...«

»Ja, morgen wird er einige Worte mit Bruno wechseln. Vielleicht sagt Gott ja nur nackte Sätze.«

»...«

»Vielleicht, aber nicht sofort. Ich werde erst ein Zusammentreffen mit diesem bedauernswerten Pastor organisieren, der an Gottes Existenz zweifelt. Und wie war's bei dir im Büro, nichts Neues?«

—

Walter hatte einen Autounfall, heute morgen, es war noch nicht zehn Uhr. Jérôme hat große Geschütze aufgefahren, das Auto zerschmettert einen Glasturm und überschlägt sich dreimal, bevor es schließlich in einem Schwimmbad

landet. Der Alte ist der Ansicht, daß Séguret mit der Stuntszene einverstanden sein wird, niemals aber mit Walters Tod. Maries Abgang war schon hart an der Grenze. Aber Jérôme ist total aufgedreht. Er ist fähig, mit Séguret und der ganzen Entscheidungsbande bis aufs Messer zu kämpfen, um diese Szene durchzusetzen.
»Er liegt im Koma, bis auf weiteres, mindestens zwei Folgen lang! Wenn du seine Fresse gesehen hättest, gestern abend, inmitten seines Hofstaats. Dieser leicht überhebliche Ausdruck, als er vom Drehbuch sprach.«
»Er hat die Szene nicht verwunden, in der er auf Knien das Phantom von Loli anfleht, das ihn verfolgt«, sage ich.
»Pech für ihn! Ab heute liegt er auf einem Intensivbett, an Schläuche angeschlossen, die man jederzeit durchschneiden kann, wenn er sich nicht in acht nimmt. Das sollte man ihm klarmachen, diesem Blödmann.«
»Mister Vengeance« hat gesprochen. Und das Schlitzohr Louis fügt mit einem frechen Lächeln hinzu: »Die Zuschauer werden hingerissen sein, man könnte sogar einen geheimnisvollen Schatten erfinden, der mit einer großen Schere durchs Krankenhaus huscht.«
Wir machen zu viert mehr Lärm als ein volles Fußballstadion. Teamgeist ist etwas Wunderbares.
Der restliche Tag verlief sehr entspannt. Seitdem uns sechs volle Tage für eine einzige Folge zugestanden werden, sind wir immer mehr zu Nichtstun und Späßen aufgelegt. Es vergeht kein Tag mehr, an dem wir nicht an die frische Luft gehen, alle vier, in einen kleinen Park am Ende der Straße.
Sonne.
»›Saga‹ wird zu Beginn des Sommers eines schönen Todes sterben«, sagt Louis, »aber das ist kein Grund, ihr ins Grab zu folgen. Was habt ihr vor, danach?«

Wir sind alle völlig überrumpelt, als hätte sich keiner von uns klargemacht, daß unser Team eines Tages auseinandergehen wird. Und mit einem Mal kommen Antworten in Hülle und Fülle, in wenigen Sätzen zeichnet sich die Zukunft eines jeden von uns ab. Ein amerikanischer Sender hat Jérôme angeboten, »Consultant« für die US-Version von »Saga« zu werden, um den Geist der französischen Serie zu erhalten. Wie haben sie ahnen können, daß Jérôme als einziger von uns vieren davon träumt, dort drüben zu arbeiten? Wenn er wollte, könnte er schon heute losfahren, aber er will lieber den einundzwanzigsten Juni mit uns zusammen abwarten. Wenn alles nach Plan verläuft, wird Jérôme den Sommer in einer Villa in Santa Monica verbringen, wo eine Horde von Ségurets ihn um Aufklärung über das Konzept der Viertelstunde der Ehrlichkeit bitten wird (das er bereits *High Quality Frankness* getauft hat).
Mathilde schwankt zwischen zwei Projekten, darunter dem Drehbuch für die Sommerserie des nächsten Jahres. Eine Geschichte mit Herz und Sex über drei Generationen in insgesamt acht Folgen. Wenn sie gut ankommt, soll die Serie regelmäßig im Sommer wiederholt werden, eine sichere Rente für Mathilde, der man darüber hinaus angeboten hat, ihre Drehbücher in einem Roman zusammenzufassen und so wieder zur Schriftstellerei zurückzukehren. Als ich sie auf das zweite Projekt anspreche, verschließt sie sich wie eine Auster. Das sei ihr geheimer Garten, sagt sie, und sie werde so lange kein Wort darüber verlieren, wie die Sache nicht ganz sicher sei.
Was mich betrifft, erzähle ich von diesem Regisseur, der mich gefragt hat, an seinem nächsten Film mitzuwirken. Sein letzter Film »Die Spielbank« hat mir gut gefallen, und die Aussicht, für die Filmindustrie zu schreiben, reizt mich ungemein. Der Alte bestärkt mich in meiner Ansicht.

»Der Film ist ein anderes Abenteuer. Das schönste Abenteuer von allen. Der Film schafft Erinnerungen, das Fernsehen produziert nur Vergessen. Man kann nur für den Film arbeiten, wenn man überzeugt ist, den schönsten Film der Welt zu machen. Es gibt ein Wort dafür: Liebe.«
Sonne.
»Und du, Louis? Was machst du nach ›Saga‹?«
Seine Augen blitzen vor unendlichem Stolz, als er uns verkündet, daß er nach Italien zurückgeht.
»Der Maestro braucht mich, und ich konnte ihm noch nie etwas abschlagen.«

—

Zwanzig Uhr fünfzehn. Jeden Donnerstagabend suche ich eine Zuflucht, irgendeine, einen Ort, wo ich diese neunzehn Millionen Menschen vergessen kann, die alle gebannt in dieselbe Richtung starren. Zu Hause bleiben ist unmöglich geworden, das Telefon klingelt ab dem Vorspann der Serie ununterbrochen. Ich will es aber nicht abstellen, für den Fall, daß Charlotte anrufen sollte. Im Büro ist es noch schlimmer, die Brüder verstecken sich bei William und gehen erst spät abends wieder nach unten. Heute habe ich eine Einladung zum Abendessen bei Freunden angenommen, die ich schon seit Monaten vernachlässigt habe. Die familiäre Atmosphäre wird mir guttun, sie werden mich umhätscheln, mir Spaghetti servieren und Rotwein einflößen, wie sie es schon so oft gemacht haben. Vielleicht haben sie ja Neuigkeiten von Charlotte. Mich fragen sie nicht nach ihr. In ihrer Gegenwart fühle ich mich zum ersten Mal wie ein Single.
»Ein kleiner Punsch als Aperitif, Marco?«
Charlie und Juliette kümmern sich um mich wie um einen Sohn, der vom Militär zurückgekehrt ist. Es macht mir

Spaß, über das Wetter, über die Farbe der Vorhänge und diesen köstlichen Curryduft zu reden, der aus der Küche strömt.
Béatrice und August kommen mit Champagner. Küßchen, Küßchen. Ich habe Béatrice lange nicht gesehen. Sie erzählt mir, daß sie in einem Schallplattengeschäft arbeitet. August ist immer noch Chauffeur bei ich-weiß-nicht-welchem Minister. Sie quasseln über ihre Jobs, über die Jobs der anderen, nur nicht über meinen, ich habe den Eindruck, nach monatelangem Exil wieder in die Zivilisation zurückgekehrt zu sein. Charlie beklagt sich über die zu vollen Klassen an seinem Gymnasium, Juliette jammert, daß sie der Schlußverkauf in der Boutique, in der sie arbeitet, völlig geschafft habe. Wie ich sie liebe, diese vier! Mich begeistert einfach alles, was sie sagen: Die Entscheidung des Rektors in Val-de-Marne, die Sicherheitssysteme in den großen Kaufhäusern, der Preis des neuen Renault Safrane, mich interessiert alles. Ich stelle Fragen, höre zu, nehme manchmal Anteil, nichts entgeht mir. Sie sind echte Menschen, haben einen echten Alltag, und mir ist es völlig egal, ob er banal, wahrscheinlich oder realistisch ist. Bei ihnen habe ich das Gefühl, ein normaler Mensch zu sein, der Druck läßt nach, ich nehme noch einen Punsch, der mir langsam zu Kopf steigt, und ich spreche über gemeinsame Erlebnisse, als wäre Charlotte dabei. Juliette beugt sich vor und reicht mir eine Schale mit Cashewkernen, und ich kann nicht umhin, in ihren Ausschnitt zu schielen. Ich habe für sie immer etwas empfunden. Ich habe mir immer eingebildet, daß sie nichts dagegen hätte. Das bringt mich auf Jonas' Freund Philipp, der …
»Marco?«
Und wenn Camille sich in Menendez verlieben würde? Dann müßten wir nicht mehr dieses Treffen mit Philipp

entwerfen, zumal Jonas dem FBI etwas zu verheimlichen hat in bezug auf Philipp.

»Hallo ... Marco ... komm zu uns zurück!«

»Bitte entschuldigt mich«, sage ich und ziehe mein Notizbuch aus der Tasche, »ich habe völlig vergessen, meinem Vater zum Geburtstag zu gratulieren, ich muß es unbedingt aufschreiben, sonst vergesse ich es wieder.«

Ich weiß, was aus Camille wird ... Jetzt weiß ich es! Ich muß es unbedingt aufschreiben!

Die allgemeine Unterhaltung ist wieder voll im Gange, Béatrice will ein zweites Kind, August ist nicht unbedingt dafür, die beiden anderen versuchen, ihn zu überzeugen. Ein zweites Kind ... Wir sprechen jetzt von einem echten Leben! Eine einschneidende Entscheidung, Wochen des Hoffens, eine monatelange Schwangerschaft, unglaubliche Vorbereitungen, moralisches und psychologisches Engagement, das alles ist für die Zeugung eines Wesens unabdingbar. Dieses Wesen hat, im Durchschnitt, eine Lebenserwartung von fünfundsiebzig Jahren. Und dieses Leben wird wahrscheinlich aufgeteilt sein in kleine, voraussehbare Abschnitte, gute und schlechte. Kein schwerwiegendes Geheimnis, keine fiebernde und verzweifelte Liebe, kein menschheitserrettendes Heldentum, kein phantastisches, schicksalhaftes Ereignis, nichts als das Leben, Tag für Tag. *So* wird eine Person geschaffen. Ein einziger Schrei dieses Wesens hat mehr Wirklichkeit als alle diese Geschichten ohne Hand und Fuß, die in meinem Kopf geboren werden.

»Wir werden bald essen, die Kleinen sollten ins Bett.«

»Marco, könntest du dich darum kümmern?«

»Wie bitte?«

»Wir haben nicht jeden Abend einen Drehbuchautor im Haus. Ich weiß wirklich nicht mehr, was ich ihnen vor dem Einschlafen noch erzählen soll.«

»Also los, nur ein kleines Geschichtchen... Das ist für dich doch ein Klacks.«
Alle vier feixen.
»Ich kann das nicht. Ich habe keine Hand für Kinder. Ich stelle mich total dämlich an...«
»Ach was, du wirst das schon schaffen.«
Ohne zu zögern, begleiten die Kleinen mich ins Kinderzimmer. Jetzt sitze ich im Halbdunkel auf dem Bettrand, mit zwei Blondschöpfen auf den Kissen, die Augen weit aufgerissen.
»Wir warten mit der Vorspeise auf dich«, flüstert Juliette, als sie die Tür schließt.
Die Falle. Ich fahnde in meinen Erinnerungen nach Prinzessinnen, kleinen Schweinen und bösen Wölfen. Und finde nichts. Die vier großen Augen warten. Ein Wald? Ein Schloß? Sagt das den Kindern heute noch etwas? Mit ihren blonden Locken sehen sie wie Engel aus, die nur noch gähnen wollen. In Wirklichkeit sind sie grausame Maschinen, die Plüschtiere ausweiden, sich in japanische Cyberwelten boosten, bereit, sich ins dritte Jahrtausend zu stürzen. Prinzessinnen interessieren nur noch meine Freundin Mathilde. Aber vielleicht kann ich sie ja täuschen, indem ich Neues aus Altem zusammenbastle. Sogar ohne daß meine wertvollen Sicherungen im Kopf durchbrennen. Ich bin mir fast sicher, daß diese Kinder »Basic Instinct« noch nicht gesehen haben.
»Es war einmal eine sehr schöne, blonde Frau, die in einem wunderschönen Schloß am Meer wohnte...«

—

Ich schließe die Tür unendlich langsam und gehe die Treppe hinunter, ohne ein Geräusch zu machen. Ich glaube, ich habe mich ganz gut aus der Affäre gezogen. Sharon

Stone hat sich in eine Art Hexe verwandelt, die alle verrückt macht, die sich ihr nähern. Der Eispickel wird ein Zauberstab und der Polizist, den Michael Douglas spielt, ein tapferer Ritter, der die Hexe verzaubern wird. Im Wohnzimmer wird lebhaft diskutiert. Jetzt habe ich mir mein Curryhuhn und meinen Rotwein wirklich redlich verdient. Die Treppe knarrt, ich gehe auf Zehenspitzen weiter, um zu vermeiden, daß eins der Kinder wach wird und ich ihm »Clockwork Orange« erzählen muß. Sie scheinen sich alle bestens zu amüsieren, da unten.

»Er muß mit dieser Serie ein Schweinegeld verdienen.«

»Man weiß immer noch nicht, warum Charlotte ihn verlassen hat?«

»Er sieht schlecht aus, nicht wahr?«

Ich erstarre, einen Fuß auf der Stufe, einen in der Luft.

»Ihr seid wirklich nett, ihn mit uns zusammen einzuladen.«

»Vor allem an einem Donnerstagabend.«

»Das ist mein einziger freier Tag, und wißt ihr warum? Der Minister bleibt zu Hause, weil er keine Folge verpassen will. Am nächsten Morgen reden wir im Auto darüber.«

»Es ist Wahnsinn, wieviel Bach wir im Laden verkaufen. Die Leute fragen nicht einmal nach der ›Kunst der Fuge‹, sie wollen die ›Saga‹-Musik vom Donnerstag. Wir haben die CDs ins Schaufenster gestellt.«

»In meiner Boutique ist es ähnlich. Wie viele Hausfrauen kommen und fragen nach diesem und jenem Outfit von Evelyn! Und die Mädels, die sich für Camille halten ... sie wollen alle ihre Fransenjacke, stilecht aus den Siebzigern, und dieses schwarze Samtband dazu.«

»Diese Dinger, die sich unsere Großmütter um den Hals banden, ich erinnere mich.«

Ich setze mich auf die unterste Treppenstufe.

»Im Gymnasium ist der Teufel los. Ich weiß schon jetzt, daß ich morgen früh eine gute Viertelstunde brauchen werde, um sie zur Ruhe zu bringen. Nicht nur in den unteren Klassen, die Abschlußklassen sind noch schlimmer. Die Gören wollen alle ihren IQ testen, sie halten sich alle für Hochbegabte. Kürzlich habe ich eine Stunde über die Surrealisten halten müssen, weil Camille einen Satz von Breton zitiert, ich weiß nicht mehr, welchen ...«

»›Sie, die nicht sehen, denken Sie an die, die sehen.‹«

»Das steht nicht auf dem Lehrplan, ich mußte total improvisieren.«

»Die Werbung ist fast vorüber!«

»Stell den Ton lauter, Liebling!«

»Was macht er bloß so lange da oben?«

Es gelingt mir, meine Jacke zu schnappen und lautlos den Flur zu erreichen. Ich schließe die Eingangstür hinter mir, als Bach verhalten in die Wohnung dringt.

Ein unbekannter Duft weht durchs Büro. Neben dem Computer wartet ein Geschenkpaket in feuerrotem Papier auf mich. Ein ganzes »Saga«-Sortiment für Männer: Aftershave, Eau de Toilette, Seife, Schaumbad. Alles in der Duftnote Vanille. Jérôme verwendet den Eau-de-Toilette-Zerstäuber als Luftverbesserer, er hat sich in den Kopf gesetzt, den Tabakgestank zu vertreiben, den wir anderen gar nicht mehr wahrnehmen. Die Nachfrage nach Vanille ist in Frankreich seit Januar auf das Dreifache gestiegen, wie uns Séguret auf einem handgeschriebenen Zettel mitteilt. Begehrt ist Vanille in Joghurt, Eis und Räucherstäbchen, sogar ein brandneuer Kaugummi ist auf den Markt gekommen. Wenn wir also weiterhin auf dieses beliebte Aroma anspielen, wird sich niemand beklagen, und ganz bestimmt keiner von uns, folgert er. Ich frage mich, ob diese nach Vanille duftende Welt die meine ist. Wir haben hier ein perfektes Beispiel für das, was man als Schmetterlingseffekt bezeichnet. Ein Schmetterling schlägt in Tokio mit den Flügeln, und über Los Angeles bricht eine Sintflut herein. Kleine Ursache, große Wirkung. Wenn sich heute Importeure, Industrielle, Groß- und Einzelhändler genüßlich die Hände reiben, weil ganz Frankreich in den gleichen Duft gehüllt ist, dann einzig und allein deshalb, weil uns das Wort Geißblattblüte zu lang war.
»Ich habe die gestrige Folge gesehen«, sagt Jérôme.
»Und?«
»Fade.«

»Fade?«
»Hätte ich eine vierundvierziger Magnum gehabt, dann hätte ich diesen dämlichen Fernseher durchlöchert. Totaler Mangel an Sex and Crime! Die Leute verlangen immer mehr davon. Das haben die Amerikaner schon lange erkannt! Das ist der Grund, warum sie uns unterbuttern und warum ich mich mit ihnen zusammentun werde.«
Eine Viertelstunde Ehrlichkeit? Nein, eher das Gegenteil. Meiner Meinung nach enthält die Folge nur Hoffnungslosigkeit und Bitterkeit, und ich glaube, ich weiß auch, warum das so ist.
»Seht euch doch an, was am besten ankommt: Die blutigsten Szenen, die erotischsten, manchmal sogar die widerlichsten. Die Helden sind Kannibalen, und die Diven machen die Beine breit. Mit ›Saga‹ haben wir die einmalige Chance, alles zu realisieren, was man sich wünscht, aber nie bekommt.«
Die Presse hat offiziell den Drehbeginn von »Deathfighter 2« angekündigt. Riesenetat, ein Wahnsinns-Staraufgebot und immer wieder dieser Blödmann von Yvon Sauvegrain, der damit angibt. An wie vielen langen Abenden hat uns Jérôme diese Geschichte wie ein alter Säufer von vorn bis hinten mehrmals hintereinander erzählt? Wie viele nächtliche Sitzungen sind auf der Suche nach einem wirklich unanfechtbaren Plan draufgegangen, Jérôme zu rächen, nach einer hieb- und stichfesten Beweisführung, einer drehbuchgerechten Geschichte, einem eleganten Finale? Wir haben daran gearbeitet, als säßen die Zuschauer bereits im Kinosaal. Yvon Sauvegrain wird bezahlen. Sehr bald.
Louis legt Jérôme eine Hand auf die Schulter, um ihn zu beruhigen.
»Die Amis haben die Schlacht schon gewonnen. Ich hoffe einfach, daß du es sein wirst, Jérôme, der dieser Filmhure,

die sich schon selbst begraben hat, den Gnadenstoß versetzen wird. Aber wenn du dann später dort drüben manchmal an den zurückdenkst, der du hier warst, dann vergiß eine Regel nie: Noch soviele Einfälle können niemals guten Stil ersetzen. Man wird immer jemanden finden, der noch weiter geht, noch tüchtiger ist als du. Aber niemand anderer als du selbst wird Jérôme Durietz so darstellen können wie du selbst. Denk daran in deiner Villa in Pacific Palisades.«

Das Klingeln des Telefons reißt uns aus unserem Schweigen. Louis hebt ab und zieht sich in eine Ecke des Zimmers zurück. Um sich abzulenken, schaltet Jérôme seinen Computer ein, und Mathilde holt sich einen Kaffee, Zeit, einen Blick in die Tageszeitung zu werfen. Ich setze mich wieder an meine Szene dreiunddreißig der Folge zweiundsiebzig. Fred kann Maries Abschied nicht verwinden. Um seinen Kummer zu betäuben, arbeitet er wie ein Wilder an der virtuellen Realität, an synthetischen Bildern und Hologrammen. Seit Marie fort ist, herrscht in Freds Herz eine schreckliche Leere. Für ihn gibt es nur eine Lösung, um diese Leere auszufüllen: Sie neu zu erschaffen. Ganz einfach.

Eine Idee, die dem Alten im Kopf herumgeistert, seit er sich für Williams Schnittechnik begeistert. Er staunt über die unbegrenzten Möglichkeiten dieses Geräts, von denen bei »Saga« gerade mal zehn Prozent genutzt werden. Man kann unter anderem alle Muster, Filmreste und Einstellungen, die noch nicht eingeschnitten sind, mehrfach verwenden. Man kann sie rückwärts oder seitenverkehrt laufen lassen und beliebig vervielfältigen. Man kann sie miteinander vertauschen, umdrehen, vervielfältigen. Man kann sich die Tonspuren ein zweites Mal vornehmen, die alten Dialoge, und sie über beliebige Bilder legen. Louis behauptet, daß man diese Tricks gar nicht bemerkt. »Die Technik muß in erster Linie im Dienst der Fiktion und der Absurdität stehen«, lautet seine Devise. Marie kann zu uns zurückkommen, es reicht aus, die Abfallprodukte aus dem Papierkorb zu holen und den Ton neu abzumischen, um aus dem bereits existierenden Text neue Dialoge zu machen. Ich Naivling habe ihn gefragt, ob das tatsächlich möglich sei, da schaltete sich Jérôme ein.

»Hast du noch nie von einem dreidimensionalen Striptease von Marilyn Monroe geträumt, den sie ganz für dich allein in deinem Kämmerlein vollführt? Hast du dir noch nie ein Remake der ›Sieben Samurai‹ mit Laurence Olivier, Bruce Lee, Marcello Mastroianni, Gérard Philipe, Orson Welles, Robert de Niro und Alan Ladd vorgestellt? Und Shakespeare? Shakespeare höchstpersönlich, der kommt und dir an einem schwermütigen Abend ein Sonett vorliest?«

»Ich hab doch gewußt, daß der Wodka dir irgendwann zu Kopf steigen wird.«

»Er übertreibt kaum«, hat der Alte gesagt. »Ich werde in absehbarer Zeit sterben, aber wenn die Lebenserwartung so bleibt, wie sie heute ist, könnt ihr euch darauf gefaßt machen, daß ihr historische Momente erlebt. Die Amerikaner lassen heute schon Stars wiederauferstehen, man sieht sie in der Werbung, und das wirft einen ganzen Haufen ethischer Probleme auf, gar nicht zu reden von den harten juristischen Nüssen, die es zu knacken gilt. Sobald ihnen die Koppelung mit den Hologrammen gelingt, werdet ihr euren Spaß haben! Es werden nicht drei übereinandergelegte Aufnahmen von Maries Gestalt auf einem Video sein, die uns angst machen werden, mein kleiner Marco. William wird irgendein kleines raffiniertes Ding zusammenbasteln, im Vorgriff auf das dritte Jahrtausend.«

Maries Auferstehung ist also in Vorbereitung.

Wo wird das alles noch enden?

Immer noch am Telefon, bittet der Alte Jérôme, in den Büros von »Prima« eine Akte zu holen. Mathilde glaubt zu wissen, warum er ihn aus dem Raum haben will. Am anderen Ende der Welt klagt Lina, daß sie wahnsinnige Mühe habe, Dune zu finden. Aber Louis will davon nichts hören.
»Keine aus Sri Lanka, um Gottes willen! Wir brauchen eine Indianerin aus Nordamerika! ... Ja, kupferfarben ...«
Hinter vorgehaltener Hand läßt er uns wissen, daß sie eine großartige Cheyenne an der Hand habe, die aber nicht japanisch spreche.
»Kommt nicht in Frage«, erklärt Mathilde.
»Eine andere kommt nicht in Frage!« brüllt er ins Telefon. »Sag deinen Scouts, daß sie ihre Hintern in Bewegung setzen sollen, wir brauchen sie nächste Woche!«

—

Spät abends haben wir es uns vor dem Bildschirm bequem gemacht, Jérôme und ich, um uns »Die Zeit nach Mitternacht« von Martin Scorsese anzuschauen. Ein Partyservice hat uns kleine Leckereien geliefert, und ich habe eine Weinflasche aufgemacht, die soviel gekostet hat wie eine ambulante Reanimation mit modernstem Technikeinsatz. Als ich mich gerade diesem bißchen Glück hingeben will, gleitet ein Schatten über den Gang.
»Um diese Zeit kann das nur ein Schauspieler sein.«
Als ich ihm mit einer Geste bedeute, hereinzukommen, wagt er kaum, den Kopf durch die halboffene Tür zu stecken. Ich erkenne ihn sofort, und weil ich mich nicht an seinen wirklichen Namen erinnere, nenne ich ihn einfach Walter.
»Man hat mir gesagt, daß ...«
»Ja, das ist hier.«
Er hält sich nicht so kerzengerade wie am Abend jener gro-

ßen Party, als ich ihn den Prahlhans spielen sah. Er trägt seine Klamotten wesentlich bescheidener, und seine Augen sind nicht mehr auf den Spiegel gerichtet, der seine beeindruckende Karriere wiedergibt. Wir wissen, warum er gekommen ist, er jedoch weiß nicht, daß wir es wissen, aber schließlich gehört es zu unserem Job, über das, was die Menschen im Hinterkopf haben, Bescheid zu wissen. Weil ich ein bißchen weniger sadistisch veranlagt bin als Jérôme, biete ich ihm einen Stuhl, ein Glas Wein und ein Lächeln an. Er akzeptiert alles.

»Seit zwei Folgen lebe ich nur noch mit Hilfe eines Beatmungsgerätes. Meine Freunde rufen bei mir an, um sich zu erkundigen, ob es mir besser geht. Meine Frau steht vor einem Nervenzusammenbruch. Ich sollte zum lebenden Markenzeichen einer Plattenfirma werden, aber man teilte mir mit, man denke nicht daran, einen Werbevertrag mit einem Mann zu schließen, der im Koma liegt. Meine Kinder fragen mich, ob ich aus diesem Krankenhausbett je wieder herauskommen oder ob ich sterben werde. Leute, die mir auf der Straße begegnen, machen Anstalten, sich zu bekreuzigen.«

Ich fühle mich etwas unbehaglich in meiner Haut, Jérôme dagegen hat Mühe zu verbergen, wie köstlich er sich amüsiert. In der vergangenen Woche haben wir uns damit vergnügt, einen Fragebogen für eine Zeitschrift auszufüllen, den schon Proust beantwortete. Auf die Frage »Welchen Fehler entschuldigen Sie am ehesten?« antwortete er: »Rachsucht.«

»Aber das ist alles noch gar nichts«, fährt Walter fort. »Was mir wirklich angst macht, ist die seltsame Person, die in Folge siebzig droht, mir den Sauerstoff abzudrehen.«

Eine Idee von Louis. Jérôme hat darauf bestanden, diesen Kerl selbst zu entwickeln.

»Ich bin nicht hergekommen, um Ihnen was vorzuspielen. Ich bin hier, um Sie anzuflehen, alles andere wäre gelogen.« Selbst Laurence Olivier wäre nicht imstande, solche Angst zu simulieren. Kein Zittern und Beben, kein Schweiß, aber eine Grabesstimme und ein so dumpfer Blick, daß man die Flucht ergreifen möchte. Sogar »Mister Vengeance«, die Rache in Person, scheint weich zu werden.
»Der Kerl hat vielleicht gar nicht die Absicht, irgend etwas zuzudrehen«, sagt er. »Lassen Sie sich doch nicht so einschüchtern!«
»Ich möchte Sie mal an meiner Stelle sehen! Eine Sauerstoffmaske auf dem Gesicht, zum Schweigen verurteilt... Völlig machtlos! Wenn Sie dieses Individuum entfernen, tue ich, was Sie wollen! Alles!«
Ein Seitenblick auf Jérôme verrät mir, daß er nichts mehr gegen Walter hat. Ein aufrichtiges Schuldbekenntnis, und er ist der erste, der sagt, Schwamm drüber! Gemessenen Schrittes bringt er Walter zur Tür.
»Beruhigen Sie Ihre Familie, wir werden diesen Schurken für immer vertreiben. Betrachten Sie sich als außer Gefahr. Und dann, wer weiß, vielleicht erwachen Sie früher als vorgesehen aus dem Koma.«
»Glauben Sie?«
»Wir können Wunder vollbringen.«
»Im Namen all meiner Lieben, danke.«
Wir sehen, wie er aus dem Gebäude in die schwarze Nacht hinaustritt. Jérôme hat keine Lust, ihm zu folgen, ich ebensowenig. Ich gieße uns zwei Gläser ein, er wirft die Kassette an.

—

»Was sollen diese betretenen Gesichter...?«
Der Alte reißt Jérôme den Brief aus der Hand.

Altes Miststück!
Du wirst dieser Schlampe ins Grab folgen. Du und ihr Blödian von Ehemann, dieser beschissene Schauspieler, dem ich seine beste Rolle im Theater geschrieben habe. Lisa, dieses Luder, hätte auf mich hören sollen, als noch Zeit war. Ich habe sie umgebracht, ich werde dich umbringen und den anderen auch. Lisa war mein.

An diesem Morgen habe ich, ohne auf die Adresse zu achten, mechanisch einen an Louis adressierten Brief geöffnet. Er steht eine ganze Weile da, die Augen auf die Zeilen gerichtet. Niemand von uns hält sein gleichgültiges Grinsen für echt.
»Wir müssen den Brief der Polizei zeigen, Louis.«
»Die werden mich nur noch mal stundenlang vergebens vernehmen. Es ist nicht der erste, den ich kriege.«
Der Brief kommt aus einem x-beliebigen Laserdrucker, und der Text als solcher wird ihnen nichts Neues sagen.
»Das ist eine Morddrohung«, sagt Mathilde. »Louis, tun Sie mir den Gefallen, und gehen Sie unverzüglich, ohne Widerrede, aufs Kommissariat.«
»Der Mistkerl, von dem dieser Schrieb stammt, hat nichts mit mir und ebensowenig mit Lisas Tod zu tun. Er ist einfach nur ein Geisteskranker, der zuviel Zeitung liest. Findet ihr es nicht seltsam, daß er gerade jetzt in Erscheinung tritt, wo ›Saga‹ erfolgreich wird?«
»Er scheint gut informiert zu sein.«
»Ja, wegen dieses Idioten von Schauspieler, der Interviews gibt.«
Louis nennt ihn nie beim Namen, sondern sagt immer »der

Schauspieler«. Hätte ihm ein Killer, ein Buchhalter oder ein Chiropraktiker seine Lisa gestohlen, hätte er bestimmt nicht eine derart tiefe Verachtung an den Tag gelegt. Als Mathilde darauf drängt, daß er die Polizei benachrichtigt, verläßt er widerwillig das Büro, den Brief in der einen Hand, seinen Regenmantel in der anderen. Wir machen uns schweigend wieder an die Arbeit. Die reale Welt war über uns hereingebrochen. Weil wir uns hinter einem Bollwerk der Fiktion verbergen, in einer anderen Welt, in der wir die absoluten Herrscher sind, scheint uns die reale Welt für gewöhnlich sehr fern zu sein. Sehr chaotisch. Sie gehorcht keiner Logik, keinem dramaturgischen Gesetz. Unter dem strengen Gesichtspunkt der Wahrscheinlichkeit ist nicht eine Sekunde der realen Welt glaubhaft, und keiner arbeitet effizient daran, das zu ändern. Man muß zweifellos Drehbuchautoren zu Rate ziehen, um sich die Zukunft vorstellen zu können.

Obwohl…

Wenn man bedenkt, was ich mir in eben diesem Augenblick alles ausdenken könnte, dann stürze ich unsere arme Welt noch schneller ins Chaos. Ich weiß nicht mehr, ob das, was ich schreibe, ans Absurde grenzt oder ans Delirium. Mathilde und Jérôme fragen sich manchmal, ob bei mir eine Schraube locker sei. Dem Alten wiederum gefällt alles, was ich mache, sehr sogar. Seiner Ansicht nach soll »Saga« immer dramatischer werden, wahnsinnigen Stürmen trotzen, um dann, an einem Abend im Juni, zu einem glücklichen Ende zu kommen. Da der Serie einzig die Grenzen meiner Phantasie gesetzt sind, bereitet es mir ein boshaftes Vergnügen, diese immer weiter auszudehnen, auch aus Furcht, daß sie mir den Weg verstellen könnten. In den letzten drei Folgen ist Gott erschienen und hat gesprochen, eine Verschwundene ist wieder aufgetaucht, und ich erwäge ernsthaft, einige Außerirdische landen zu lassen. Keine kleinen grünen Männchen mit großen Augen und Antennen, sondern Wesen, die ein menschliches Äußere haben, nicht ungewöhnlicher als der durchschnittliche Mensch auf der Straße. Meine Außerirdischen werden gutmütig und allzu menschlich sein. Der Alte findet, diese Idee sei kühn, ja geradezu halsbrecherisch. Doch wie immer ermutigt er mich auf meinem Weg. »Wir werden diese Freiheit nie wieder bekommen«, wiederholt er unermüdlich.

—

Auch die Herrscher der Welt weinen. Dabei dürfte die Übermüdung eine Rolle spielen. Ich habe einen Schrank geöffnet, um ein passendes T-Shirt zu suchen, und bin plötzlich in Tränen ausgebrochen, einfach so, ohne Anlaß. Zwei Minuten später habe ich einen tiefen Seufzer ausgestoßen, und es war wieder besser. Die Zahl 41 blinkt auf meinem Anrufbeantworter. So hoch ist die Ausbeute des Tages. Ich lasse die Nachrichten ablaufen, für den Fall, daß Charlotte sich entschlossen hat, meine Strafe wegen guter Führung zu verkürzen. Doch ihre Stimme höre ich nicht. Wie an jedem Donnerstagabend weiß ich nicht, was ich mit mir anfangen soll. Ich habe keine Lust, zu Hause zu bleiben, ich habe keine Lust, mich mit Leuten zu treffen, die über »Saga« reden. Das Büro ist wohl der einzige Ort auf der Welt, wo ab einer bestimmten Stunde nicht mehr über die Serie geredet wird. Aber heute abend habe ich Lust zu bummeln, allein, an der frischen Luft, mitten in diesen schönen Frühlingsabend hinein, durch verlassene Viertel. In der Avenue de l'Opéra bleibe ich vor den Schaufenstern der Reisebüros stehen. Angebote für Reisen in alle Welt. Ich muß mich nur noch entscheiden. Tokio. Die Insel Mauritius. Veracruz. Rom. New York. Alles Ziele, die mit Bildern, Märchen und Sagen verknüpft sind. Mit Fiktionen. Nur wenn ich auf einem Plakat Oslo lese, läuft in mir kein Film ab. Ich stelle mir einen Ort ohne Geschichten und ohne Lügen vor. Einen Ort, wo die Menschen ja sagen, wenn sie Lust haben, ja zu sagen. Gebäude, die einem nicht den Blick versperren. Bars von einer selten gewordenen Unschuld. Eine Frau, die nur ans Hier und Heute denkt. Ein sauberes und helles Hotelzimmer. Vielleicht nächstes Jahr. Ich gehe zum Louvre und setze mich an den Rand der Pyramide.

In der Ferne werden die Tore zu den Tuilerien geschlossen. Ich spaziere weiter, wandere an der Seine entlang.

Ein paar Meter vor dem Pont Neuf haben vier Clochards vor dem Schaufenster eines großen Kaufhauses Stellung bezogen; als ich auf ihrer Höhe bin, verlangsame ich den Schritt. Auf einem riesigen Bildschirm läuft ein Spielfilm, auf einem anderen ein Dokumentarfilm, aber alle Blicke sind auf die stummen Gestalten von »Saga« gerichtet, die zwischen anderen erleuchteten Kästen agieren. Die Kerle geben obszöne Kommentare ab, während sie ihren billigen Wein bechern.

Nur wenige Autos sind auf den Straßen.

Ich kann nicht glauben, daß wir zum Teil daran schuld sind. Ohne es eigentlich beabsichtigt zu haben, finde ich mich am linken Ufer wieder. Die Place de l'Odéon wirkt leblos. Die Platzanweiserinnen der Kinos schöpfen vor den Schaukästen frische Luft.

In einer Trinkhalle am Boulevard Saint-Germain drängen sich die Menschen. Ich trete ein, um ein Bier zu bestellen. Die Bedienung schenkt das Glas voll und stellt es vor mich hin, ohne den Blick vom Fernseher zu lösen, ohne mich überhaupt anzusehen. Mordécai hat einen ganzen Jahr-

markt gekauft, um sich dort allein amüsieren zu können. Irgendwie ist es rührend, ihn auf den Karussells herumsteigen zu sehen, die sich nur für ihn drehen. Tausend bunte Glühbirnen leuchten nur für seine Augen. Ein Gast, der sich neben mir mit den Ellenbogen aufstützt, sagt leise:
»Es muß schon schön sein, soviel Zaster …«
In der folgenden Szene erscheint das Gesicht von Ferdinand. Man sieht ihn zum zweiten Mal in der Serie.
»Wer ist denn das?«
»Brunos Kumpel, der Fred als Versuchskaninchen dient.«
Man sieht ihn einen Brief an die Frau schreiben, die er liebt. Allein in einer Kulisse, die der »Bohème« würdig wäre. Seine Stimme erklingt aus dem Off.

Weil ich nicht weiß, wo du bist, stelle ich mir dich überall vor. In der Metro, mit der ich fahre, hinter den Türen, die ich öffne, auf den Straßen, durch die ich gehe. Wenn du wüßtest, wie grausam das ist, alle diese Straßen, die sich gabeln, und diese Furcht davor, gerade jene zu wählen, in der du nicht bist. Wenn ich eine deiner Freundinnen anrufe, bin ich sicher, daß sie mich belügt, daß du heftig gestikulierend daneben stehst. Wenn ich einen Freund anrufe, stelle ich mir dich in seinem Bett vor, nur einige Meter entfernt. Manchmal fürchte ich, es könnte dir schlechtgehen, aber die meiste Zeit über fürchte ich, daß es dir gutgeht. Seit du weg bist, ritze ich mit einem Stäbchen jeden Tag ein Wort in die Wand meines Zimmers, und bis jetzt habe ich geschrieben: Abwesenheit Lücke Fehlen Entbehrung Schuld Vergessen Versäumnis Leere Entfernung Verschwinden Unsichtbarwerden Mangel. Mir bleiben noch ein paar Synonyme, um noch einige Wochen durchzuhalten. Ich möchte einfach wissen, wo du bist, Charlotte. Ich liebe dich so sehr.

»Und sie, wer ist sie?«
»Offenbar seine Tussi.«
»Gib uns noch einen Côtes-du-Rhône, René.«
»Was geht uns das an, wenn seine Mieze verduftet ist!«
»Ist dir das vielleicht noch nie passiert?«
»Doch.«
»Na also ...«
Ich bin bis zum Montparnasse gegangen. Aus der Ferne habe ich das Schlußbild von »Saga« auf dem kleinen Fernseher an der Tankstelle in der Rue d'Assas leuchten sehen. Das Leben kommt allmählich wieder in Gang, die Terrassen bevölkern sich, und auf dem Boulevard pulsiert der Verkehr. Ich versuche mir einzureden, daß dies ein Abend wie jeder andere ist, aber wenn ich auf dem Weg durch die Avenue de Tourville Gesprächsfetzen auffange, sind sie voller vertrauter Vornamen und Worte, die aus meiner Feder stammen.
Tristan scheint sich zu langweilen, so ganz allein. Ich habe sogar gedacht, der Fernseher sei ausgeschaltet. Sein Bruder ist Zucker holen gegangen. Ich frage ihn, wie er die Folge gefunden hat.
»Ihr schafft es immer noch, mich zu überraschen, alle vier. Manchmal ist es belanglos, manchmal hypnotisiert es einen regelrecht, aber man kann nie sagen, daß es nervt oder daß es vorhersehbar wäre.«
Ich frage ihn, was Maries Rückkehr, an der wir seit den letzten Folgen herumgebastelt haben, in ihm ausgelöst hat. Obwohl für ihn der Überraschungseffekt wegfällt, weil er ja beim Schnitt assistiert.
»Williams Trickserei sieht man nicht, man hat den Eindruck, sie sei wirklich zurückgekommen, und das schockiert.«
Für eine nebensächliche Szene genügt so eine Illusion, aber

wir dürfen diese Art der Wiederbelebung nicht überstrapazieren, sonst würde man es merken. Das Ideale wäre, die wirkliche Elisabeth zu überreden, herzukommen und eine Szene zu spielen. Nur eine ganz kleine. Als »Special Guest Star«, wie Jérôme sagen würde.

»Abgesehen davon ist es Zeit, daß die Serie zu Ende geht«, fährt Tristan fort. »Lieber in Schönheit sterben. Es wäre Schwachsinn, die Seifenoper noch eine weitere Saison hinzuziehen.«

Diese Sorge ist unberechtigt, Séguret hat bisher keinen diesbezüglichen Gedanken geäußert.

»Schokolade, Eis am Stiel, ich habe sogar eins für dich mitgebracht, Marco.«

Ich schlage Jérôme vor, Elisabeth Réa anzurufen, um herauszufinden, was aus ihr geworden ist. Sie hat die Telefonnummer ihres Hotels im Notizbuch des Alten hinterlassen.

—

Die Situation ist eindeutig. Fred will sich nicht mehr mit den flüchtigen Erscheinungen Maries zufriedengeben, er muß sie unbedingt leibhaftig sehen, sie berühren können, andernfalls werde er die Forschungen aufgeben, droht er, und das würde bedeuten, daß Milliarden Leben verloren wären. Durch ein Gewitter in Doktor Frankenstein verwandelt, wird er seine heißgeliebte Schwägerin klonen. Die wirkliche Marie hat er nie besessen, aber er wird eine Kopie von ihr haben und sie alles mögliche tun lassen. Wer von uns hat noch nie von so etwas geträumt? Elisabeth hatte eine zweitägige Drehpause, sie war begeistert von der Idee, herzukommen und die Szene zu spielen, nur für uns und noch dazu für die neunzehn Millionen Fans. Séguret hätte uns fast umarmt, als er erfuhr, daß Marie aus ihrer Asche auferstehen wird. Er schafft es, daß die Sache in we-

nigen Tagen sendefertig ist – nicht einmal die NASA ist so schnell. Die Szene ist heute gedreht worden und dauert zwölf Minuten. Es gelingt Fred in seinem Labor, die Frau, die er schon immer liebte, zu verdoppeln. Das Doppel ist ein Wesen aus Fleisch und Blut, dem Original bis aufs Haar gleich. Der einzige Unterschied besteht darin, daß der Klon von Natur aus gefügig und nicht prüde ist. Kaum hat sie Gestalt angenommen, schließt Fred sich mit ihr in einem Zimmer ein, um all die Dummheiten anzustellen, von denen er seit Jahren träumt. Danach überzeugt er Camille und Bruno, daß Marie zurückgekommen sei, und sie werden alle vier glücklich leben, noch glücklicher, als sie es vor dem Einzug der Callahans waren. Man kann darauf wetten, daß diese Klon-Geschichte die Massen verwirren und heftige Reaktionen auslösen wird. Der prüde Protest der Spießer und die hämische Kritik seitens der Intellektuellen sind vorauszusehen. Es hätte amüsant werden können, den Gedanken der Unterwerfung geliebter Wesen fortzuspinnen, aber dafür fehlt uns die Zeit, und Elisabeth muß noch heute abend zurückfliegen. Davor will sie unbedingt mit uns essen gehen.
»Ich drehe noch drei Wochen in dem Film von Hans, und man hat mir schon eine neue Rolle angeboten. Ihr habt mich nicht nur in ›Saga‹ auferstehen lassen, sondern auch im wirklichen Leben, in meinem Beruf. Ich bin nicht mehr Madame Pflaster. Ich weiß gar nicht, wie ich euch dafür danken soll.«
Sie schaut auf ihre Armbanduhr, aber ohne ein Anzeichen von Ungeduld. Mathilde, Jérôme, der Alte und ich denken bei ihrem Lachen und ihren lebhaften Gesten genau das gleiche: Da haben wir ein bißchen Glück geschaffen.
Aber das Glück flieht bekanntlich sofort, wenn es seinen Namen hört.

Elisabeth hört auf zu lächeln.
»Doch, ja, ich weiß schon, wie ich euch danken kann. Aber glaubt mir, es wäre mir viel lieber, mir wäre was Besseres eingefallen. Seit wir hier sind, zerbreche ich mir den Kopf...«
Sie gleicht plötzlich dem Arzt, den Walter konsultiert, und hat einen Gesichtsausdruck, als wolle sie einem von uns eröffnen, er habe Krebs.
»Ich nehme an, daß man euch noch nichts über die zweite Staffel von ›Saga‹ erzählt hat.«
»...?«
»Die zweite – was?«
»Die sechs Hauptdarsteller stehen für die neue Staffel der Serie bereits unter Vertrag, sonst ist noch niemand eingeweiht. Ich weiß es, weil Séguret mir angeboten hat, wieder mitzumachen. Man hat eine zweite Mannschaft von Drehbuchautoren angeheuert, die den ganzen Sommer über arbeiten wird, und zum Herbst hin wird die Serie fortgesetzt. Jessica hat schon das Manuskript der ersten Folge. Ich weiß, daß die Einsätze so hoch sind, daß das Geheimnis besonders gut gehütet wird, vor allem vor euch. Aber wenn ich schon jemanden verraten muß, dann lieber Séguret als euch. Entschuldigt bitte, daß ich euch so rücksichtslos damit konfrontiert habe.«
Sie steht auf, wirft einen Blick auf ihre Uhr, nimmt ihren Koffer.
Uns zu umarmen wagt sie nicht.
»Die hassen euch. Euch alle vier.«
Sie dreht sich endgültig um und verläßt das Restaurant.

—

Tags darauf haben wir nicht gearbeitet. Wir müssen abwarten, daß Louis einen Weg findet, mehr in Erfahrung zu bringen, bevor wir irgend etwas unternehmen können. Jeder von uns hätte sich diesen Schlag ins Genick am liebsten allein angelastet. Ich habe mich den ganzen Tag in einem Sessel herumgelümmelt, alle viere von mir gestreckt.

In unserem Vertrag ist festgelegt, daß niemand außer uns das Recht hat, an die achtzig Folgen von »Saga« zu rühren, aber nichts hindert die Produzenten daran, eine neue Staffel der Serie zu starten, nachdem man uns abserviert hat. Wie konnten wir nur so naiv sein zu glauben, Séguret wolle genau wie wir »Saga« zeitlich begrenzen.

Wir sind die schlechtesten Drehbuchautoren der Welt, weil wir nicht genug Phantasie besaßen, einen solchen Coup vorauszusehen.

Idioten sind wir. Volltrottel.

Wir haben nichts Besseres verdient.

Der Alte hat angerufen, um uns zu sagen, daß er noch einen Tag mehr brauche. Heute saß ich stundenlang auf einer Parkbank. Obwohl ich ein gottloser Mensch bin, konnte ich dann doch nicht anders, als meine Schritte in eine Kirche zu lenken, um dort etwas Ruhe zu finden.

—

Die drei anderen sind schon da. Tristan hat seine Kopfhörer auf. Der Alte hockt mit halbem Hintern auf seinem Schreibtisch, und wir können die Augen nicht von dem Manuskript lösen, das er in der Hand hält.

»Wie hast du es angestellt, das in die Finger zu bekommen, Louis?«

»Wie ein kleiner Dieb. Ich bin sehr spät in die Produktion gegangen, habe gewartet, bis alle weg waren, und habe dann stundenlang gesucht, bis ich in einer Schublade von Ségurets Schreibtisch eine Diskette fand. Davon habe ich eine Kopie gemacht und sie dann wieder zurückgelegt.«

Ich frage ihn, ob er die Folge gelesen hat.
»Ich konnte nicht widerstehen. Macht euch Fotokopien davon, in einer Stunde sprechen wir darüber.«

—

Jérôme ist zur gleichen Zeit mit Lesen fertig wie ich, und wir warten stumm auf Mathilde. Jeder von uns würde sich gern als erster äußern.
»Man kann nicht gerade behaupten, daß es schwer zu lesen ist«, sagt Mathilde, »das ist schon ein Pluspunkt.«
»Es liest sich sogar viel flüssiger als das, was wir schreiben«, sagt Jérôme.
»Es ist professionell.«
»Es ist ausgewogen.«
»Eine runde Sache.«
So kann man sagen.
Bei der Lektüre dieser Folge einundachtzig habe ich begriffen, daß die Veränderung der Personen nicht das Schlimmste ist, was dir als Drehbuchautor passieren kann. Wirklich grausam wird es, wenn ein anderer in deinen Spuren zu wandeln versucht und sich vergebens bemüht, dem Vorgänger treu zu bleiben. Du fängst sofort an, dich für Fehler zu entschuldigen, die du gar nicht begangen hast:
Jonas wird eine Art Held, als pflichtbewußter Polizist steckt er Menendez ohne viel Federlesens ins Gefängnis.
Mordécai spendet sein ganzes Vermögen für behinderte Kinder.
Das Wesen wird in ein Reha-Zentrum eingewiesen.
Mildred hat eine Fehlgeburt, aber sie erholt sich schnell davon und kehrt in die Vereinigten Staaten zurück, wo ihr eine glänzende Universitätslaufbahn bevorsteht.
Walter erholt sich von seinem Krebsleiden, und Fred be-

faßt sich von nun an mit einem ökonomisch und ökologisch sinnvollen Motor.
Camille findet wieder Freude am Leben, sie will Jonas ein Kind schenken.
Leider steht in der besseren Welt aber nicht alles zum besten; die Bösen sind noch nicht ausgerottet (und die Guten müssen schließlich jemanden haben, gegen den sie kämpfen können, wenn die Serie weiterlaufen soll).
Bruno hat es nun auf Banken abgesehen, das ist das Drama der Familie Fresnel und führt zu einem schrecklichen Gewissenskonflikt bei Jonas, der seinen Schwager dingfest machen soll.
Evelyn ist eine richtige Schlampe geworden, sie ist eifersüchtig und setzt ihre ganze Energie darein, einen Keil zwischen die Fresnels und die Callahans zu treiben, die längst keine schöne große Familie mehr sind.
Ein Heer neuer Figuren. Ein gewisser Ted, namhafter Informatiker, hält zu Mildred Verbindung per Internet; mit ihm wird der tadellose Verlobte präsentiert. Kristina, die üble Gefährtin von Bruno, ist eine geborene Verliererin, die sich an der Heldin vergreift. Außerdem gibt es einen flotten Kumpel von Jonas, der eine politische Karriere anstrebt, eine schöne ghanaische Prinzessin auf der Suche nach der Liebe, einen unglücklichen, an Schlaflosigkeit leidenden Industrieboß und viele andere mehr.
»Und die Dialoge, wie findet ihr die?«
»Die Dialoge?«
»Sie sind – nüchtern.«
»Effektiv.«
Effektiv wie ein Gewehrschuß, wenn einem die Argumente ausgehen. Die Gespräche riechen nach Dialogregie, alle Personen sprechen eine tote Sprache, eine Sprache, die niemandem gehört, eine heuchlerische, seichte Sprache,

die überall trifft, nur nicht an der richtigen Stelle. Das Aufrichtige wird naiv und das Naive schwachsinnig. Jeder Satz, der ein bißchen gehoben ist, wirkt sofort hochtrabend, und die Sprache der Straße wird zu der der Gosse. Das Scharfe ist vulgär und das Zärtliche seltsam geziert.

»Und ist das Ganze nicht wenigstens auf seine Weise originell?«

»Originell?«

»Schwer zu sagen...«

»Nein, gar nicht schwer zu sagen. Man hat einem Kampfstier die Hoden abgeschnitten, um aus ihm einen Arbeitsochsen zu machen. Während der gesamten Lektüre hatte ich das Gefühl, daß die Autoren die Ecken und Kanten der Fiktion mit Schmirgelpapier poliert haben. Unmöglich, an der geringsten Unebenheit einzuhaken, der Gegenstand entgleitet einem, so glatt ist er. Ich versuche sie mir vorzustellen, die armen Kerle, denen man wahrscheinlich gesagt hat: *Tut dies nicht! Tut das nicht!* Diese moderne Welt, die man uns darbietet, ist nie von Freud oder Marx besucht worden, der Surrealismus hat nie ihre Sicherheit erschüttert, sie hat nicht unter dem Faschismus geblutet, und schon gar nicht bringt sie uns in dem gewaltigen Saustall dieses Jahrhundertendes zur Besinnung.«

Ich bin mir nicht sicher, ob das unserer »Saga« gelungen ist, aber wir haben es wenigstens versucht.

»Nichts weiter hinzuzufügen?« fragt der Alte.

Nein, nichts. Man müßte zuviel über die Infamie sagen, den Verrat beklagen, die aufgebrachte *Mater dolorosa* spielen, der man ihre Kleinen wegnimmt. Man müßte die Empörung mit der Bestürzung mischen und die Bestürzung mit der Verachtung. Und tut man das, bleibt nur noch Ekel übrig.

»Juristisch läßt sich nichts machen. Unser Urheberrecht

gilt nur für die in unserem Vertrag vorgesehenen Folgen. Das war mein Fehler«, sagt Louis.
»Das ist ganz sicher nicht dein Fehler. Glaubst du wirklich, einer von uns hätte an dem Tag, an dem wir uns hier getroffen haben, voraussehen können, was aus ›Saga‹ werden würde?«
Wie dem auch sei, »Saga« kann uns nicht noch mehr geben. Die hat uns in den Sattel gehoben und uns sogar Geld eingebracht. Wir haben uns königlich amüsiert und Arbeit für zwei Jahre gefunden. Später, wenn wir als alte Drehbuchautoren dahinsiechen, wird die Wiederholung einer einzigen »Saga«-Folge genügen, um uns ein Stück unserer Jugend in Erinnerung zu bringen.
»Ihr werdet mich für sentimental halten, aber was mir am meisten Kummer macht, sind unsere Figuren. Alle die, die wir geliebt haben, werden zu Leuten, die man im alltäglichen Leben verachtet.«
»Nennt mich einen Zyniker«, sagt Jérôme, »aber versucht euch diese kolossale Schnulzenfabrik vorzustellen, an der sie bauen.«
»Ich weiß, daß ich wie üblich als Demagoge gelten werde«, sage ich, »aber mir tun vor allem die neunzehn Millionen Menschen leid, die uns bis hierher treu geblieben sind. Habt ihr je die Serie ›Mission impossible‹ gesehen?«
Unterschiedliche Reaktionen, vom nostalgischen Röhren Tristans bis zum kategorischen Nein Mathildes.
»Die ersten dreißig Folgen dieser Serie waren die intensivsten Momente meiner Kindheit. Ich hatte das Gefühl, Feuer zu fangen, wenn ich die Erkennungsmelodie hörte, und ich hätte meine Mutter und meinen Vater umgebracht, wenn sie versucht hätten, sich zwischen mich und den Fernseher zu stellen. Diese Geschichte hat damals in mir die Lust geweckt, Drehbuchautor zu werden. Und dann, an

einem Abend im September, wurde die erste Folge der vierten Staffel gesendet.
Dieselbe Musik, derselbe Plot, dieselben Schauspieler, aber nichts stimmte mehr. Alles war irgendwie Scheiße. Und dem Jungen, der ich damals war, hatte niemand erklären können, wohin der magische Zauber dieser für ihn schönsten Sache der Welt entschwunden war. Jahre später habe ich gelesen, daß Paramount die Serie gekauft und die Pause zwischen der dritten und vierten Staffel dazu benutzt hatte, alles zu ändern. Der Schwung war für immer dahin, aber das hinderte die nicht daran, noch Aberdutzende Folgen zu drehen, an die sich heute kein Mensch mehr erinnert.«
Tristan klatscht meiner kleinen Rede Beifall, ohne den Blick von der Wettervorhersage auf dem Bildschirm zu nehmen.
»Ich habe während dieser Arbeit so oft eine aufs Maul gekriegt, daß mich nichts mehr treffen kann«, sagt der Alte. »Aber beim Lesen des Skripts habe ich das Gefühl gehabt, daß wir unsere Meister gefunden haben.«
»...?«
»Waas?«
»Louis? Hältst du es allen Ernstes für gut?«
»Auf den ersten Blick hebt sich dieses Skript nicht vom üblichen Blödsinn ab – kein Grund, die Ansagerin wegen der schlechten Meldung zu geißeln. Aber wenn man die unglaublich perfide ideologische Mechanik entdeckt, die sich darin verbirgt, möchte man von Genie sprechen.«
Allgemeine Bestürzung.
Der Alte scherzt keineswegs.
»Es ist, als hätten sie mit unterschwelligen Botschaften arbeiten wollen.«
»Wie mit diesen unterschwellig wahrnehmbaren Bildern?«

»Genau. Dem scheinbar harmlosen Handeln der Personen haben sie Ideensamen eingepflanzt, die gewissermaßen unaufspürbar sind und direkt im Zuschauer aufgehen.«
»Louis ist total übergeschnappt! Das ist der Schock.«
»Wollt ihr Beispiele haben? Die Rolle der Kristina ist eine Zusammenfassung aller offiziellen Kampfreden gegen Drogen, die *brauchbarste*, die am wenigsten Verwirrung stiftet. Freds neue Forschungen legen den Gedanken nahe, daß jedes ökologische Prinzip seine Grenzen hat. Der schlaflose Industrielle ist die Keimzelle einer Rechtfertigung der Arbeitslosigkeit und die Gelegenheit zur neuerlichen Vergoldung des Wappens eines angeschlagenen Liberalismus.«
Ich habe etwas Mühe, ihm zu folgen. Louis sieht aus, als sei er seiner Sache völlig sicher.
»Ist euch dieser seltsame Trick mit der Atomisierung der Gesellschaft aufgefallen?«
»Der was?«
»Der Atomisierung, dem Phänomen, das den Menschen isoliert. Man verordnet, daß zu Hause gearbeitet wird, man kommuniziert mit seiner Liebsten übers Internet, man verherrlicht den Fernseher, das ›cocooning‹, der Rückzug in einen Kokon, wird zur Kardinalstugend, und alle Gelegenheiten, das traute Heim zu verlassen, werden mit potentiellen Gefahren überhäuft.«
»Du übertreibst, Louis. Ich habe nichts von alldem bemerkt.«
»Genau das ist beabsichtigt, aber ich hätte euch für schlauer gehalten als den Durchschnitt. Wollt ihr mir vielleicht erzählen, daß ihr die Figur des Politologen, der frisch von seiner Eliteschule kommt, nicht in ihrer wahren Bedeutung erkannt habt?«
Ich weiß überhaupt nicht, wovon er spricht.

»Anfangs fragte ich mich, was er da soll, dann ging mir auf, daß sie ihm zunehmend mehr Bedeutung geben würden. Im Laufe von drei Folgen macht man aus ihm einen verantwortungsvollen, ehrgeizigen, altruistischen, selbstlosen Menschen. In drei Folgen! Und das geschieht mit solchem Talent, daß man neidisch werden kann. Sinn für Humor, kleine Fehler, die ihn menschlich erscheinen lassen, ohne das Gewissen zu vergessen, das ihn zu einem guten Kerl macht. Sollte diese Figur nicht in all ihren Einzelheiten zu dem einzigen Zweck geschaffen worden sein, die Massen mit der Politik auszusöhnen, müßte ich an mir zweifeln.«

»Unsinn! Unsinn Unsinn Unsinn Unsinn!«

Ich würde gern in Jérômes Rufe einstimmen, aber Louis' Beweisführung hat etwas Beunruhigendes. Die Art, wie Séguret uns »Saga« wegzunehmen versucht, geht weit über die Frage von Einschaltquoten und großem Reibach hinaus. Das Fernsehen ist bekanntermaßen das Machtinstrument Nummer eins, darum wäre es nicht verwunderlich, würde die Staatsräson ihre Nase in die Fiktion stecken, nachdem die politische Auseinandersetzung seit langem keinen mehr interessiert.

»Auf die Gefahr hin, daß ihr mich für einen Paranoiker haltet, der in seinem Verfolgungswahn überall Manipulation wittert, ich bin überzeugt, daß diese Leute für die Rolle des Studenten einen Schauspieler finden werden, der wie ein schlechter Abklatsch des Präsidenten aussieht – einen perfekten Darsteller.«

Jérôme fordert ihn auf, uns seine Hirngespinste weiterzuentwickeln, bis zum bitteren Ende, und Louis fährt gnadenlos fort: »Würde man mir sagen, daß die Folge einundachtzig während der letzten Ministerratssitzung geschrieben worden ist, würde mich das nicht wundern.«

Jérôme tut, als habe man ihm einen Pfeil ins Herz geschossen, und sinkt rücklings auf ein Sofa. Ich weiß nicht, was ihn an Louis' Analyse so stört, abgesehen von der legitimen Verbitterung eines Erzählers, dessen eigene Phantasie überflügelt worden ist.

»Neunzehn Millionen Zuschauer, Kinder. Neunzehn Millionen.«

»Wir haben uns bei dir an alles gewöhnt, Louis, aber die Staatspropaganda, die Legende vom Big Brother und die kathodische Intoxikation, die Werbe-Indoktrination – mit solchen Sachen bist du uns noch nie gekommen! Wir befinden uns also mitten in einem Polit-Thriller der fünfziger Jahre!«

»Das lese ich hier drin, und ich zwinge es niemandem auf. Eines jedoch steht fest: Wir haben ein Ungeheuer gezeugt. Ob es der etablierten Macht dient, der Krise oder den Vanillehändlern, dieser ganze Saustall wächst uns über den Kopf .«

Schweigen.

Mathilde zündet sich in der diskreten Art, die wir an ihr so schätzen, einen Zigarillo an. Mit den Augen fragt sie mich, was ich von alldem halte, und ich gebe ihr mit einem Heben der Brauen zu verstehen, daß ich nicht mehr weiß, was ich denken soll.

Tristan sieht fern. Jérôme fragt, was wir tun sollen. Die Frage bleibt im Raum stehen. Uns bleibt nichts anderes übrig, als nach irgendeiner Idee zu suchen, denn das ist schließlich unser Beruf.

Alle lassen ihre Vorstellungskraft schweifen, als gehe es um die Ausarbeitung einer besonders dramatischen Wende in »Saga«.

»Wenn jemand eine Idee hat …«

Eine Idee, guter Gott! Eine einzige Idee, die uns aus dieser

Falle befreit, die wir uns selbst gestellt haben. Eine Idee, um denen zu zeigen, daß wir noch immer die Kapitäne an Bord sind.

»Ich habe eine«, nuschelt Louis.

Ohne uns etwas anmerken zu lassen, haben wir uns gehorsam wieder an die Arbeit gemacht. Alain Séguret, von Tag zu Tag freundlicher, hat uns gebeten, die letzten fünf Folgen besonders sorgfältig auszuarbeiten. Seiner Meinung nach muß die Serie mit einer Apotheose enden, damit sie den Menschen für immer im Gedächtnis bleibt. »›Saga‹ wird eines schönen Todes sterben, ihre Haut aber teuer verkaufen!« erklärt er. Für ihn ist die Quote an französischen Originalproduktionen bei weitem erfüllt, das Ziel ist erreicht und die Angelegenheit längst ad acta gelegt. Ich bewundere ihn für seine ungeheure Dreistigkeit, seine Doppelzüngigkeit, die man nicht erlernen kann. Er besaß sogar die Unverschämtheit zu sagen, wenn einer von uns noch eine neue Idee hätte, werde er sie gern in der Ferienzeit prüfen. Anerkennen muß man jedoch sein Gefühl für Diskretion; die neue »Saga«-Staffel ist im Entstehen, und das Geheimnis ist bei ihm besser unter Verschluß als in der Banque de France. Wenn Séguret auch gelegentlich die ihm innewohnende Hausfrau aus der Provinz zum Vorschein kommen läßt, so behält er doch immer die großartige Zukunft im Blick, die man ihm in der Schule prophezeit hat. Um seine Wünsche zu erfüllen und seinem Streben nach Perfektion gerecht zu werden, haben wir unseren Arbeitsstil verändert, wobei wir die unbegrenzten Mittel und die Zeit, die er uns zur Verfügung stellt, restlos ausnutzen. Wir schreiben doppelt so viele Seiten, wie er pro Folge braucht. Jede Szene konzipieren wir in drei oder vier verschiedenen

Versionen, die dann alle gedreht werden, damit man beim Zusammenschnitt der endgültigen Version die Auswahl hat. Séguret und der Alte arbeiten ganze Tage Hand in Hand mit William, sie diskutieren jede Einstellung, um dann die beste auszusuchen. Séguret, überrascht, die Kontrolle über »Saga« erlangt zu haben, ist bald vom Spiel der Erfindung gefangen. Wie ein richtiger kleiner Drehbuchautor versteht er es nun, am Scheideweg verschiedener Handlungsmöglichkeiten seine Wahl zu treffen.

Ein Beispiel:

Fred hat wieder eine teuflische Erfindung gemacht, die zweierlei kann:

a) Die Welt retten.

b) Die Welt ins Chaos stürzen.

Séguret tendiert zur ersten Lösung und erklärt, Apotheose müsse keineswegs Apokalypse bedeuten. Die Situation eins führt uns zur zweiten Alternative.

Um die Welt zu retten, muß Fred:

a) Einen lieben Menschen opfern.

b) Mit Hilfe einer geheimen Macht handeln, die ihm seine Forschungen überhaupt erst ermöglicht.

Entrüstung seitens Séguret. Einen lieben Menschen opfern? Kommt nicht in Frage! So etwas würde niemand tun, auch nicht, um Milliarden anderer, anonymer Menschen zu retten. Trotz der Risiken wird Lösung b) gewählt.

Die geheime Macht ist:

a) Eine übermächtige politische Organisation, die eine Verschärfung des Nord-Süd-Konflikts beabsichtigt.

b) Eine Sekte von Endzeitgläubigen, die die Menschheit gegen deren Willen auf die große Wirrnis des Jahres 2000 vorbereiten will.

c) Der steinreiche Mordécai, der seinem Leben einen Sinn zu geben versucht.

d) Die Lobby der Haute Sagesse, Frankreichs Intellektuellenkaste, die den Machthabern Furcht einflößen will.
e) Ein Konzern, der sich nach dem Kalten Krieg zurücksehnt.
f) Ein Kreis von fanatischen Anhängern eines Rollenspiels, der sich der Erde als Bühne bedient.
Im Sinne der Hausfrau aus der Provinz, des Fischers aus Quimper und des Arbeitslosen aus Roubaix ist c) die einzige Möglichkeit, und diese hat man genommen. Séguret glaubt, daß wir die Chance haben, etwas Erstklassiges zustande zu bringen.

Die Folge sechsundsiebzig hat sämtliche Zuschauerrekorde gebrochen, die man je im französischen Fernsehen registriert hat, selbst in den Jahren, als erst ein einziges Programm gesendet wurde. In einer Zeit, in der alles *Kult* und *Mythos* ist, hat man natürlich auch »Saga« ein derartiges Etikett aufgeklebt. Über die Serie ist noch vor Ausstrahlung der letzten Folge ein Buch erschienen. Darin ist auch von uns vieren die Rede, und selbst wenn nichts davon stimmt, so wußten wir doch die Ehre zu schätzen. Neben einem chronologischen Überblick und einer genauen, steckbrieflichen Beschreibung jeder Figur enthält das Buch ein analytisches Kapitel über den typischen »Saga«-Menschen. Laut Autor gibt es eine »Saga«-Modernität, eine »Saga«-Lebensweise, eine »Saga«-Beziehung zur Welt. Der »Saga«-Mensch steht entschlossen zu den Seinen, weil ihm andere Ideale fehlen, seine Einstellung zum Leben könnte man in einem einzigen Satz zusammenfassen: Wir sind nichts, seien wir also alles. Er sucht in allem das Komödiantische, was ihn vielleicht am besten charakterisiert, denn jede Art von Tiefsinn ruft in ihm Mordgelüste hervor. Zyniker haßt er mehr als alles andere. In seinem Alltag nimmt die surrealistische

Denkweise, die viel zu schnell begraben worden ist, viel Raum ein. Nach seiner Überzeugung ist am Ende dieses Jahrhunderts einzig das Glück revolutionär. Er ist nicht monogam. Er trinkt viel Tee und vollbringt kleine Wunder bei der Zubereitung von Gemüse. Und natürlich parfümiert er sich mit Vanille.
Ich kann mir nicht helfen, diese Seiten des »Saga«-Menschen beunruhigen mich, und ich weiß beim besten Willen nicht, ob wir stolz darauf sein können, ein solches Kind in die Welt gesetzt zu haben. Vielleicht enthält das Buch ein Fünkchen Wahrheit, aber ich bin rettungslos verloren, wenn es darum geht, anhand einer Analyse oder Synthese festzustellen, was dieses Fünkchen Wahrheit sein soll. Schon als Junge war es so: In Französisch bekam ich eine Eins, wenn es darum ging, einen Text zu verfassen, und eine Fünf, wenn ich einen Text erläutern sollte. Und was »Saga« betrifft, so gehöre ich zu jenen vier Menschen auf der Welt, die am wenigsten geeignet sind, ein gültiges Urteil über die Serie abzugeben.

—

Die Wochen vergehen in einem wahnsinnigen Tempo, die Folgen siebenundsiebzig, achtundsiebzig und neunundsiebzig sind gesendet worden, ohne daß ich davon Notiz genommen habe. In Hinblick auf die Erlösung am einundzwanzigsten Juni akzeptiere ich alles, was »Saga« mir auferlegt, angefangen damit, mein Privatleben gänzlich zurückzustellen. Charlotte hat auf meine Liebeserklärung nicht reagiert. Hat sie sie überhaupt mitbekommen? Vielleicht ist sie weit weg, in einem Land ohne Fernseher, ohne Kabel, ohne Satellit, wo das Leben abläuft wie in alten Tagen. Vor nicht allzu langer Zeit habe ich angefangen, für ihre Rückkehr zu beten. Angesichts dieser Handlung mußte ich mir einige Fragen stellen. Ich war überzeugt, eine Art tiefer Beziehung zu Gott geknüpft zu haben, seit er eine meiner Hauptfiguren geworden war (ich hatte ihn sogar auf der Dialogebene recht gut bedient, Gott sagt nicht einfach irgend etwas). Darum habe ich ihn also gebeten, mir meine Charlotte wiederzugeben oder mich zu ihr zu führen, und ihm habe ich dafür versprochen, neunzehn Millionen Menschen ein elegantes, unverfälschtes und grauenhaft zeitgenössisches Bild von ihm zu zeichnen. Er kann dabei nur gewinnen: Was bringt er am Sonntagvormittag auf die Beine, verglichen mit uns am Donnerstagabend?

Heute bedaure ich, daß ich mit ihm schachern wollte. Er hat nicht nur nichts getan, um mich jener nahe zu bringen, die ich liebe, ich muß vielmehr fürchten, daß er künftig versucht, die Trennung noch zu vertiefen. Ich habe auf alle möglichen Weisen versucht, ihre Abwesenheit ins Lächerliche zu ziehen, doch das befriedigt mich nicht mehr. Ab dem zweiundzwanzigsten Juni werde ich sie dringender brauchen denn je zuvor. Am Morgen dieses Tages werde ich ausgesetzt sein, allein, auf unbekanntem Gelände, ich werde zwar endlich ein Drehbuchautor sein, aber um welchen Preis!

In einem Anfall von Rachsucht habe ich ein radikales Mittel angewandt, um meiner Libido nachzugeben. Nicht einmal Séguret hätte eine so schnelle Wahl getroffen. Zwei Verfahren standen zur Verfügung:

a) Masturbation.

b) Koitus.

Lösung a), aus der Ferne betrachtet die weitaus zweckmäßigere, hatte den Nachteil, zwar die Frustration ein wenig zurückzudrängen, aber mich paradoxerweise wertvolle Zeit zu kosten. Lösung b) führte direkt zu der Frage:

a) Mit einer Verflossenen?

b) Mit einer Zufallsbekanntschaft?
c) Mit einer Professionellen?
Auf das kleine a) bin ich schon einmal verfallen, und ich habe keine Lust, es zu wiederholen. Seit ich als Drehbuchautor arbeite, bin ich ungeheuer vorsichtig im Hinblick auf Zufälle, darum hat sich Punkt b) von selbst erledigt.
»Sag bloß nicht, daß du zu einer Hure gegangen bist.«
»Doch.«
»Aber... Man geht seit den Sechzigern nicht mehr zu Huren!«
Jérôme sprach nicht weiter, er sah mich an, als sei ich:
a) Jemand, der eine vergangene Zeit zurücksehnt.
b) Ein schamhafter Perverser.
c) Ein Held.
Vermutlich war es eine Mischung aus allen dreien, und dazu kam als Ausrede noch so was wie professionelle Neugier, die mir Jérôme aber nicht eine Sekunde lang abgenommen hat.
»Na, da schau her, an dem Tag, an dem du den Fall des Römischen Reichs recherchieren mußt, spazierst du wohl in einer Toga herum?«
»Bei einem Stundenhotel ist das was anderes. Es ist zweifellos die Szene mit den präzisesten Regieanweisungen der Welt. Das Augenzwinkern, das Ansprechen, die Bezahlung, das Hochsteigen der Treppe, die Wahlmöglichkeiten, die schäbige Tapete, der sich verweigernde Mund, das *post coitum triste*, das kleine Geschenk auf der Ecke des Tischs, einfach alles.«
»Das sieht dir gar nicht ähnlich.«
»Ich habe es trotzdem getan.«
»Und?«
»Der Realitätseffekt ist ziemlich stark, man glaubt bis zum Schluß daran. Dafür ist die Psychologie der Figuren höchst

überraschend. Ich habe nicht gefunden, daß das *Danach* so grausig ist, wie behauptet wird, aber ich hätte nie gedacht, daß ein so derber Ton durchbrechen würde, nachdem ich das Zimmer verließ. Plötzlich ist mir klar geworden, daß in dem ganzen schmutzigen Zeremoniell ein wenig Altruismus mitgespielt hat, ein bißchen Wohlwollen für den Kunden. Trotz einiger Gemeinplätze in ihrer Rede hat das Mädchen es geschafft, mir zu verstehen zu geben, daß sie das alles für mich getan hat. Daß sie es für uns tut, die Jungs. Eine Art Mission. Man muß wirklich dort gewesen sein, um es glauben zu können, aber es ist die reine Wahrheit. Würde ich eine Folge von der Hure mit dem großen Herzen schreiben, würde sie mir keiner glauben, aber trotzdem gibt es sie.«

»Aber es ist nicht glaubhaft.«

»Also werde ich sie nicht schreiben. Die Huren werden dieses Geheimnis hüten, für die armen Kerle, die an ihre Türen klopfen, und die Öffentlichkeit wird nie etwas darüber erfahren.«

Ich habe mein Privatleben weiterhin zurückgestellt, auf zwei Monate mehr oder weniger kommt es nun auch nicht mehr an. Und schließlich, muß man unbedingt sein eigenes Leben leben, wenn einem zwanzig Millionen Menschen voller Vertrauen Schritt für Schritt folgen? Das Vertrauen... Das Vertrauen... Dieses tiefe Vertrauen stört mich. Ich bin nicht der Typ, der anderen Vertrauen einflößen will. Und zweifellos macht mir genau das an der Rolle des Vaters angst. Das grenzenlose Vertrauen des Kindes, das etwas so Reines ist, daß man nachts nicht mehr einschlafen kann, aus Angst, einen Fehler gemacht zu haben. Ich habe nie jemanden um Vertrauen zu mir gebeten.

—

Trotz allem haben wir in diesen zwei Monaten einen sehr schönen Augenblick erlebt. Einen echten Augenblick. Einen jener Augenblicke, die uns bewiesen haben, daß »Saga« doch der Mühe wert war. Begonnen hat das Ganze fast wie ein übler Scherz, und niemand weiß, wie er enden wird. Es war am Markustag, am fünfundzwanzigsten Mai, aber nicht ich habe das Geschenk bekommen, sondern Jérôme.

Mir war es beschieden, Dune vom Flughafen abzuholen. Lina konnte nicht verstehen, daß man sich um eine drittrangige Figur so bemühte. Séguret übernahm trotzdem alle Kosten ohne Einwände, wohl überzeugt, es handle sich um eine letzte Laune von uns. Als ich sie aus dem Flugzeug steigen sah, glich sie genau dem, einer Laune. Schön wie eine Laune der Natur. Auf dem Rückweg streifte meine auf dem Schalthebel liegende Hand ihren Schenkel, was mir bewies, daß sie ein Wesen aus Fleisch und Blut war. Tatsächlich ist sie weder eine Laune noch ein Wunder, sondern schlicht und einfach eine tolle, aufsehenerregende Frau.

»Sind Sie – hm, ich meine… sprechen Sie auch französisch…?«

»Ich habe es verlernt, seit meine Exmitbewohnerin ausgezogen ist. Sie stammte aus Guermantes und brachte Sätze heraus, die so lang waren wie ihr Arm! Komisch, nicht?«

Ich stieß ein kurzes, beipflichtendes Lachen aus, habe aber um nichts in der Welt begriffen, was daran komisch sein sollte. Noch am gleichen Abend habe ich im Lexikon nachgesehen. Das alles hatte mit Proust zu tun.

»Sie sind Schauspielerin?«

»Nein, keineswegs. Ich mache an der Universität von Montana meinen Doktor in japanischer Literatur. Eine Freundin einer Freundin von mir hat die kleine Anzeige Ihrer Casting-Agentur gesehen. Man suche ein Mädchen für eine französische *soap opera,* und sie sagte zu mir: Oona, du bist genau das, was die wollen! Sie ist eine Hopi wie ich, aber mich haben sie ausgesucht. Offen gestanden, ich habe gar nicht erst versucht zu verstehen, warum man ein Mädchen wie mich braucht, ich habe die Rolle angenommen, weil ich dabei soviel verdienen kann wie in zwei Jahren in einer Pizzeria. Ich habe ausdrücklich darauf hingewiesen, daß ich keine Schauspielerin bin. Aber man hat mir gesagt, das spiele keine Rolle, wichtig sei nur, daß ich da sei.«

»Uns allen liegt sehr viel daran, daß Sie da sind...«

»Gibt es in der Rolle vielleicht ein Dialogstück auf Japanisch?«

»Ich glaube nicht.«

»Und diese Dune muß einen Bumerang werfen?«

»Weil Sie selbstverständlich wissen, wie man mit ihm umgeht.«

»Werden Sie mich nicht verraten?«

»Ich schwöre.«

»Ich habe behauptet, es zu können, und inzwischen habe ich es gelernt, weil die Rolle es erfordert.«

»...«

»Ich bedaure das übrigens nicht, es ist eine sehr sinnliche Bewegung und eine großartige Parabel der Einsamkeit.«

»...«

In ihrem Hotel habe ich in der Halle gewartet und ihr die nötige Zeit gelassen, zu duschen und etwas anzuziehen, was »weniger nach Squaw aussieht«. Dann habe ich sie gefragt, ob sie vor dem Treffen mit Séguret und dem Regisseur nicht Lust habe, bei den Drehbuchautoren vorbeizuschauen.

»Warum nicht? Schließlich wissen sie mehr über Dune als jeder andere.«

»Vor allem Jérôme, er ist derjenige, der die Idee für die Figur hatte.«

»Glauben Sie, es wird gutgehen?«

»...«

Mathilde und der Alte haben uns erwartet, neugierig und aufgeregt wie Kinder. Tristan hat mir bei ihrem Anblick leise ins Ohr geflüstert, daß sein Bruder diesem Schlag nicht gewachsen sei. Der Meinung waren wir alle.

Und dann kam er herein, mit Papiertüten in den Armen, seinem Zweitagebart, seinen löchrigen Stan-Smith-Sportschuhen und seinen beängstigend weißen Jeans.

»Der spinnt doch, dieser Polacke. Zwanzig Piepen für eine Schachtel La Vache Qui Rit, und den Liter von diesem Landwein verkauft er einem zum Preis eines Spitzenbordeaux.«

Mürrisch stellte er seine Tüten ab, ohne auch nur in unsere Richtung zu schauen.

»Gibt es die in Frankreich auch, die Vache Qui Rit?« fragte Oona freundlich.

Und Jérôme drehte sich um.

Zu ihr.

Stille.

Sie sollte brünett sein. Mit langen Haaren, glatt wie Schnittlauch.

»Oona, wir stellen Ihnen den letzten dieser großartigen Mannschaft vor: Jérôme.«

»Sehr erfreut«, sagte sie und reichte ihm die Hand. »Man hat mir gesagt, daß es Ihnen zu verdanken ist, daß es Dune gibt und ich heute hier bin.«

»...?«

Sie sollte tiefblaue Augen haben, eine matte Haut, leicht kupferfarben wie die einer Zuni-Indianerin, außerdem...

»Willst du Oona nicht guten Tag sagen?«
»Oona?«
Ein unmerkliches Lächeln wie das einer Geisha. Sie sollte endlos lange Beine und einen unauffälligen Busen haben. Aber ebenfalls kupferfarben, der Busen.
»Gebe ich eine akzeptable Dune ab?«
»...?«
»Sag ihr, daß sie eine großartige Dune sein wird, Jérôme.«
»...?«
Auch die kleinste ihrer Gesten sollte den Eindruck von Heiterkeit vermitteln, man sollte in ihr lesen wie in einem offenen Buch, und ihr Lachen sollte glucksen wie ein Bächlein.
»Kann mir einer das Skript geben? Ich habe es noch nicht gelesen.«
»Sie haben heute nachmittag nur einen Auftritt, und Ihnen bleibt der ganze Abend, um den Text für morgen zu lernen.«
»Wenn ich daran denke, daß ich gestern noch krampfhaft versucht habe, ein Haiku zu übersetzen, während ich zwei Hamburger servierte... Und heute bin ich in Paris, um eine Cathérine Deneuve zu werden! Das ist der Stoff, aus dem die Träume sind!«
Ihr Französisch hat einen ganz leichten Akzent. Unter ganz bestimmten Umständen wechselt sie ins Japanische, ohne daß jemand weiß warum. Manchmal zitiert sie in ihrem Text Shakespeare. Und wenn sie dazu noch einen Bumerang werfen könnte...
»Ich begleite Sie ins Studio«, sagte Mathilde.
Oona paßte sich lächelnd Mathildes Schritt an und drehte sich in der Tür noch mal zu uns um.
»Laßt mich in Paris nicht ganz allein! Wenn sich niemand um Oona kümmern will, dann kümmert euch um Dune.«
Dann sind sie gegangen, unsere Frauen.

Aber dieses Mädchen gibt es nicht...
Jérôme sank aufs Sofa.
»Wie viele Menschen gibt es auf dieser verkommenen Erde?«
»Fünf Milliarden.«
»Wir haben den schönsten Beruf der Welt.«

—

Außer dieser Geschichte von dem Freund, der die Frau seiner Träume kennenlernte, werde ich später von den zwei Monaten nichts mehr im Gedächtnis behalten. Wer verliert nicht jedes Zeitgefühl, wenn man ihn in einen Countdown schickt? Damit es auch ja keiner vergißt, notiert der Alte jeden Morgen auf der Tür die Zahl der Tage, die uns noch vom einundzwanzigsten Juni trennen. Die Dreharbeiten der Folge Nummer achtzig sind gegen T-18 abgeschlossen worden, aber ich komme erst heute wieder zu mir, T-3.
Trotz der späten Stunde sind Louis und Séguret noch wegen einer letzten Meinungsverschiedenheit über die Szene einundzwanzig, in der Bruno aller Wahrscheinlichkeit nach abkratzt, beim Schnitt. Séguret will niemanden sterben sehen, er findet, das würde »Saga« besudeln. Dieser Halunke vergißt dabei ganz zu erwähnen, daß für die zweite Staffel bereits alle Schauspieler unter Vertrag stehen und daß Bruno darin eine der Figuren sein wird, um die sich alles dreht.
Es ist drei Uhr morgens, und ich sehe Ségurets Schatten durch den Gang eilen, ohne in unserem Büro vorbeizuschauen. Der Alte und William tauchen gleich danach auf und kommen zu uns herein. Louis ist erschöpft, er streckt sich und hält sein Gesicht kurz unter den Wasserhahn. William seufzt vor Müdigkeit und zündet sich eine Zigarette an. »Seit zwei Wochen schikaniert er uns jetzt mit die-

ser Nummer achtzig«, sagt der Alte. »Der Maestro war viel gnädiger. Genaugenommen sogar seit sechzehn Tagen! Von den zur Wahl stehenden Szenen hat er jedesmal die geschmackloseste, die geistloseste, die *anständigste* gewählt.«
»Seid ihr mit dem Schnitt fertig?«
»Das Sendematerial liegt praktisch vor, das heißt, wir sind sendebereit«, sagt William.
»Wie sieht so ein Sendematerial aus?«
»Wie eine große Videokassette, ganz normal. Am nächsten Donnerstag um zwanzig Uhr fünfzehn werden sie sie in ihr Gerät legen, und dann los ...«
»Das ist das Ende der Reise«, brummt Louis. »Und wie die Italiener sagen, *non vedo l'ora.*«
Das Ende der Reise. Wir haben es oft beschworen, aber jetzt haben die drei Worte zum ersten Mal das Gewicht der Wirklichkeit.
Mathilde ist bereits nach Hause gegangen. Jérôme packt seine Sachen in mehrere große Sporttaschen. Er wird heute abend das Büro verlassen. Für seinen Bruder hat er vorübergehend einen bequemeren Platz gefunden, damit er in Ruhe alles für ihre Reise über den großen Teich vorbereiten kann. Schon jetzt beginnen mir die Brüder Durietz zu fehlen.
»Wir beide müssen noch ein bißchen was tun, William und ich«, sagt Louis. »Bis morgen. Nutzt die Zeit, um euch auszuruhen.«
Wir vereinbaren, uns wie geplant übermorgen, am einundzwanzigsten Juni, um dreizehn Uhr hier zu treffen, um uns vor der abendlichen Ausstrahlung anzuschauen, wie unsere Folge Nummer achtzig aussieht.
Der Alte und William gehen noch einmal in den Schneideraum. Jérôme und ich räumen ein bißchen auf, um die bösen Geister aus dem Raum zu vertreiben. Noch nie haben

wir uns so beeilt, noch nie waren wir so schweigsam. Nie mehr werden wir nachts hierherkommen. Nie mehr werden wir Wodka aus dem Kühlschrank holen, um uns in der Stille der Nacht mit dem Glas in der Hand aufs Fensterbrett zu lehnen. Nie mehr. Ich fege, er leert die Aschenbecher und knotet den Müllsack zu.
Ich vermeide, daß unsere Blicke sich begegnen, und er vermeidet es ebenso.
Ich helfe Jérôme, den halb schlafenden Tristan auf die Beine zu stellen. Tristan fragt, wohin man ihn bringt, und sein Bruder antwortet: »Ins George V.«
Bevor wir auf den Gang treten, betrachtet Tristan ein letztes Mal sein Sofa und seinen Fernseher mit dem knisternden Testbild.

—

Donnerstag, der einundzwanzigste Juni, vierzehn Uhr dreißig.
Das Büro ist vollkommen leer. Keine Computer, keine Tische, kein Sofa, keine Stühle, kein Kaffeeautomat, nichts mehr. Nur das Videomaterial ist noch da. Der Geruch von Chlorwasser vermischt sich mit einem leichten Duft nach Veilchen.
Die neunzig Minuten der Folge Nummer achtzig sind vergangen, ohne daß einer von uns auch nur ein einziges Wort gesprochen hätte. Jérôme applaudiert – als einziger –, um die Abspannmusik zu übertönen. Mathilde, die auf dem Boden sitzt, zerdrückt im Augenwinkel eine Träne. Der Alte fragt uns nach unserem Urteil, aber niemand wagt, etwas zu sagen. Die Folge kommt dem sehr nahe, was wir vier bei unseren Geheimtreffen beschlossen haben. Was für einen Sinn macht es, nach einem so schrecklichen Spektakel auszusprechen, wie es war?

Wir verabreden uns gegen zwanzig Uhr im gewohnten Café, kurz vor der Ausstrahlung, um unseren Abschied zu feiern. Unseren richtigen. Bis dahin haben meine Partner noch einige persönliche Dinge zu regeln: das Ziel vieler Wochen geduldigen Brainstormings. Dann werden sie den Schauplatz mit freiem Kopf verlassen. Weil ich der einzige bin, der an diesem Tag nichts zu tun hat, schlage ich Mathilde vor, sie zu begleiten oder auch im Café gegenüber auf sie zu warten.

»Lieb von Ihnen, Marco, aber es ist besser, wenn ich allein dorthin gehe. Ich werde Ihnen heute abend erzählen, wie es gelaufen ist.«

»Und lassen Sie sich bloß nicht einwickeln«, sagt Jérôme. »Ich spüre, daß Sie noch schwach auf den Beinen sind.«

»Machen Sie sich keine Sorgen, den Part, den ich zu spielen habe, ist nichts im Vergleich zu dem Ihrigen, Jérôme.«

»Ich habe nichts mehr zu tun, jetzt tritt ›Mister Vengeance‹ auf den Plan.«

Wie viele Male haben wir es geschrieben und wieder umgeschrieben, dieses verrückte Drehbuch, das in den kommenden Stunden Wirklichkeit werden wird! Die Plätze werden teuer bezahlt werden, und ich bedaure, nicht dabeisein zu können. Jérôme will genau wie Mathilde seine Geschichte allein zuendebringen.

Draußen geht jeder in eine andere Richtung, nur ich bleibe noch kurz bei Louis, um dann ein paar Schritte zum Invalidendom zu laufen. Ich frage, wann sein Zug heute abend abfährt. Er holt seine Fahrkarte heraus, um nachzuschauen.

»Um einundzwanzig Uhr fünfzehn, ich werde morgen früh Punkt zehn Uhr in Rom sein.«

Am liebsten würde ich das Schiff verlassen, bevor es ganz am Kai ist. Eine zweite Karte schaut aus seiner Tasche. Ich frage ihn, ob er allein fährt.

»Ach, das? Das ist eine Theaterkarte.«
»Eine Theaterkarte?«
»Das Stück beginnt um neunzehn Uhr dreißig, ich werde gerade mal Zeit haben, mir die ersten zehn Minuten anzusehen, bevor ich mich mit euch im Café treffe.«
Schweigend überqueren wir die Esplanade, und vor der Abgeordnetenkammer trennen sich unsere Wege.
»Bis heute abend, Marco.«
»Sei nicht zu hart mit ihm!«
Er setzt seinen Weg fort und hört mich nicht mehr.
Ich finde mich ganz allein am Seineufer wieder. Und weiß nicht, was ich bis heute abend machen soll. Wenn es mir gelänge, Charlotte vor morgen früh zu finden, wären die kommenden Tage weniger qualvoll, dessen bin ich sicher. Bauen kann ich aber nur auf den Zufall. Und ich hasse den Zufall. Eine Berufskrankheit.

Wie ein Bumerang

Jérôme

Wieviel gibt man dem Hotelboy vor dem Ritz, der den Wagen parkt? Solche Fragen stellt sich Sauvegrain noch immer, obwohl er es lächerlich findet, seit er über sechs Millionen Dollar schwer ist. Unsicher steckt er dem Livrierten fünfzig Francs zu, betritt das Hotel und geht zum Empfang.

»Die Suite von Monsieur Stallone.«

Der Mann greift nach dem Telefonhörer, ein höfliches Lächeln auf den Lippen.

»Eine Verabredung mit Monsieur Stallone – wen darf ich melden …?«

»Yvon Sauvegrain.«

»Sie werden erwartet«, sagt er und legt auf. »Man wird Sie hinbringen.«

Er winkt einen Angestellten herbei. Sauvegrain folgt ihm in den Lift und durch den Gang der ersten Etage. In zwei Sekunden wird er *ihm* zum ersten Mal gegenüberstehen. Ein Mann in den Sechzigern empfängt ihn mit breitem Lächeln.

»Setzen Sie sich, ich bin Slys Sekretär, er wird in einer Minute bei Ihnen sein.«

Sauvegrain erkennt die Stimme des Mannes, zur Vereinbarung dieses Treffens waren mehrere Telefonate zwischen Los Angeles und Paris hin- und hergegangen. Er macht ihm ein Kompliment wegen seines exzellenten Französisch.

»Ich spreche nicht so gut, wie ich es gerne hätte. Ich liebe Paris seit jeher und würde alles dafür geben, öfter hierherkommen zu können. Sly spricht kein Wort Französisch, das wissen Sie?«

»Ja, kein Problem. Bleibt Monsieur Stallone länger in Frankreich?«

»Er ist hier, um mit Steven Spielberg, der gerade in Versailles dreht, ein Projekt zu besprechen. Aber bis jetzt hat sich noch nichts ergeben. Sly nutzt die Gelegenheit, um der französischen Presse ›Deathfighter 2‹ anzukündigen, darum will er sich mit Ihnen treffen. Danke, daß Sie uns zwei Stunden Ihrer Zeit opfern.«

»Das ist doch nicht der Rede wert.«

Stallone erscheint, ein einziges Lächeln, mit einer kleinen runden Brille auf der Nase, einer Hose aus beigem Leinen und einem Hemd, das er gerade zuknöpft. Er drückt Sauvegrains Hand, bietet ihm etwas zu trinken an und spielt ganz den Gastgeber. Mit einer Kopfbewegung bedeutet er dem Sekretär, daß er mit seinem Besucher allein sein möchte. Sauvegrain versteht jedes Wort des Stars, der sich bemüht, langsam zu sprechen.

»Ich hätte den Schöpfer des ›Deathfighter‹ gern schon früher kennengelernt, aber Sie wissen ja, wie es so läuft, das Räderwerk setzt sich in Betrieb, und man kann an nichts anderes mehr denken, nur noch an den Film. Man hat Sie doch zur Premiere nach New York eingeladen?«

»Ja.«

»Und mein Sekretär war nicht imstande, dort ein paar Minuten für uns zu finden?«

»Sie waren sehr beschäftigt mit der Promotion des Films.«

»Ach was, Unsinn ... Alles muß man selbst machen. Bitte nehmen Sie meine Entschuldigung an, Monsieur Sauvegrain.«

Sie wechseln einen zweiten Händedruck, diesmal einen kräftigeren.
»Meine Drehbuchautoren haben eben das Skript für den zweiten Teil beendet, ich hoffe, es wird Ihnen gefallen. Nächsten Monat müßten wir drehen können. Kalkutta, L.A. und vielleicht eine Szene mit der Lady Liberty.«
»In New York?«
»Wir arbeiten an einer Einstellung mit einem Wasserfall hoch oben von der Freiheitsstatue.«
»Der Freiheitsstatue?«
»Das wäre ein Knüller, nicht wahr? Geht mit den Verträgen alles in Ordnung? Hat man Sie bezahlt?«
»Mein Agent befaßt sich gerade damit.«
»Es war eine gute Idee von Ihnen, uns die Exklusivrechte an diesem Stoff zu verkaufen, so ist die Situation viel eindeutiger. Sie erhalten von allen Produkten der Figur vier Prozent der Einnahmen. Ich glaube nicht, daß wir ›Deathfighter 3‹ drehen werden, aber man weiß nie, man muß auf alles vorbereitet sein. Es wäre mir lieb, wenn Sie ein Auge auf das Ganze hätten. Ich möchte, daß Sie den Status eines Beraters annehmen. Schließlich ist die Figur Ihre Erfindung, oder?«
»Natürlich.«
Für den Bruchteil einer Sekunde erscheinen einige Bilder vor Sauvegrains innerem Auge.
»Sie werden sehen, der zweite Teil ist noch besser als der erste.«
Der Sekretär klopft an und steckt den Kopf zur Tür herein.
»Steven ...«
»Jetzt schon?«
Stallone wirkt verlegen, er zögert.
»Sagst du ihm, daß er bitte einen Augenblick warten möchte?«

Sauvegrain hat einen Augenblick lang Zeit, die Gestalt des Besuchers durch die halboffene Tür zu betrachten.
»Steven Spielberg?«
»Er hat mir vorgeschlagen, die Geschichte meines Lebens zu drehen! Ein kleiner italienischer Schauspieler, der drittklassige Rollen annimmt und eines Tages ein Drehbuch über das Boxen schreibt! Im Augenblick weigere ich mich noch, es zu glauben.«
»Warum nicht, wenn es wahr ist?«
»Ich weiß nicht einmal mehr selbst, was für ein Typ ich war, damals vor zwanzig Jahren ...«
In seinen Augen blitzt ein kurzes Funkeln auf. Sauvegrain hält es für Wehmut.
»Man läßt Mister Spielberg nicht warten«, sagt Sauvegrain und erhebt sich.
»Bleiben Sie sitzen, ich habe noch eine Kleinigkeit mit Ihnen zu besprechen. Eine Lappalie, aber die Sache fängt an, mich zu nerven. Deshalb will ich sie lieber gleich aus der Welt schaffen.«
Der Klang seiner Stimme hat sich unmerklich verändert. Sauvegrain setzt sich wieder hin, gehorsam.
»Sagt Ihnen der Name Jérôme Durietz etwas?«
Ein Adrenalinstoß jagt durch Sauvegrains Körper, und es läuft ihm kalt den Rücken hinunter.
»Jérôme ... Durietz? Nein, ich ...«
»Der Kerl ist ein französischer Drehbuchautor und behauptet, das Konzept von ›Deathfighter‹ stamme von ihm. Er belagert meine Büros und alle meine Finanzierungspartner. Solche Geschichten gefallen mir *ganz und gar nicht.*«
Sauvegrain wird rot und wischt sich über die Stirn.
»Um so weniger, als er sich bei uns einen Namen zu machen beginnt mit irgendeiner Comedy-Serie an der NBC die Rechte gekauft hat.«

Sauvegrain räuspert sich und windet sich in seinem Sessel.
»Hören Sie zu, Monsieur Sauvegrain, neunzig Millionen Dollar stecken in der Produktion von ›Deathfighter 2‹, und eine solche Publicity rund um den Film kann niemand brauchen. Im Grunde ist es mir *scheißegal*, wer das Konzept entworfen hat, ob Sie es waren, er oder irgendein hergelaufener Schwachkopf, verstehen Sie mich?«
»Ja, ich...«
»Es gibt zwei Möglichkeiten: Entweder lügt er, dann breche ich ihm den Hals. Oder es ist wahr, dann muß man das Problem anders regeln. Aber dazu muß ich die Wahrheit wissen, und die Wahrheit kommt immer ans Licht, das weiß ich aus Erfahrung. Hier steht zuviel Geld auf dem Spiel, drücke ich mich verständlich aus?«
»Aber...«
»Antworten Sie mit Ja oder Nein, wer hat das Konzept entworfen?«
»Ich...«
Stallone gibt seiner Stimme eine granitene Härte. Seine Augen suchen die Sauvegrains, der ihm nicht mehr ins Gesicht zu sehen wagt.
»Sie zwingen mich dazu, mich zu wiederholen, und das schätze ich überhaupt nicht: *Wer hat das Konzept entwickelt?*«
»Wäre es nicht möglich zu... handeln?«
»Handeln? Höre ich richtig?«
»...«
»War er es, Monsieur Sauvegrain?«
»Sagen wir, ich habe eine Idee ausgearbeitet, die...«
»War er es?«
»Ja.«
»Es ist gut, daß Sie mir die Wahrheit sagen.«
»...«

»Jetzt hoffe ich nur, daß er Ruhe gibt, wenn er das Geld bekommt, das für *Sie* zurückbehalten worden ist. Wenn nicht...«

»Wenn nicht...?«

»Ich kenne diese Sorte Menschen, sie wollen, daß man über sie spricht, sie wollen im Vorspann genannt werden, sie wollen unglaubliche Summen als Schadenersatz und Zinsen. Haben wir das denn nötig?«

»Was wollen Sie machen?«

»Monsieur Sauvegrain, kommen Sie zurück auf die Erde: Sie haben die Tore Hollywoods aufgestoßen und dort Einlaß gefunden, wie ich vor zwanzig Jahren Einlaß fand. Sie befinden sich am Hof der Großen, und das ist es doch, was Sie wollen, oder? Wichtig ist die Show, das, was die ganze Welt auf der Leinwand sieht. Aber die Welt braucht ja nicht unbedingt zu wissen, was dahinter vorgeht, verstehen Sie mich?«

»Ja.«

»Dieser Durietz lebt in Paris?«

»Ja.«

»Dann rate ich Ihnen, die nächsten Tage am anderen Ende der Welt zu verbringen. Die Beseitigung desjenigen, der das Problem verkörpert, bedeutet die Beseitigung des Problems, drücke ich mich verständlich aus?«

Sauvegrain überlegt nicht einmal mehr.

»Tun Sie, was Sie für das Beste halten.«

Plötzlich erstarrt Stallone und schaut zum Spiegel.

Stille.

Er schließt kurz die Augen und hält den Atem an.

Als im Nebenzimmer jemand »Schnitt!« brüllt, stößt er einen Siegesschrei wie ein Tennis-Champion aus.

Sauvegrain hört hinter einer Trennwand ein paar Wortfetzen.

Jérôme und Lina kommen aus dem Nebenzimmer und gratulieren dem Schauspieler.
»Ich wußte, daß er großartig ist«, sagt Lina. »Im allgemeinen sind Doppelgänger nicht sehr talentiert, aber Jeremy hat an einem Schauspielkurs teilgenommen.«
Jérôme drückt Jeremy die Hand, mit aller Dankbarkeit der Welt in seinem Blick.
»Wissen Sie was? Einen Moment lang habe ich geglaubt, Sie seien der echte.«
»Das ist sehr nett von Ihnen, aber Sie übertreiben ...«
»Ganz und gar nicht, Sie hatten dieses gewisse Etwas, als Sie sagten, ›Kommen Sie zurück auf die Erde‹ ... ›Kommen Sie zurück auf die Erde‹ ... Genau wie in ›Rambo‹.«
»Das ist Ihnen aufgefallen? Ich habe lange daran gearbeitet.«
»Außerdem finde ich es umwerfend, wie Sie mit der Brille spielen. Wo haben Sie das her?«
»Aus ›Tango and Cash‹.«
»Klar, natürlich!«
Sauvegrain hat das Gefühl, ganz woanders zu sein, ohne wirklich zu wissen wo. Kameramann und Toningenieur kommen nun auch aus ihrem Zimmer. Lina holt den Mann, der den Sekretär gespielt hat, und den Doppelgänger von Spielberg herein, um beiden zu gratulieren.
»Ich hatte die Wahl zwischen zwölf Stallones, aber um einen einzigen Spielberg zu finden, habe ich eine halbe Ewigkeit gesucht. Zum Glück ist mir Stuart über den Weg gelaufen.«
Ein Kellner des Ritz schiebt einen Servierwagen mit Champagnerflaschen in die Suite. Keine zwei Minuten später ist die Party in vollem Gang.
Sauvegrain ergreift den Kelch nicht, den man ihm reicht.
Niemand achtet auf ihn.

Alle achten auf ihn.
Er sucht den Blick von Jérôme, der sich endlich dazu herabläßt, zu ihm zu treten.
»Eines begreife ich nicht, Sauvegrain. Wie konnten Sie bloß auf diese Farce hereinfallen: ›Wichtig ist die Show, das, was die ganze Welt auf der Leinwand sieht. Aber die Welt braucht ja nicht unbedingt zu wissen, was dahinter vorgeht‹, und so weiter. Haben Sie diesen ausgemachten Unsinn wirklich geglaubt?«
Sauvegrain versucht sich nichts anmerken zu lassen.
»Das ist wie ein schlechter Gangsterfilm, Sauvegrain. Was die Stimmigkeit von Situationen betrifft, sind Sie besonders schlecht, der schlechteste Drehbuchautor der Welt. Glauben Sie vielleicht, ein Star vom Format eines Stallone würde einen Schmalspur-Al-Capone mimen? Absurd. Selbst in den dreißiger Jahren hätte man so etwas nicht geglaubt. Hollywood hat so etwas wirklich nicht nötig. Die Anwälte sind diejenigen, die alle Schlüssel zum Königreich in den Händen halten, und das war schon immer so.«
»...«
»Abgesehen davon ist Sly ein äußerst liebenswerter Mensch, der weit über alldem steht, fragen Sie Jeremy.«
»Was wollen Sie?«
»Ich habe den gefilmten Beweis, daß Sie mir ›Deathfighter‹ gestohlen haben, nicht zu reden von Ihrer Mittäterschaft an der Ermordung meiner Person. Und sechs Zeugen, die darüber vor jedem Gerichtshof von Paris bis Los Angeles aussagen können.«
»Ich habe gefragt, was Sie wollen.«
»Nicht mehr als der Graf von Monte-Christo in Dumas' Buch. Ich will alle Verträge auf meinen Namen geändert haben und die Überweisung bereits eingegangener Gewinne. Ein volles Geständnis bei den Produzenten und bei Stal-

lone. Die volle Erstattung der Unkosten, die mich diese Inszenierung hier gekostet hat: Ein gewaltiges Budget für fünf Minuten Film. Sicher der teuerste Kurzfilm der Welt. Aber die Mühe hat sich gelohnt, stellen Sie sich vor, wie oft ich mir dieses kleine Meisterwerk noch anschauen werde.«
Sauvegrain hätte gern irgend etwas gesagt. Höhnisch gelacht. Einen anmaßenden Ton angeschlagen. Er hätte gern einen guten Abgang gefunden, aber das schafft er nicht.
Jérôme schaut ihm nach, als er geht.
»Der Champagner geht auf mich.«

Mathilde

Mathilde bleibt einen Augenblick vor dem Spiegel über dem Waschbecken stehen, um sich ein letztes Mal zu begutachten. Noch nie hat sie sich so gefallen.

Victor stürzt sofort auf sie zu, als sie in seinem Büro auftaucht, nimmt ihre Hand, drückt sie an die Brust und küßt ihre Fingerspitzen.

»Laß das, es erinnert mich an die Zeit, als ich achtzehn war.«

Er bietet ihr einen Sessel an und bleibt neben ihr stehen.

»Warum hast du so lange damit gewartet, auf meine Anrufe zu reagieren? Ich hatte schon befürchtet, du seist mir böse.«

»Mir war die Nachricht auf meinem Anrufbeantworter zu mickrig. Wenn du mir einen Brief geschrieben hättest, hätte ich wahrscheinlich schneller reagiert.«

»Einen Brief? Du weißt ganz genau, daß ich nie schreibe.«

»Eben. Es hätte mich gerührt, wenn du bei mir eine Ausnahme gemacht hättest. Ich habe nie verstanden, daß ein Mann, der so anspruchsvoll ist, was die Texte anderer betrifft, nie selbst zur Feder gegriffen hat.«

»Ich habe meinen Beruf nicht verfehlt.«

»Nicht einmal einen kleinen Liebesbrief. In zwanzig Jahren. Oder ein Zettel auf der Tischkante: *Bis morgen, mein Herz.*«

»Ich bin dafür ein Meister auf vielen anderen Gebieten. Niemand bereitet den Oolong Impérial so gut zu wie ich.«

»Wie hätte ich vergessen können, wie du den Tee zubereitest? Du hast immer Tee gekocht, wenn du mit mir über meine Manuskripte reden wolltest. Duftete es in deinem Büro nach Bergamotte, wußte ich, daß alles gut gelaufen war. Wenn es nach Rauchtee roch, konnte ich mich auf eine Tracht Prügel gefaßt machen. Heute wird es ein Bourbon sein, und zwar der, den du in der zweiten Schublade links hast.«
Victor schweigt ein paar Sekunden, überzeugt, daß das Ganze nur ein Spiel sei.
»Du trinkst?« fragt er dann.
»Inzwischen nicht mehr, aber es hat mir geholfen, damals, als du mich aus diesem Büro gejagt hast.«
»Ich wollte dir nie weh tun, Mathilde.«
»Ich bin nicht hergekommen, um über Schnee von gestern zu reden. Erzähl mir lieber, wie es meinen kleinen Romanautorinnen geht, seit du offiziell bekanntgegeben hast, daß sie allesamt Mathilde Pellerin heißen?«
»Du wirst mir doch deswegen bestimmt nicht böse sein. Kein Verleger der Welt hätte einem solchen Werbegag widerstehen können. Zweiunddreißig Romane aus der Feder der einzigen Frau im Team der ›Saga‹-Drehbuchautoren. Zweiunddreißig Romane, die den Markt sprengen! Du hast die Verkaufszahlen von Barbara Cartland und Penny Jordan vernichtend geschlagen, ich habe die Übersetzungsrechte an siebenundzwanzig Länder verkauft, mit England und den Vereinigten Staaten ganz oben auf der Liste. Sechsmal habe ich die Filmrechte verkauft und die ›Janice‹-Serie ans Fernsehen.«
»Also waren diese fünfundzwanzig Jahre meines Lebens doch nicht ganz unnütz.«
»Ist das die einzige Wirkung, die dieser Erfolg auf dich hat?«

»Ich durfte ja nicht mitreden.«
»Wir sind reich, Mathilde.«
Sie läßt einen Augenblick verstreichen und trinkt einen Schluck Bourbon.
»Wie geht es deiner Frau?«
»Du weißt genau, welche Rolle sie für mich spielt und warum ich sie geheiratet habe.«
»Sie hat dir zwei Kinder geschenkt.«
»Mathilde!«
Um es abzukürzen, beugt er sich zu ihr, küßt sie, und sie läßt es geschehen.
»Ich werde nie wieder einen Mann finden, der so küßt wie du, so streichelt wie du.«
»Warum einen anderen suchen?«
Er zieht sie fester an sich, aber nun stößt sie ihn zurück.
»Setz dich, Victor.«
Ein Befehl. Er kennt diese Härte in ihrer Stimme nicht. Er gehorcht.
»Schade um Patty Pendelton, um Sarah Hood, um Axelle Sinclair und all die anderen. Ich habe sie geboren, und du hast sie sterben lassen. Vielleicht hast du recht gehabt.«
»Wir sind ein Team, du und ich. Ich habe große Pläne.«
»Ich auch. Und als erstes werde ich dich auffordern, auf der Stelle dieses Büro zu verlassen. Deine persönlichen Sachen werden dir so schnell wie möglich zugestellt.«
»...?«
»Du weißt, daß ich nie gut darin war, Pseudonyme für mich zu finden, die hast immer du ausgesucht. Heute bin ich dran. Finecma, die dir zwölf Prozent vom Phoenix-Verlag abgekauft hat. Provocom, die dir achtzehn Prozent des Phoenix-Verlags abgekauft hat. Die Berger-Gruppe, die dir elf Prozent des Phoenix-Verlags abgekauft hat. Und schließlich The Mail D., eine Investment-Scheinfirma, die

nichts anderes ist als das Anagramm von Mathilde und der du sechzehn Prozent der Anteile am Phoenix-Verlag abgetreten hast. Mit deinen armseligen dreiunddreißig Prozent besitzt du nicht länger die Mehrheit in diesem Haus. Laß den Bourbon da, wenn du gehst, er ist köstlich.«
Geschlagen versucht Victor ein sanftes Lächeln, als wolle er auf das von Mathilde antworten. Sie erträgt seinen Blick mit einer Standhaftigkeit, die er nie bei ihr vermutet hätte.
»Ich liebe diese Art von Scherzen gar nicht, Mat.«
»Und ich bringe nicht mehr die Geduld für solche Sätze auf, die ich alle schon einmal selbst fabriziert habe, seit ich Drehbuchautorin bin. Hinaus mit dir.«
Er zündet sich eine Zigarette an, um Zeit zum Überlegen zu gewinnen, nimmt drei rasche Züge und drückt sie aus. Sie verschränkt die Arme und mustert ihn mit einer Arroganz, die sie noch schöner erscheinen läßt.
»Der Phoenix-Verlag gehört mir, Mathilde ...«
Sie bricht in Lachen aus.
»Jérôme hat mir vorausgesagt, daß dieser Moment göttlich sein würde, aber die Realität übertrifft alle Erwartungen!«
Victor schlägt mit der Faust auf den Tisch, versetzt dem Stuhl einen Tritt und fegt eine Reihe Bücher auf den Boden. Wie ein Löwe, der mit einem Pfeil in der Flanke aufbrüllt, bevor er zusammenbricht.
»Versuch dich mir zu Füßen zu werfen, man weiß ja nie. Ich könnte mich erweichen lassen. Ich könnte aber auch angewidert sein, es ist dein Risiko.«
»Du weißt, was Phoenix für mich bedeutet ... Wenn du mir den Verlag wegnimmst, werde ich ...«
Victor bricht plötzlich ab, unfähig, eine Drohung auszusprechen. Er spürt, daß die Wut ihn zum Verlierer machen wird.
Wider alle Erwartungen kniet er sich vor Mathildes Füße

nieder.
Er legt seine Wange auf ihr Knie.
Sie schiebt die Hand in seine Haare.
Lange verharren sie so, ohne daß ein Wort fällt.
Mathilde erinnert sich.
Als sie dann Victor über die Wange streichelt, bleibt an ihrem Finger eine Träne haften. Sie führt sie an die Lippen, um endlich zu erfahren, wie die Tränen desjenigen schmecken, der sie so oft zum Weinen gebracht hat.
»Ich habe an eine andere Lösung gedacht...«
Victor hebt langsam den Kopf wie ein unterwürfiger Hund.
»Ich gebe dir die Chance, die Leitung *meines* Verlagshauses zu behalten.«
»Alles, was du willst.«
»Du wirst einen Roman für mich schreiben.«
»...?«
»Einen großen Liebesroman, der vor edlen Gefühlen nur so trieft.«
Victor versteht immer noch nicht.
»Ich will, daß du die Geschichte von Victor und Mathilde erzählst, von der Minute an, in der wir uns zum ersten Mal begegnet sind. Den ersten Blick, die ersten Worte, die ersten Gesten. Ich will alles lesen, was du von diesem ersten Augenblick an in deinem Herzen empfunden hast. Ich will die allerintimsten Einzelheiten über unsere ausgelassenen Spielchen lesen, ich will alles wiederfinden, was wir uns in die Ohren geflüstert haben, ich will über die unbedeutendste Erinnerung staunen, die mir verloren gegangen sein könnte. Ich will endlose Beschreibungen unserer nächtlichen Spaziergänge, ich will, daß du von den Linien meiner Beine schwärmst, wie du es damals getan hast, ich will alles wissen, was dir durch den Kopf gegangen ist, wenn du mich in der Öffentlichkeit geküßt hast. Ich will, daß du

dich an jeden einzelnen meiner Romane erinnerst und wie du sie aufgenommen hast. Du wirst all unsere großen Momente der Anfangszeit wiederfinden, aber auch jene, die danach kamen. Ich will die Herrlichkeit und den Verfall. Ich will alles über die Beziehung zu deiner Frau wissen, alles, was du mir verheimlicht hast, ich will jede deiner Treulosigkeiten, deiner Lumpereien und deiner Feigheiten. Ich will all die schönen Worte in dem Grauen, das du mich hast durchleben lassen. Ich will diese zwanzig Jahre. Vor meinen Augen, zwischen meinen Fingern. Ich will sie haben, einzig und allein für mich.«

Victor ist wie vor den Kopf geschlagen und denkt nicht einmal mehr daran aufzustehen, sondern bleibt wortlos knien.

»Ich will, daß du großartig bist, ich will beim Lesen weinen. Ich gebe dir ein Jahr Zeit zum Schreiben. Wenn es mir nicht gefällt, schicke ich dir die Kopie gnadenlos zurück, und du wirst dich erneut an die Arbeit machen, so lange, bis das kleine Schmuckstück vollendet ist. Es wird dir riesige Freude bereiten, das zu tun.«

»Du verlangst das ernsthaft von mir?«

»Ich weiß, daß du dir von keinem Ghostwriter helfen lassen wirst. Ich kann mir nicht vorstellen, daß du ihm unsere Geschichte in den allerkleinsten Einzelheiten erzählen würdest! All diese Dinge, von denen du auf gar keinen Fall willst, daß sie bekannt werden.«

Sie bricht in Lachen aus.

»Du wirst herausfinden, ob es so einfach ist, einen Liebesroman zu schreiben. Geh nach Hause, und mach dich an die Arbeit. Sieh zu, daß du Talent zeigst.«

Sie öffnet die Tür und schiebt ihn hinaus.

»Du wirst nur noch an uns denken...«

Louis

Louis betritt das Theater als letzter, als alle schon Platz genommen haben, bereit zu applaudieren. Ihn hat schon immer etwas an dieser seltsamen Einigkeit gestört, wenn der Vorhang noch nicht einmal aufgegangen ist. Er fragt sich, ob das Publikum nur ins Theater kommt, um die Schauspieler aus der Nähe zu sehen und sich davon zu überzeugen, daß sie bezaubernd sind. Louis gibt gerne zu, daß einige das Talent haben, die Worte zu finden, und andere das Talent, sie zu sprechen, aber er hat nie verstanden, warum man die einen verehrt und die anderen vergißt. Immer wenn er einen vollen Saal betrachtet, wie an diesem Abend, stellt er sich einen jungen Dramatiker vor, der drei Schritte von dem Saal entfernt in einem Dreckloch hockt und vielleicht gerade die vier Sätze schreibt, die eines Tages das Theater vor Applaus einstürzen lassen.

Ein paar Zuspätgekommene suchen ihre Plätze, andere werden ungeduldig, Getöse steigt in die Kuppel empor. Bevor Louis den Saal verläßt, betrachtet er mit einem letzten Blick in die Runde die Zuschauer, den Vorhang, die Lüster, die Abendgarderobe. Zum x-ten Mal sagt er sich, daß dies alles der Grund dafür gewesen ist, warum Lisa ihn verlassen hat.

Ohne zu zögern, geht er durch mehrere Gänge, spürt unterwegs die Aufregung in den Kulissen und betritt dann unaufgefordert eine Garderobe.

Die Augen auf sein Spiegelbild geheftet, zieht der Schauspieler mit einem schwarzen Stift einen Lidstrich. Er erblickt Louis im Spiegel und dreht sich verblüfft um.
»Stanick?«
Louis befreit einen Stuhl von herumliegender Kleidung und setzt sich.
»Wer hat Ihnen erlaubt hereinzukommen?«
Louis antwortet nicht, der Schauspieler zuckt die Achseln und schminkt sich weiter.
»Ich muß in fünf Minuten auf die Bühne.«
»Fünf Minuten, das ist für einen Schauspieler ungeheuer viel. In fünf Minuten können Sie uns sehr weit weg entführen.«
Zum Spiegel geneigt, das Kinn nach vorn gereckt, pudert der Schauspieler mit raschen, routinierten Bewegungen sein Gesicht.
»Ich habe Sie nicht bei der Beerdigung gesehen.«
»Ich habe ihre Leiche mit Blut an der Schläfe auf dem Boden liegen sehen, während Sie in Spanien waren.«
»Wollen Sie damit sagen, daß nichts passiert wäre, wenn ich bei ihr gewesen wäre?«
»Wenn man eine Frau wie Lisa drei Monate allein läßt, liebt man sie nicht.«
Der Schauspieler läßt den Kopf kreisen, daß die Nackenwirbel knacken.
»Haben Sie sich hierher bemüht, um mir das zu sagen, Stanick?«
Louis zieht einen dreifach gefalteten Zettel hervor und reicht ihn ihm.

Kleiner Stinker von gescheitertem Drehbuchschreiber!
Du verlierst nichts, wenn du wartest. Ich werde mich zuerst um den beschissenen Schauspieler kümmern, er wird ster-

ben wie Molière! Auch wenn er das gar nicht verdient! Dann kommst du an die Reihe, Stanick.

Der Schauspieler wirft das Blatt auf eine Ecke des Tischs und zuckt die Achseln.
»Ein Verrückter. Er hat mir mehrere solcher Briefe geschickt.«
»Das Beunruhigendste an der Sache ist dieser *dritte Mann*. Er behauptet, Lisa mehr geliebt zu haben als wir beide zusammen, und das kann nur ein Verrückter sagen. Haben Sie eine Vermutung, wer...?«
»Es gibt keinen dritten Mann, Stanick. Nur einen Überspannten, der zu viel Zeitung liest. Die Polizei behauptet, daß diese Art Irrer ihre Pläne nie in die Tat umsetzt.«
Louis betrachtet den kleinen Poststapel auf dem Garderobenstuhl.
»Hat er Ihnen kein Wort der Aufmunterung geschrieben, nur um die Spannung zu steigern?«
»Schon möglich, aber ich öffne die Post nie vor einem Auftritt. Aberglauben.«
Etwas aus der Fassung, überlegt Louis einen Augenblick lang. Er hatte erwartet, einen Mann wanken zu sehen, aber im Augenblick ist davon nichts zu bemerken.
»Ich verlasse Paris heute abend. Das ist der einzige Vorteil des Autorenberufs, man kann ihn im hinterletzten Schlupfloch ausüben. Bei Ihnen dagegen weiß man immer, wo man Sie in den nächsten drei Monaten Abend für Abend findet. Exponiert, im hellen Scheinwerferlicht.«
Jemand klopft an die Tür, um den Schauspieler auf die Bühne zu zitieren. Er antwortet mit einem Schwall von Schimpfwörtern.
»Sind Sie deshalb gekommen, Stanick? Sie wollen meine Angst *sehen*.«
Schweigen.

Plötzlich bricht der Schauspieler in Lachen aus, in ein aus dem Herzen kommendes starkes Lachen, ein Lachen, an dem man nicht teilnehmen kann. Es ist ein Ausdruck von Standhaftigkeit. Und von Kraft.
»Wissen Sie, warum solche Drohungen mich gleichgültig lassen, Louis? Weil niemand, weder Sie noch irgendeiner von denen, die da draußen im Saal warten, noch dieser beschissene Schmierer sich vorstellen kann, was für ein Lampenfieber ich jetzt, genau in dieser Sekunde, habe. Ein ganz fürchterliches Lampenfieber – und da soll ich Angst haben vor einem anonymen Brief? Angst vor einem kleinen Idioten, der vorhat, mich irgendwo in dieser Stadt kaltzumachen? Das ist doch lächerlich ...«
Louis ist von dieser ungeahnten Wendung völlig überrascht, er verliert schlagartig seinen Hochmut und beobachtet als der Zuschauer, der er plötzlich wieder geworden ist, wie der Schauspieler seinem Make-up den letzten Schliff gibt.
»Was ich in diesem Augenblick empfinde, das ist so etwas wie die Perfektion des Schreckens. Mein Leben hat keinerlei Bedeutung mehr, ich würde gern himmelweit weg fliehen, die ganze Welt hinter mir lassen, die ganze Erde verhöhnen, abstreiten, daß ich existiere, brüllen, damit man mich aufweckt, meine Mutter rufen, ja, meine Mutter, wo ist sie übrigens, dieses Weibsstück ...? Beruhigen Sie sich, Louis, Sie haben für eine armselige Angst bezahlt, aber ich biete ihnen eine viel schrecklichere und viel eloquentere. Eine Angst erster Klasse, weiden Sie sich daran. Ich habe einen kleinen Fuchs im Magen, und der zerbeißt alles, was pulsiert, er hat Appetit, dieser Mistkerl, und ich kenne ihn schon sehr gut, denn ich füttere ihn seit dem Tag, an dem ich beschlossen habe, diesen Beruf zu ergreifen. Kennen Sie das Zucken, das ein Tropfen Säure auf einem Geschwür

verursacht? Ich würde gern mit eigenen Augen sehen, wie sich die Zerstörung ausbreitet, das muß etwa so sein, wie es in einem Text von Victor Hugo heißt: ›...ein mit Toten bedecktes Feld, auf das sich die Nacht senkt.‹ Hier aber, hier hört man nach einem Moment auf zu jammern und geht hinaus ins Feuer; wenn nicht, muß man sich nach einer anderen Arbeit umschauen.«

Nichts verläuft wie geplant. Louis weiß nicht, wie er die Fassung wahren soll.

»Sie verstehen sich zweifellos auf glanzvolle Auftritte. Bestimmt ist es das, was Lisa an Ihnen schätzte.«

»Ich habe Lisa nie gedrängt, Sie zu verlassen, Louis.«

»Warum hat sie es dann getan, verdammt noch mal? Was konnten Sie ihr geben, das ich nicht hatte?«

»Rampenlicht, nur ein bißchen Rampenlicht! Darauf war sie ganz versessen, das wissen Sie besser als jeder andere. Ich habe nie an so vielen mondänen Dinnerpartys teilgenommen wie nach unserer Hochzeit. Als ich abgelehnt habe, daß ›Paris-Match‹ uns zu Hause fotografiert, hat sie eine Woche lang nicht mit mir geredet. Einmal hat sie eine Szene gemacht, weil man sie bei der Verleihung der Molière-Preise zu weit vom Minister wegsetzte. Wenn Sie wüßten, wie ich das ganze Getue um diesen verrückten Beruf hasse!«

»Hätte man mir ein bißchen Anerkennung zugestanden, nur ein paar Bröckchen, nur einen kleinen Widerschein von dem Glanz, der Sie umgibt, wäre sie vielleicht heute noch bei mir – lebend.«

Der Regisseur und der Theaterdirektor treten ein, ganz Amtsgewalt. Der Schauspieler beschwichtigt sie und bittet um eine letzte Minute Geduld. Sie gehen wieder.

»Ich verstehe, daß Sie das ungerecht finden, Louis. Aber trotzdem...« Der Schauspieler zögert zum ersten Mal seit

Louis' Eintritt. »Aber trotzdem, Sie wissen nicht, wie sehr ich Sie beneide.«

»...?«

»Ihr, die Autoren, ihr braucht niemanden. Ihr seid die ersten, die das erste Wort des ersten Satzes kennen. Die anderen Wörter und Sätze kommen dann ganz nach Belieben eurer Freiheit und eurer Phantasie. Und an dem Tag, an dem wir eure Texte spielen, seid ihr anderswo, weit weg, damit beschäftigt, die nächste Reise vorzubereiten, auf der wir euch alle gern begleiten würden.«

Louis' Herz ist plötzlich befreit von jeglicher Bitterkeit.

Der Schauspieler tritt aus seiner Garderobe und klatscht zweimal in die Hände, offenbar ein Ritual, dessen Sinn nur er kennt.

Die beiden Männer schütteln einander lange die Hand.

Und wechseln einen Blick. Zweifellos den ersten.

»Ich muß gehen«, sagt Louis. »Trotzdem werde ich bei Ihnen sein.«

Bevor Louis das Theater verläßt, kehrt er in den Saal zurück und bleibt in der Stille und der tiefen Schwärze auf den Stufen stehen.

Der Vorhang öffnet sich. Auf der Bühne steht der Schauspieler.

Allein.

Der Saal applaudiert stürmisch, und Louis klatscht für einen Augenblick mit.

Das Stück kann beginnen.

Ich

»Der Maestro sagte oft: ›Erzählen ist wie ein Pfeil, der schon auf dem gespannten Bogen sein Ziel anvisiert.‹«

»Im Klartext?«

»Man muß immer von Anfang an das Ende einer Geschichte kennen. Der Epilog muß im Prolog enthalten sein. Man sollte also die Moral von der Geschichte kennen, wenn man sagt: ›Es war einmal...‹«

Wir haben uns, wie geplant, um zwanzig Uhr in unserem Stammcafé getroffen. Fünfzehn Minuten bleiben uns vor der letzten Folge von »Saga«. Fünfzehn Minuten vor unserem Abschied.

Mathilde bestellt einen großen Calvados und eine Tasse Kaffee. Sie ist seltsam schön. Schön, erschöpft und heiter. Sie ist am Ziel eines verrückten Wettlaufs angekommen und hat ihn gewonnen. Bis zuletzt waren wir überzeugt, daß sie zusammenbrechen würde. Mathilde und ihr auf Sprungfedern montiertes Herz. Mathilde, von der man für ein Lächeln Unmögliches verlangen kann. Wir waren alles andere als glücklich bei dem Gedanken, sie mit diesem eitlen Gecken, der nichts als Ohrfeigen verdient, in einem geschlossenen Raum allein zu lassen. Unsere Mathilde ist nicht in Ohnmacht gefallen! Sie hat den Drachen ihrer verlorenen Liebe niedergestreckt. Im Lauf der letzten Monate hat sie es verstanden, uns wie eine Farbpalette zu benutzen: ein Grundton von Jérôme für Findigkeit beim Ersinnen der

Rache, eine Nuance von Louis für die Raffinesse des Schlags, ein kleiner Tupfer von mir für die Entschlossenheit. Mathilde ist endlich frei, erlöst von ihren Dämonen. Das hat »Saga« bewerkstelligt.
»Ich werde den Pfefferwodka vermissen«, sagt Jérôme. »Ab sofort muß ich mich an Jack Daniel's gewöhnen. Einen doppelten!«
Ich bestelle das gleiche wie er. Tristan wartet draußen, hingesunken in dem Renault Espace, den die beiden vor zwei Tagen gemietet haben. Mir wird bewußt, daß ich Jérôme noch nie so glücklich gesehen habe wie heute abend. Er hat versprochen, mir den Film zu zeigen, in dem Sauvegrain in seine irre Falle gegangen ist. Auch an dieser Posse war ich nicht ganz unbeteiligt. Der Dialog stammt zwar vollständig aus Jérômes Feder, aber der kurze Auftritt Spielbergs war meine Idee (ich bin dabei von meiner Theorie der maximalen Glaubhaftigkeit mittels Überbietung und realistischer Details ausgegangen). Wie viele Stunden haben wir damit verbracht, diese im Grunde sehr einfache Szene auszuarbeiten, die auf dem Papier nicht einmal fünf Blätter umfaßt! Nach der achten oder zehnten Version haben wir sie Louis lesen lassen, er hat zwei oder drei Formulierungen geändert und uns seinen Segen erteilt, allerdings nicht ohne uns als total verrückt zu bezeichnen. Die Besetzung war Sache von Lina und ihren Scouts. Zur gegenwärtigen Stunde kann Jérôme sich als reichen Mann betrachten, der seine Ehre und seine Selbstachtung wiedergefunden hat. Nun ist er bereit, ganz Hollywood nach seiner Pfeife tanzen zu lassen. Noch mehr als den Bourbon scheint er jede Minute unseres Abschieds zu genießen, als bereite er sich schon jetzt eine schöne Erinnerung.
Louis bestellt einen Grappa. Damit gibt er uns auf seine Art zu verstehen, daß er bereits weit weg ist. Auch er.

»Es ist dilettantisch, wie ein Irrer von einer ersten Idee auszugehen und sich vorzumachen, man würde den Schluß unterwegs schon noch finden.«
Den Schluß. Er selbst mußte vor der Abreise aus Paris einen finden. Weil ihn das Phantom Lisa jagte, hatte er das Duell mit »dem Schauspieler« nicht mehr aufschieben können. Helfen konnte ihm dabei einzig Mathilde. Weil der Herztrumpf unseres großartigen Teams eine Eheberaterin ohnegleichen und eine Spezialistin für Treubruch ist, gibt es für die Entschlüsselung der seltsamen Sprache der Eifersucht keine bessere als sie.
Auf dem Fernseher, den man in eine Ecke des Lokals gequetscht hat, sehe ich das Gesicht des Sprechers der Zwanzig-Uhr-Nachrichten hinter dem Abspann verschwinden. Werbung und der Wetterbericht werden folgen, der Countdown läuft. Es ist zu spät, um noch irgend etwas zu ändern.
»Ich würde gern das Gesicht Ihres Maestro sehen, wenn er sich diese Folge der Serie anschaut.«
Louis deutet auf eine zum Bersten volle Sporttasche.
»Ich nehme die gesamte ›Saga‹ auf Video mit, auch die letzte Folge. William hat mir Kopien gemacht. Der Maestro wird ihren wahren Wert bestimmt zu würdigen wissen, auch wenn ihn nervöse Zuckungen quälen, sobald er sich vor einen Fernseher setzt. Ich möchte ihm gern alles zeigen, was ich außerhalb seines Blickfelds gemacht habe.«
»Außerhalb seines Blickfelds«. Jedesmal, wenn er den Maestro erwähnt, muß ich an ein Auge denken. Vielleicht an einen Blick. Den Blick eines Sehers oder eines forschenden Gottes. In Louis' Augen kann man lesen, daß er es eilig hat, zu ihm zurückzukehren.
Das Glück unserer Freunde ist nicht immer auch das eigene.

»Wann geht dein Zug, Louis?«
»In einer halben Stunde. Gare de Lyon. Morgen um zehn Uhr werde ich in Rom sein. Ich fürchte mich schon vor dem kleinen Bummelzug nach Palestrina. Über die italienischen Züge könnte ich eine ganze Serie schreiben ...«
»Wir können dich unterwegs am Bahnhof absetzen, wenn du willst, im Espace ist Platz genug. Ich muß noch Oona und die dreißig Kilo Klamotten, die sie sich in Paris gekauft hat, einsammeln.«
»Habt ihr einen Direktflug nach Los Angeles?«
»Wir wollen zuerst nach Montana, um Tristan bei ihr einzuquartieren. Ich bin mir nicht sicher, wem ich ihn anvertrauen soll, bis ich drüben Fuß gefaßt habe.«
Alles scheint wie am Schnürchen zu laufen. Mathilde kramt in ihrer Vuitton-Tasche nach Zigarillos. Auch sie hat nichts dem Zufall überlassen.
»Kann man Sie auf Ihrer Insel besuchen?«
»Natürlich! Aber ich weiß nicht, wie lange man mich dort brauchen wird.«
»Sagen Sie uns jetzt endlich, worum es sich bei dieser geheimen Arbeit auf dieser mysteriösen Insel handelt? Tun Sie es uns nicht an, Ihre Anspielungen als Cliffhanger zurückzulassen.«
»Ihr seid die drei Menschen auf der Welt, zu denen ich am meisten Vertrauen habe, aber ich habe versprochen, nichts zu verraten, und ich bin abergläubisch. Sobald die Sache angelaufen ist, schicke ich jedem von euch eine Ansichtskarte.«
Die Folge achtzig wird gleich beginnen. Noch bevor sie zu Ende ist, werden meine drei Arbeitskollegen weit weg sein. Unerreichbar. Frei. Ich frage mich langsam, ob es richtig ist, daß ich bleiben will.
»Und du, Marco?«

Ich? Ja, in der Tat. Was wird aus mir? Ich werde einen Film schreiben, ab morgen. Aber wie soll der etwas werden, wenn ich mich so hilflos fühle?
»Bist du sicher, daß du Paris nicht verlassen willst?«
»Deinen Film kannst du überall schreiben.«
»Wenn man euch hört, könnte man glauben, daß ich wer weiß was riskiere.«
Ich warte ein paar Sekunden darauf, daß sie mich beruhigen. Keiner tut es.
»Glaubt ihr wirklich, daß ich Ärger kriege?«
Zweifelnde Blicke. Doch die Frage stellt sich ohnehin nicht. Welche Auswirkungen diese letzte Folge auch haben mag, ich muß in Paris bleiben. »Saga« hat uns an Land gesetzt, und ich bin sicher, daß Charlotte mich am Kai erwartet und mir mit ihrem Schal lebhaft zuwinkt.
Mathilde steht auf, um das beunruhigende Schweigen zu brechen.
»Ich muß in zwanzig Minuten an der Gare d'Austerlitz sein, höchste Zeit, daß ich mich ins Taxi setze.«
Sie nimmt ihre Tasche und gibt damit den anderen das Signal zum Aufbruch. Auch Louis greift nach seinen Gepäckstücken.
»Sehen wir uns bald wieder, wir alle?«
Niemand hat gewagt, die Frage zu stellen. Sie blieb an mir hängen. Vielleicht war ich auch nur der einzige, der wirklich daran gedacht hat.
»Komm mich in Rom besuchen, wenn du Zeit hast.«
»Ich lasse es dich wissen, sobald ich in L. A. eine Adresse habe.«
Die Worte bleiben uns im Hals stecken. Wir umarmen und küssen uns wieder und wieder. Als seien die Dialoge, die Abenteuer an der Straßenecke, der Sinn von alldem, die Zukunft eines jeden von uns nun völlig bedeutungslos.

Zweifellos zum letzten Mal nehmen wir uns einer nach dem anderen in den Arm.
Sie verlassen das Café in dem Augenblick, in dem die Bach-Fuge einsetzt.
Verfluchte »Saga«.
Jetzt sind wir allein. Nur wir zwei.

—

Meine Freunde haben mich verlassen, und die Nacht wird lang werden. Die erste Sommernacht.
Der Himmel ist mit Sternen übersät, alle Fenster stehen offen, im Kühlschrank ist kaltes Bier, meine Freunde sind bereits weit fort, die Frau, die ich liebe, hat mich verlassen, und ich habe viel getrunken, bevor ich nach Hause gegangen bin. Der Augenblick, um melancholisch zu sein. Jetzt oder nie.
Ich ziehe den Stecker des Telefons heraus, sonst würde es die halbe Nacht lang klingeln, und jedesmal würde ich hoffen, es sei Charlotte. Und jedesmal wäre ich enttäuscht. Wenn sie wirklich zurückkommen will, kann sie auch noch eine Nacht länger warten.
Mit der Wärme kehrt Stille ein.
Ihr seid mir schöne Halunken, mich einfach zur Waise zu machen. Es ist vier Uhr morgens, und die Nacht ist so ruhig, als sei nichts passiert, als weine niemand am Leichnam von »Saga«. Auch ich werde nicht weinen, diese Schlampe hat mich verlassen, mich, der sie geliebt hat wie keiner sonst und der sie groß werden sah wie ein Vater. Krepiere, Miststück, zwanzig Millionen verlorene Seelen werden um dich trauern, uns ausgenommen. Jérôme, Louis, Mathilde und ich haben ein Sterbegewand aus dem schwärzesten Stoff geschneidert, den wir finden konnten, einem Schwarz, das die Finsternisse wie die Spitzen von

Damenwäsche erscheinen läßt. Wo haben wir sie gefunden, diese tief dunkle Tinte? Unmöglich zu sagen. Es ist eigentlich gar nicht unsere Art gewesen. Wir mußten tief in die Hölle unserer Inspiration steigen. Den Musen der Niedertracht und der Tücke lauschen. Die Hyäne, die in jedem von uns schlief, höhnisch lachen lassen.
Ich neige mich aus dem Fenster und spitze die Ohren, um den Lärm des Chaos zu hören.
Nichts.
Nicht einmal ein Lufthauch.
Ein kollektiver Selbstmord? Zwanzig Millionen Tote auf meinem Gewissen? Oder ist alles bereits vergessen, und die ganze Welt schert sich nicht mehr darum?
Trotzdem, ich sehe uns wieder, gestern mittag, vor dem Bildschirm, meine Gefährten und mich. Angewidert von unserer eigenen Rachsucht. Ich habe sie bereits gesehen, diese Folge achtzig, die wahre, jene, die wir hinter dem Rücken von Séguret fabriziert haben.
Mit Hilfe von William und seinen Taschenspielertricks haben wir eine filigrane Fälschung geschaffen. Wir haben die vielen nicht gesendeten Folgen, die wir vorsorglich aufbewahrt hatten, noch einmal durchgesehen und korrigiert, ineinandergeschnitten, montiert und geduldig gemischt, um bis zum Ende unseres Abenteuers die Kapitäne an Bord zu bleiben. Wie konnte Séguret sich einbilden, wir würden zulassen, daß er die »Saga« mit seiner Mittelmäßigkeit beschmutzt? William hat in den alten Folgen gesucht, er hat Collagen gemacht, und es ist ihm sogar gelungen, neue Dialoge auf Situationen zu legen, die nicht mehr stimmten. Dieses kleine Monster, das wir geschaffen haben wie übergeschnappte Wissenschaftler, nachts, insgeheim, ist gestern abend gesendet worden. Noch bei weitem komplizierter als das Drehbuch selbst war das Szenario, das wir uns

hatten ausdenken müssen, damit die Folge durch die technischen Kontrollen kam und als sendefertig durchging, ohne daß jemand etwas merkte. Wir haben nicht gespart an Geheimsitzungen und Brainstormings, mit dem Teufel im Bunde, um die Wachsamkeit des großen Apparats zur Beherrschung des Imaginären zu überlisten. Uns war vor dem Abgang nur ein Ende als Apokalypse geblieben.

In cauda venenum.

Ich muß mir diese Folge noch einmal allein anschauen. Während sich die Kassette zurückspult, strecke ich mich auf dem Sofa aus, ein Bier in der Hand. Betrunken. Meine Freunde sind abgereist. »Saga« ist gestorben. Besser, daß unsere Hände ihr den Hals umgedreht haben, als daß wir sie unter den Händen Ségurets weiterleben sehen müssen. Nichts geringeres als ein Verbrechen aus Leidenschaft.

Abspann.

Nummer achtzig

Walter mixt sich einen Cocktail aus den Resten der fast leeren Flaschen in der Bar der Fresnels. Das Gemisch rührt er dann mit dem Zeigefinger um. Welches Bild wird von ihm bleiben? Das eines Alkoholikers, der es aufgegeben hat zu kämpfen, für was auch immer. Weil das Leben ein einziger Mummenschanz ist und der Alkohol uns gottlob hilft, es manchmal von seinen Lumpen zu befreien. Während der nackte Satz aus dem Herzen kommt, bietet uns der Alkohol den unverfälschten Blick, und die Trunkenheit ist nichts anderes als eine lange Nase, die man dem Tod dreht. Darum trinkt Walter immer mehr. Das zweite Glas stimmt ihn lyrisch, und diese Stimmung macht ihn schön. Und morgen? Morgen wird es wieder neue Gläser geben, die ihm die Kraft verleihen werden, in der Nacht zu brillieren. Und, eines Tages, langsam zu verlöschen. Ganz langsam. Der Arbeitslose aus Roubaix wird diese Lektion im Gedächtnis behalten.
Marie, unsere über alles geliebte kleine Marie, was ist aus dir geworden? Ich habe an deine Unabhängigkeit geglaubt, deine unversehrte mädchenhafte Jugendfrische. Du konntest an die Deinen denken, ohne dich selbst zu vergessen, du hattest Wünsche, die manchmal die Frau vor die Mutter treten ließen, das hat dich so stark gemacht. So liebenswert. Und jetzt bist du nach einer kleinen Eskapade zurück im Schoß der Familie. Schuldig und müde. Mit unsicherem Blick Verzeihung erflehend. Mein Gott, ist diese Szene traurig. Mathilde hat dir nichts erspart. Zum ersten Mal

schämst du dich deiner Falten und dieser fünfundvierzig Jahre, die heute doppelt schwer wiegen. Wohin sind sie entschwunden, all diese Verehrer, die für dich durch die Hölle gehen wollten? Walter sieht in dir eine Dirne, die in ihm nicht einmal mehr die Lust weckt, den Flur zu überqueren, und Fred verachtet dich, weil du deine Unschuld verschwendet hast. Dein wiedergefundenes kleines Leben kann nicht einmal mehr die Hausfrau aus der tiefsten Provinz beruhigen. Sie, die nie dem schönen Unbekannten folgen konnte, sähe dich am liebsten tot, weil du wiedergekommen bist. Die anderen behandeln dich wie eine Schlampe. Das hast du nicht verdient.
Wo ist er, dieser Jonas, der uns glauben ließ, daß der maskierte Rächer vielleicht doch noch nicht tot ist? Die Antwort ist einfach: Wenn jeder Mensch bei seinem eigenen kleinen Krieg mit seiner Feigheit konfrontiert wird, warum sollte es da bei Jonas anders sein? Warum sollte gerade er sich für die Rolle des Helden begeistern? Niemand kommt als Held auf die Welt. Es war Zeit für ihn zu erkennen, daß er nur ein einziges Leben hat und daß es, wie jedes Leben, aus Kompromissen und der üblichen Feigheit besteht. Wer würde es wagen, ihm Vorwürfe zu machen? Wer wäre da frei von Scham? Keinesfalls der Fischer aus Quimper. Sollen sich doch die wahren Helden melden! Sollen sie doch selbst Pedro Menendez den Kampf ansagen. Pedro Menendez erwartet sie. Jérôme hat sich bei dem Dialog des letzten Streitgesprächs der beiden großartig amüsiert. Als Jonas Pedro eröffnet, daß er die Sache aus der Hand gebe, verspürt Pedro beinahe Mitleid mit seinem ewigen Gegner. Mordécai braucht einen Leibwächter, er wird Jonas fürstlich bezahlen, so läuft das. Geld und Heldentum haben sich nie gut vertragen.
Kommen wir zu ihm, zu Mordécai. Er wußte nie, was er

mit seinem Geld anfangen sollte, aber schließlich fand er die Lösung. Seitdem man ihm gesteckt hatte, daß Gut und Böse immer mehr aus der Mode kämen, hat er angefangen zu lesen. Vor allem die Bibel und de Sade. Und wie durch Zufall hat ihn die Schönheit der Predigt Salomons umgeworfen, jene einzige Bibelstelle, die auch von de Sade sein könnte. »Alles ist eitel!« Nichts ist ihm so klar geworden wie die Traurigkeit von Illusionen und Utopien. Er hat eine Wahrheit gefunden, die Wahrheit seiner eigenen Enttäuschung. Ihm bleibt also nur eines: Genießen. Genießen, genießen, genießen, solange noch Zeit dafür ist, denn jede Minute bringt uns dem Jenseits näher. Er entlehnt von de Sade alle Szenarien des unvorstellbaren Genusses bis zum bitteren Ende der Lust und Dekadenz. Sein ganzes Vermögen wird dem Genuß verschrieben. Zwanzig Millionen Menschen? Genausogut könnte man sagen, zwanzig Millionen Phantasien und Wünsche, die für immer unerfüllt bleiben müssen. Mordécai hat beschlossen, sie auszuleben, für all die anderen.

Wer an die Liebe glaubt, der glaubt zwangsläufig auch an den Haß. Es dürfte also niemanden verwundern, daß Mildred und das Wesen sich genauso sehr hassen, wie sie sich lieben. Mathilde hätte keinem von uns das Recht zugestanden, an dieser Szene herumzuflicken. Flink und geschickt wie ein Nähmädchen hat sie die Sache heruntergestrickt. Der Prozeß der Trennung des Paares ist so minutiös wiedergegeben, daß er mir den letzten Mut nahm, Charlotte nachzulaufen. Mathilde brauchte nur drei kurze Szenen, um jeden Gedanken an eheliches Glück zu vernichten. Das ist Kunst. Zu solcher Brutalität ist nicht einmal Jérôme fähig. Mildred ist hochintelligent, sie erfindet moralische Qualen von seltener Ausgeklügeltheit. Das Wesen bewahrt seine ganze wilde Schönheit, fast hätte der Junge nicht einmal gemerkt, was ihm angetan werden soll. Das liegt in seiner Natur. Eine solche Leidenschaft kann, wie man von der ersten Szene an versteht, nur in der physischen Beseitigung des einen oder anderen enden. Aber das erspart uns Mathilde; sie läßt es nicht zur endgültigen Befreiung kommen, sondern spricht statt dessen von der Hölle jedes einzelnen Moments. Im Grunde ist das Paar nichts anderes als eine von seiner Umgebung hermetisch abgeschlossene Kette von Augenblicken, es funktioniert nach dem Prinzip der kommunizierenden Röhren, das jede Geste der Liebe vergiftet und jede Lust mit Fäulnis durchsetzt.

Und Bruno, der kleine Bruno? Welches Schicksal ist ihm beschieden? Er hat das Leben noch vor sich. Er muß die ersten Schritte ins Erwachsenenalter machen und auf Sicht durch diese seltsame Odyssee steuern, die das Dasein ist. Aber hat er auch das Zeug dazu? Wie alle Jugendlichen zweifelt Bruno an sich selbst, vom Serienbeginn an. Und er hat recht damit, denn in seinem tiefsten Inneren weiß er bereits, daß es seine Berufung ist, sich der Masse anzuschließen. Die Reihen derjenigen zu vergrößern, *die da sind, weil man da sein muß*. Der Dschungel, den er sich mit der Machete hätte erschließen sollen, ist nichts als ein gerader, perfekt markierter Weg. Bruno sieht bereits dessen Ende. Und schon jetzt beginnt das Vergessen sein Quantum an Träumen zu verzehren. Er wird weder Rimbaud noch Evariste Gallois sein, ihm wird nicht einmal die Viertelstunde Ruhm beschieden sein, die Warhol uns allen verhieß. *C'est la vie.*

Menendez hingegen hat nie damit aufgehört, Fragen zu stellen. Seine einzigen Antworten sind Plastiksprengstoff und Dynamit. Das ist es vielleicht, was Jonas zum Nachdenken gebracht hat: die feste Überzeugung Pedros, daß er so vorgehen muß. Niemand weiß wirklich, warum Pedro

Bomben hochgehen läßt. Aber welche Gründe er auch immer haben mag, es können nur schlechte sein.

Nein …?

Aber sicher.

Obwohl …

Die Frage bleibt die ganze Folge über offen, wie ein Rätsel, das man besser nicht löst. Wer hat noch nie in einer Wahlkabine mit dem Stimmzettel in der Hand gedacht: *Was soll das eigentlich*? Wer hat noch nie das Gefühl gehabt, daß man ihn von oben beobachtet wie einen Wurm, der zertreten wird, wenn er seine Aufgabe nicht erfüllt? Wer hat noch nie unter der Absurdität von Institutionen gelitten? Wer hat noch nie das Verlangen verspürt, gegen eine Ungerechtigkeit anzubrüllen, und wer hat noch nie jene verflucht, die sich weigern, ihn anzuhören? Wer hat noch nie Lust gehabt, alles zu zerstören? Menendez ist zweifellos ein Dreckskerl und ein Idiot. Man braucht nur individuelle Dummheit, um zu versuchen, die kollektive Dummheit in die Luft zu jagen. Eines Tages wird er in einem Hinterhalt sterben, und genau das wollte er wohl immer. Aber an diesem Tag, im Todeskampf, wird er nicht zugeben, welche Gründe ihn dazu getrieben haben, alles hochgehen zu lassen. Niemand wird es je erfahren. Wir haben ihm sein Geheimnis gelassen. Jene, die es unbedingt erfahren wollen, brauchen nur Kafka zu lesen.

Und Fred, derjenige, von dem man alles erwartet, der Serienschwarm aller, der die Rolle des Retters spielt? Nun, der Retter hat die Schnauze voll von der Menschheit. Die Menschheit ist undankbar, die Menschheit beißt denjenigen, der ihr die Hand hinstreckt, sei es, um zu betteln oder um ihr zu Hilfe zu kommen. Wenn er irgend etwas erfindet, um einen Schmerz zu lindern, reißt die Menschheit zehn neue Wunden auf. Sie hat einen sechsten Sinn dafür.

Fred spricht in der ganzen Folge kein einziges Wort, aber sein innerer Schrei zerreißt uns die Ohren. Er, der die Maschine zum Einstampfen von Kriegen erfunden hat, die Maschine zur Ernährung der Hungernden, die Maschine zur Wiederbelebung der Hoffnung – er beginnt sich zu fragen, ob das alles irgend etwas genützt hat. Das ist schade. Er hat eine Maschine zur Reinigung des Unterbewußtseins erfunden. Eine Art chirurgische Technik, um die Seele zu operieren, um Zysten und Klumpen daraus zu entfernen, ohne Nebenwirkungen. Aber kaum funktioniert sie einwandfrei, wirft er sie auf den Schrotthaufen. Sie hätte von Nutzen sein können, wer weiß.
Ein einziger Schluß drängt sich auf, ein einziger Epilog. Ein Traum von Camille, die bisher nicht zu sehen war. Jetzt aber, gleich nach dem Traum, wacht sie plötzlich auf, und ihr geliebter Jonas schließt sie in seine Arme. Ihren Traum haben wir im tiefsten Grund eines Mülleimers ausgegraben, um ihn ins wirkliche Leben der Figuren zu tragen. Vielleicht ein sehr kurzes Leben.
Camille hat uns lange genug damit gedroht. Die Szene ist extrem kurz. Camille betrachtet sich im Spiegel, bricht in Lachen aus, ein echtes, aus dem Herzen kommendes Lachen, dann ruft sie allen, die es hören wollen, *Viva la muerte!* zu, schiebt den Revolverlauf in den Mund und drückt ab. Blut spritzt an die Wand.
Abspann.

Hybris

Kein Mensch auf dem Gang.
Das will nichts heißen, vielleicht haben sie sich unter der Treppe versteckt wie letzte Woche. Ich unternehme einen Versuch hinauszugehen, das Handy dabei, für den Notfall. Das Ärgerliche war, daß es in dem Kommissariat einen Fernseher gab, gut versteckt in einem Garderobenschrank, zur Verkürzung der Nachtschicht. Die Jungs dort waren Zuschauer der ersten Stunde. Als ich hinging, um Beschwerde einzureichen, defilierten die Polizisten auf dem Gang vorbei, um zu gucken, wie ich aussehe. Einige blickten mich mit diesem Ausdruck in den Augen an, der soviel hieß wie: *Das ist er also!...* Andere waren gesprächiger (»Wollen Sie zu Inspektor Jonas? Der hat den Dienst quittiert«), und ich mußte sehr schnell einsehen, daß ich ihrer Ansicht nach alles verdiente, was mir widerfuhr. Seither gehe ich nur noch hin, wenn ich einen provisorischen Unterschlupf suche.
Immer noch niemand auf der Treppe.
Die Luft scheint rein zu sein, wenn mir einer eine hätte reinhauen wollen, wäre er bestimmt schon über mich hergefallen. Selbst dieser Blödmann von Hausverwalter scheint es auf später verschoben zu haben. Er will, daß ich die losgerissenen Briefkästen bezahle, den kaputten Aufzug und vor allem die Beseitigung der Graffiti an den Wänden. Sie beginnen bei der Toreinfahrt, ziehen sich bis ins dritte Stockwerk hinauf und enden mit einem Feuerwerk rund um meine Tür (*Man wird dir an die Gurgel gehen, gezeich-*

net Menendez. Du wirst für Camille und die anderen bezahlen. Hier ruht ein Mistkerl. Und so weiter). Viele kann man gar nicht entziffern, weil sie übereinander gesprüht sind. Einige haben meinen Kopf in den Mittelpunkt einer Schießscheibe gemalt. Weil man ihn kennt, meinen Kopf. Man hat dafür gesorgt, daß er bekannt geworden ist. Ein sensationsgeiles Wochenblatt hat ihn auf der zweiten Seite abgebildet mit der Unterschrift »Wanted« und »Hohe Belohnung«. Wer hat behauptet, Drehbuchautoren bekämen nie ihren Teil des Ruhms ab?
Mein Briefkasten ist kurz und klein geschlagen worden, so gründlich, daß der Briefträger meine beiden täglichen Säcke mit Beleidigungen einfach auf dem Steinboden der Eingangshalle ausleert. Die Briefe rutschen überallhin, man tritt auf sie, man zerreißt sie, und wenn ich zwei Tage hintereinander nicht vorbeikomme, wirft die Concierge alles in den Müllcontainer. Sollten sich ein paar Zeilen von Charlotte in dieser Flut von Beleidigungen und Morddrohungen befinden, würden sie mich nie erreichen. Aus Neugier nehme ich im Vorbeigehen einen oder zwei der Briefe mit. *»Lieber kleiner Drehbuchschreiber, du Erzscheißer, ich schreibe dir nicht in meinem Namen, ich stehe über alldem, aber dich an Kindern zu vergreifen, das war die ärgste Schweinerei.«* Und so weiter. – *»Sehr geehrter Herr, was Sie sich haben zuschulden kommen lassen, ist unerhört. Sie haben ›Die göttliche Komödie‹ von Dante bestimmt nicht gelesen, aber Sie sollten sich darüber im klaren sein, daß der neunte Höllenkreis für Leute wie Sie reserviert ist ...«* In dem Haufen dieses Morgens zieht einer der Briefe meinen Blick magisch an. Ich drehe ihn nach allen Seiten um, traue meinen Augen nicht. Aber nein, es ist kein Traum, ich bin eine prominente Persönlichkeit. Der Brief hat mich mit folgender Adresse erreicht: *An den einzigen Drehbuchschreiber*

der »Saga«, der das Land nicht verlassen hat, Paris. Nicht einmal der Weihnachtsmann hat Anspruch auf soviel Eifer seitens der Postbeamten ... Keine Zeit, den Brief zu öffnen, ich höre die Tür der Concierge knarren, verlasse die Eingangshalle und weiß jetzt schon, was mich auf dem Bürgersteig erwartet.
In den ersten Tagen glaubte ich, das Ganze sei ein dummer Zufall. Dann mußte ich mich aber von den Tatsachen überzeugen lassen. Das Haus, in dem ich wohne, wird zur Pariser Institution, bald wird es eine Touristenattraktion sein, und man wird meine Straße besichtigen, wie man auf den Friedhof Père-Lachaise geht. Das Trottoir der Nummer 188 in der Rue Poissonnière ist ein Friedhof für Fernsehgeräte geworden. Eine nächtliche Flut spült von überall her defekte Geräte an und fließt dann im Rinnstein wieder ab. Die Apparate liegen in Stapeln vor der Toreinfahrt und in einem wirren Durcheinander ringsherum. Es ist wie mit Witzen oder Gerüchten, man weiß nicht, woher sie kommen, aber sie verbreiten sich schneller als jedes Virus. Offenbar ist in den Regionalnachrichten davon die Rede gewesen. Aus gewisser Entfernung kann man die Ansammlung für zeitgenössische Kunst halten, aus der Nähe wird daraus eine Schutthalde, doch wenn man viel Gewicht auf das Symbolhafte legt, kann man darin auch ein dekadentes Mausoleum sehen, ein zum Gedenken an die »Saga«-Opfer errichtetes Mahnmal. Clochards und Wiederverwerter jeglicher Art klauben einzelne Teile heraus – das alles wirkt wie ein seltsames Ballett. Aus mir macht dieses Ballett ein Gespenst der frühen Morgenstunden, das an den Mauern entlangstreicht. Wenn man von lauter schrecklichen Dingen schreibt, treffen diese schließlich ein.
Ich biege um die Straßenecke in den anbrechenden Tag. Niemand.

Überhaupt, was war denn das für eine Gegend hier, als noch diese Scheiß-»Saga« lief, über Satellit ausgestrahlt in ganz Europa? Ein armseliges kleines Pariser Viertel, nichts weiter.

Ich steige in die Tiefen der Metro hinab, um zur Place de la Concorde zu fahren. Ich weiß nicht, wie ich die Zeit bis zu meiner Verabredung totschlagen soll, und setze mich ans Eingangstor der Tuilerien.

Noch nie habe ich mich so sehr danach gesehnt, mit jemandem zu reden. Egal mit wem. Der erste beste, der des Wegs kommt, wäre mir recht.

Seit ich nur noch gelegentlich zu Hause vorbeischaue, um nach einem Zeichen von Charlotte zu sehen, hat sich das Handy in meinen Alltag gedrängt. Es ist ein kostbarer Gegenstand für jemanden, der sich treiben läßt, und ruft im Heimatlosen die Illusion hervor, mit anderen verbunden zu sein. In meinem Fall bleibt es genau das, eine Illusion. Doch die anonymen Anrufe sind weniger geworden, immerhin etwas.

Ich weiß nicht, wen ich anrufen soll.

Meine Mutter läßt seit dem berühmten einundzwanzigsten Juni ständig ihren Anrufbeantworter laufen. Sie sah sich genötigt, ihren Kollegen Erklärungen zu geben. In der Kantine setzt sich niemand mehr neben sie. Wie hätte ich so etwas voraussehen können? Sie nimmt mich bei sich auf, wenn ich sonst nirgends mehr hin kann, aber ich fahre mich immer gleich in Rechtfertigungen fest, die sie nicht befriedigen. Sie schleudert mir entgegen: »Was hast du dir bloß dabei gedacht ...« – Was hast du dir bloß dabei gedacht: ein verbaler *running gag,* der mich noch verfolgt, wenn ich allein bin. Im übrigen spielt sich mein Leben zwischen Kinos, Hotelzimmern, Fast-Food-Läden und Parkbänken ab. Ich habe das Umherirren zur Kunst erhoben und aus der Anonymität einen Extremsport gemacht. Mein Leben ähnelt einem Film über die Résistance. Ich könnte bei den zwei oder drei Freunden Schutz suchen, die mir geblieben sind, aber ich weiß genau, daß sich auch dort alles nur um das *eine* drehen würde. Um das *eine* und nichts anderes. Und sobald ich anfange, von der Folge achtzig zu reden, überkommt es mich, ich kann kaum noch die Tränen zurückhalten. Nicht viel, und ich würde losheulen wie ein kleiner Junge, ohne wirklich zu wissen, warum. Ich verspüre kein Jota Schuld, ich bin keine Sekunde auf den Gedanken gekommen zu bereuen, was wir getan haben, und mich drängt es nicht danach, um Verzeihung zu bitten. Ich habe nur das Bedürfnis zu erklären, daß diese Folge keine Beleidigung für zwanzig Millionen Fans sein sollte. Wir wollten keineswegs die Zuschauer, die unsere einzige Daseinsberechtigung waren, bestrafen. Man hat mir angeboten, mich zu rechtfertigen, direkt, in einer Talk-Show zur Hauptsendezeit, aber ich bin nicht hingegangen. Es handelte sich um einen regelrechten Prozeß, bei dem das Urteil im voraus feststand: Steinigung, bis der Tod eintritt. »Schießt auf den Drehbuchschreiber«, titelte eine Fernsehzeitschrift vorige Woche. Es war feige von mir, mich zu drücken, keine Frage, aber die Sache hätte mir nur geschadet. Ich weiß nicht, ob es mir je gelingen wird, wieder in meinem Beruf zu arbeiten. Die Produzenten des Films, den ich in diesem Sommer schreiben sollte, gaben mir zu verstehen, daß niemand so dämlich sei, einen Menschen anzuheuern, der seine Arbeitgeber von hinten erdolcht. Mein Ruhm als Drehbuchautor dürfte also nur eine Saison gedauert haben. »Saga« hat mir alles gegeben und alles wieder genommen. Sie hat mir sogar Dinge genommen, von denen ich glaubte, ich könnte sie nie verlieren. Dinge, auf die jeder ein Recht hat. Eine Stunde Ruhe, ein freundliches Wort. Eine Minute des Zuhörens ohne Vorwurf, ohne Verachtung.

Die Sonne steht schon hoch am Himmel. Das Leben geht ohne mich weiter. Ich brauche Charlotte. Eine Minute des Zuhörens. Ohne Vorwurf, ohne Verachtung...

Aber dafür gibt es schließlich Leute.

Marie wandte sich an sie, wenn sie das Bedürfnis hatte, etwas in Worte fassen zu müssen, was sie ihren Angehörigen nicht sagen konnte.

»›SOS Freundschaft‹, ich höre.«

»... Guten Tag.«

»Guten Tag.«

»...«

»...«

»Ich rufe an, weil ich nicht weiß, mit wem ich reden soll. Allein zu sein ist etwas Schreckliches, aber es ist noch viel schlimmer, sich dessen bewußt zu werden.«

»Und Ihr soziales Umfeld? Haben Sie keine Angehörigen? Niemand, auf den Sie zählen können?«

»Im Moment kenne ich niemand, der gern zu meinem sozialen Umfeld gezählt werden würde.«

»Was wollen Sie damit sagen?«

»Wären Sie gern ein Kumpel des Staatsfeindes Nummer eins?«

»Ärger mit der Polizei?«

»Ja und nein.«

»Könnten Sie etwas deutlicher werden?«

»Ich werde nicht gesucht. Nicht offiziell. Ich habe mich nur des ideologischen Terrorismus schuldig gemacht, der fiktionalen Manipulation und der Verletzung der Staatssicherheit.«

»...«

»Ich habe die große Schlacht bereits verloren: Die Nation gegen mich.«

»Wenn nichts klappt, hat man oft den Eindruck, Opfer eines Komplotts zu sein.«

»Glauben Sie, daß ich unter Paranoia leide?«

»Nein, ich bitte Sie nur, mir in einfachen Worten zu sagen, was nicht klappt.«

»Wenn man jeden Morgen Dutzende Fernsehgeräte vor seiner Wohnung findet, fällt es einem schwer, sich einfach auszudrücken. Stellen Sie sich vor, daß mir überall, wo ich hingehe, das Bild eines Verräters vorgehalten wird. Und dieses Bild wird mir noch jahrelang anhaften. Dennoch, ich fühle mich nicht schuldig, und mein wirkliches Problem besteht darin, daß ich nicht weiß, ob ich weggehen oder bleiben soll.«

»Weggehen?«

»Fliehen, wenn Ihnen das besser gefällt. Versuchen, anderswo ein neues Leben anzufangen. Der bloße Gedanke daran macht mich verrückt. Ich habe nicht die geringste Lust, mein Land zu verlassen, die Stadt, in der ich zur Welt gekommen bin, die Mauern, die ich seit meiner Kindheit kenne. Wie soll ich akzeptieren, daß ich zum Exil verurteilt bin?«

»...«

»Verstehen Sie?«

»Flucht, Exil, ein neues Leben anfangen. Sie sprechen wie ein Kriegsverbrecher. Solange Sie mir nicht genau sagen, was mit Ihnen los ist...«

»Auch Sie wollen nackte Sätze? Ich war bei der Sache nicht allein. Wir waren zu viert. Kennen Sie den Satz: ›Wenn man von lauter schrecklichen Dingen schreibt, treffen diese schließlich ein‹?«

»...«

»Hallo?«

»Sie sind einer der Drehbuchautoren von ›Saga‹.«

»...?«

»...«

»Ich bin noch viel mehr.«

»...«

»Sind Sie noch dran...?«

»...«

»Sie merken doch, daß ich nicht paranoid bin.«

»...«

»Ich lege wohl besser auf, was...?«

»Warten Sie... Ich möchte Ihnen etwas erzählen. Wir hier von ›SOS Freundschaft‹ haben einen Fernseher im Raum, und wir lassen ihn über Nacht an. Er ist eine Informationsquelle für den Fall, daß irgend etwas passiert, was Reaktionen erfordert, aber er ist auch unsere Viertelstunde Pause. Im letzten Herbst haben wir eine deutliche Abnahme der Anrufe zwischen vier und fünf Uhr morgens registriert. Genau in dieser Nachtstunde ist so etwas wie eine Ruhephase eingetreten. Wie alle Welt haben wir begonnen, uns die Serie ›Saga‹ anzuschauen, weil wir versuchen wollten, das Phänomen zu verstehen. Ich kann Ihnen sogar sagen, daß ich die Figur, die bei ›SOS Freundschaft‹ gearbeitet hat und nie zu sehen war, sehr geliebt habe.«

»Ich habe befürchtet, daß Sie darauf zu sprechen kommen.«

»Sie hatte zwar nicht im geringsten mit unserer tatsächlichen Arbeit zu tun, aber das war gar nicht wichtig, ganz im Gegenteil. Ich würde sogar sagen, daß sie symbolisch alles widerspiegelte, was sich in der Serie abspielte. Der Ausgangspunkt war aus der Luft gegriffen, die Dialoge wirkten manchmal irrsinnig, aber mitten in alldem entfaltete sich eine sehr starke Wirklichkeit, etwas, das einen Bezug zum Leben der Leute hatte, etwas wie eine Sprache, die alle anspricht, und schließlich konnte sich jeder damit identifizieren. Wenn Sie wüßten, welchen Werbeeffekt das für ›SOS Freundschaft‹ gehabt hat! Einen teilweise auch störenden Effekt, manche Frauen riefen nur an, weil sie dem Mann ihres Lebens begegnen wollten, wie es in der Serie geschieht. Aber das ist nicht das Wichtigste, am spannendsten war es, zu beobachten, wie die Serie für uns eine Art ... so etwas wie eine Schaltstelle wurde. Und diese Tendenz nahm bis zu den erfolgreichen letzten Folgen zu. Ich habe mir, genau wie meine Kollegen, viele Fragen zu dem Phänomen der Identifikation mit Figuren der Serie gestellt, und ich muß gestehen, daß ich keine befriedigende Antwort finden konnte. Wie dem auch sei, unsere Gesprächspartner haben auf zwei verschiedene Arten reagiert: Entweder fanden sie Antworten in ›Saga‹, oder sie fanden endlich gute Fragen.«

»...«

»Auf jeden Fall hat sich etwas verändert, und das im Laufe von nur wenigen Monaten.«

»Was Sie da sagen, geht mir an die Nieren ... Ich weiß nicht recht, was ich darauf antworten soll ... Wir hatten nicht die Absicht, Ihnen soviel Arbeit zu machen.«

»Die haben wir erst jetzt, die Arbeit. Nach dem Ende im Juni brauchten wir sogar Verstärkung. Ihr zerstörerisches Werk ist voll und ganz aufgegangen. Man kann sich kaum vorstellen, welche Wirkung fiktive Personen auf die geistige Verfassung vieler Menschen haben. Und Sie, die Sie soviel Phantasie haben, ahnen nicht einmal im Traum, welche Zuneigung man für diese Figuren entwickeln kann. Sie gehören zur Familie, sind unfehlbare Freunde, manchmal sind sie sogar noch mehr. Man sorgt sich um sie, man durchlebt die gleichen Freuden, und man rechtfertigt ihre kleinsten Taten und Handlungen. Man wartet auf sie, man hofft auf sie. Und Sie haben mit aller Kraft auf diese verletzliche Stelle geschlagen, genau in dem Augenblick, in dem man uneingeschränktes Vertrauen zu Ihnen gefaßt hatte. Sie haben die Hoffnung zerplatzen lassen, die Sie bei denjenigen geweckt hatten, die sie so nötig brauchten.«

»Sie übertreiben, wir haben nicht…«

»Die Weltsicht, die Sie vertreten, ist wie ein Dschungel, der uns schließlich alle verschlingen wird. Das Leben ist eine schwere Krankheit, und man kann bestenfalls hoffen, daß man nicht allzusehr leiden muß, während man auf die Erlösung wartet. Eine Gewißheit? Ja, die weltweite Tristesse, sie ist das Material, das kleine Künstler, wie wir es sind, Tag für Tag bearbeiten müssen. Ordnet euer eigenes Chaos, liebe Leute, dann gewinnt ihr etwas Zeit. Gegen die Hoffnungslosigkeit gibt es kein Rezept, sie ist endogen, immanent, uns in die Eingeweide gepflanzt. Und wenn ihr um jeden Preis eine Antwort auf den Zweifel haben wollt, dann ist der Selbstmord zweifellos am vernünftigsten. Sind Sie noch dran?«

»…«

»Das Schlimmste von alldem ist, daß Sie so viel Können bewiesen haben, daß es unmöglich war, Ihnen nicht zu folgen.«

»…«

»Jetzt werde ich Ihnen einmal genau sagen, was man Ihnen vorwirft, und dieses Mal zähle ich mich zu den anderen. Nach Ihrem Abgang trotten wir wieder auf den gewohnten Pfaden dahin. Das selbstgefällige Spiel der Mittelmäßigkeit forderte seine alten Rechte zurück, die große Show des allmächtigen Zynismus konnte von neuem beginnen. Ihr habt uns vor diesem beschissenen Fernseher allein gelassen. Der letzte Gewissensfunke wird unter der Melasse von sedierenden Bildern erlöschen, die man für uns vorbereitet. Es war nicht fair von Ihnen, daß Sie uns an ›Saga‹ haben glauben lassen.«

»...«

»Wenn Sie jetzt bitte auflegen würden, ich habe noch andere Anrufer.«

—

Jemand hat das Tor zu den Tuilerien geöffnet.

Ein Jogger bleibt kurz stehen und verschnauft, ans Gitter gelehnt, dann setzt er seinen Weg zum zentralen Wasserbecken im Laufschritt fort.

Ich würde wetten, daß mein Rendezvouspartner bereits da ist und auf der gleichen Bank sitzt wie beim letzten Mal.

Natürlich ist er da, mit seinem Verschwörerkopf und dem Aussehen eines Spions. Wer sonst trägt mitten im Juli einen Regenmantel? Wer sonst benimmt sich so, als sei ein Attentat auf ihn geplant? Was ist schon auffälliger als eine Tarnung?

»Monsieur Séguret, bei all den Vorwürfen, die wir einander machen, möchte ich Ihnen auch sagen, daß diese ›Familientreffen‹ zwischen uns grotesk sind. Meine paar Anregungen werden nie einen Drehbuchautor aus Ihnen machen.«

»Sprechen Sie nicht in meine Richtung.«

»Machen Sie sich nicht lächerlich. Ich habe genauso wenig Interesse daran, mit Ihnen gesehen zu werden, wie Sie mit mir. Finden Sie nicht, daß Sie ein bißchen übertreiben?«

»Ich mache keine Staatsaffäre daraus, und Sie wissen, warum: Es *ist* bereits eine Staatsaffäre. Gestern stand ›Saga‹ an zweiter Stelle der Tagesordnung des Ministerrats.«

»Sie waren es, der aus der Serie ein Machtwerkzeug gemacht hat. Für uns war sie nichts als eine Sitcom. Geschichten, die Leuten passieren, Punkt.«

»Euretwegen ist mein Leben eine Comedy-Serie. Und jede Folge dauert achtzehn Stunden am Tag! Wenn ich noch nicht tot bin, dann nur, weil man mir den Befehl gegeben hat, die Serie wieder auf den richtigen Kurs zu bringen.«
»Das haben Sie mir schon letzte Woche gesagt, aber ich sehe immer noch nicht, wie man von zwanzig Millionen Menschen verlangen soll, das zu vergessen, was sie am einundzwanzigsten Juni zwischen zwanzig Uhr fünfzehn und einundzwanzig Uhr fünfundvierzig sehen mußten.«
»Wir sitzen auf einer Bombe, Marco.«
»*Wir sitzen auf einer Bombe, Marco.* Sie sind der schlechteste Dialogschreiber, der mir je begegnet ist. Bringt man euch auf eurer ENA wirklich Rhetorik bei? *Wir sitzen auf einer Bombe, Marco.*«
»Es ist trotzdem wahr...«
»Für meinen Teil ist die Bombe bereits explodiert. Keine Familie mehr, keine Arbeit mehr, keinerlei Zukunft mehr, nichts mehr, und ich kann mich nicht einmal bei ›SOS Freundschaft‹ darüber beklagen.«
»Wie fanden Sie die gestrige Folge?«
»Sie meinen wohl diesen Witz, den ihr großartiges Team von Akkordarbeitern zusammengeschlampt hat? Wenn Sie die Absicht hatten, mit diesem Machwerk ›die Serie wieder auf den richtigen Kurs zu bringen‹, ist Ihnen das gründlich mißlungen. Es ist etwa so, als würde man von Marguerite Duras verlangen, den nächsten ›Robocop‹ zu schreiben. Sie wollen mir doch nicht weismachen, daß Sie glauben, die Folge achtzig ließe sich mit dieser albernen Fortsetzung ausradieren?«
»Die Reaktionen waren katastrophal, sowohl die des Publikums als auch die des Ministerpräsidenten.«
»Da liegt Ihr Fehler, Séguret. Sie haben immer noch nicht begriffen, daß der Ministerpräsident zum Publikum gehört.

Auch ihm hat man Geschichten erzählt, als er ein Kind war. Auch er ist mit seiner Freundin ins Kino gegangen, als er erwachsen wurde. Auch er erfindet inzwischen Geschichten für seine Enkel. Auch er braucht seine tägliche Dosis an Fiktion. Es gibt vielleicht dunkle politische Machenschaften rund um die Serie, aber Sie wollen mir doch nicht weismachen, daß Ihr Ministerpräsident sich genauso verraten fühlt wie der Arbeitslose aus Roubaix, die Provinz-Hausfrau und der …«

»Der Fischer aus Quimper.«

»Den vergesse ich immer.«

»Was hat denn nicht gestimmt bei dieser Folge?«

»Aus der tiefsten Tiefe meines Unglücks heraus sage ich mir, daß ich an Ihrer Stelle sein könnte und daß dann sofort alles besser liefe.«

»Antworten Sie, bitte …«

»*Nichts* hat gepaßt! Ihre Drehbuchschreiber ersparen uns kein einziges Klischee, man spürt, daß sie wie Galeerensträflinge rudern, um verlorenes Terrain wiederzugewinnen. Und die Dialoge? Wollen Sie, daß wir über die Dialoge reden? Ganz einfach. Man hat den Eindruck, daß Sie sie geschrieben haben!«

»Die einundachtzig sollte ein wenig Salbe auf die Wunde sein, aber sie hat die Wirkung von Essig gehabt.«

»Was sage ich …«

»Wir brauchen eine echte Fortsetzung von ›Saga‹.«

»›Saga‹ war ein empfindliches Zusammenspiel zwischen Mathilde, Jérôme, Louis und mir. Sie könnten sich an alle Drehbuchautoren der Welt wenden, sogar viel bessere als uns, die würden Ihnen vielleicht Meisterwerke zusammenbasteln, aber sie würden nicht unsere ›Saga‹ schreiben.«

»Ich brauche Ihre Hilfe.«

»Machen Sie Witze?«

»Wir gehen gerade beide durch die Hölle. Sie brauchen diese Fortsetzung genauso wie ich.«
»Zu spät.«
»Wenn Sie es nicht für sich selbst tun, dann tun Sie es für zwanzig Millionen Menschen. Tun Sie es für unser Land. Für meine Kinder, für den Ministerpräsidenten, für die Fanclubs, für die Vanillehändler, für wen Sie wollen. Oder tun Sie es für ›Saga‹.«
»Niemals.«

—

Er ist mir ein gutes Stück gefolgt, aber ich habe es geschafft, ihn abzuschütteln, indem ich an der Metrostation Palais-Royal in einen Waggon sprang. Ich bin nicht wegen »Saga« und auch nicht aus Angst vor dem Exil in Paris geblieben. Sondern nur, um die Frau meines Lebens zurückzugewinnen. Mir ist endlich klar geworden, in welchem Maß ich an allem schuld bin, was mit uns beiden passiert ist. War es denn nötig, ihr alle naselang zu erzählen, was für spannende Dinge ich erlebte, sobald ich das Haus verließ? Warum habe ich von Camille, Marie oder Mildred geredet wie ein Pygmalion, der mit seiner Galathea prahlt? Wie konnte ich ihre Existenz vergessen, während sie da war, in Reichweite, bereit, mich zu unterstützen, falls ich es gebraucht hätte. Es hätte genügt, sie darum zu bitten. In den Filmen lassen sich die bösen Jungs, die auf der Flucht sind, oft erwischen, weil sie ein letztes Mal ihre Braut sehen wollen, bevor sie aus dem Land verschwinden. Ich habe das immer für ein bißchen zu simpel und völlig unglaubwürdig gehalten. Heute muß ich mich bei allen romantischen Rebellen dafür entschuldigen. Ich werde Paris nicht verlassen, solange ich nicht die Gewißheit habe, daß sie mich nicht mehr liebt.

»Was soll ich Ihnen anderes sagen als beim letzten Mal? Sie hat drei Wochen bei einer Firma im Défense-Viertel gearbeitet, dann hat sie für zwei Monate Arbeit in einem Kleinbetrieb der Banlieue gefunden. Mehr hat sie nicht erzählt.«

Mir macht es eigentlich nichts aus, für einen Idioten gehalten zu werden, außer es geht darum, die Frau wiederzufinden, die mir am meisten auf der Welt fehlt. Da ist sie also, diese berühmte »Projektleiterin«. Am Telefon kam sie mir unfreundlicher vor, aber jetzt, wo sie mich vor Augen hat, hier am Empfang, mit meiner schlecht rasierten Visage und meinen zerknautschten Klamotten, gibt sie sich etwas weniger ironisch. Ich komme mir in dieser Halle vor wie eine fallengelassene heiße Kartoffel, fast würde ich mich unerwünscht fühlen, würde mich nicht diese hartnäckige Neugier schützen, der ich seit einem berühmten Juniabend ausgesetzt bin. Die Telefonistin hat mich mit ihrem Blick abgeleckt, einen Moment lang habe ich sogar geglaubt, daß ich ihr gefiele, aber sie hatte dieses Funkeln in den Augen, das besagte, *Das ist er also!* das mir immer noch das Gefühl gibt, es gehe um jemand anderen. Ein paar frühere Kolleginnen von Charlotte stehen aufgereiht oben auf der Galerie aus Glas und Stahl.

»Würden Sie mir vielleicht die Adresse von diesem Kleinbetrieb geben?«

»Charlotte ist sehr unabhängig, sie kann jederzeit einfach verschwinden, ohne Ankündigung.«

Das sagt sie *mir*, die hat Nerven!

»Wenn Sie mich an ihren Schreibtisch lassen, finde ich vielleicht eine Telefonnummer, irgend etwas.«

»Für wen halten Sie sich eigentlich?«

Dieses Weib nervt und nervt und nervt.

»Frau Projektleiterin, ich muß Sie warnen. Charlotte ist vielleicht tot. Oder sie ist in Gefahr, irgendwo in einer feuchten Höhle. Sie erwartet, daß ihre Kollegen reagieren, aber ihre ehemalige Chefin schert sich einen Dreck darum. Wenn man Charlottes Leiche findet, wird es eine Untersuchung geben, man wird Sie vernehmen, es wird nicht leicht sein, Ihr Verhalten zu erklären. Sie riskieren zwei bis vier Jahre Haft. Sie werden Ihre Kinder einmal die Woche sehen – im Gefängnis. Wissen Sie, daß es in den Besuchszimmern keine Gitter mehr gibt? Man redet durch Glasscheiben, Sie werden die Kinder nicht einmal mehr in die Arme nehmen können. Und Ihr Mann? Glauben Sie, daß er die Geduld aufbringen wird zu warten? Anfangs wird er trinken, um mit der Schande fertig zu werden, aber sehr bald wird er unter der Einsamkeit leiden, das ist menschlich. Stellen Sie sich den Aufmarsch der weiblichen Babysitter bei Ihnen zu Hause vor und all Ihre wohlwollenden Freundinnen, die ihm sicher beistehen wollen. Nichts ist rührender als ein von seiner Frau verlassener Mann mit zwei kleinen Kindern.«

»Ich weiß, daß das Ihr Job ist, aber ich habe keine Zeit, mir Ihre Hirngespinste anzuhören. Wenn Charlotte sich meldet, werde ich ihr ausrichten, daß Sie hier waren. Jetzt muß ich Sie bitten, zu gehen und sich hier nicht mehr blicken zu lassen.«

Charlotte ist möglicherweise hier, irgendwo zusammengekauert, rot vor Verwirrung. Ich weigere mich zu gehen und fasse die Chefin am Arm, nicht sehr fest, aber immerhin so, daß sie zur Telefonistin sagt: »Mireille, rufen Sie den Sicherheitsdienst.«

»Die Sache ist ernster, als Sie sich vorstellen, lassen Sie mich hinein, ich flehe Sie an.«

»Lassen Sie mich los!«

Eines der Mädchen stößt einen Schrei aus. Zwei kräftige Typen in Blau packen mich an den Unterarmen, um mich hinauszuschleppen. Beinahe hätte ich mich gewehrt, aber darauf haben die Wachmänner nur gewartet. Sie müssen sich ja auf die Dauer langweilen, in diesen modernen Kästen.

—

Juliette ist allein zu Hause. Charlie hat die Kinder mit zu den Großeltern genommen, bis Mitte August, und sie wird erst in einer Woche nachkommen. Sie lädt mich zum Mittagessen ein, aber ich lehne ab und bleibe im Flur stehen.
»Seiner besten Freundin sagt man doch alles.«
»Da täuschst du dich, Marco. Schon während der letzten Wochen, in denen ihr zusammen wart, hat sie mir nichts mehr erzählt. Ich weiß nicht einmal, warum sie dich verlassen hat.«
»Hat sie mich verlassen?«
»Wie lange ist es her, daß du sie das letzte Mal gesehen hast?«
»Über sechs Monate.«
»...«
»Sag mir, wo sie ist.«
»Wenn ich es wüßte, würde ich es dir sofort sagen, ich mag es nicht, jemanden leiden zu sehen, besonders nicht so einen Kerl wie dich. Ich muß aber auch sagen, daß deine blödsinnige Serie nichts in Ordnung gebracht hat.«
»Was, meine blödsinnige Serie?«
»Du bist ganz schön eingebildet, Marco. Am Anfang waren wir stolz auf dich, wir alle, deine Freunde...«
»Nein. Nicht auch du noch! Es zerreißt mir das Herz.«
»Du wolltest, daß man dich liebt? Du wolltest, daß Charlotte einen Kerl liebt, der solche Sachen im Kopf hat? Ist das das Bild von der Welt, das du ihr bietest?«
»Das war doch Fiktion! Nichts als Fiktion. Das Leben ist nicht so, die Leute leben nicht so, Figuren wie die in

›Saga‹ trifft man im wirklichen Leben nicht, und ich habe allmählich die Schnauze voll davon, ständig so jämmerlich banale Dinge wiederkäuen zu müssen! Ich habe die Schnauze voll! Aber was tue ich denn hier, in deinem Flur, so etwas zu sagen!«

Es herrscht Stille, aber keine peinliche, eher die eines langen stummen Satzes, eine Art Nichtssagen, die Zeit braucht, um sich Gehör zu verschaffen.

»Kann ich hier schlafen, heute nacht?«

»...?«

»Charlie wird es nicht erfahren.«

Wider Erwarten bricht sie in ein beinahe natürlich wirkendes Lachen aus.

»Ich werde dir die Tür nicht vor der Nase zuschlagen, aber ich weiß nicht recht, ob es eine gute Idee ist.«

Sie hat zweifellos recht. Ich küsse sie auf beide Wangen, lange.

Ich bin wieder unter freiem Himmel, ein gehetztes Tier, sich selbst überlassen in einer Welt, die das dumme Zeug, das man im Fernsehen sieht, mit dem wirklichen Leben verwechselt. Ich hätte fast Lust, sie auf einer Tischkante neu zu schreiben, diese Welt.

I. DIE WELT. AUSSEN. TAG.

Der Himmel ist blau, das Gras ist grün, dazwischen das Meer. Die Erde ist mit Tieren und Menschen bevölkert. Erstere verbringen ihre Zeit damit, sich zu lieben, letztere auch, aber manchmal widmen sie ein oder zwei Stunden dem Werfen des Bumerangs. Wegen eines Streits um einen Vers von Rimbaud zieht eine Hälfte der Menschheit gegen die andere zu Felde. Am Ende einer langen Schlacht, in der die raffiniertesten Waffen eingesetzt werden (Sonette, Vierzeiler, Pantuns, Alexandriner, Oden), haben die Sieger das

Recht, in den von den Verlierern inszenierten Theaterstücken mitzuwirken.
Ende.

Um meine Herzallerliebste wiederzufinden, werde ich diese Prüfung bis zum Ende durchstehen und den Menschen gegenübertreten müssen, die ich bis jetzt gemieden habe: ihren Eltern. Den Menschen, die sich immer gefragt haben, was ihre Tochter mit einem Kerl wollte, der seinen Lebensunterhalt verdiente, indem er Dialoge für japanische Zeichentrickfilme schrieb. Falls sie nichts herausrücken, werde ich überall hingehen, wo Charlotte sich gern herumtrieb, aufs Geratewohl, das wird seine Zeit brauchen, aber irgendwann werde ich sie dann vor die Wahl stellen: Dieses Land voller Irrer mit mir zu verlassen oder mir für immer Lebewohl zu sagen. Wie auch immer, ich muß für ein oder zwei Jahre weg, bis »Saga« vergessen ist. Ich muß ein neues Drehbuch für mich schreiben, weit weg von hier. Das sollte doch zu machen sein.
»Ich möchte Sie nicht stören, aber Sie sind die einzige Person, die weiß, wo Charlotte ist, und ich muß sie unbedingt sehen.«
»Marco?«
»Ja.«
»Sie haben recht, wir müssen darüber sprechen, wann können Sie hier sein?«
»Gegen Mittag?«
»Wir erwarten Sie.«
Ein gutes Maß an Festigkeit, ein Hauch Frostigkeit und ein Anflug von eisigem Schweigen – kein Zweifel, das war ihre Mutter. Wie kann ein Mädchen wie Charlotte das Kind solcher Eltern sein? Ein Geheimnis der Schöpfung, das ich immer wieder fassungslos bestaune. Ich nehme ein Taxi,

denn ich will so früh wie möglich dort sein, um auch so früh wie möglich wieder gehen zu können. Den beiden liegt ebensoviel an diesem Treffen wie mir, und sie ergötzen sich bestimmt schon an der Vorstellung, mich mit Beleidigungen zu überhäufen und mit schlechten Nachrichten zu bombardieren. Charlottes Vater öffnet mir mit einem breiten Lächeln, das nichts Gutes verheißt.

»Sie haben sich beeilt. Kommen Sie herein, mein lieber Marco. Der Aperitif steht bereit.«

Ich habe eine Tracht Prügel erwartet, aber siehe da, Madame wirft sich in meine Arme. Aus ihrem Mund strömt ein Satz nach dem anderen, die alle von der Freude künden, mich wiederzusehen, durchmischt mit exaltierten Ausrufen und unangebrachten Umarmungen. Ich stehe zwar noch aufrecht, aber ich bin k.o. geschlagen. Sie setzt mich vor eine Unzahl Schälchen mit allerlei Knabberzeug, und er serviert mir, keinen Widerspruch duldend, ein bis an den Rand gefülltes Glas Whisky. Ich lasse sie zunächst all ihre Hintergedanken preisgeben, ohne ein Wort zu sagen. Allerdings wäre es mir auch gar nicht möglich gewesen, den Mund aufzumachen. Das Wohlwollen der beiden ist zweifellos nur ihre Strategie, ich muß meine Verteidigung vorbereiten. Vielleicht haben sie diese englischen Krimis gelesen, in denen die Gäste mit Aufmerksamkeiten überhäuft werden, bevor man sie erschlägt und im Garten verscharrt. Der Sinn dieser Maskerade ist möglicherweise noch tragischer: Die beiden sehnen sich bereits nach mir zurück, weil Charlotte inzwischen einen noch ärgerlicheren Kerl als mich kennengelernt hat.

»Mein lieber Marco, Sie sind inzwischen in dem Alter, Entscheidungen zu treffen. Wann werden Sie sich entschließen, von Heirat zu sprechen?«

»Pardon…?«

»Ich bin bereit, mir Ihren Antrag anzuhören.«
Es läutet an der Haustür. Sozusagen der Gong, der mich in höchster Not vor einem Aufwärtshaken rettet – bis zur zweiten Runde. Heirat? Habe ich wirklich dieses Wort gehört? Ein rundlicher Biedermann tritt ein, ebenfalls Gast bei diesem unglaublichen Aperitif.
»Etienne, das ist unser künftiger Schwiegersohn. Marco, darf ich Ihnen Etienne vorstellen, einen unserer besten Freunde.«
»Ich bin ein großer Fan von ›Saga‹«, sagt er. »Ich sehe viele Dinge voraus, bevor sie passieren. Nehmen wir zum Beispiel die Explosion des Geburtstagskuchens für den Hauptkassierer der Banque de France, die habe ich schon zwei Folgen vorher meiner Frau angekündigt.«
Heirat... Hat Charlotte mit ihnen von Heirat gesprochen? Das kann ich mir nicht vorstellen. Wieder läutet es an der Haustür.
»Schau an, das muß sie sein, gerade recht«, sagt die Mutter.
»Wer?« frage ich und stehe auf.
»Meine Frau«, sagt Etienne.
Man macht mich mit Simone bekannt, die bestätigt, daß ihr Mann die Sache mit dem Geburtstagskuchen genau vorausgesehen hat. Von was für einem Kuchen reden die? Die vier quatschen lärmend miteinander und überlassen mich meinem Whisky. Andere Erklärung: Sie rüsten sich, mir als Überraschung Charlotte zu präsentieren. Sie wird erscheinen, um mir vor ihrer Familie, ihren Verwandten und Freunden zu eröffnen, daß die Quarantäne zu Ende ist und daß wir heiraten werden! Es läutet wieder! Das ist sie!
»Marco, darf ich Ihnen meine Schwester und meinen Schwager vorstellen«, sagt die Mutter. »Sie wohnen hier um die Ecke und wollen Sie unbedingt kennenlernen, seit wir von Ihnen erzählt haben.«

Die Schwester meiner künftigen Schwiegermutter wohnt im gleichen Viertel wie die Darstellerin der Evelyne (derjenigen, die trotz des Erfolgs »ein einfaches, lächelndes Mädchen« geblieben ist). Der Mann der Schwester ist froh, »einen Künstler in der Familie zu haben«. Dann kommen auch noch die Bergerons, Nachbarn oder Verwandte, ich weiß es nicht mehr. Ich antworte auf Fragen, die ich gar nicht richtig verstehe, ich verwechsle den Geburtstagskuchen der Banque de France mit der Explosion von Evelyne, aber das scheint niemanden zu stören. Inmitten dieses Trubels gelingt es mir, Charlottes Mutter beiseite zu nehmen.
»Hat Ihre Tochter mit Ihnen über Heirat gesprochen?«
»Charlotte? Dazu ist sie viel zu eigenwillig. Aber Sie haben die Füße auf dem Boden, finden Sie nicht, daß es Zeit wäre, die Sache zu legalisieren?«
»Dazu müßte ich mit ihr reden, aber ich weiß nicht einmal, wo sie ist.«
Sie schaltet leise Hintergrundmusik ein und reicht Erdnüsse herum.
»Sie müssen mir unbedingt verraten, wo Ihre Tochter ist!«
»Keine Ahnung, es ist gut drei Monate her, daß wir sie das letzte Mal gesehen haben.«
Sie kümmert sich um mehrere Dinge gleichzeitig, wendet sich an die Gäste und schlägt mir vor, aus dem Stegreif einen Toast auszusprechen.
»Soll das heißen, daß Sie von Charlotte seit drei Monaten nichts mehr gehört haben?«
»Mein Mann hatte sie vorige Woche am Telefon. Sie kennen sie doch! Schon als kleines Kind war sie absolut unberechenbar!«
Sie läuft in die Küche, um eine Platte mit heißen Petits fours zu holen. Ich schlängle mich zwischen den Gästen hindurch zum Vater und unterbreche ihn mitten im Ge-

spräch. Wäre ich er, dann wäre ich nicht gerade stolz auf meine hausväterliche Trotteligkeit.

»Wie geht es ihr? Was hat sie Ihnen erzählt? Hat sie Probleme? Hat sie von weit weg angerufen? Antworten Sie, verdammt noch mal!«

Während er sich mit Pistazien vollstopft, durchforstet er einigermaßen überrascht sein Gedächtnis.

»Es scheint ihr ganz gut zu gehen. Ich hatte den Eindruck, sie wäre auf dem Land. Oder im Ausland. Bei ihrer Arbeit weiß man das nie so recht. Wir haben uns daran gewöhnt. Sagen Sie, Marco, diese Serie, wann geht sie weiter?«

Unsichtbar, körperlos durchquere ich diesen Trubel wie ein Gespenst, das sein Leichentuch verloren hat. Eigentlich sollte ich sie bis zum nächsten Anruf ihrer lieben Kleinen belagern. Aber dazu fehlt mir die Kraft, und ich finde mich draußen wieder – ohne die geringste Spur. Beim *Mann von der Straße* nützt mir meine Fähigkeit, Situationen vorauszuahnen, überhaupt nichts. Amateure tun nur, was ihnen ihr eigener Kopf sagt, sie improvisieren, und nichts entspricht mehr der Geschichte, die man sich ausgedacht hat. Man müßte sein Leben im voraus schreiben können, Szene für Szene, und sich dann an das Skript halten.

—

Ich schwanke unschlüssig zwischen einem Metroeingang und einem seelenlosen Café. Doch unversehens lenken mich meine Schritte in eine unbedeutende Nebenstraße, und ich versuche nicht, mich dagegen zu wehren. Was würde ein Mensch in meiner Situation in einem amerikanischen Film tun? Er hätte sich schon längst an einen Privatdetektiv gewandt.

Die Idee ist gar nicht so abwegig, wie sie scheint. Ich brauche so einen Kerl. Einen Schnüffler. Ihm wäre so lange egal,

wer ich bin, solange ich ihm den Zaster bar auf die Kralle zahle. Er würde die Projektleiterin weichkochen, ohne daß sie es überhaupt merkt. Am Ende der Straße streckt mir ein Kerl in einem graublauen Anzug die Hand entgegen. Sein Gesicht sagt mir nichts.
»Kennen wir uns?«
Man läßt eine ausgestreckte Hand nicht in der Luft hängen. So wurde ich erzogen. Zwei weitere Männer des gleichen Schlags stellen sich neben mich, wortlos.
Alles passiert sehr schnell, die Bewegungen sind einstudiert wie ein Pas de deux: Die offene Autotür, der Druck in die Seiten, ich werde auf den Rücksitz gestoßen, und los geht's. Ohne daß jemand ein Wort spricht, nicht einmal ich. Das Ganze ähnelt den Sekunden nach einem Autounfall, man spürt undeutlich, daß etwas Gewaltiges passiert ist, und wartet darauf, daß man wieder zu sich kommt. Die kleine Straße liegt bereits hinter uns, der Fahrer biegt um die Ecke. Einer seiner Helfer sitzt auf dem Beifahrersitz, der andere neben mir. Alle drei tragen dieselben graublauen Anzüge, alle drei haben ein kantiges Kinn und Augen so kalt wie Eis. Mit Angst im Bauch stammle ich den Satz, der in einer solchen Situation wohl üblich ist, und ihr vollendetes Schweigen verrät mir, daß sie ihn längst auswendig kennen. Der Wagen rast in einen Tunnel. Ich ziehe die Augenlider zusammen, um meine eigene Stimme im Kopf widerhallen zu hören: *Nein, Marco, wir sind nicht mehr im wirklichen Leben, die Realität hat nichts mehr mit dem zu tun, was vor dem Start von »Saga« normal war. Aber was auch immer geschieht, vergiß nie, daß du der Held bist, der anständige. Andernfalls treiben sie dich noch in den Wahnsinn.*
»Wohin bringt ihr mich?«
Schweigen.

»Was ich auch frage, ihr werdet nicht antworten, oder?«
Ohne sich umzudrehen, sagt der auf dem Fahrersitz: »*Sie* sind doch der Drehbuchschreiber, nicht wahr?«
Ich weiß nicht, welcher Prüfung sie mich unterziehen wollen, aber so seltsam es erscheint, der Kerl hat recht. Ich bin der Drehbuchschreiber.
»Wenn ich versuche, die Szene zu analysieren, würde ich angesichts der Maßanzüge und der Luxuskarre sagen, daß wir uns in einer Spitzenproduktion befinden. Die Besetzung ist tadellos und Ihr Spiel ist von seltener Nüchternheit. Ganz von innen heraus, Strasberg-Schule. Zur Dialogseite: Der allgemeine Ton der Szene ist zu farblos. Und wenn ich mir einen Rat erlauben darf: Es ist immer riskant, über längere Zeit ein Klima der Angst beizubehalten, dabei laufen Sie Gefahr, die Zuschauer zu verlieren, die, im Gegensatz zur landläufigen Meinung, so etwas gar nicht gerne sehen. Im Kino langweilt man sich, sobald man das methodische Verfahren durchschaut. In einer fünfzehn Sekunden langen Szene kann man schon nach den ersten fünf Sekunden anfangen zu gähnen. Andere als ich hätten längst gezappt.«
Ich mußte es probieren. Immerhin hatte ich keine Ohrfeige kassiert.
»Trotzdem wissen Sie immer noch nicht, von welcher Seite wir sind«, sagt einer von ihnen.
»Sie sagen ›Seite‹, als gäbe es nur zwei: die Bullen und die Gauner. Wenn wir uns wirklich in einem Film dieses Genres befinden, würde ich sagen, daß ihr weder anständige Bullen noch üble Gauner, weder anständige Gauner noch üble Bullen seid. Ihr steht weit darüber. Rein technisch gesprochen, würde ich euch in einem Drehbuch mit Scherge 1, Scherge 2, Scherge 3 benennen, ohne euch moralische oder physische Unterschiede zuzuschreiben.«

Sie so lange kitzeln, bis sie reagieren. Riskant. Kopf oder Zahl.
»Fahren Sie fort.«
»Versuchen wir die Möglichkeiten aufzuzählen. Ihr seid alle drei je nach Belieben zweideutig, man kann unmöglich wissen, ob ihr a) mir auf dem flachen Land die Kehle durchschneiden werdet; b) mich in einen Jet setzt, um mir das Leben zu retten; c) mich in ein finsteres Loch stecken werdet, um mich dazu zu bringen, das zu tun, was ich nicht tun will.«
Sie reagieren nicht, aber ich glaube, daß wir in Richtung c) fahren. Heute früh habe ich Séguret geschworen, daß ich »Saga« nicht mehr anrühren werde. Die Information ist sehr schnell sehr weit nach oben vorgedrungen, was mir die Ehre einbringt, von diesen drei Klonen, die direkt von der Regierung kommen oder aus einem schlechten Spionagefilm, als Geisel genommen zu werden.
»Findet ihr nicht, daß diese ganze Geschichte übertriebene Ausmaße annimmt? Wir kippen täglich ganze Ströme von Bildern aus den Fernsehgeräten, man sieht Kinder sterben, man nimmt an Kriegen teil, als wäre man in einem Videospiel. Man zeigt euch Verbrecher und Mörder, die am Ende ihrer Prozesse als Unschuldige dastehen. Man stopft euch voll mit schwachsinnigen Spielen, die euch von ungebildeten Milliardären vorgesetzt werden, man zwingt euch tonnenweise erfundenes Zeug auf, das euch das Gehirn aufweicht, die ganze audiovisuelle Medienlandschaft befindet sich in Händen von Zynikern, die uns mit ihrer Macht und ihrer Mittelmäßigkeit erdrücken. Und da fällt es dieser verdammten ›Saga‹ schwer, ein Ende zu finden? Warum seid ihr bloß so hinter dieser beschissenen Serie her? Hinter mir, dem kleinen Drehbuchautor, der nur versucht hat, gute Arbeit zu leisten?«

Verblüfft ließen sie einige Sekunden verstreichen, bevor sie mich aufforderten, mich zu beruhigen. Das alles hätte ich genausogut dem Menschen von ›SOS Freundschaft‹ erzählen können oder Séguret oder auch meiner lieben Schwiegerfamilie. Aber nein, ich muß an noch Schlimmere geraten. Die drei wechseln amüsierte Blicke. Und ich habe plötzlich den Eindruck, nicht mehr zu existieren.
Scherge 1: »Sagt, Jungs, erinnert euch das nicht an die Anti-Fernseh-Parole? Wer war das noch?«
Scherge 2: »Walter Callahan, ganz am Anfang. Man hat nur sein Gesicht gesehen, das vor dem Bildschirm seinen Ausdruck veränderte. Nur durch eine winzige Spiegelung in seinem Auge hat man erkannt, was er anschaut. Er war ein guter Schauspieler.«
Scherge 3: »Das war in der Folge, in der sein Vetter Quincy auf der Durchreise in Paris war.«
Scherge 2: »Der Vetter Quincy! Derjenige, der immer sagte ...«
Scherge 1, 2, 3 (im Chor): »Here we go down and dirty!«
Scherge 3: »Erinnert ihr euch an Clarisse, die Freundin von Camille?«
Scherge 1: »An das vorsokratische Einführungszeremoniell?«
Scherge 3: »Ich hatte ein Faible für sie, sie verschwand in der nächsten Folge, aber ich weiß nicht mehr, wie.«
Der Wagen kreuzt immer noch scheinbar ziellos durch die Straßen von Paris.
Scherge 2: »Sie stirbt infolge der Untersuchung des Journalisten, der in Wahrheit der Sohn des Opfers ist und selbst von dem Killer verlangt, ihm zu helfen. Und dieser Blödmann geht ihm in die Falle.«
Scherge 1: »Ich dachte damals, Fred sei der Mörder.«
Bei genauerer Betrachtung zeichnet sich jetzt doch eine be-

stimmte Route ab. Der Wagen steuert ein Viertel an, das ich gut kenne. Meins.
Scherge 2: »Ich war mir sicher, es sei Jonas, wegen seiner Theorie über ›den paradoxen Mord‹.«
Scherge 3: »Ich habe geglaubt, es sei diese sechzigjährige Frau, deren Namen ich immer vergesse ...«
»Ihr werdet mich doch nicht am hellichten Tag vor meiner Wohnung absetzen, Jungs? Sagt mir, daß ihr so etwas nicht tut!«
Scherge 2: »Meinst du die, die immer noch in den fünfziger Jahren lebt?«
Scherge 1: »Yvette! Wenn sie ihren Schuh auszieht, um die Naht ihres Strumpfs wieder gerade zu ziehen ... Jaaaaa! Das hat mich an meine Mutter erinnert. Wißt ihr, daß es Yvette ist, die das Wort ›Saga‹ zum ersten und zum letzten Mal in der ganzen Serie ausspricht?«
Der Wagen biegt in die Rue Poissonnière ein. In der Ferne sehe ich einen Lastwagen der Müllabfuhr, der einen Haufen Fernsehgeräte auflädt.
Scherge 3: »Nein, da gibt es noch eine andere.«
Scherge 1: »...Wann?«
Seltsame Gestalten sprühen Graffiti auf die umliegenden Mauern.
Scherge 3: »Als Camille einen Touristen trifft, der ihr sagt: ›Mein Leben ist eine *Saga,* erlauben Sie, daß ich sie Ihnen erzähle.‹ Ein schwedischer Freund hat mir das übersetzt.«
Mehrere Menschen warten direkt vor der Nummer 188. Das Auto bremst. Ich klammere mich am Sitz und an den Griffen fest. Scherge 2 geht um das Auto herum und öffnet meine Tür. Die Gaffer schauen zum Wagen in der Meinung, ein VIP werde aussteigen.
»Ihr werdet mich doch nicht hier zum Aussteigen zwingen?«

Zu zweit zerren sie mich aus dem Wagen und werfen mich aufs Trottoir.
Scherge 1: »Machen Sie sich sofort an die Arbeit.«
Scherge 2: »Bis September muß *alles* wieder in Ordnung sein.«
Scherge 3: »Wenn nicht, entscheiden wir uns nächstes Mal für Möglichkeit a).«
Sie knallen die Autotüren zu, und das Auto verschwindet am Horizont.

»Ihr werdet mich doch nicht hier zum Aussteigen zwingen?« Noch eine Sekunde länger darf ich hier liegen bleiben. Ich mache ein gleichgültiges Gesicht, stehe auf und wende mich der Rue de la Lune zu. Es funktioniert nicht: Drei Kerle, die auf der Hauswand mit roter Farbe meinen Tod fordern, stürzen auf mich zu. Mehrere Mieter, der Verwalter und einige andere aus der Menge verstellen ihnen den Weg. Ein paar Unbekannte folgen ihnen, ich beginne zu laufen. Laufen, laufen, daß mir das Herz im Kopf hämmert. Ich habe dich geliebt, Charlotte! Ich habe mein Leben für dich riskiert, doch ich glaube, daß mein Selbsterhaltungstrieb wieder die Oberhand gewinnen und dieser verrückte Lauf erst auf der anderen Seite der Welt enden wird. Du bist vielleicht schon dort, ich komme! Ich komme!
Rue Thore – in die Enge getrieben. Der Schwarm umringt mich, ich verharre regungslos in dem Feuerring der Blicke. Skorpione schwenken ihren Stachel bei der kleinsten Bewegung. Bevor ich ein Wort sagen kann, kriege ich ein paar Salven Spraydosenfarbe ab. Rempelei, Geschrei, gesteigerter Haß, sie packen mich wie Hunde die Beute, jeder will seinen Teil haben, ein Hieb befördert mich zu Boden, Schuhsohlen treten mich, ich versuche mir mit ganzer Kraft einzureden, daß das alles nur Fiktion ist.

Eine Komödie, die schlicht verlangt, daß der Glaube stärker ist als das Wissen.
Aber das erspart mir den Schmerz nicht. Der ganze Knäuel stürzt sich auf mich, gleich werden meine Knochen unter dem Gewicht brechen, und einer von ihnen wird mir den Gnadenstoß versetzen, ohne es zu wissen, niemand wird je erfahren, wer es war.
Ich warte.
Ich hoffe.
Ich warte, die Augen geschlossen.
Aber die Leiden enden jäh.
Das Gewicht weicht von mir.
Ich öffne die Augen.
Ein Wirbelsturm aus Armen und Fäusten versetzt meinen Peinigern Hiebe. Ich verstehe nichts mehr, über meinem Kopf findet ein heftiges Gestoße und Geschiebe statt. Jemand heben mich vom Boden auf, und ich entschwebe in die Rue de la Lune.
Wie Christus! Ich bin ein christusähnliches Wesen geworden!
Die ganze Sache wird so vergnüglich, wie man es sich nur vorstellen kann... Das ist es, man hat mich wahnsinnig werden lassen! Ich fliege!
Und drei Sekunden später schiebt man mich in die Ladefläche eines Lieferwagens.
»Fahren wir zurück zum Stützpunkt.«
»Das war wenigstens eine...«
»Fahr los, verdammt!«
»Wir kümmern uns um alles, Monsieur Marco, machen Sie sich keine Sorgen mehr.«
Ein Satz dieser Art bewirkt bei mir sofort das Gegenteil. Ein halbes Dutzend in der Kabine eng zusammengedrängter Leute sehen mich mit staunendem Lächeln an. Sie sind

etwa genauso alt wie ich. Offenbar sind die Jungs mit allen Guerilla-Techniken vertraut, und die beiden Mädchen wirken wie Elitekämpferinnen.
Heute morgen, Schlag sieben Uhr, befand ich mich in einem Psycho-Drama. Ein wenig später geriet ich in eine Sittenkomödie. Und am frühen Nachmittag war ich wider Willen plötzlich in eine zweitklassige Spionagegeschichte verwickelt. Aber jetzt – ich weiß wirklich nicht, was ich in einem Kriegsfilm zu suchen habe.
»Was soll das heißen – zum Stützpunkt?«
»Er ist nicht weit von hier. Aber man kann ihn nicht beschreiben, man muß ihn sehen.«
»Sind Sie zufällig hier vorbeigefahren?«
»Wir haben immer einen Wachposten hier für den Fall, daß Sie auftauchen, aber Sie sind schwer zu fassen. Man hat uns vorgewarnt, darum konnten wir schnell eingreifen.«
»Darf man erfahren, wer Sie sind?«
»Die Abordnung der Präsidenten der einundsechzig ›Saga‹-Fanclubs in Frankreich.«
Ich stoße einen tiefen Seufzer aus. Sie halten es für Erleichterung, dabei ist es nichts als Resignation.
Die Reise wird lange dauern.

—

Der Lieferwagen fährt in einen gepflasterten Hof. An einem schönen, baufälligen Haus lehnt ein Schild »Zu verkaufen«. Der Eigentümer ist einer von ihnen und hat angeboten, es ein paar Monate lang als Treffpunkt zu nutzen, bevor er sich davon trennt. Als ich über die Schwelle trete, begrüßt mich ein feierliches Empfangskomitee. Auf die Nachricht hin, daß ich kommen würde, hat man rasch ein kleines Buffet und ein Willkommens-Transparent vorbereitet. Sie warten seit zwei Wochen darauf. Ich weiß nicht, ob ich den Druck von mir weichen lassen kann. Nach einem Glas Sekt zeigt man mir den Schlafsaal, den Versammlungssaal und den Raum, den sie »Museum« nennen, eine Art Loft, das man besucht wie ein wirkliches Museum und in dem allerlei Dinge auf Sockeln ausgestellt sind. Mich führt der Chef persönlich.

Eine Pistole unter einer Glasglocke.

»Das ist die Neun-Millimeter von Camille, wir haben sie beim Requisiteur des ersten Teams gekauft. Man hat dort inzwischen eine andere Waffe, aber das hier ist diejenige, die sie in der Folge zwei hält.«

Auf einem langen Ausstellungsbord sind etwa zehn Seiten des Drehbuchs ausgebreitet.

»Die hat einer von uns im Produktionsbüro ergattert, bevor sie in den Mülleimer gewandert wären. Es ist das Konzept aus der Nummer zweiundsechzig, Szene achtzehn, in der Mordécai Marie Shamallow-Bonbons für zweitausend Dollar kauft. Auf einer Seite hat Louis Stanick von Hand angemerkt: ›Hier einen nackten Satz einfügen.‹«

Ein kleines durchsichtiges Kunststoffgefäß, das eine weißliche Flüssigkeit enthält.

»Die Lipose-Probe, die Fred dem Gesundheitsminister zeigt. Der Requisiteur hat die Mischung mit Eiweiß und Schweinefett hergestellt, das er von der Kantinenwirtin bekam.«

Eine leere Wodkaflasche.

»Ich glaube, Sie wissen, wo wir die gefunden haben, nämlich im Mülleimer der Hausnummer 46 in der Avenue de Tourville. Pfefferwodka Pieprzowka, es wird gemunkelt, Jérôme Durietz und Sie hätten ihn getrunken, während Mathilde Pellerin keinen Alkohol anrührte und Louis Stanick Bier vorzog.«

Bilder aus »Saga« ziehen auf einem Bildschirm vorbei.

»Ein seltenes Exemplar: die Aufnahme der Nummer acht mit dem falschen Vornamen von Eric, den alle Welt Jean-Jean nennt. Für die Wiederholungen und die Kassetten hat man das berichtigt.«

Ich stecke in der Klemme, ich muß diese Besichtigung gezwungenermaßen bis zum Ende durchstehen. Nichts wird mir erspart, nicht der kleinste abgebrochene Schnipsel eines Fingernagels, nicht die unbedeutendste Anekdote, und je länger es dauert, desto klarer wird mir, daß ich in ein Nest von Verrückten geraten bin, gefährlichen Irren, in eine Monomanen-Sekte, die mich als ihre Trophäe ausstopfen will. Ich spüre, wie meine Augen langsam aufquellen. Ich muß Gott unbedingt um Verzeihung bitten.

»Kennen Sie das? Es ist das Exemplar von Kafkas ›Prozeß‹, das Menendez immer bei sich hat.«

Gott?

Ja, das ist es...

Natürlich ist es das!

Gott verbirgt sich hinter diesem ganzen Durcheinander.

»Um diesen Flakon Vanilleparfüm von Walter in die Hand zu bekommen, habe ich praktisch mit meinem Leben bezahlt. Und zu allem Überfluß riecht es nach nichts mehr.«

Gott zürnt mir, weil ich mit Schicksalen gespielt habe, ihn als Figur benutzt habe und ihn habe sprechen lassen, ihn, dessen Absichten unergründlich sind! Wir haben uns für ihn gehalten, wir haben ein Goldenes Kalb geschaffen, wir haben sogar, eines nach dem anderen, alle seine Gebote verhöhnt!

»Ein Mitglied aus Paris, ein Bildhauer, hat die ›fühlbare Landschaft‹ rekonstruiert, von der Bonnemay in der Nummer siebenundsechzig oder achtundsechzig spricht, er hat vier verschiedene Steinarten verwendet und...«

Verzeih mir, Herr!

Ich bereue. Aufrichtig. Aber weil du in mir liest, wäre es dumm zu versuchen, dich anzulügen.
Wenn du wüßtest, o du, wie sehr ich es genossen habe, deine Arbeit zu tun...
Du machst einen großartigen Job, und nur wenige von uns hier unten wissen das! Wie gut ist es doch, daß du verwirrend viele überraschende Situationen geschaffen hast! Welche Freude, diese ganze kleine Welt sich rühren, lieben, leiden zu sehen! Es ist gut, die Leute Prüfungen zu unterziehen und sie zu belohnen, wenn sie es verdienen! Warum also solltest du erzürnt sein über mich? Über mich, der die Kniffe kennt, mich, der immer vier Folgen zuvor schon weiß, was kommen wird?
»Erinnern Sie sich an das Photochrome-Kleid, das Fred für Marie erfindet? Wir haben den Prototyp erbeutet, aber ohne die Aufnahmetricks funktioniert es nicht, wir haben es ausprobiert.«
Unter Kollegen, wir hätten vermeiden können, aus uns Konkurrenten zu machen. Ein armer Kerl, der die Frau seines Lebens sucht wie ein Verdammter, genügt dir das nicht?
Nein?
Du mußt mir etwas beweisen.
»Gefällt Ihnen unser Museum?«
Du mußt mir beweisen, daß du viel besser bist als ich.
»Gefällt es Ihnen nicht?«
»Doch, doch... Seien Sie mir nicht böse, wenn ich gerade etwas geistesabwesend bin... Das alles hier ist so ergreifend...«
Es muß doch ein Mittel geben, die Leute ein bißchen abzulenken, diese Trottel, jetzt ist der richtige Moment, nach einem nicht allzu schlechten Abgang zu suchen.
»Ich könnte dem Museum eine Schenkung machen, dar-

unter einige äußerst seltene Stücke. Wir haben alles eingelagert, ich bringe Ihnen die Sachen bis heute abend hierher.«
»Seltene Stücke welcher Art?«
»Ich habe Notizhefte aufgehoben, die vollständigen erlesenen Satzkadaver, an denen wir herumgespielt haben, wenn wir keine Lust hatten zu arbeiten. Auf diese Weise ist die Figur des Kurpfuschers entstanden. Außerdem habe ich den Karton der Entscheidungen geerbt und ...«
»Den Karton der Entscheidungen?«
»Wir haben gleich am Anfang unserer Zusammenarbeit ein System eingeführt, einen Schuhkarton, der uns half, Wahlen zu treffen. Er muß noch voller Zettel sein, wäre das nichts für Sie? Die Sachen sind in einem Verschlag in der Avenue de Tourville.«
»Wir haben schon alles durchsucht.«
Ihre Absichten sind zweifellos friedlich. Sie verehren mich. Sie vergöttern mich. So sehr, daß es den Allerhöchsten noch ein wenig mehr aufregen wird.
Ich schwöre dir, daß ich bereue! Hol mich hier raus, ich habe meine Lektion gelernt.
»Etwa in meinem Saustall?«
»Später. Im Augenblick haben wir etwas anderes, viel Wichtigeres.«
Friedliche Absichten, Scheiße. Was haben die sich denn noch ausgedacht, verdammter Mist! Was hast du dir für mich ausgedacht, du da oben?
»Achten Sie auf die Stufen, jede zweite ist kaputt.«
Ich weiß, daß ich einen schweren Fehler begangen habe, diesem Fehler gaben die alten Griechen einen Namen.
Hybris.
Das Zusammentreffen von Maßlosigkeit und Überheblichkeit. In Konkurrenz mit Gott treten, indem man sich das

Recht herausnimmt, einzelne Schicksale zu binden und zu lösen. Genau das haben wir getan, und zwar bei voller Straffreiheit, jenseits aller Gesetze, mit der größten Freiheit, die Schreiberlingen je gewährt worden ist.

Die vier oder fünf Idioten, die mich durch den verfallenen Gang führen, sind vor einer Flügeltür verstummt. Ich könnte mir die Lunge aus dem Leib schreien, niemand würde mir zuhören. Ich könnte den Entrüsteten spielen, sie würden sich einen Dreck darum scheren. Sie haben mich gerettet, um mich teuer bezahlen zu lassen.

Die Türflügel öffnen sich.

Ein riesiger Salon, kahl, darin etwa dreißig Gestalten auf Stühlen, die im Viereck angeordnet sind, ein Anblick, bei dem man an ein Schwurgericht denkt.

Ein Prozeß...

Meiner.

Man setzt mich auf eine Art Anklagebank, dann läßt man weitere Gestalten herein, die mit würdevollem Ernst Platz nehmen, wie es sich für höchste Richter gehört.

Mitten in diesem absurden Alptraum wird mir klar, wie wichtig es für die armen Irregeleiteten, die wir sind, doch ist, an Geschichten zu glauben. Bei uns vieren war kein Tag vergangen, ohne daß einer die Hausfrau aus der Provinz Var und den Arbeitslosen aus Roubaix beschwor. Aber unter den zwanzig Millionen begierigen, anonymen Blicken gibt es auch die alte Jungfer aus Avignon, den Eremiten aus dem Vaucluse, den Depressiven aus der Vendée und die Waisen von überall. Es gab all die Gebrochenen, Vereinsamten, Labilen, Ängstlichen und Zukurzgekommenen. Und alle jene, die weder Angehörige noch Freunde besaßen – und sie durch zufälliges Zappen gefunden haben. Außerdem gibt es jene, deren Verlangen zu glauben so stark ist, daß jede Sorge um das Wahrscheinliche ein Hindernis darstellt. Wenn einen die Wirklichkeit unterwegs sitzenläßt, wie soll man dann Distanz zur Fiktion halten?

Sie identifizierten sich mit jeder einzelnen Figur. Uns genügte es, die kleine Tür zu öffnen, damit sie hindurchtraten und in eine neu zu erobernde Welt fielen. Ihr Weg war von Fallstricken und Fußangeln durchzogen, sie mußten Zeichen entziffern und Licht in Schattenzonen bringen. Diese Arbeit machte sie stolzer und agiler. Erst am Ende jeder Folge begann ihre »Saga« wirklich, und dabei spielte es kaum eine Rolle, ob die nächste Folge ihre Fragen beantwortete oder nicht: Sie hatten sich dorthin gewagt, wohin man sie sonst nie einladen würde.

Und das alles haben wir mit der Folge achtzig zerstört.

Diejenigen, die heute über mich richten, waren zweifellos die inbrünstigsten Gläubigen, aber auch die anfälligsten. Sie forderten viel mehr, als wir geben konnten.

—

Der Abend senkt sich langsam nieder. Meine Zelle im obersten Stockwerk des Gebäudes ist eine kleine Zweizimmerwohnung mit zugemauerten Fenstern. Der Prozeß hat gute vier Stunden gedauert. Mein Anwalt hat keineswegs versagt, mit einigen Dingen, die er aus dem Ärmel zauberte, kanzelte er den Hauptankläger manchmal ganz schön ab. Aber Unmögliches kann man von niemandem verlangen, es waren zu viele Ankläger da. Mathilde, Jérôme und Louis hatte man bereits in Abwesenheit verurteilt, nur über mein Schicksal mußte noch entschieden werden. Was hatte ich zu meiner Verteidigung zu sagen? Ein Gewebe aus Lügen, die sie nicht glauben würden. Ich erzählte ihnen, »Saga« würde aus ihrer Asche auferstehen. Ich brachte sogar Beispiele und vollführte eine gefährliche Übung, eine Art Flucht nach vorn, gespickt mit Versprechen und Rückgrif-

fen. Eine Art Flucht nach vorn im Freilauf. Ich sang eine Romanze und fand instinktiv die Reime. Im großen und ganzen vermittelte ich Hoffnung.
Zweifellos hat das die Strafe bestimmt.
»Sie kennen zweifellos die Erzählungen aus ›Tausendundeiner Nacht‹.«
»...?«
»Der Name Scheherezade muß Ihnen etwas sagen.«
»Die zum Tode verurteilte Prinzessin? Sie erzählte eine Geschichte, um den Sultan für sich einzunehmen, und er ließ sie am Leben, unter der Bedingung, daß sie eine Fortsetzung erfand.«
»Sie werden den ganzen Tag Zeit haben, die Fortsetzung von ›Saga‹ zu erfinden, und wir werden sie uns am Abend anhören, wir alle hier. Jeden Abend werden wir über Ihr Weiterleben entscheiden.«
»›Tausendundeine Nacht‹? Machen Sie Witze?«
»Zwei Jahre und neun Monate.«
»Aber wie soll ich zwei Jahre und neun Monate lang Stoff für Geschichten finden? Und ohne meine Kollegen haben Sie nur ein Viertel von ›Saga‹!«
»Die erste Folge morgen abend.«
»Aber...!«
»Wenn ich Sie wäre, würde ich keine Zeit verlieren, sondern anfangen, einige Situationen auszutüfteln. Denken Sie vor allem an Camille. Lassen Sie sie zurückkehren.
»Sie ist tot!«
»Sehen Sie zu, wie Sie zurechtkommen.«
Im Moment habe ich nichts als einen Block und einen Bleistift, aber man hat mir versprochen, daß ich bald einen Computer bekäme und alles, was dazu gehört. Ich werde behandelt wie ein Prinz aus »Tausendundeiner Nacht«.

»Wachen Sie auf, Marco. Ich bin es, Ihr Anwalt.«
Mein was? Das Zimmer mit den Rissen in den Wänden – der Notizblock in Reichweite… Und mein Anwalt. Ja, er ist es.
Ich dachte, dieser Alptraum würde sich im ersten Licht der Morgendämmerung verflüchtigen.
»Ist es Zeit für die Folge? Mir ist noch nichts eingefallen, ich bin ausgedörrt, ich brauche mehr Zeit… Gehen Sie, sagen Sie es denen, erbarmen Sie sich meiner.«
»Ich bin gekommen, um Sie hier rauszuholen.«
»…?«
»Stehen Sie auf, ich habe ein unfehlbares Mittel, das Ihnen ermöglicht, dieses Irrenhaus zu verlassen.«
Bist du das, Gott, schickst du ihn mir? Hast du meine Gebete erhört?
»Ich weiß nicht, wer Sie sind, aber Ihr Auftritt erscheint mir nicht sehr plausibel. Es sei denn, Sie verlangen von mir etwas Unmögliches dafür.«
»Ich verlange nichts.«
»Das machen Sie mir nicht weis. Menschen wie Sie trifft man im wirklichen Leben nicht.«
»Im wirklichen Leben bin ich Geschichtsprofessor in Choisy-le-Roi. Es gab unter Ihren Fans einige Anwälte, aber die weigerten sich hartnäckig, Sie zu verteidigen. Ich habe aus gutem Glauben gehandelt, doch die Sache war von vornherein verloren.«
»Professor für Geschichte und Präsident eines Fanclubs von ›Saga‹, wollen Sie mich auf den Arm nehmen?«
»Um die Wahrheit zu sagen, meine wirkliche Leidenschaft ist das Werk von Ponson du Terrail.«
»…?«
»Ponson du Terrail. Sagt Ihnen das wirklich nichts?«
»Ich habe sehr wenig gelesen, wissen Sie. Hätte ich weniger

Zeit damit zugebracht, mir all diesen Blödsinn im Fernsehen anzuschauen, wäre ich heute nicht hier.«

»Der Vicomte Pierre-Alexis Ponson du Terrail ist einer Ihrer illustren Vorläufer. Innovativer Romanautor, aber vor allem ein extravaganter Fortsetzungsschreiber. Auf Tausenden von Seiten bewies er wilde Phantasie, er stürzte seine Personen in die verworrensten Situationen. Heute beschwört sein Werk zwar kaum noch Erinnerungen herauf, aber sein Held ist in die französische Umgangssprache eingegangen als Qualifizierung des Unqualifizierbaren, Phantastischen.«

»Rocambolesque!«

»Rocambole, genau. Er agiert in gut dreißig Romanen, in den ›Pariser Tragödien‹.«

»Nie gelesen.«

»Unübertroffen! Eine Mischung aus Sibyllinischem und Pittoreskem, die einem den Atem verschlägt. Wenn ich die letzte Zeile des allerletzten Abenteuers von Rocambole lese, habe ich die erste schon wieder vergessen. Ich könnte mein ganzes Leben damit zubringen, sie mir immer wieder von neuem zu Gemüte zu führen. Genauigkeit war allerdings nicht gerade Ponsons Stärke, er hat sich kaum um das Wahrscheinliche und die Psychologie gekümmert. Wegen eines Streits mit dem Chefredakteur seiner Zeitung schrieb Ponson eine letzte Folge seines Fortsetzungsromans aus einem Wutanfall heraus: Er sperrte seinen Helden in einen Metallkäfig und warf ihn ins Meer, zweihundert Meter tief. Der Chefredakteur, rasend vor Zorn, wandte sich an andere Autoren, um Ponson zu ersetzen, aber alle erklärten, sie hätten keine Zeit.«

Ich hätte mich sicher nicht besser aus der Affäre gezogen. Allein bei dem Versuch, Camille wiederauferstehen zu lassen, habe ich mir einen Synapsenkrampf zugezogen.

»Glücklicherweise fand sich der große Meister auf die flehentlichen Bitten des Chefs hin bereit, den Roman fortzusetzen. Bestimmt werden Sie mich jetzt fragen, wie er die Situation gemeistert hat, oder?«

Nicht nötig, er weiß schließlich, wie wichtig eine solche Anekdote für einen Jungen wie mich ist.

»Auf die einfachste Art der Welt. Ponson begann die nächste Folge mit: ›Rocambole befreit sich aus seiner mißlichen Lage und steigt wieder an die Oberfläche.‹«

»Das hat er sich getraut?«

»Und ob.«

Perfekt! Welche Freiheit! Welche Lektion für uns! Ich dachte, unsere Serie sei an einem Punkt angelangt, von dem aus es kein Zurück gibt, an einer *total borderline*, wie Jérôme zu sagen pflegte. Wenn unsere illustren Vorgänger uns das glauben ließen, dann zweifellos, um besser über uns zu wachen. Homer, Scheherezade, Ponson du Terrail und all die anderen haben die Reise vor uns gemacht. Und sind noch viel weiter gegangen.

»Sie und Ihre drei Komplizen waren ein bißchen unser moderner Ponson de Terrail. Zügelloser Wonnerausch, jubelnde Flucht nach vorn, Ihre ›Saga‹ hat mich wahnsinnig amüsiert.«

»Wir waren weit unter Ponsons Niveau.«

»Wie dem auch sei, in Erinnerung an diesen lieben Menschen bin ich es mir schuldig, hier einzugreifen. Was er für Rocambole getan hat, werde ich für Sie tun. Oder vielleicht für ›Saga‹.«

—

Zwei Minuten später renne ich wie ein Besessener bis zur Bastille. Frei, schwitzend, nicht wissend, welche Rolle bei dem, was mir passiert ist, Gott, der Teufel, der Zufall, der

Traum, die Wirklichkeit, der Wahnsinn der anderen oder meiner gespielt haben. Völlig außer Atem lehne ich mich an einen der Wallace-Springbrunnen und spritze etwas Wasser in mein Gesicht. Ich brauche einen ruhigen Ort, wo ich mich einen Augenblick lang ausruhen kann. Nur einen Augenblick. Bei einem Glas Wodka. Einer ganzen Flasche Wodka. Ich habe Lust, mich zu betrinken, mit vernünftigen Menschen zu reden. Überhaupt nicht zu reden. Wer weiß, wo ich heute nacht schlafen werde?

Als ich die Rue de la Roquette hinaufgehe, zieht das schwankende Schild einer Bar meinen Blick auf sich.

L'ENDROIT.

Es ist ein Uhr morgens.

»Wann schließen Sie?«

»In einer Dreiviertelstunde.«

»Haben Sie Pfefferwodka?«

»Nein.«

»Geben Sie mir irgendwas, jedenfalls einen Doppelten.«

Das Lokal wirkt wie ausgestorben. Mit Filz ausgestattet, gemütlich, aber wie ausgestorben. Auf einem Hocker sitzend, an die Theke geklammert, trinke ich mein Glas in einem Zug leer und bestelle ein zweites. Der Barkeeper stellt ein Schälchen Erdnüsse vor mich und legt eine Jazzplatte auf.

Mein Herzrhythmus läuft wieder normal. Ich stoße einen langen Seufzer des Wohlbehagens aus und schließe einen Moment lang die Augen.

Frieden.

Ich stelle mir vor, den Rest meines Lebens in dieser Bar zu verbringen, Wodka zu trinken und dem Saxophon zu lauschen, allein, abgesehen von der Phantomgestalt des Barkeepers, der in einen rückwärtigen Raum verschwindet. Vielleicht ist dies das Geheimnis des Glücks, nur noch an

den Augenblick zu denken, als sei er ein Ausschnitt aus einem Film, von dem man weder den Anfang noch das Ende kennt.
Eine Frau kommt herein und setzt sich einige Meter von mir entfernt auf einen Hocker. Sie trägt Jeans, die zwei Nummern zu groß sind, dazu ein altes T-Shirt mit zu langen Ärmeln und dem Aufdruck *Amnesie*. Sie bestellt einen Wild-Turkey-Bourbon ohne Eis und ein Glas Wasser.
Ich kenne sie.
Ich kenne dieses Mädchen, verdammt.
Zu schön, um von Dauer zu sein. Nichts als ein Aufschub.
Vor kaum einer Minute habe ich mich in dieser Bar noch wohl gefühlt.
Von der jungen Frau geht eine bezaubernde Kraft aus, die mangels anderer Kunden nur auf mich wirkt. Sie ist gekommen, weil ich hier bin. *Die Paranoia wiegt das Wirkliche mit feinerem Gleichgewichtsempfinden aus.* Ja, sie ist meinetwegen da. Ich sehe nur dreiviertel ihres Nackens. Sie weigert sich, mir das Gesicht voll zuzuwenden.
Diese nachlässige amerikanische Ausstaffierung, diese Linien auf ihrem Hals, dieser flüchtige, aber ungeheuer intensive Blick zur Seite …
»Mildred?«
Es wäre mir sehr viel lieber gewesen, sie hätte nicht reagiert. Ganz langsam dreht sich ihr Hocker in meine Richtung, und ihr Gesicht kommt ins Licht eines Spots.
»Ja?«
Ich breche in Lachen aus.
Langsam gehe ich auf sie zu und lege die Hand auf ihren Unterarm, um mich zu vergewissern, daß sie wirklich aus Fleisch und Blut ist. Der Barkeeper, beunruhigt, fragt sie von hinten, ob ich sie belästige. Sie schüttelt den Kopf.
Ein unglaubliches Gesicht. Grob gezeichnete Züge, die so-

fort Respekt einflößen. Irgend etwas Antikes und Heiliges liegt in diesen wenig gefälligen Linien. Wo haben sie bloß dieses Mädchen aufgetrieben?
»Ich habe ein schlechtes Namengedächtnis und ein besonders schlechtes für Namen von Schauspielern, ich habe Sie einmal bei einem Cocktailempfang gesehen, den die Produktionsfirma organisiert hat, wir sind uns nicht vorgestellt worden. Sie haben nette Dinge über die Drehbuchautoren gesagt, das weiß ich noch, es dürfte im Februar gewesen sein. Ihr Name fängt mit einem D an oder vielleicht mit einem T... Mit Vornamen heißen Sie... Sophie?«
Sie betrachtet mich mit einer Mischung aus Neugier und Härte.
»Ich hätte lieber Mathilde Pellerin getroffen.«
Sie bestellt sich einen weiteren Bourbon. Bourbon trank sie auch in der Folge, in der sie sich mit ihrem Vater einen Rausch ansoff.
»Bedaure, sie hat den Tatort zusammen mit den beiden anderen verlassen. Sie hat die Figur der Mildred erschaffen, belebt und zurechtgeschliffen. Das Paar, Mildred und das Wesen, auch das war sie.«
»Nennen Sie ihn nicht so.«
»Wen?«
»Den Mann, den ich liebe.«
Ich muß mir ins Gedächtnis zurückrufen, was ich in der Zeitung über sie gelesen habe. Sophie Soundso. Ich glaube, daß sie aus dem Süden kommt, aus Nizza oder Cannes, und vor »Saga« sagte sie eine kleine Sendung im lokalen Fernsehprogramm an. Vielleicht verwechsle ich sie auch mit jemand anderem. Mit lauter, kräftiger Stimme frage ich sie, wer ihr gesagt hat, daß ich in dieser Bar sei. Sie nimmt einen Schluck Bourbon und mustert mich dabei von Kopf bis Fuß, im Blick eine Spur Verachtung, die mich nervt.

»Wollen Sie mir weismachen, daß Sie zufällig hier sind? Schauen Sie mich an, wenn ich mit Ihnen spreche.«
»Sie wissen, daß es zwischen demjenigen, den ihr das Wesen nennt, und mir nicht sonderlich gut läuft. Und darum habe ich angefangen, häufiger in Bars zu gehen. Dad hat letztendlich recht. Ich kenne nichts Besseres als den Alkohol, um die Welt hier unten ein bißchen zu relativieren. In der Zeit, wo es zwischen uns am schlechtesten lief, habe ich allen Ernstes daran gedacht, als Alkoholikerin Karriere zu machen. Das ist auch eine Karriere, genau wie eine glänzende Berufslaufbahn. Einige schaffen sie, andere nicht.«
»Versuchen Sie nicht, mir mit so etwas zu kommen, ich weiß genau, daß die Schauspieler bei der Ausstrahlung der Nummer achtzig mit den Wölfen geheult haben: Verzerrung ihres Image, Mißbrauch des Vertrauens und so weiter. Ihr übermäßiges Ego als Komödiantin hat einen Schlag hinnehmen müssen, aber das war die kleinste unserer Sorgen.«
»Mein größtes Glück im Leben ist, dem Mann begegnet zu sein, den ich liebe. Das zweitgrößte ist meine Intelligenz. Ohne meinen unglaublichen IQ wäre ich reif für die Psychiatrie. Man fragt sich immer, ob einen das Superbewußtsein ein bißchen weniger unglücklich macht oder ein bißchen mehr. Vor der Folge achtzig hätte ich die Frage nicht beantworten können. Aber jetzt weiß ich, je intelligenter man ist, desto weniger leidet man. Das hingerissene Lächeln und das einfache Glück sind nichts als Chimären. Ich habe mich besser aus dieser Affäre gezogen als die anderen, aber der Mann meines Lebens hat nicht die Mittel, auch nur zu versuchen, das Ganze zu *verstehen*. Sie haben doch gesehen, wie er auf die Welt reagiert, auf andere ...«
»Hat Séguret Sie aufgefordert, mir zu folgen?«
»Meine einzige Macht über ihn besteht darin, daß ich in der Lage bin, einen Sinn zu erkennen und zu entwickeln. Und

dadurch bin ich auch fähig, meinen eigenen Schmerz zu betrachten. Aber er kann nur leiden wie ein Tier, weil er nichts anderes ist als ein Tier. Und ich leide mit ihm, wenn ich sehe, wie er untergeht.«

»Sie sind eine gute Schauspielerin. Sie werden sehr schnell wieder Arbeit finden.«

»Glauben Sie, daß das so einfach ist? Für mich? Ein alkoholsüchtiger Vater, zufrieden mit seinem Schicksal, aber trotzdem Alkoholiker. Eine verschwundene Mutter, die zurückgekommen und wieder verschwunden ist. Ein Polizistenbruder, der zum Lakaien geworden ist. Und ein Geliebter, der wie ein wildes Tier lebt? Eine schöne Sippe, die Callahans ... Nicht zu reden von der Umgebung.«

»Was erwarten Sie von mir?«

Sie trinkt ihren Bourbon aus, und der Barkeeper schenkt ihr unaufgefordert nach. Sie dankt ihm mit einer Kopfbewegung wie ein alter Stammgast.

»Ihr schwelgt in Sätzen, geschwätzigen Dialogen, aber ihr versucht überhaupt nicht zu *verstehen.* Ihr habt unsere Beziehung zur Hölle gemacht, und wir haben sie durchlebt, jeden Tag weiter bis zu dem Punkt, an dem eure fruchtbare Phantasie uns nicht mehr führen konnte. Ich habe die ärgsten körperlichen Schmerzen erduldet, aber sie sind nichts im Vergleich zu dem, was er durchmacht, tagtäglich.«

Sie legt einen Hundert-Franc-Schein auf den Rand der Theke und steigt von ihrem Hocker.

»Tun Sie was für den Mann, den ich liebe.«

Unmöglich, sie gehen zu lassen, ohne dieser Heuchelei ein Ende zu machen. Ich fasse sie am Arm. Der Barkeeper nähert sich besorgt.

»Bevor Sie gehen, müssen Sie mir Ihre Narben zeigen.«

Sie zieht ihren Arm heftig zurück und sieht mich herausfordernd an.

»Das ist genauso in Ihrem Interesse wie in unserem.«
Vor der einzigen Folge, in der man diese Narben sieht, hat der Maskenbildner zwei gute Stunden gebraucht, um sie zu modellieren. Wenn der Kerl nicht mit ihnen unter einer Decke steckt!
»Lassen Sie mich los!«
Das Verlangen nach Gewalt steigt in mir hoch, der Barkeeper trennt uns, packt mich am Revers und wirft mich gegen einen Tisch, der mit mir umfällt.
Mildred ist verschwunden.
Ich stehe langsam auf. Er befiehlt mir, mich zum Teufel zu scheren.
»Ist es schon öfter hier gewesen, dieses Mädchen?«
Statt einer Antwort faßt er mich am Kragen und befördert mich hinaus.
Draußen, mitten auf der Straße, suche ich mit meinen Blicken alles nach ihr ab.
Ich frage einen Passanten, wie spät es ist.
Ein Uhr vierzig.
Schläfst du denn nie, Herr?
Hast du beschlossen, mich nicht mehr loszulassen, bis ich begriffen habe? Mach dir keine Sorgen mehr: Ich habe begriffen. Ich kann ihn sogar für dich halten, deinen inneren Monolog, ich kann deine Stimme aus dem Off sein:
»Kleiner Marco, du wolltest am Hof der Großen mitspielen, mich auf meinem Gebiet herausfordern, aber ich werde dich lehren, was ein Spannungsbogen ist, eine falsche Fährte, eine Wiederbelebung. Du wirst einen dramatischen Höhepunkt kennenlernen.«
Verfolge doch die anderen drei, sie sind genauso schuldig wie ich! Du allein weißt, wo sie sich versteckt haben, Mathilde, Louis und Jérôme, und was sie in eben dieser Sekunde tun.

Wo seid ihr, alle drei?
»Ist er das?«
»Natürlich ist er das.«
Zwei Gestalten kommen auf mich zu.
»Erkennst du uns?«
Natürlich erkenne ich euch. Das wäre ja noch schöner. Ihr seid Bruno und Jonas. Aber Mildred hat mir ihren Streich schon gespielt, es ist kaum eine Minute her, deshalb ist der Überraschungseffekt gleich Null. Ich bin mir darüber im klaren, daß das Ganze gut vorbereitet worden ist, aber ich habe keine Lust, noch mal in eurer schönen Inszenierung mitzuspielen.
»Erkennst du uns, sag schon?«
Das Schlimmste, was man einem Schauspieler antun kann, ist, ihn nicht zu erkennen.
»Meine Fresse sagt dir nichts?«
»Nein, überhaupt nichts.«
»Meine auch nicht?«
»Offen gesagt, Jungs, nein.«
Für wen halten sie sich, diese Schauspieler? Bevor sie ihre Rollen bekamen, waren sie nichts. Ohne uns wären sie nichts. Und jetzt fordern sie ihre Legitimität, ihre Rückkehr in die Normalität?
Elende kleine Figuren, die einer Pirouette meiner Phantasie entsprungen sind. Ihr verdankt mir alles.

—

Die elenden kleinen Figuren, die einer Pirouette meiner Phantasie entsprungen sind, haben mich in der Gosse liegen lassen, das Gesicht blutüberströmt. Ein Bulle und ein Junge, der seine ersten Schritte in der Erwachsenenwelt macht, harte Schläger. Ich hätte nie gedacht, daß sie zu so etwas fähig wären. Zu Schlimmerem, ja, aber nicht dazu.

Ich setze mich auf den Bürgersteig und sehe zu, wie die Taxis vorbeifahren.
Ich gebe einem Anfall von Müdigkeit die Schuld.
Wie gern wäre ich bei Charlotte, nur diese eine Nacht. Sie würde mir das Taschentuch geben, in das sie nie hineinweint, damit ich mir das Blut abwischen kann.
Ein Motorrad hält genau vor mir.
»Entschuldigen Sie, ich suche die Rue Poissonnière.«
Auf seinem Gepäckträger sehe ich, gut festgezurrt, einen tragbaren Fernseher, der bestimmt den Geist aufgegeben hat.
»Sie fahren geradeaus bis zur République, dann den Boulevard Bonne-Nouvelle weiter, und sobald Sie das Kino ›Le Rex‹ passiert haben, biegen Sie links ein. Wenn Sie die Nr. 188 suchen, die ist ganz am Ende.«
»Danke!«
Er läßt den Motor aufheulen und verschwindet in der Nacht.

Die Emigranten

Als ich den Flughafen verließ und die beiden Cops sah, fühlte ich mich sofort in New York.

Eine königsblaue Uniform, von der sich die gelben Abzeichen leuchtend abheben, ein bis zum Schienbein baumelnder Gummiknüppel, eine Mütze, die Sammler träumen läßt, und eine Ray-Ban mit Spiegelgläsern, die einem in Sekundenschnelle das Bild eines Verdächtigen zurückwerfen. Der eine dickleibig und gerade wie eine Eins, der andere dünn und gerade wie eine Eins, so machten sie aus mir binnen eines Augenblicks einen Bewunderer von Recht und Ordnung. Als ich sie dabei beobachte, wie sie um ein schlecht geparktes Auto herumgehen, steigen in mir kleine Erinnerungsfetzen aus der Kindheit auf. Ich sehe meinen Onkel Dominique in seinem Unvermögen wieder, uns von New York zu erzählen, wenn er von dort zurückkam; er begnügte sich zu bemerken, daß es dort wie in »Kojak« sei, und das war's. Ich erinnere mich, daß ich Tränen lachte über den Schwarm von Uniformierten, die in »Cops« hinter Buster Keaton herrannten. Als ich zum ersten Mal das Foto des ermordeten Lee Oswald zwischen zwei Polizisten sah, war ich wie gelähmt von der Gewalt, die in diesem Augenblick festgehalten wurde. Aber solche Bilder sind so gut wie nichts im Vergleich zu den Unmengen an Allgemeinplätzen in amerikanischen Krimiserien. Mit zwölf glaubte ich, alle Polizisten der Welt läsen den Typen, die sie verhaften, ihre Rechte vor. Ich glaubte, es genüge, eine Kaution zu bezahlen, um freizukommen. Ich war überzeugt, daß man vor Gericht auf die Bibel schwören müsse. Und ich war ziemlich schockiert, als ich mit fünfzehn eine Flasche Whisky kaufte, ohne daß man meinen Ausweis verlangte. Ich überlege nur kurz, ob U-Bahn oder Taxi, und steige in eines dieser gelb-gewürfelten Autos, um mich in die Stadt bringen zu lassen.

»Manhattan, Fifty-second and Eleven.«

Die beiden Polizisten reichten völlig aus, mein Bedürfnis nach mythischen Bildern zu stillen. Unnötig, sie weiter zu verfolgen, ich werde noch viele andere zu sehen bekommen. An jenem Morgen, im ersten Morgenlicht auf dem Boulevard Bonne-Nouvelle, habe ich gespürt, daß mir die Stadt der Lichter fehlen wird. Beim Überqueren der Brooklyn-Bridge unter einer Sonne, die sogar Stahltrossen weich erscheinen läßt, kam mir Paris wie eine der kleinen Spielzeugkugeln vor, die man schüttelt, damit es darin schneit. Ich weiß nicht mehr, wo ich herkomme, und es ist mir egal. Mich hungert nach fetten Dingen. Mich dürstet nach starken Sachen. Ich möchte mit nacktem Oberkörper spazierengehen, mein T-Shirt über den Schultern. Ich habe Lust, mich nur mit coolen Gesten verständlich zu machen wie ein Rapper. Wolkenkratzer und verrückte Prediger an den Straßenecken, Limousinen mit Rauchglasscheiben, Nike-Mädchen, die aus Bürogebäuden kommen, Take-aways und obdachlose Stromer:

Ich bin in New York.

—

Das Taxi setzt mich an der Kreuzung der 52. Straße und der 11. Avenue ab. Wie auf einen Schlag sind die Menschen verschwunden, die Autos ebenfalls, ich befinde mich zwischen einem leeren Basketballplatz und einem ebenso leeren Restaurant, dem Zeke's. Durch eine Schwingtür trete ich ein und gehe die zehn Meter lange Bar entlang, ein Mann kommt aus der Küche, in der Hand einen Plastiksack mit Bierdosen, übersät von Kältetropfen. Er weist mir einen Tisch am Fenster an und reicht mir die Karte. Ich warte lieber und schaue hinaus.

Ein paar Wolkenkratzer, ein recht großer Gebäudeblock, Außentreppen wie in der »West Side Story«. In der Ferne ahne ich den Hudson River.

Ich warte, ohne mich zu rühren.

»Ich bin sicher, daß du dir wie in einem Gemälde von Hopper vorkommst.«

Umarmung und Schulterklopfen, ganz nach Mafia-Art. Jérôme trägt genau die gleiche Kleidung wie in Paris, aber hier verleiht sie ihm einen Anstrich von Eleganz.

»Du bist eben angekommen?«

»Direkt vom J.F.K.«

»Hast du schon was von dieser beschissenen Stadt gesehen?«

»...!«

»Ich habe mich von der ersten Minute hier wohlgefühlt wie in alten Pantoffeln. Genau wie Judy Garland am Schluß von ›Der Zauberer von Oz‹ habe ich mir gesagt: *There's no place like home.* Ich fing an zu reden wie ein alter Fuselverkäufer aus Harlem, und keinen hat es verwundert.«

»Du hast schon in Paris geredet wie ein alter Fuselverkäufer aus Harlem.«

»Hier gibt es etwas, das man über alles andere stellt: dein unveräußerliches Recht auf Absonderlichkeit. Wenn irgendein Kerl mit einer roten Nase herumspaziert und blödsinnige Selbstgespräche führt, kann er nur ein Schauspieler sein, der eine Rolle einstudiert. Niemand hält ihn für einen Verrückten, man ist ›im Zweifel immer für den Angeklagten‹. Mir ist schleierhaft, warum man nicht mehr solche hübschen kleinen Winkel, verstreut über alle Länder der Welt, geschaffen hat. Babylons für alle. Du bleibst eine Woche, ein Jahr, und dann kehrst du in die Zivilisation zurück, um dein kleines Leben ruhig weiterzuleben. Es gäbe viel weniger Probleme.«

»Ich dachte, du hättest deine Basis in Los Angeles.«

Er erklärt mir, daß sich in New York genauso viel tue wie an der West Coast. Sein Vertrag zwinge ihn, zweimal im Monat hin- und herzufliegen.

»Und Tristan?«

»Er ist in Montana, bei Oona. Ich wollte ihn hier unterbringen, aber er liebt das freie Land, du kennst den Vogel ja. Ich besuche ihn jeden zweiten Samstag. Wenn Oona ihr Diplom gemacht hat, wird man weitersehen.«

»Zappt er?«

»Eigentlich nicht. Er hat Kumpel, die ihm, unterwegs mit einem Pick-up, die Gegend zeigen. Ich bin froh, ihn dort unten zu wissen.«

Er bestellt für uns beide, ich verstehe nicht ein Wort. Man bringt uns kalifornischen Wein in einer Karaffe. Nie zuvor habe ich Jérôme so ruhig, so ungezwungen gesehen. Auch nie so erwachsen. Ich muß ihn fragen, ob er jetzt endlich dort ist, wo er immer sein wollte, oder ob er noch etwas anderes vorhat.

»Schwer zu sagen. Es sind so viele Dinge in so kurzer Zeit passiert. Ich bin Berater bei der amerikanischen ›Saga‹-Produktion, aber die Drehbuchautoren brauchen mich im Grunde nicht, eigentlich bin ich nur der Form halber da. Ich schreibe für Stallone ›Deathfighter 3‹, aber die Sache wirkt irgendwie ziemlich aufgewärmt. Er hat mir ein anderes Projekt vorgeschlagen mit Eastwood, daraus könnte etwas werden.«

»Hast du Clint Eastwood gesagt?«

»Kennst du einen anderen?«
»Clint höchstpersönlich? *Dirty Harry*?«
»Callahan, der echte Callahan. Er hat sich köstlich amüsiert, als ich ihm das erzählte. Ein Filmprojekt wie das hier ist eine vertrackte Angelegenheit unentwirrbarer Rechte, man braucht eine ganze Legion Anwälte, um die Verträge zu entwirren, und das dauert irrsinnig lange. Zwischendurch habe ich NBC eine Idee für eine Serie unterbreitet, den Pilotfilm haben sie gerade akzeptiert.«
Er eröffnet mir all diese aufregenden Dinge mit einer Selbstverständlichkeit, die ans Perverse grenzt. Würde ich Jérôme nicht kennen, wäre ich überzeugt, daß er mir imponieren will. Tatsächlich ist das Gegenteil der Fall. Jérôme spricht mit der Bescheidenheit desjenigen, der seinen Weg gefunden hat, der nicht irgendeinen Platz erobert hat, sondern der einfach da ist, *where he belongs*, wie er sagt.
»*Milliardär!* Du mußt Milliardär sein!«
»In der Hinsicht kann ich nicht klagen, aber mir ist klar geworden, daß ich nicht dafür geschaffen bin, eine Menge Moos zu haben. Geld macht mir keinen Spaß. Ich hab es wirklich versucht, weißt du. Das wenige, was ich in der Avenue de Tourville hatte, reichte mir völlig. Wenn du die Wohnung sehen würdest, die ich gemietet habe – sie ist ein echter Skandal.«
»Tausend Quadratmeter an der Fifth Avenue, eine von denen, in die man direkt mit dem Aufzug fährt?«
»Ich wohne in einem kleinen Appartement direkt über dem Restaurant hier. Roter Backstein, ein verdreckter Kühlschrank und Kakerlaken in der Badewanne. Aber ich fühle mich dort wohl.«
Man bringt uns zwei Teller mit kleinen Krabben, ungeschält, in Petersilie geschwenkt. Weil ich nicht weiß, wie man sie ißt, nehme ich mir ein Beispiel an meinem Freund,

der sich die Tierchen direkt in den Mund schiebt, samt der Schale.

»Eine New Yorker Spezialität, die *soft shells,* man fischt die Krabben direkt nach der Häutung und schmort sie in der Pfanne. Die Schale ist genauso zart wie das Fleisch.«

Ein Sonnenstrahl fällt auf den Tisch. Einige Jogger laufen am Fenster vorbei.

»Ich bin froh, daß du hier bist, alter Junge. Ich hatte das Gefühl, daß es eine Dummheit von dir war, in Paris zu bleiben. Wie ich gehört habe, ist die Folge achtzig schlecht aufgenommen worden.«

Er äußert sich nicht zu der Narbe in meinem Gesicht. Ein Geschenk von »Saga«. Ein schöner Stern am Augenwinkel, beinahe könnte man meinen, ein Opfermal, ein Mal mit Sinngehalt, eine Dummheit, wenn man so will. Der Arzt hat gemeint, im Herbst würde sie verschwinden.

»Willst du nackte Sätze, oder soll ich weit ausholen?«

»Nackte Sätze.«

»Das Land liegt in Schutt und Asche, und ich bin der Volksfeind Nummer eins.«

»Wegen des Schreibens schrecklicher Dinge ...«

»Séguret hat alle Phantasie aufgeboten, um mich in die Pfanne zu hauen.«

»Ich hatte diesen Namen vergessen. Séguret ... Aus der Nähe betrachtet war er eine Katastrophe, von hier aus gesehen ist er ein Gartenzwerg. Neben ihm wirkt jeder amerikanische Produzent wie ein Fürst.«

Er hält einen Augenblick inne, um einen Schluck Wein zu trinken. Jugendliche, die dreimal so groß sind wie ich, laufen auf das Basketballfeld. Alles ist King Size hier, sogar die Gören.

»Wann fliegst du nach Paris zurück?«

»Ich weiß noch nicht.«

»Ich habe eine kleine nette Überraschung geplant, für dich, heute abend. Was hast du heute nachmittag vor?«
»Ich möchte dich nicht aufhalten, wenn du arbeiten mußt.«
»Du, mein zweiter Bruder, hast Angst, mich zu stören? Sag mir, worauf du Lust hast. Bestimmt hast du eine Idee im Hinterkopf, das hat jeder, der nach New York kommt.«
»Stimmt, seit meiner Kindheit träume ich davon: New Yorker Kulissen.«
»Siehst du den Block da unten, zwischen den Bäumen? Gleich dahinter ist die 42. Straße.«
»*Forty-second Street*?«
»Genau die.«
Mir gefällt diese Seite an ihm: *Ich bin hier zu Hause, und du hast noch längst nicht alles gesehen.* Es macht ihm großen Spaß, mich in New York »einzuführen«. Wir haben so oft davon gesprochen, in den vielen Nächten irgendwo am linken Seineufer, innerlich glühend vom vielen Wodka.

—

Eine Stunde später bin ich in »Taxi Driver«. Mit allem, was dazugehört an Huren, Zuhältern, Pennern, dampfenden Abwasserkanälen und Cola-Schildern. Ein Anflug von Nostalgie steigt mir in die Augen und kitzelt mich in der Nase. Um diese kindische Rührung zu verbergen, pfeife ich die Melodie aus »Asphalt Cowboy«. Mit gleichgültiger Miene.

—

Auf zwei Anrufe hin hat man mir einen Smoking geliefert, und unten wartet eine Limousine mit Chauffeur auf uns.
»Willst du mir immer noch nicht sagen, wohin wir gehen?«
»Ins Kino.«

Ich weiß nicht, wie man eine Fliege bindet. Er macht es für mich mit einer bemerkenswerten Fingerfertigkeit. Ein Mensch, der vor drei Monaten nicht imstande war, sein Hemd richtig zuzuknöpfen. Schmunzelnd wühlt er in einem Schrank und zieht ein Geschenkpaket hervor.
»Für mich?«
»Du wirst dich schief und krumm lachen.«
Ein Gesellschaftsspiel mit einem Brett, Würfeln, Steinen und Karten. Es heißt »Fictionnary«.
»An einem Abend in Los Angeles auf einem grandiosen Fest redete ich mit Vernon Milstein.«
»Dem Produzenten von ›Fighting Games‹?«
»Vor allem der Serie ›Captain Club‹, aber die wurde in Frankreich nie gesendet. Ich habe mit ihm über eine Idee für ein Spiel gesprochen, bei dem man eine Fiktion schaffen muß, von A bis Z, mit allen möglichen Gefahren, Hindernissen, Rettungsaktionen. Zwei Monate später ist das Spiel in Produktion gegangen, und bald wird es in zweiundfünfzig Staaten verkauft. *God bless America!*«
Eins steht fest, ich werde Jérôme im »Fictionnary« nie schlagen.

—

Die Limousine hält vor dem Ziegfield Theatre, das für die *opening night* von ›Night Calls‹, einer sentimentalen Komödie vor dem Hintergrund eines Bandenkriegs, mit tausend Lampen beleuchtet ist. Das Schauspiel beginnt schon bei der Ankunft der Gäste, Schaulustige drängen sich zu Hunderten am Eingang, um die Stars hineingehen zu sehen. Ein Bediensteter öffnet mir die Tür. Ich hätte nur ein bißchen Mut fassen, den Fuß auf den roten Teppich setzen, ein Blitzlichtgewitter über mich ergehen lassen und in die Mikrophone der in Dreierreihe wartenden Fernsehreporter sprechen müssen. Unmöglich, den Mut bringe ich nicht auf.

»Was ist los? Steig aus, Junge!«

»Ich hab Schiß, Jérôme ...«

Er schiebt mich hinaus. Die zehn Schritte, die mich von dem Saal trennen, sind die ruhmreichsten meines bisherigen und meines künftigen Daseins. Der Rest meines Lebens wird nichts anderes sein als eine Art Abstieg. Drinnen sehe ich, wie Menschen, bekannter als der amerikanische Präsident, Jérôme die Hand reichen. Schauspielerinnen, deren Anblick die ganze Welt in Ohnmacht fallen läßt, werfen sich ihm an den Hals. Binnen einer Minute bin ich mit Sternenstaub bedeckt und beginne selbst zu glühen. Das Ganze ist nicht wie im Kino. Es ist das Kino.

»Sag, Jérôme, siehst du die Dame dort, die in dem langen Kleid? Ich hatte ein Poster von ihr in meinem Zimmer, als ich klein war.«

»Ich werde dich ihr vorstellen, sie ist ein Schatz.«

—

Während der ganzen Vorstellung habe ich neben ihr gesessen. Als die Lichter wieder angingen, fragte sie mich, was ich von der Geschichte hielt. Ohne mich zu sehr zu kompromittieren, antwortete ich, daß man einen solchen Film nur in diesem Teil der Welt drehen könne. Nach einem kleinen privaten Cocktail-Empfang, wo wir gesoffen haben wie die Löcher, sind wir beide, Jérôme und ich, im »Village Vanguard« gelandet, dort wo der Jazz geboren wurde und wo er vielleicht sterben wird. Schon ein bißchen zu beschwipst, kann ich das Glas nicht ablehnen, das der Barkeeper mir hingestellt hat. Jérôme lauscht mit halbem Ohr einem alterslosen Bebop.

»Alle, die behaupten, daß die Amis Filme für Kinder unter

zwölf drehen, während das alte Europa an der Erbauung der Seele arbeitet, sind Idioten.«

Mir dreht sich der Kopf. Jérôme merkt es nicht, er hängt weiter seinen Gedanken nach.

»Derartige Gewißheiten beruhigen Dummköpfe. Wenn die Amerikaner wollen und sich Mühe geben, sind sie fähig, die ganze Welt zum Heulen zu bringen!«

An seiner Art, jeden Satz mit heftigem Kopfnicken zu unterstreichen, erkenne ich, daß er genauso blau ist wie ich.

»Und wenn ich dir sage, daß man mich in absehbarer Zeit ins Weiße Haus einladen wird?«

Ich muß mich unbedingt zusammenreißen, um für ein paar Minuten einen klaren Kopf zu haben, bevor ich mich ins erstbeste Bett fallen lasse. Die Zeit wird knapp, und morgen ist es vielleicht zu spät, um mit ihm zu reden. Aber deswegen bin ich hergekommen, nur deswegen.

»Ich muß dich um etwas bitten, Jérôme.«

»Alles, was du willst, du bist mein zweiter Bruder. Alles bis auf eine Sache.«

»Man muß wiedergutmachen, was man angestellt hat.«

»Genau das ist diese eine Sache.«

»Wir schreiben nur die letzte Folge neu, und du wirst mich nie wieder von ›Saga‹ reden hören.«

»Fuck you!«

»Wir müssen beenden, was wir angefangen haben. Sonst kommt nichts mehr in Ordnung.«

Er packt mein Smokingrevers und schaut mir mit einer Heftigkeit in die Augen, wie es nur ein Freund kann.

»Du mußt das Land da drüben für immer verlassen, da haben Typen wie wir nichts zu suchen. Das hier, das ist das Paradies für Drehbuchautoren.«

Ich versuche, ihn mit einer Geste zu beruhigen, aber vergebens. Er stößt sein Glas um, ohne es zu merken.

»Hier mußt du dein Skript nicht monatelang von Pontius zu Pilatus schleppen, bis jemand geruht, es zu lesen. Du gehst einfach in ein Büro, und man gewährt dir fünfundsiebzig Wörter, um zu überzeugen. Wenn dir das gelingt, gehst du mit einem Vertrag hinaus. Wenn du in Frankreich nicht zum engsten Kreis gehörst, kannst du ewig herumrennen, bis man dich überhaupt bemerkt.«
Ich muß durchhalten. Ich habe diese Reise doch nur unternommen, um ihn zu überzeugen. Er kümmert sich nicht um mich und setzt seine Rede fort.
»Wenn du dort, in Frankreich, einen einzigen durchschlagenden Erfolg hast, kannst du von deinem Ruf leben und zehn Jahre lang Mist schreiben. Hier hast du das Recht, einen Fehler zu machen, höchstens zwei, danach bist du draußen. In Frankreich wird erwartet, daß man einen Kniefall vor dem Genie gewisser schwachsinniger Regisseure macht, die gerade mal einen Kurzfilm gedreht haben. Hier hat ein Autor manchmal mehr Macht als der Regisseur. In Frankreich liest man nicht einmal, was du geschrieben hast, weil immer weniger Leute überhaupt lesen können. Hier schwitzt man sein Hemd von morgens bis abends naß, manchmal auch die Nacht hindurch, und am nächsten Morgen fängt man von vorn an, wieder und wieder, fünf, zehn, fünfzehn Versionen, bis alles stimmt.«
»Ich brauche dich dort drüben, Jérôme.«
»Bleib hier bei mir, wir sind von derselben Sorte! Du bist sogar noch verrückter als ich! Mit dem, was in deinem Kopf vorgeht, könnte man zehn weitere ›Sagas‹ schreiben. Leute wie wir werden hier gebraucht. In einem halben Jahr schreibst du einen Knüller für Hollywood, das wird noch toller sein als die Erfüllung jedes Kindertraums, du wirst sehen. Dafür betreibt man dieses Handwerk.«
»Wir müssen ›Saga‹ beenden. Eine einzige Folge ...«

»Haben die uns nicht schon genug angepinkelt? Bleib hier, ich sage dir… Du brauchst nicht einmal mehr zurückfliegen. Morgen abend hast du eine unbegrenzte Aufenthaltsgenehmigung, eine Arbeitserlaubnis, cinc Wohnung in Manhattan und einen Vertrag. Wunder, das ist unsere Arbeit, Junge.«

»In einem Monat kriegen wir ›Saga‹ fertig, dann tue ich alles, was du willst.«

Er schaut auf den Grund seines Glases, nimmt einen Schluck Bourbon und schließt die Augen, um das Brennen vergehen zu lassen.

»Lieber krepiere ich.«

Eine Insel.
Dort drüben, steuerbord. Wie machen die Inseln es nur, daß sie in den Augen derjenigen, die dort anlegen wollen, so stolz wirken? Diese hier tut gerade genug, um ihre vollkommene, erhabene Schönheit erkennen zu lassen. Ich habe mich gefragt, was ich empfinde, hier und jetzt, in dieser Situation, auf dem Schiffsdeck sitzend und beobachtend, wie sie näher kommt, ohne sich zu offenbaren. Ein unbekanntes Gefühl hat mich erfaßt. Etwas wie Achtung.
Um Paris zu meiden, habe ich einen Flug New York/Nizza genommen, dann eine Maschine zum Flughafen von Hyères, dann dieses Schiff, auf dem mir eine Gruppe Touristen auf die Nerven geht, seit wir la Tour-Fondue verlassen haben. Als ich den Reiseleiter allein erwische, frage ich ihn, ob die Insel jeden Tag so viele Besucher hat.
»Früher war es die Ile du Levant, die die Leute magisch anzog, aber seit *sie* sich dort eingerichtet haben, ist es die da. Nicht verwunderlich, bei all dem Remmidemmi.«
›Die da‹ ist die Insel Laud, die südlichste der Iles d'Hyères. Und Remmidemmi ist eine Schönmalerei, die Regenbogenpresse spricht von nichts anderem mehr als von diesem Körnchen Schönheit, das vor sechs Monaten noch auf keiner Landkarte zu finden war. Man führt uns auf einem schmalen Pfad zu einer Stelle, von der aus man das hoch aufragende Schloß ahnt. Ich suche mit den Augen nach derjenigen, die mich eigentlich am Anlegeplatz erwarten

sollte. Wenn ich sie nicht binnen fünf Minuten entdecke, werden mir die Touristenrundfahrt und die allgemeine Führung beschieden sein.

Doch da sehe ich sie aus der Ferne winken...

Die Haare unter einem weißen Schal verborgen, in ein leichtes geblümtes Kleid gehüllt, das sich im Wind bläht, läuft sie auf mich zu und stößt einen Freudenschrei aus, ich fange sie auf, wirble sie in meinen Armen herum – am liebsten würde ich sie jahrhundertelang so durch die Lüfte schwingen.

»Wenn mein Geliebter uns sieht, wird er uns verwünschen.«

»Würde er mir die Fresse polieren?«

»Was denken Sie, er ist eher der Typ, der mir ein Ständchen bringen würde, um mir zu verzeihen. Hatten Sie eine gute Reise?«

»Ich wäre lieber außerhalb der Saison gekommen.«

»Die Touristen fahren gegen siebzehn Uhr ab, dann gehört die Insel uns. Ab jetzt kümmere ich mich um alles. Wir verstauen zuerst Ihr Gepäck bei mir, dann gehen wir zum Mittagessen. Mögen Sie Pizza mit Anchovis immer noch so gern?«

»...?«

»Ich mache nur Spaß.«

Bedienstete im Stil der Belle Epoque nehmen mir meinen Koffer ab. Mathilde gibt ihnen einige Anweisungen, als hätte sie zeitlebens nichts anderes getan. Einer von ihnen bietet an, uns in einem komischen kleinen Buggy zu fahren, aber wir wollen beide lieber zu Fuß gehen.

»Das da oben ist das Schloß, wir werden hinaufgehen, wenn die Nacht angebrochen ist. In dem kleinen Haus, das Sie dort unten sehen, wohne ich.«

»Außer Ihnen und denen wohnt niemand auf der Insel?«

»Kein Einheimischer, wenn Sie das meinen. Etwa dreißig Leute sind als Personal beschäftigt, und ich leite ein Team von sechs Assistenten.«

»Für Ihr … *business*?«

»Nennen wir es so. Sie wohnen in einer großartigen verrückten Behausung, die man von hier aus nicht sieht.«

Riesige Palmen säumen den Pfad, es ist heiß und feucht, ich habe das Gefühl, auf Madagaskar zu sein. Ein Klima, daß in einem das Verlangen weckt, sich in Weiß zu kleiden und den Abend abzuwarten. Mathildes Haus wird zunehmend schöner, je näher wir ihm kommen, man könnte es für einen kleinen Jagdpavillon im Stil von Fontainebleau halten, ganz aus weißem Stein und mit ovalen Fenstern. Das Schwimmbecken daneben verunstaltet es nicht, man sieht es kaum hinter der Oleanderhecke. Was habe ich an einem solchen Ort zu suchen? Im Inneren des Hauses ist dieses Gefühl noch schlimmer. Zimmerfluchten, Tapeten in Ocker und Pastell, Möbel aus einem anderen Jahrhundert.

»Mein Lieblingsraum: das Boudoir.«

»Ein echtes?«

»Ein echtes. Ich überlasse es Ihnen, wenn Sie wollen.«

Sie führt mich zu meinem Zimmer und läßt mich kurz allein. Mein Koffer steht offen auf einem Louis-Quinze-Sessel, und all meine Kleidung hängt in einem Einbauschrank. Ich lasse mich aufs Bett fallen, mache dabei ein paar Kriechbewegungen, um bis zum Kopfkissen zu kommen. Ich hätte Lust, den Adel und seine Privilegien hochleben zu lassen. Durch das Fenster sehe ich einen großen, kräftigen Mann im Pool, der lange Bahnen zieht. Ein in viktorianischem Stil gekleidetes Zimmermädchen bringt mir Handtücher und einen Morgenrock mit dem aufgestickten Wappen des Schlosses. Ich ziehe ein kurzärmeliges weißes

Hemd und eine Hose aus hellbeigem Leinen an und gehe hinunter zu Mathilde, die mich am Fuß der Treppe erwartet.
»Das übertrifft ja alles, was Sie mir geschrieben haben.«
»Seit fünfzig Jahren hat niemand in dem Pavillon gewohnt.«
Ich folge ihr in einen kleinen Salon, in dem ein gedeckter Tisch auf uns wartet. Ich will nach der Weinflasche greifen, aber der Maître d'hôtel, auch er verkleidet, eilt sofort herbei, um mich zu bedienen.
»Ich habe im Pool einen Jüngling planschen sehen.«
Sie lächelt leicht, zögert einen Augenblick.
»Er ist vor drei Wochen zu Besuch auf die Insel gekommen und bisher nicht wieder abgefahren. Er ist sehr eigenständig, das ist seine beste Eigenschaft. Wenn einer von uns des anderen müde wird, packt er seinen Koffer, und ich werde ihn zur Anlegestelle begleiten. Ich bin sicher, daß sich sehr schnell ein Ersatz finden wird. Seien Sie mir nicht böse, das Leben im Schloß hat mich frivol werden lassen.«
Ich muß mich erst noch an die neue Mathilde gewöhnen. Die andere Mathilde, die jeden ihrer Sätze in Zärtlichkeit verpackte, ist auf dem Festland geblieben. Vielleicht das beste, was der Frau widerfahren konnte, die heute so unverblümt spricht. Man serviert uns deliziöse Speisen und den köstlichsten Wein der Welt, aber so ein kostümierter Kerl hinter mir versucht die kleinste meiner Bewegungen vorauszuahnen und verdirbt mir das Ganze ein bißchen. Mathilde bemerkt es und schickt ihn weg.
»Normalerweise bin ich allein hier, aber der Fürst hat darauf bestanden, daß Sie gebührend empfangen werden.«
Ich weiß nicht, was mich davon abhält zu lachen, als sie »der Fürst« sagt.
»Er kennt mich doch gar nicht.«
»Sie sind mein Freund, das genügt.«

Ich bin auf diese Insel gekommen, um mit Mathilde zu reden, aber auch, um zu versuchen, das Rätsel ihres Aufenthalts auf dieser Insel zu lösen. Unterwegs habe ich mir allerlei Möglichkeiten ausgedacht, aber keine hat mich überzeugt.

»Unter uns, gibt es ihn wirklich, diesen …?«

»Fürst Milan Markevich de Laud.«

»Hören Sie auf, mich an der Nase herumzuführen.«

»Sein Name steht in allen Geschichtsbüchern, und er erwartet uns heute abend zum Diner.«

»Mitsamt seiner Sippe?«

»Die Menschen, die Sie mit solcher Lässigkeit als seine Sippe bezeichnen, sind nicht nur eine Familie von königlichem Geblüt, sondern auch sehr liebe Freunde. Ich werde Ihnen alle vorstellen, einen nach dem anderen, und Sie werden sehen, wie interessant sie sind.«

Ich trinke einen Schluck Wein, um zu prüfen, ob das alles nicht nur ein Traum ist. Der Lynch-bages in meinem Glas allerdings ist so gut, daß er zweifellos echt ist.

»Werden Sie mir nun verraten, was Sie hier machen, Mathilde Pellerin, auf dieser Operetteninsel, unter all diesen feinen Leuten?«

»Sie haben es mein ›business‹ genannt.«

Erneut lächelt sie. Hinterhältig. Triumphierend. Und das Mathilde!

»Wissen Sie noch, wie ihr euch immer über mich lustig gemacht habt, alle drei, wenn ich die Fotos aus der Boulevard- und der Skandalpresse ausschnitt?«

»Sie haben es immer verstanden, sich mit Geheimnissen zu umgeben, und das war das größte.«

»Na gut, ich dachte damals schon an meine Umschulung. Nehmen Sie doch noch eine Wachtel.«

»Mathilde, ich bitte Sie!«

Den Genuß möglichst lange hinauszögern – nichts was eine Drehbuchautorin lieber täte.

»In unserer Zeit, wem obliegt da die delikate Aufgabe, die Massen träumen zu lassen, mal abgesehen von den Stars?«

Ohne lange zu überlegen, sage ich: »Den gekrönten Häuptern?«

»Genau. Nur gibt es in der Hinsicht seit einem guten Jahrzehnt ein schreckliches Defizit. Die Monarchien gehen unter und machen sich lächerlich, die Prinzessinnen werfen Kinder und sehen aus wie pummelige Hausfrauen, nicht eine einzige blaublütige Familie hat das entsprechende Niveau. Stimmen Sie mir zu?«

»Wenn Sie es sagen.«

»Traumverlust ist gleich Versagen der Öffentlichkeitsarbeit ist gleich Bankrott einer bislang blühenden Industrie. Dieses Debakel ist zweifellos ein Zeichen der Zeit, aber es bedeutet gleichzeitig auch einen gewaltigen Gewinnausfall. Zum Glück hat eine Handvoll Geschäftsleute beschlossen, die Sache in die Hand zu nehmen. Die Hochglanzpapierhändler, die Bildarchive, die Luxuswarenhändler, die Lebenskunsthändler, die Nostalgiehändler, all die Großhändler und Verkäufer von Dekadenz. Wenn man all deren Produkte zusammenzählt, bringt das verdammt viel Geld.«

»Aber …! Das ist unmoralisch!«

»Na und? Wir sind dabei, die Kassen zu sprengen oder das ›Box Office‹ platzen zu lassen, wie Jérôme sagen würde.«

»Sie können die Leute doch nicht so täuschen … Mit Schauspielern, Kulissen …«

»Welche Schauspieler? Welche Kulissen? Der Fürst Milan Markevich de Laud und seine Familie sind über jeden Verdacht erhaben. Sie wahren ihre Würde, sie alle. Seit dem sechzehnten Jahrhundert ist ihr Weg ohne Fehl und Tadel, kein Feldzug, kein Krieg ist von der Linie der Markevich ausgegangen. In schönster traditioneller franko-russischer Allianz heiratet sein Vater Fedor 1906 in Paris die Comtesse de Laud, sie leben bis 1917 in Sankt Petersburg, dann lassen sie sich hier nieder. Im Jahr 1918 kommt Prinz Milan zur Welt, aber keine zwei Jahre später ist die Familie ruiniert und muß in die Gesindewohnungen ziehen, um zu Lakaien der vier oder fünf Familien von Emporkömmlingen zu werden, die einander im Schloß ablösen. Wir mußten eine ganze Armada von Genealogen beschäftigen, um die Spur bis zu den Vorfahren zurückzuverfolgen, und es hat einen unglaublichen juristischen Kampf gekostet, um ihnen ihre Besitztümer wiederzubeschaffen.«

»...?«

»Schauen Sie mich nicht so an, das alles ist wahr, Sie können sich wohl denken, daß wir keine Lust haben, uns von irgendeinem kleinen Journalisten des ›Canard enchaîné‹ aufs Kreuz legen zu lassen.«

»Fahren Sie fort, Mathilde. Ich bin bereit, mir alles anzuhören, aber momentan kann ich es noch immer nicht glauben.«

»Eine königliche Familie, ein paradiesischer Besitz. Fehlten nur noch ...?«

Ich tue so, als überlegte ich noch, aber ich fürchte, bereits fündig geworden zu sein.

»Geschichten?«

»Um ihnen einen außergewöhnlichen Alltag zu ermöglichen, um die ganze Welt für sie zu begeistern und die Paparazzi verrückt zu machen, brauchen sie einen Drehbuchautor. Auch andere hätten die Sache gern übernommen, aber dank meiner Romane, ›Saga‹ und meinem angeborenen Hang zu Adelsgeschichten hat man mich erwählt. Noch irgendwelche Fragen?«

—

Ich darf an einem glanzvollen Essen teilnehmen, das sehr an die Zeit Ludwigs XIV. erinnert. Das Protokoll will Mathilde und mich getrennt plazieren, aber ich gebe dem Protokoll zu verstehen, daß ich lieber wieder zum Schwimmen gehe, als mich zwischen eine Witwe von Stand und eine gepuderte Perücke quetschen zu lassen. Der Fürst, ein charmanter alter Herr von über fünfundsiebzig Jahren, begrüßt mich mit einigen sehr gewählten Formulierungen und stellt mich seiner ganzen Familie vor. Wir sitzen im Empfangssaal des Schlosses um einen dreiundzwanzig Meter langen Tisch. Barockmusik, Lakaien, prominente Gäste, nicht zu vergessen die Journalisten draußen vor der Tür. Alles ist da.

»Die Gästeliste folgt einer undurchschaubaren Logik«, erklärt mir Mathilde. »Mit Hilfe meiner Assistenten bestimme ich die glücklichen Erwählten und lasse diejenigen weiter leiden, die alles geben würden, um hier dinieren zu dürfen.«

»Wer ist das schöne Mädchen dort drüben?«

»Wie lange haben Sie ›Paris-Match‹ nicht mehr gelesen? Iliana, die Tochter von Aymé und Catherine de Laud, die Enkelin des Fürsten. Sie ist siebzehn und macht nichts als Dummheiten. Mit ihrem Aussehen war sie dafür prädestiniert, sich auf den Film zu stürzen. Ich lese die Drehbücher, die sie bekommt, ich berate sie in Hinblick auf all den Unfug, den sie anstellen darf, und den, den sie unbedingt unterlassen muß. Ich verfasse alle ihre Antworten für Interviews und bitte sie immer wieder, nicht allzusehr zu improvisieren, wenn sie außer Reichweite ist. Zur Zeit bin ich dabei, einen atemberaubenden Mann für sie zu suchen. Ich habe einen Arzt im Auge, der zur Zeit in Afrika unbekannte Viren aufspürt.«

»Große Klasse.«

»Der Bursche ihr gegenüber ist ihr Bruder Dimitri. Seinen Beruf erraten Sie nie.«
»Faulenzen.«
»Nein, der Faulenzer ist Onkel Anthony. Dimitri schreibt Liebesromane.«
»Nein ...«
»Doch! Er bringt jedes Vierteljahr einen heraus. Ich schreibe sie mit links, während ich fernsehe, das hält meine Schreibe in Übung. Das Lustigste ist, daß er sie unter einem Pseudonym veröffentlicht und zahlreiche Vermutungen kursieren. Unter anderem geht das Gerücht, er arbeite an einem erotischen Roman.«
»Das werden Sie nicht tun!«
»Doch!«
»Und die Dame dort, die aussieht, als langweile sie sich?«
»Anna Watkins, die Schwester von Anthony. Ich habe ihr eine Karriere als Femme fatale aufgebaut, die seit fünf Jahren Forellen züchtet. Inzwischen macht man sie für mehr Selbstmorde verantwortlich als einst den Herzensbrecher Rodolfo Valentino.«
»Und der leere Stuhl?«
»Darauf bin ich nicht weniger stolz, es ist der Platz von Virginie de Laud, der Erstgeborenen und Erbprinzessin. Sie hat die Angewohnheit, in die Wildnis zu verschwinden und wieder aufzutauchen, ohne jemanden zu verständigen. Es vergeht kein Tag, an dem nicht irgendeine Zeitung eine Sensationsmeldung über ihr geheimnisvolles Verschwinden bringt. Jedesmal, wenn sie wiederkommt, erfinde ich eine andere Geschichte für sie.«
»Wo ist sie jetzt, in diesem Moment?«
»In ihrem Zimmer, direkt über Ihnen. Der Status einer Prinzessin ist nicht immer lustig.«
»Wie viele Personen lenken Sie insgesamt?«

»Wenn ich die Heiratskandidaten und einige Vettern dazurechne, siebenunddreißig.«
»Auf wen sind Sie am meisten stolz?«
»Auf den Fürsten selbst. Mein Meisterwerk. Ich habe ihn zu einem unehelichen Abkömmling von Peter dem Großen gemacht, und heute werden kleine Vermögen darum gewettet, ob er den verborgenen Schatz der Romanows hat. Seine physische Gestalt verdankt er einem geheimen Trank, dessen Rezept die Dynastie eifersüchtig hütet.«
»Fürchten Sie nicht, daß Sie ein bißchen zu weit gehen?«
»Kann sein, aber zur Zeit funktioniert es. Manchmal kommt er und macht mir Vorschläge, ich schreibe ihm seine Reden, wir verstehen uns großartig.«
»Ich hätte bei Ihnen keine so umfassenden Kenntnisse in Geschichte vermutet.«
»Ich habe drei Spezialisten, die dieses Gebiet bearbeiten.«
»Und Sie lieben alle, ist das so?«
»Nicht alle siebenunddreißig, aber einen großen Teil. Sie sind meine Familie von jetzt an. Ich fühle mich für sie verantwortlich. Mitten unter diesen Figuren zu leben, das ist die einzige Vorstellung, die ich vom Glück habe.«

—

Das Fest zog sich bis tief in die Nacht. Ein Empfang bei den Markevich de Laud bedeutet Champagner, Billard, Wortduelle und Fackelspaziergänge bis zum Tagesanbruch.
Es ist fünf Uhr morgens, die Sonne erscheint am Horizont. Mathilde hat in ihrer riesigen Bibliothek alle Lichter ausgemacht, und wir trinken ein letztes Glas Champagner.
»Ich brauche Sie, um das Unheil wiedergutzumachen, das die Folge achtzig angerichtet hat.«
»Diesen Satz befürchte ich seit Ihrer Ankunft.«
»Mathilde…«

»Es tut mir weh, Ihnen etwas abzuschlagen, Marco, aber betrachten Sie die Angelegenheit als erledigt.«

»Ich brauche Sie.«

»Als ich alle diese Artikel in den Zeitschriften ausschnitt, erinnern Sie sich, was ich auf Ihre Witzeleien erwidert habe, um in Frieden gelassen zu werden?«

»Sie begnügten sich damit, zu sagen: ›Das ist mein geheimer Garten.‹«

»Gehen Sie zum Fenster, und lehnen Sie sich hinaus. Werfen Sie einen Blick nach unten, und sagen Sie mir, was Sie da sehen.«

Ich gehorche und versuche gar nicht erst, sie zu verstehen.

»Nach unten …?«

»Nach unten. Dort ist …«

Dort ist sie, im Halbschatten, die Dekoration, die niemand je zu zeichnen wagte. Hohe Gräser und Kräuter, prächtige Blumen, eine Bank, eine Schaukel, griechische Säulen und … Pfauen. Lebendige Pfauen, die herumspazieren!

»Das ist er, mein geheimer Garten. Es gibt ihn wirklich. Hier werde ich leben, solange das alles dauert. Hier werde ich auf das Ende der Welt warten wie eine echte Midinette, die bis ans Ende ihres Traums gegangen ist. Hier werde ich erleben, wie meine Geliebten sich einander ablösen, bis keiner mehr an meine Tür klopfen wird. Ich werde nicht dorthin zurückkehren, wo ich herkomme, die Welt dort überlasse ich Ihnen.«

»Es würde Sie doch nur eine Woche kosten oder zwei …«

»Lassen Sie die Sache fallen, und bleiben Sie hier, an meiner Seite. Ich kann mich nicht allein um siebenunddreißig Personen kümmern.«

»Wir haben kein Recht dazu! Wir müssen uns wieder an die Arbeit machen!«

»Niemals!«

Sie ist wütend, trotzdem glaube ich, eigentlich nichts getan zu haben, was sie verletzt haben könnte.
»Ich wünsche Ihnen eine gute Nacht. Ich bin vierzig Jahre alt, es ist fünf Uhr früh, und ein Bursche, schön wie der Abendstern, wird schon ungeduldig vor meiner Tür stampfen.«

Ein kleines Schild in Pfeilform deutet noch zum »Albergo dei Platani«, aber ein Hotel ist das schon lange nicht mehr, wie Louis dreimal wiederholt hat. »Wenn du dich in der Mitte von nirgendwo befindest, in einem Winkel, der aussieht wie das Zentrum der Welt, dann bist du angekommen.« Danke, Alter …

Mit Sicherheit habe ich noch nie etwas so Schönes gesehen wie dieses verlorene Palestrina in der römischen Campagna. Mein Blick erfaßt eine sonderbare Treppe aus Rundhölzern, die unordentlich auf einem zwanzig Meter hoch ansteigenden Hang liegen.

»Paß auf, dort fällt jeder mindestens einmal hin.«

Die Treppe war vor zehn Jahren begehbar, bevor man sie dem Hundsgras und dem Regen überließ. Ich nehme mir die nötige Zeit und komme unversehrt oben an. Louis streckt mir die Hand entgegen, um mich zu ihm hinaufzuziehen.

»Ich habe dich eigentlich schon am Nachmittag erwartet.«

»Nicht sehr gesprächig, die Leute in der Gegend hier. Ich habe für die letzten fünf Kilometer länger gebraucht als von Nizza nach Rom.«

Platanen, Dutzende, riesig, prächtig. Sie bilden einen Schirm, der Frische und Halbschatten spendet wie im dichtesten Wald. Das einstige Hotel verbirgt sich mitten darin. Wir gehen in eine Gartenlaube, in der zwei Liegestühle und ein Tisch stehen.

»Euer Platz zum Brainstorming?«

»Meistens ja, aber seit vierzehn Tagen ist das etwas schwierig geworden.«
Langsamen Schrittes nähern wir uns dem Wohnhaus, als wollten wir vermeiden, Lärm zu machen.
»Wie geht es ihm?«
»Nicht sehr gut.«
»Komme ich ungelegen?«
Louis lächelt mich mit jener milden Nachsicht an, zu der er, wie ich weiß, fähig ist.
»Ganz im Gegenteil, ich werde deinen Aufenthalt dazu benutzen, ihn ein oder zwei Tage lang ausruhen zu lassen. Ich habe das auch dringend nötig. Inzwischen ...«
Die Hotelhalle ist weitgehend erhalten geblieben: Die Rezeption, der Kasten für die Zimmerschlüssel und der Kasten mit den Postfächern. Louis benutzt sie mit sichtlichem Vergnügen.
»Ich werde dir das blaue Zimmer geben, es hat drei Fenster, nach Norden, Süden, Westen. Du hast ein Telefon. Niemand steht vor zehn Uhr auf. Wenn ich niemand sage, dann meine ich damit mich, denn er steht überhaupt nicht mehr auf.«
»Ihr seid nur zu zweit?«
»Ja. Seine Frau bleibt in Rom, während er arbeitet, und das ist nun schon dreißig Jahre so. Ich glaube sogar, daß sie noch nie hier war.«
»Weiß er, daß du einen Gast hast?«
»Er spricht oft von dir.«
»So?«
»Als er erfahren hat, daß du kommst, hat er gesagt: »›Marco ...? *Quello che non sa scrivere a mano?*‹ Weil ich ihm erzählt habe, daß du alles auf dem Computer schreibst, sogar die Einkaufsliste, meint er, du könntest nicht mit der Hand schreiben.«

Diese Worte sind wie ein Pfeil in mein kleines Herz gedrungen. Der Maestro hat meinen Namen gesagt! Marco! Den eines Menschen, der in einem verkommenen Vorort zur Welt kam, in einer glanzlosen Epoche. Der Maestro, der Meisterwerke geschaffen hat, wie andere in die Fabrik gehen, hat in seinem Gedächtnis einen kleinen Platz frei gehalten, um dort meinen Namen unterzubringen!
In dem Raum, der einst das Restaurant war, macht Louis mir mit einer großen Maschine Kaffee.
»Verdammt, ist der gut...«
»Alle drei Monate kommt einer vorbei, um das Ding zu warten. Der Maestro trinkt keinen mehr, aber er hängt an der Maschine. Komm, ich zeige dir dein Zimmer.«
Ich steige eine Treppe hinauf und gehe einen Gang entlang. Vor einer der Türen verlangsamt Louis den Schritt und legt den Finger auf den Mund.
Der Maestro schläft.
Louis öffnet meine Zimmertür und macht sie hinter uns zu, um wieder laut sprechen zu können.
»Ich bin vorsichtig, aber ich habe nie erlebt, daß ihn etwas aufgeweckt hätte. Im Jahr 1972 oder 1973 ist drei Kilometer von hier ein Meteorit eingeschlagen. Die Bauern der Gegend dachten, das Ende der Welt sei gekommen. Als der Maestro am nächsten Morgen erfuhr, was passiert war, warf er mir ziemliche Grobheiten an den Kopf, weil ich ihn nicht geweckt hatte. Ich erwiderte nur: ›Dieser Meteorit ist wegen dir hierher gefallen, Maestro.‹«
Ich dusche mich mit dem dünnen Kaltwasserstrahl ab, den der Brausekopf hergibt. Es ist so heiß, daß ich mich gar nicht abtrocknen muß, ein kurzes Tupfen mit dem Handtuch genügt. Aus der Gartenlaube winkt Louis mich zu sich, in der Hand eine Flasche Martini. Ich frage ihn, wie er mit seinem Drehbuch vorankommt.

»Langsamer als gewöhnlich. Der Maestro wird schnell müde. Wenn er es schafft, sich zu konzentrieren, hat er die geistige Beweglichkeit eines jungen Mannes. Aber schon bei der nächsten Sitzung kann er völlig abwesend sein, nur dasitzen mit leerem Blick. Ich frage ihn: ›Maestro, wäre es nicht gut, wenn diese Figur ein Einwanderer wäre, der sich dank seinem Geschick und seiner Lebensklugheit verständlich machen kann? Was würdest du von einem Konditor halten, einem tunesischen Konditor?‹ Er antwortet nicht, er ist anderswo, vielleicht in den Bildern seines Films. Am folgenden Tag sagt er dann zu mir: ›Ein tunesischer Konditor, ausgezeichnet! Er würde eine Art Baumkuchen backen, in Form einer Frau, du weißt, mit dieser stark gefärbten Mandelpaste.‹«
»Glaubst du, daß er die Kraft haben wird, den Film zu drehen?«
»Ich glaube schon, sonst hätte er mich nicht gebeten, hier mit ihm zu arbeiten. Er wird mir während der ganzen Zeit, in der wir schreiben, die *Mater dolorosa* vorspielen, und vor dem ersten Drehtag wird er schlagartig aufwachen. Am letzten kann man dann wieder anfangen, sich Sorgen zu machen.«
»Was hat er eigentlich?«
»Alles und nichts. Er spürt, daß seine Zeit abläuft. Die Ärzte wollen ihn ins Krankenhaus bringen. Er und ins Krankenhaus!«
»Sie haben alle den Film nicht gesehen.«
»Diese eine Szene, die jeder kennt.«
»Die Kamerafahrt mitten durch weiße Laken und Gitterbetten. Der Sohn an der Krankenaufnahme, der seinen sterbenden Vater sehen will.«
»Es ist seine letzte Möglichkeit, mit ihm zu sprechen ...«
»... der Pfleger sagt ihm, daß die Besuchszeit um neun Uhr

beendet ist! Schon wenn ich darüber spreche, kriege ich Herzklopfen. Diese Szene hat mir mein Vater erzählt, als ich noch klein war.«

»Mein Vater mir auch, ich komme mir immer ein bißchen wie ein kleiner Junge vor, wenn ich an seine Filme denke. Auch wenn ich einige mit ihm zusammen geschrieben habe.«

»Erinnerst du dich an den alten Mann, der seinen Teller Spaghetti ißt? Nur ein Nebendarsteller im Hintergrund. Er macht unverständliche Gesten. Am Anfang lacht man, und dann …«

»Glück und Sehnsucht hören in dem ganzen Film nicht auf, einander zu suchen. Es gelingt ihm sogar, eine Spur Sinnlichkeit hineinzubringen.«

»Alles war großartig in diesem Film. Die Träume des Dorftrottels, die Überschwemmungsszene …«

»Und ›Die Partitur der Liebe‹! Und der Moment, in dem Zagarolo sich für Dante hält!«

»Er hat immer gesagt, daß er von allen seinen Filmen diesen am wenigsten mag.«

»Man hat ihm die Goldene Palme nur deshalb nicht dafür verliehen, weil er sie im Jahr zuvor schon bekommen hatte.«

Während wir begeistert in Erinnerungen schwelgen, bechern wir einen Martini nach dem anderen.

»Ich weiß nicht, was ich dafür gäbe, mit einem Mann wie ihm auch nur eine knappe Stunde zu arbeiten.«

»Das ist eine einmalige Chance, aber auch eine Falle. Der Maestro hat es nicht nötig, daß man sich für ihn Geschichten ausdenkt; er hat sie bereits in sich, von der ersten Arbeitssitzung an. Er braucht nur jemanden, der verrückt genug ist, in seine Welt einzusteigen, sie zu durchstöbern und ganze Blöcke ans Tageslicht zu befördern. Manchmal muß man sich mit Kanalarbeiterstiefeln durcharbeiten. Du

wirst immer nur ein blasser Abglanz seiner Vorstellungswelt sein. Letztendlich wirst du geopfert, weil der Film ausschließlich seiner bleiben wird, in den kommenden Jahrhunderten und für alle Menschen auf der Welt.«
Jäh zerreißt ein Schrei die Stille dieses Spätnachmittags.
»LUIGI? – LUIGI ... PER LA MADONNA ... LUIGI ...!«
Louis steht auf und ergreift die Martiniflasche.
»Ich kenne ihn in- und auswendig. Er weiß, daß wir gerade einen Aperitif zu uns nehmen, und das macht ihn krank vor Eifersucht.«

—

Wir haben draußen gegessen, weil wir es trotz der Abendkühle nicht fertigbrachten, die Gartenlaube zu verlassen. Der Maestro ist nicht aus seinem Zimmer gekommen und hat sich mit ein wenig Bouillon begnügt. In seiner Gegenwart hätte ich bestimmt kein Wort herausgebracht, und Louis' Tagliatelle wären mir im Hals steckengeblieben. Wir haben ordentlich gespachtelt und dazu diesen leichten Landwein getrunken, der eben erst vom Faß abgefüllt worden ist. Ich habe mit eigenen Augen beobachten können, wie der Alte auf der riesigen Arbeitsplatte in der Küche die frische Pasta zubereitete. Ein schöner gelber Kranz, den er faltete wie ein Ordensband, bevor er mich fragte:
»Fettucine? Spaghetti? Papardelli? Tagliatelle?«
Ich wählte aufs Geratewohl, weil ich wußte, daß es mir so oder so um die anderen leid tun würde. Den Rest des Tages brachten wir damit zu, alles fürs Abendessen vorzubereiten, die Tomatensoße zu überwachen, im Garten Basilikum zu pflücken, in Ruhe den Tisch zu decken, und unseren wenigen Sätzen verliehen wir mit immer neuen Gläsern Weißwein zusätzliche Bedeutung. Ich hatte sein Talent zur römischen Mama nicht gekannt.

»Wenn du mit Italienern arbeitest, mußt du dich anpassen. Wie viele geniale Ideen habe ich nur deswegen nicht ausgesprochen, weil die Stunde der Pasta angebrochen war! Sie sind alle so, und sie waren in den sechziger Jahren noch viel mehr so.«
Spät am Abend hat er für mich einen außergewöhnlichen, auf der Basis weißer Trüffeln hergestellten Grappa hervorgeholt.
»Er kommt aus Venedig. Man könnte ihn fast als Eau de Toilette benutzen.«
»Wann werdet ihr mit eurem Drehbuch fertig?«
»Wenn er nicht mehr um eine Idee kreist, die ich nicht zu fassen kriege. Er erinnert mich an einen Maler in seiner letzten Schaffensperiode.«
»Einen Maler?«
»Gegen Ende streben alle den maximalen Verzicht an, siehe Turner. Es geht ihnen nur noch um den einen wesentlichen, zentralen Punkt, der Rest rundherum hat keine Bedeutung mehr.«
»Der Maestro steht im Ruf, ein Perfektionist und ein Arbeitstier zu sein.«
»Ein Perfektionist vielleicht, aber ein Arbeitstier bestimmt nicht. Ob er nun krank ist oder nicht, es ist immer dieselbe alte Geschichte: Man setzt sich hin, man plaudert ein bißchen, und sobald man sich konzentriert, muß er Tischfußball spielen oder stundenlang mit seiner Frau telefonieren. Er kommt zurück, wieder schwatzen wir wie die Elstern, wir reden von Filmen, die uns gefallen haben, von all denen, die wir nicht schreiben werden, wir lügen viel, und dann ist Pasta-Zeit. Insgesamt bleibt von einem Arbeitstag eine gute halbe Stunde, die sich gelohnt hat. Und eines Tages stellen wir dann fest, daß der Film sich ganz von allein entwickelt, selbst wenn wir nichts auf dem Papier haben.«

»Ich weiß nicht, ob ich je für einen Regisseur arbeiten werde, der alles, was er dreht, in Gold verwandelt.«
»Ohne dich entmutigen zu wollen, diese Sorte ist sehr selten. Die zauberhaften Filme, die der Vorstellungswelt eines einzigen Menschen entspringen, interessieren niemand mehr. All die Visionäre, die in unerforschten Gebieten der menschlichen Seele spazierengehen, sind bereits im Exil.«
»Der Film wird immer Erleuchtete wie ihn brauchen.«
»Nicht unbedingt. Früher steckten noch einige verrückte Produzenten Geld in den Dienst der Kunst. Heute ist es genau umgekehrt. Und warum eigentlich nicht? Menschen wie Jérôme werden uns zeigen, daß die Logik des Geldes schöne Dinge hervorbringen kann. Wer weiß?«
Als er Jérôme erwähnt, kommt in mir die Erinnerung an die Blicke hoch, die wir beide uns anfangs jedesmal zuwarfen, wenn Louis seine italienischen Jahre heraufbeschwor.
»Weißt du, Louis… Jérôme und ich, wir haben in der ersten Zeit nicht recht gewußt, was wir denken sollten, wenn du von den Italienern geredet hast, vom Maestro…«
»Ihr habt nie meinen Namen im Vorspann gesehen und euch natürlich gefragt, ob ich nicht ein alter Schaumschläger bin, der seine Filmographie nur träumt, was?«
»…«
»Damals hatten die Italiener begriffen, daß ein Film ein Zusammenspiel von Talenten ist. Wie bei einer schönen Familienstreiterei gab jeder seinen Senf dazu. Wenn ein Mario mit einem Dino arbeitete, schaute ein Ettore bei ihnen vorbei, um ein Stück des Drehbuchs zu lesen, ein Guido erschien, um ihnen eine Idee zu unterbreiten, und er rief einen Giuseppe an, um dessen Meinung zu hören. Man telefonierte von Piemont nach Sizilien: ›Komm und hol mich aus diesem Saustall raus, diese elende Geschichte geht mir auf den Geist, *per la madonna*!‹ Ich war gerade erst

in dieser Sippe gelandet, fasziniert, eine Unzahl Bilder und Dialogfetzen im Kopf. Sie adoptierten mich sofort, diese Dreckskerle. Ich war ihr Maskottchen, *il Francese,* ich brachte ihnen Glück, sagten sie, und ich wurde ein Berater auf Dauer, der Bursche, der überall und nirgends zu finden war. Manchmal verbrachte ich den Vormittag mit einer guten klassischen Komödie, am Nachmittag schaute ich auf einen Sprung bei einem zweitklassigen Streifen vorbei, und am Abend speisten wir zu acht oder zehnt aus Anlaß eines Slapstick. Ich wurde von allen Produktionsfirmen bezahlt, die es in Rom gab, ich mußte nur dasein, sei es, um Espresso zu kochen, sei es, um einen ganzen Dialog zu schreiben, sei es, um meinen Traum der vergangenen Nacht zu erzählen. Wie sollte da mein Name erscheinen und wo? Man versicherte mir: ›Luigi, der nächste ist deiner, es wird *dein* Film sein, wir alle werden dir zur Hand gehen...‹ Doch dazu ist es nie gekommen. Du redest von einem Haufen Ausgeflippter! Aber wie habe ich die Jahre damals geliebt...«
»Du hättest uns davon erzählen sollen, Louis.«
»Ich hätte euch beim besten Willen nicht sagen können, was in allen diesen Filmen von mir ist, aber eines steht fest: Ich war überall mit drin. Ein Bild, ein Stichwort, eine Idee – ich habe meine Spur in zwei Jahrzehnten des italienischen Films hinterlassen.«
Die Scham steigt mir in die Wangen.
»Dann bin ich dem Maestro begegnet, und wir haben uns zu einem Duo zusammengetan. Aber für die Produzenten, die Öffentlichkeit und den Maestro selbst galt: Ein Film des Maestro ist ein Film des Maestro. Sein Schatten überlagert alles, angefangen vom Entwurf der Ausgangsidee bis zum letzten Schnitt, einschließlich des Plakats und manchmal sogar der Musik. Keine Rede von Mitautoren-

schaft oder was auch immer, wenn Seine Heiligkeit sein Siegel darauf gedrückt hat. Und schließlich ist es auch besser so.«

»Du hättest uns wirklich davon erzählen sollen, Louis ...«

»Ich hatte es nicht nötig, euch das zu erzählen. Weißt du warum? Weil ich die Komplizenschaft und die Begeisterung der damaligen Zeit bei euch dreien wiedergefunden habe, bei ›Saga‹. Ich danke Gott dafür, daß er mich zum ewigen ›has-been‹ gemacht hat, andernfalls wäre ich nicht an diesem schönen Abenteuer beteiligt gewesen.«

Auf einem Silbertablett serviert er mir damit die ersehnte Gelegenheit, auf den wahren Grund meines Besuchs zu sprechen zu kommen.

»Schscht!«

Er steht in Hab-acht-Stellung wie ein Vorstehhund, der ein fernes Grunzen hört, und deutet mit dem Finger auf das Fenster des Maestros.

»Ich werde nachsehen, ob er etwas braucht.«

Ich folge ihm auf dem Fuß, wir steigen die Treppe hinauf wie Diebe, er öffnet leise die Tür zum Zimmer des Meisters und schließt sie gleich wieder.

»Er schläft.«

»Laß ihn mich sehen, Louis. Nur einen Augenblick. Schenk mir diese Erinnerung. Wenn ich eines Tages Kinder habe, werde ich ihnen von diesem Moment erzählen. Sie werden es ihrerseits weitererzählen, und ich habe so eine Chance, in Erinnerung zu bleiben.«

Auf seinem Gesicht erscheint ein Lächeln, und er öffnet die Zimmertür erneut. Ich schiebe den Kopf hinein.

Da liegt der Maestro.

Das Gesicht im Kopfkissen vergraben.

Stille.

Versunken in der Welt der Träume.

Jener Träume, die seit langem auch zu unseren geworden sind.

»Danke ...«

Er begleitet mich zu meinem Zimmer.

»Louis, ich muß dich noch um etwas anderes bitten. Ich muß jetzt darüber reden, sonst wird mich das die ganze Nacht beschäftigen.«

Nicht die geringste Überraschung auf seinem Gesicht. Er tritt ein, lehnt sich ans Fenstersims und verschränkt mit herausfordernder Miene die Arme.

»Ich brauche dich in Paris, um die Sache mit ›Saga‹ wieder in Ordnung zu bringen.«

»Vergiß es ...«

»Wir haben nicht das Recht, sie in diesem Zustand zu lassen.«

»Der Maestro ist derjenige, den ich nicht in diesem Zustand lassen kann.«

»Er wird es verstehen, Louis. Du hast keine andere Wahl.«

»Du könntest mich um alles bitten, nur nicht darum, ihn jetzt zu verlassen. Seit Lisa tot ist, habe ich nur noch ihn. Und ich möchte ihn bei seiner letzten Verrücktheit nicht allein lassen. Auch wenn er es sein wird, der mich gleich danach verläßt.«

Durch das Bürofenster sehe ich auf jeder Straßenseite den Wagen einer Zivilstreife, in dem die armen Kerle darauf warten, abgelöst zu werden. Ich habe noch zwei weitere Polizisten in Zivil ausgemacht, einen auf der Terrasse des Cafés, den anderen auf der Bank vor dem Kiosk. Ich weiß nicht, ob alle zur gleichen Abteilung gehören oder ob die Absprache zwischen den Dienstbereichen zu wünschen übrigläßt. Eines jedenfalls steht fest, sie werden nicht einen Augenblick von uns weichen, solange wir die letzte Folge nicht beendet haben.

»Hör auf damit. Das macht uns nervös, wenn du andauernd hinausschaust, Junge. Fehlte gerade noch, daß wir sie bemitleiden!«

Seit wir uns wieder an die Arbeit gemacht haben, lassen Louis, Mathilde und Jérôme keine Gelegenheit aus, mir zu sagen, daß es ihnen anderswo besserginge. Mußte ich ihnen wirklich einreden, daß es nötig sei zu beenden, was wir angefangen hatten? Jetzt, wo ich sie vor ihren Bildschirmen sitzen sehe, beschleichen mich Zweifel. Sind sie wiedergekommen, weil ich sie angefleht habe, oder hat »Saga« sie selbst so lange bedrängt, bis sie nicht mehr widerstehen konnten?

Mathilde telefoniert mit ihrer Insel, sooft sie kann. Ihr Team gibt ihr jeden Abend einen genauen Lagebericht über alles, was den Tag über geschehen ist, und sie erteilt Anweisungen für den nächsten Tag. Ich war der Meinung, ihr *business* nehme ihre geistigen Fähigkeiten voll in An-

spruch, doch weit gefehlt. Sie konzentriert sich hundertprozentig auf die allerletzte Folge von »Saga«.
Nicht ohne einen gewissen Stolz hat Jérôme uns ein Fax gezeigt, das heute morgen von Clint Eastwood kam. Ihm gefällt das Skript von »Full Time Love« sehr gut, das unser lieber Kollege ihm kurz vor seiner Pariser Eskapade zukommen ließ. Sie werden sich in zehn Tagen in New York treffen, um darüber zu sprechen. Angesichts der Geschwindigkeit, mit der wir vorankommen, wird Jérôme ihn bestimmt nicht warten lassen müssen.
Der Maestro besichtigt Drehorte auf Sardinien und nutzt die Zeit dazu, sich in der Sonne zu erholen, während er die Dekorationen für den nächsten Film entwirft. Louis hat ein ruhiges Gewissen. Cinecittà erwartet die beiden in den kommenden Wochen.
»Hört mal, ihr drei, heute ist doch der neunundzwanzigste September? Erinnert euch das an nichts?«
»Voriges Jahr am neunundzwanzigsten September hatten wir unser erstes Arbeitstreffen in diesem elenden Büro hier.«
Wir schauen uns eine Sekunde lang an, dann nehmen wir die Arbeit wieder auf, als sei nichts geschehen. Wir haben es nicht nötig, uns Gedenktagen und Erinnerungen hinzugeben. Was zählt, ist das Morgen, die nächste Folge in unserem Leben, die Zukunft, die uns erwartet, irgendwo, sobald wir diese »Saga«-Folge abgeliefert haben.
Diese allerletzte Folge hat nur eines zum Inhalt.
In den ersten Tagen haben wir uns Vorschläge von allen Seiten angehört, wir haben herauszufinden versucht, was denjenigen, die »Saga« so sehr geliebt hatten, am meisten fehlte. Jeder von uns ist mit Herz und Hirn alle Figuren durchgegangen. Welche Zukunft hat das Paar Mildred und das Wesen? Was ist aus dem Impfstoff gegen die Angst geworden, den uns Fred versprochen hatte? Ist Pedro gut

oder schlecht? Wird Camille wiederauferstehen? Und tausend andere Fragen, unverfänglicher und weniger dringend die einen, schwieriger die anderen. Wir mußten eine Bilanz aus allen Erwartungen ziehen, um uns ein genaues Bild zu verschaffen und das zu akzeptieren, was wir eigentlich schon gewußt hatten. Wie und was sind Camille, Fred und Mildred, Marie und alle anderen in den Augen der zwanzig Millionen Menschen, die »Saga« lebendig werden ließen? Welchen Sinn hat es, das Schicksal all dieser kleinen Figuren zu Ende zu führen, die so etwas doch gar nicht verdienen – nach alldem. Es ist nicht ihre »Saga«, die uns interessiert, sondern unsere »Saga«, jene der Straße, jene, die jeder von uns in sich trägt. Unsere allerletzte Folge muß zu zwanzig Millionen »Sagas« inspirieren. Um das zu erreichen, benötigen wir zwanzig Millionen Drehbuchautoren. Wer bei der Serie gelacht und geweint, geliebt und gehaßt hat, der trägt in seiner Vorstellung, seinem Gedächtnis und seinem Herzen das Gute, das »Saga« ihm zu geben vermochte. Ihm obliegt es künftig, seine eigene »Saga« zu schreiben, Tag für Tag. Wir haben ihm genügend »Werkzeug« in die Hand gelegt, damit er allein zurechtkommt. Er weiß, daß nichts festgeschrieben ist und daß die Sätze verändert werden können. Er wird niemand Besseren als sich selbst finden, um seinen eigenen Dialog auszufeilen und unter den tausend Wegen zu wählen, die ihm sein Leben bietet.

Mathilde, Jérôme, Louis und ich haben in dieser letzten Folge unsere Produktionsgeheimnisse preisgegeben.

An ihnen, den Zuschauern, ist es nun, sie richtig zu nutzen.

Zu Ségurets großer Verwunderung haben wir prächtige Dekors, unerschöpfliche Budgets und anderen in Monumentalfilmen üblichen Luxus abgelehnt. Die Serie wird enden, wie sie begonnen hat, in der Dürftigkeit der Mittel, denn so kommt sie dem näher, was sie von Anfang an war und was in ihrem Verlauf verlorengegangen ist. Die letzte Folge wird im Wohnzimmer der Fresnels spielen, jeder Protagonist wird seine Spule abspulen, und «Saga« wird Geschichte sein.

Eine Rückkehr zu den Ursprüngen sollte vollkommen sein. So haben wir verlangt, daß die letzte Folge zwischen vier und fünf Uhr morgens ausgestrahlt wird. Die Vorstellung, daß ganz Frankreich zu dieser Zeit wach sein wird, erschien uns ebenso gerecht wie originell. In zwanzig Jahren werden sich alle an diese durchwachte Nacht vor dem kleinen Lichtwürfel erinnern.

Danach werden wir uns für immer trennen. Jeder meiner Partner wird wieder weit von Paris fortfliegen.

Und was ist mit mir?

Seit dem Abend, an dem ich Juliettes Stimme auf meinem Anrufbeantworter hörte, ist alles sehr schnell gegangen.

»Charlotte ist in Paris. In dem Appartement, das sie als Studentin bewohnt hat. Ich habe dir nichts gesagt und mach bloß keine Dummheiten.«

—

Die Tür öffnet sich einen Spalt. Sie bittet mich als erstes, leise zu sprechen, statt mich hineinzubitten.

»Ich weiß nicht, ob ich dich hereinlassen soll.«

»...«

»Hat Juliette das Geheimnis ausgeplaudert?«

»Du bist nicht allein?«

Sie wirft einen Blick ins Innere, verlegen.

»Komm rein.«

Ich suche sogleich nach der Anwesenheit eines Dritten. Die Tür zu ihrem Zimmer ist geschlossen.

»Hier hat sich nichts verändert.«

»Du kannst dich dorthin setzen.«

»...«

»Willst du was trinken?«

»Was hast du da?«

»Bailey's.«

»Wenigstens hast du deinen Sinn für Humor nicht verloren. Bailey's ...«

»Er ist sehr gut, dieser Bailey's.«

»...«

»Es müßte auch noch ein Bier da sein.«

Sie hat Bier immer verabscheut. Was hat dieses Bier in ihrem Kühlschrank zu suchen?

»Du warst in den letzten Monaten nicht in Paris.«

»Nein.«

Schweigen.

Einverstanden, ich habe begriffen. Ich werde ihr die Worte einzeln entlocken müssen, eines nach dem anderen, und davor habe ich einen Horror. In meinem Beruf lautet eine Hauptregel: Es ist verboten, sich in einem Erklärungs-Tunnel festzufahren. Warum dies, warum das, dies ist so abgelaufen, und ich habe gedacht, es sei nicht so, und Blablabla und Blablabla! Warum nur sind wir im Leben gezwungen, uns durch so etwas durchzuquälen, verdammt?!

»Arbeitest du zur Zeit?«

»Nein, ich bin beurlaubt. Und du, deine Serie?«

»Welche Serie?«

»Deine Geschichte da, die nachts laufen sollte.«

»Erzähl mir nicht, daß du der einzige Mensch auf der ganzen Erdkugel bist, der noch nie von ›Saga‹ gehört hat.«

»Doch, jawohl, ich erzähle dir, daß ich der einzige Mensch auf der ganzen Erdkugel bin, der noch nie von ›Saga‹ gehört hat. Ist das Ding überhaupt gesendet worden?«

»Du willst mich aufziehen, klar ...«
»Ich war in der Creuse. Kein Fernsehen, keine Zeitungen, einfach deshalb, weil ich keinen elektrischen Strom hatte. Die Creuse ist die Creuse.«
»Ja, sie ist gesendet worden.«
»Bist du zufrieden?«
»Ich weiß nicht, ob jetzt wirklich der richtige Moment ist, das zu erzählen.«
»Aber ja. In drei Worten. Es interessiert mich. Das Ganze war doch so wichtig für dich.«
»Sagen wir ... sagen wir, daß ich in einem Jahr einen vollständigen Zyklus rund um die Sonne absolviert und alle Jahreszeiten durchlaufen habe. Es war meine Initiation. Ich habe eine Reise über hundertachtzig Grad gemacht, ich bin als Homer aufgebrochen und als Ulysses zurückgekehrt. Ich habe mich an den Rand des Abgrunds gewagt, ich habe mich darübergebeugt und das Fürchten gelernt. Ich habe die Grenzen hinausgeschoben, bis sie mich schließlich zurückgestoßen haben, und ich bin sehr weit gegangen, über das Gute und das Böse hinaus. Doch das hat mir nicht genügt, ich mußte auch noch mit dem Teufel dunkle Geschäfte machen, um mich Gott zu nähern und mich in Momenten des Größenwahns für ihn auszugeben. Ich habe wiederholt die griechische Tragödie besucht, die italienische Komödie und das bürgerliche Trauerspiel, ich habe Hollywood auf meinen eigenen Füßen durchstreift, und ich war – einen Abend lang – Gast von Fürsten. Ich habe tausend verdrehte Schicksale durcheinandergemischt, und mir ist die Verantwortung für zwanzig Millionen Seelen aufgebürdet worden. Aber das alles ist wieder in Ordnung gekommen.«
Kleines verdientes Schweigen ... Ich habe alles dafür getan.
»Und du, Charlotte?«

»Ich? Ich habe ein Kind bekommen.«
»...«
Die Tür zu ihrem Zimmer ist geschlossen.
»Der Drehbuchautor bin ich, Charlotte. Die Überraschungseffekte, die plötzlichen Rückschläge und die treffenden Dialoge sind mein Metier.«
»Trotzdem habe ich ein Kind bekommen. Und wenn du Angst hast, daß ich dir die Pointen klaue, dann sage ich schlicht und einfach: Es ist von dir, es ist drei Monate alt, es ist ein Junge, ich habe ihn Patrick genannt, weil ich mir sagte, daß das in dreißig Jahren ein einmaliger, also total schicker Vorname sein wird.«
Die Tür zu ihrem Zimmer ist geschlossen.
Ich brauche eine Erklärungsszene.
Ich brauche einen sehr langen Tunnel, mit Rückgriffen auf Vergangenes und den notwendigen erklärenden Passagen.
Ich weiß, welche Fragen ich stellen muß.
Sie erwartet sie. Und weiß alle Antworten.
Ich spüre, daß mein Teil des Dialogs an Verve verlieren wird.
»Warum?«
»Weil ich die Testresultate genau in der Zeit bekam, in der du anfingst, an deiner Serie zu arbeiten. Ich hätte es dir gern gesagt, ohne aus einer Mücke einen Elefanten zu machen, vorsichtig, weil ich weiß, daß du ein leicht erregbarer Junge bist. Ich habe es auch mehrmals versucht.«
»Und?«
»Das fragst du mich? Weißt du nicht mehr, wie sehr diese Geschichte dich verrückt gemacht hat? Geradezu gefährlich verrückt! Du warst besessen von deiner Serie, deinen Kollegen, deinen Figuren, nichts anderes zählte mehr in deinem Leben. Versuch mir das Gegenteil zu beweisen.«
»Ich war vielleicht ein bißchen einseitig gepolt...«

»Selbst wenn du zu Hause warst, warst du da drüben. Du hast dort viel aufregendere Dinge erlebt als mit mir, und das hast du mir zu verstehen gegeben. Eines Abends hast du sogar gesagt: ›Wie war es in der Arbeit? Ich dachte, Mildred könnte auch einen so belanglosen Job ausüben.‹«

»Das habe ich gesagt?«

»Du hast dich sogar noch wesentlich schlimmer ausgedrückt. Das vergesse ich lieber.«

»›Saga‹ war die Chance meines Lebens! Sie kam zur falschen Zeit, das ist alles. Das hättest du verstehen können! Ein ganz kleines bißchen geduldiger hättest du sein können. Daß du dich deswegen in den hintersten Winkel der Creuse zurückgezogen hast, finde ich zum Kotzen!«

»Das war nicht der einzige Grund, Marco. Es gab noch – das da.«

Aus einer Schublade zieht sie das »Saga«-Skript der Folge Nummer fünf heraus und reicht es mir.

»Nach dem, was du von dir gegeben hast, warst du im Begriff, das achte Weltwunder zu schreiben. Das Drehbuch lag auf dem Bett, ich war neugierig genug, einen Blick darauf zu werfen.«

»...?«

»Szene einundzwanzig.«

Ich blättere die Hälfte der Seiten durch, meine Hände werden immer feuchter... Szene einundzwanzig – Szene einundzwanzig – ist das vielleicht diese elende Szene einundzwanzig mit dem ...? Verdammt, o verdammt!

21. WOHNZIMMER DER FRESNELS. INNENRAUM. TAG.

Jonas Callahan und Marie Fresnel sind allein im Wohnzimmer. Sie kocht Tee.

JONAS: Sagen Sie, Madame Fresnel, ist Camille schon immer so gewesen?

MARIE: Sie meinen, so melancholisch und so affektiert? Nein. Sie war ein lebhaftes kleines Mädchen, sie war aufsässig, lustig und ausgelassen ...

JONAS: Ich werde alles tun, damit sie wieder so wird.

MARIE: Sie sind sehr nett, Jonas, und wenn Sie einen Rat von mir haben wollen, dann kann ich Ihnen sagen, was sie braucht, um ihre verlorene Kraft und die Begeisterung wiederzugewinnen.

JONAS: Das wäre zu schön – was denn?

MARIE: Ein Kind.

Jonas springt auf, wirft dabei seine Tasse um, und der heiße Tee ergießt sich über seine Knie, doch er reagiert nicht darauf. Er fixiert Marie.

JONAS: Ich liebe ihre Tochter so sehr, daß sie alles von mir verlangen könnte ... Mein Leben als Polizist aufzugeben und der schlimmste Gauner zu werden. Mich dem Alkohol hinzugeben, um so zu werden wie mein Vater. Schopenhauer auszugraben und ihn wieder zum Leben zu erwecken, damit er zugibt, daß er sich getäuscht hat. Mir eine Kugel in den Kopf zu jagen, um ihr zu beweisen, daß der Tod nichts Außergewöhnliches ist. Sie könnte sogar noch viel mehr von mir verlangen ... Aber kein Kind!

Er geht zum Fenster, um Maries Blick auszuweichen.

JONAS: Soll ein anderer es ihr machen, wenn sie dadurch endlich glücklich wird, ich kann das nicht, niemals. Der bloße Gedanke, daß aus meinem Fleisch ein Wesen hervorgehen könnte, erfüllt mich mit Entsetzen. Ich will, daß nach mir alles aufhört, ich will das Ende sein, ich will auf gar keinen Fall ein kleines Wesen in die Welt setzen, das sein ganzes Leben lang leidet und schließlich an diesem Leben krepiert. Ich will nicht diese Schuld mit mir herumschleppen, ich habe schon genug mit mir selbst zu tun. Und angenommen, ich habe sie gar nie geliebt, Ihre Tochter, hm? Glauben Sie denn, daß die

Liebe etwas Natürliches ist? Ich hätte viel zuviel Angst davor, die Liebe noch im selben Augenblick zu verabscheuen, in dem sie mich erfaßt, und die Liebe dafür bezahlen zu lassen, daß sie sich zwischen mich und die Autobahn stellt, die ich mit zweitausend Sachen nehmen will. Ein Kind in die Welt setzen ...? Würde ich glauben, daß die Welt noch eine Chance hat, wäre ich nicht Polizist. Ich muß mich nicht fortpflanzen. Ich werde nie ein Kind haben.
Er verläßt das Wohnzimmer.

Ich klappe das Skript zu und sehe Charlotte an, die schöner ist denn je.
»Wem sieht der kleine Bursche denn ähnlich?«

Liebe und Krieg

Louis.
Louis ist nicht tot.
Der Alte ...
Jetzt, wo ich so alt bin wie er damals war, als wir uns kennenlernten, fällt es mir schwer, ihn so zu nennen. Er hat die Achtzig überschritten. Ich verstehe nicht, was ihn so lange hat durchhalten lassen. Und ich weiß nicht, warum er mich nach so vielen Jahren wiedersehen will.
Vor sechs Monaten, als das filmische Gesamtwerk des Maestro neu herausgebracht wurde, sah der Alte seinen Namen im Vorspann von »Un attimo delle stelle«, dem letzten Film des Maestro. Nach dreißig Jahren ist Louis also endlich in Erscheinung getreten.
Ich schaute mir alle Filme des Maestro immer wieder mit dem Vorführgerät an, das meine Kinder mir zu meinem fünfundfünfzigsten Geburtstag geschenkt haben. Und ich versuchte mir bei diesen alten Geschichten immer vorzustellen, was davon aus Louis' Feder stammt. Manchmal hatte ich den Eindruck, ihn in einigen Dialogstellen oder verdrehten Einfällen zu erkennen. Eines steht fest: Die Bilder des Maestro sind in meinem Gedächtnis unversehrt erhalten geblieben, und als sie auf der Leinwand vorüberzogen, spürte ich, wie sie in mir wieder erwachten. Seit jeher hatte ich sie in der gleichen Schublade aufgehoben wie meine Kindheitserinnerungen.
Louis ... Du erscheinst aus dem Jenseits, und viele Dinge stehen mit dir wieder auf. Heute könnte ich die Entschei-

dungen nicht mehr zählen, zu denen du mich in den vergangenen dreißig Jahren inspiriert hast. Dank dir bin ich einer der gefragtesten *script-doctors* auf diesem Teil der Erdkugel geworden.
Nach dem Ende von »Saga« und der Auflösung unseres Teams hatte ich ein gutes Dutzend Spielfilme geschrieben. Einige hatten mir große moralische Genugtuung beschert, andere einen ordentlichen Packen Scheine. Ich hatte alle Auszeichnungen erhalten, die man sich in meinem Metier erhoffen darf. Ich habe mit Regisseuren gearbeitet, die ich hoch schätze.
Und plötzlich hatte ich das alles satt gehabt.
Patrick ging auf die Zehn zu, seine Schwester Nina war noch ein kleines rosiges Ding, Charlotte entwickelte sich zu einer Managerin ohnegleichen. Ich hätte einen Film an den anderen reihen können, mir neue Geschichten ausdenken und starke Konzepte entwickeln können, aber nichts von alldem machte mir mehr Spaß. Jetzt oder nie war der Moment gekommen, die Idee endgültig aufzugeben, ein *Œuvre* zu schaffen.
Das gewisse Kribbeln fand ich beim Einsatz in Notfällen wieder. »Hallo…? Marco…? Wir sitzen im dritten Drittel fest, uns fehlt noch ein richtiger Knüller vor der Auflösung des Plots!« In solchen Fällen rase ich mit meinem Erste-Hilfe-Kasten in gestrecktem Galopp zu den Drehbuchautoren, um sie aus ihrer Lähmung zu erlösen. Ich lese das Skript, unterziehe es einer gründlichen Untersuchung und stelle meine Diagnose. Ich habe das erforderliche Verbandzeug sowie alle nötigen Schienen und Spritzen. Zwanzig Jahre der Hilfeleistung, zwanzig Jahre des Flottmachens lahmer Enten, zwanzig Jahre der psychoanalytischen Betreuung hochgradig deprimierter Drehbuchautoren und Regisseure. Ich habe sie vorbeiziehen sehen, die hinkenden

Drehbücher und die in der Klemme sitzenden Genies! Ich habe sie heulen sehen, die vor dem Ruin stehenden Produzenten und die Schauspieler, die keine Rollen fanden! Ich liebe den hoffnungsvollen Blick eines Kranken nach der Untersuchung. Ich liebe es, daß man mich als Retter betrachtet. Obwohl das alles mir zwar nicht das kleinste bißchen Ruhm einbrachte, habe ich das Gefühl, mich in den Regeln einer Kunst geübt zu haben.

»Charlotte? Ich werde das Skript über Porfirio Rubirosa zwei oder drei Tage liegenlassen. Louis will mich sehen, er braucht mich.«

»Fragst du dich eigentlich nie, ob nicht ich es bin, die du liegenläßt?«

»Du? Aber... überall, wo ich hingehe, bist du in meinem Herzen.«

»Wie lang schreibst du keine Dialoge mehr?«

»Etwa fünfzehn Jahre.«

»Das merkt man.«

—

Die jungen Leute sagen, eine Reise um die Welt dauere heutzutage nur einen Knopfdruck lang. Aber für einen Fremden ist es noch genauso schwer wie vor dreißig Jahren, das Hotel »Albergo dei Platani« zu erreichen. Der Taxifahrer scheint es zu kennen.

Ich erinnere mich an die Gespräche mit Jérôme, spät in der Nacht, während wir an »Saga« schrieben. Wir versuchten sie uns vorzustellen, diese künftige Welt und ihre Flut an neuen Bildern. Wären wir damals Wetten eingegangen, hätten wir alle verloren. Jérôme war davon überzeugt, daß das Fernsehen die Gehirne ruinieren würde und daß eines Tages Babys mit viereckigen Augen und einem Horn am

Daumen vom Zappen zur Welt kämen. In Wirklichkeit aber ist das Fernsehen, nachdem es die Kinosäle gierig verschlungen hat, in seine eigene Falle der Omnipotenz getappt. Weil das Angebot immer größer, immer besser und immer weitreichender geworden ist, haben die Fernsehzuschauer nicht mehr gewußt, wofür sie sich entscheiden sollen, und die Umschaltfrequenz ist unter die Viersekunden-Schwelle gesunken. Das war bereits die Schmerzschwelle Tristans, wenn er sich auf dem Sofa lümmelte. *Auf einem anderen Kanal gibt es was Besseres, irgendwo läuft bestimmt was Besseres...* Es gibt tatsächlich immer irgendwo was Besseres, so einfach ist das. Dieser Mischmasch an Bildern und Tönen beim Zappen hat alle Welt ermüdet, sogar die Hausfrau in der Provinz. Der Arbeitslose in Roubaix ist verschwunden, ebenso der Fischer in Quimper, bei dem ich mir nicht einmal sicher bin, ob er je existiert hat.

Auf jeden Fall sind alle drei Ästheten geworden. Mit der Zeit haben sie begriffen, daß ihnen nur das Kino ein bißchen Liebe schenken kann. Seither projizieren sie Filme auf ihre Riesenleinwand zu Hause, allein oder im Kreis ihrer Familie. In aller Ruhe. Denn wenn man es fertigbringt, seinen Fernseher zu verbannen, kommt man nicht mehr ohne Filme aus. Noch niemand hat etwas Besseres gefunden als diese zwei kurzen Stunden des Glücks, sich eine Geschichte erzählen zu lassen.

Das Hotel kommt mir noch genauso unwirklich vor wie damals. Genauso abgeschieden. Die halsbrecherische Treppe gibt es nicht mehr, man wird jetzt über einen kleinen asphaltierten Weg geleitet, der sanft zur Türschwelle des Hauses ansteigt. Eine Frau von etwa fünfzig Jahren begrüßt mich auf Italienisch, und ich verstehe alles, was sie sagt. Sie führt mich in das Zimmer, das seinerzeit meines war. Dem

Aussehen nach ist sie weder eine Krankenschwester noch eine Ehefrau. Als ich meinen Koffer öffne, höre ich eine Stimme, die mir durch Mark und Bein geht.

»*Marcooo!* Wo bleibst du?«

Er ist noch bei Kräften, der Alte. Sie will mich zu seinem Zimmer bringen, aber ich sage ihr, daß das nicht nötig ist. Ich kann mir nicht vorstellen, daß Louis ein anderes gewählt hat.

Er richtet sich in seinen Kissen auf und breitet seine angsterregend mageren Arme aus. Ich ahne seinen Schädel hinter einer Maske aus grauer Haut. Sein Atem rasselt, er räuspert sich mit einem häßlichen Geräusch. Ich habe Angst, sein knöchernes Gerüst zu zerbrechen, als ich ihn in die Arme nehme. Keine Brille mehr, keine Wimpern mehr, aber der Blick ist noch immer derselbe, leicht spöttisch, erleuchtet von der Milde, die tief in ihm sitzt. Eine oder zwei gute Minuten vergehen, ohne daß einer von uns ein Wort spricht. Louis, ich flehe dich an, sag nicht, daß du mich hast kommen lassen, damit ich dich sterben sehe. Mach jetzt keinen Scheiß, Louis.

»Setz dich da hin.«

Wie viele Male habe ich von meinem flüchtigen Blick auf den Maestro erzählt, als er in diesem Zimmer hier schlief? Wie oft habe ich den Nachttisch und die Farbe der Vorhänge beschrieben? Jedesmal habe ich ein Detail, einen Eindruck dazu erfunden. In dreißig Jahren habe ich aus dieser Bude ein Mausoleum gemacht.

»Nett von dir, daß du so schnell gekommen bist. Du hast also nichts, was dich zu Hause hält?«

Ich erzähle ihm von Charlotte, von meinen beiden Kindern, von meinen Enkeln, das scheint ihm zu gefallen. Er will genaue Beschreibungen: von Gesehenem und Erlebtem.

»Hast du Fotos?«

Er betrachtet sie mit Kennerblick, als habe er eine ganze Dynastie vor sich.

»Die Arbeit?«

Ich zähle ein paar Titel meiner bekanntesten Filme auf. Er erkennt rasch, daß mein Weg sich gar nicht so sehr von dem seinen unterscheidet, aber er versucht nicht, Vergleiche zu ziehen.

»Weißt du, Louis, in einer Zeitschrift waren Porträts der zehn europäischen Regisseure, die von der jungen Generation am meisten geschätzt werden. Sechs von ihnen haben unter ihren Kindheitserinnerungen ›Saga‹ genannt, und drei haben erzählt, wie sehr die Serie sie beeinflußt hat.«

»Tatsächlich?«

»Ja.«

Er lächelt, ohne die Zähne zu zeigen. Ich glaube, daß ihn das wirklich freut.

»Ich habe schon lange nichts mehr von diesem alten Kram gehört. Meinst du, daß man sie heute noch anschauen kann?«

»Ich habe es nicht ausprobiert. Aber außer dem Kino ... was hat sich denn sonst noch gehalten, dreißig Jahre später?«

»Angeblich hat man ein interaktives Gerät erfunden, mit dem man die Qualität verbessern kann, den Ton ebenso wie die Bildschärfe.«

»Fang nicht damit an! Die Kinder haben es mir zum Geburtstag geschenkt, mit einer Leinwand, die so groß ist wie deine Wand da. Es hat eine Fernbedienung, die dir ermöglicht, direkt in die Geschichte einzugreifen. Technisch gesehen sendest du eine Reihe von Signalen aus, die bewirken, daß sich verschiedene Versionen abspalten, besser kann ich es dir nicht erklären. Du hast beispielsweise einen Knopf *Humor*, einen Knopf *Sex* und einen Knopf *Gewalt*, damit kannst du die Psyche der zehn Hauptpersonen verändern.«

»Per la madonna!«
»Du kannst jederzeit, wenn du auf den richtigen Knopf drückst, *Humor+, Gewalt-, Exotik+* regeln, und wenn du willst, daß die Hauptperson böse wird, drückst du auf 1-. Verstehst du?«
»Nein, aber der Schilderung nach muß es großartig sein.«
»Es ist totaler Unsinn. In den ersten zehn Minuten konnte ich es schon nicht lassen, alle Knöpfe zu drücken: *Sex* auf Maximum, *Gewalt* auf Maximum, *Humor* auf Maximum, alles! Ich kann dir beim besten Willen nicht beschreiben, was für einen Wahnsinn ich vor Augen hatte, einen Cocktail aus Blut und Lachen, daß einem der Kopf schwirrte. Alle handelnden Figuren werden verrückt ... und du auch.«
»Du hast nur Angst, daß ein Apparat dir deine Arbeit wegschnappen könnte.«
»Mag sein. Aber zur Zeit ist das noch nicht akut.«
»Hast du Neuigkeiten von den anderen beiden?«
Es freut mich, daß er die *anderen beiden* sagt.
»Anfangs haben wir noch oft telefoniert, doch dann ... du weißt ja, wie das ist ... Ich habe ihren Weg ein bißchen verfolgt, aus der Ferne. Jérôme ist der Star geworden, der er eigentlich schon damals war, als wir die einzigen waren, die das wußten. Er ist jetzt zur Regie gewechselt, glaube ich.«
»Er hat mir vor zwölf oder dreizehn Jahren geschrieben, um mir mitzuteilen, daß er einen Film inszeniert. Ich hatte den Eindruck, daß er um meine Erlaubnis bitten wollte. Wie hieß das Ding doch gleich?«
»›Full Moon Head‹. Ich fand ihn recht gut.«
»Ich auch, aber er hatte recht damit, Drehbuchautor zu bleiben. Da ist er am besten. Ich habe ihn auf einem Foto gesehen, wo er Werbung für seinen Präsidenten-Freund macht.«
»Danach hat er Oona verlassen, um irgendeine Diva zu hei-

raten, die er vierzehn Tage später verlassen hat, um Oona wieder zu heiraten. So waren die Amerikaner schon, als die Brüder Lumière das Kino erfanden.«

»Und jetzt, was macht er jetzt?«

»Großes Geheimnis. Seit fünf Jahren hat man ihn nicht mehr gesehen. Das gleiche gilt für Mathilde.«

»Hat sie ihre Insel schließlich doch verlassen?«

»Nach drei oder vier Jahren, dann hat sie wieder Romane geschrieben.«

»Kitsch?«

»Ich habe keinen gelesen. Und dann ist sie nach England gegangen, wo sie irgendeinen Herzog oder so etwas Ähnliches geheiratet hat. Seit fast fünf Jahren ist sie sozusagen in der Versenkung verschwunden.«

»Zur gleichen Zeit wie Jérôme?«

»Zur gleichen Zeit. Schier unmöglich herauszufinden, was aus den beiden geworden ist.«

»Sie muß auf die Siebzig zugehen, die Mutter Mathilde. In diesem Alter verschwindet man nicht mehr: Man stirbt.«

»Sag, Louis, glaubst du, daß sie zusammen verschwunden sein könnten?«

Wir brachen alle beide in Lachen aus. Die folgende Stunde war ein einziges langes Brainstorming, wir ließen alle Möglichkeiten Revue passieren, die in Zusammenhang mit den *beiden anderen* vorstellbar waren. Keine unserer Versionen war plausibel oder verrückt genug, um für uns zur offiziellen Wahrheit zu werden. Wir entschieden uns also für die poetischste: Mathilde und Jérôme, seit jeher wahnsinnig ineinander verliebt, haben alles im Stich gelassen, um ihr heimliches Glück in irgendeiner wüstenähnlichen Gegend zu genießen, wo sie genau in diesem Augenblick damit beschäftigt sind, eine ganze Schar kleiner Drehbuchautoren zu zeugen.

»Mit den Jahren wird man albern, davor hast du mich nicht gewarnt, Louis.«
Statt einer Antwort bekam ich nur ein lang andauerndes Geräusper zu hören, gefolgt von einem oder zwei Flüchen auf Italienisch.
»Hat er dir das Hotel hinterlassen?« frage ich, um das Gespräch wieder in Gang zu bringen.
»Er hatte mir versprochen, das in seinem Testament niederzulegen, und das hat er auch getan. Niemand auf der Welt hat sich was aus dieser Bruchbude gemacht. Angeblich ist ja Rom der einzig wahre Ort, das Ende der Welt zu erwarten. Das stimmt, aber eine Haaresbreite südöstlich davon. Das Problem ist, daß ich nicht mehr lange genug da sein werde, um das Ende der Welt zu erleben.«
Das ist es, was ich gefürchtet hatte, seit ich das Zimmer betrat. Ich hatte sogar schon eine dunkle Vorahnung, als Charlotte mir von seinem Anruf erzählte. Tröstende Sätze, Beistand, Metaphysik – ich habe kein Talent zu einem Dialog dieser Art, Louis.
»Bei all den Bedrohungen, die man seit Anbeginn der Zeit für uns erfunden hat, kann die Welt schon in den nächsten zehn Minuten mit uns untergehen.«
»Ich könnte dir auf zwei Stunden genau sagen, wann ich mich davonmache, aber ich sage lieber nichts, und du rettest dich, indem du davonläufst. Du hast dich nicht geändert, was, Marco?«
»Ich habe noch nie erlebt, daß jemand sich ändert.«
Schweigen.
Schwedisches Schweigen.
»Eine gute Frage, drehbuchmäßig gesehen, meine ich. Kann man wirklich die Wandlung einer Figur glaubhaft machen?«
»Eine Figur darf am Schluß nie die gleiche sein wie am An-

fang, finde ich. Andernfalls fragt man sich, warum sie dieses ganze Hin und Her durchleben mußte.«

»Wenn man bedenkt, daß ich mehr als fünfzig Jahre meines Lebens damit zugebracht habe, die Wirklichkeit zu adaptieren, all die kleinen Unebenheiten auszuradieren, die Sonnenseite und die Regenseite nach meinem Belieben auszurichten… Du, der noch dieser Welt angehört, du weißt doch sicher, ob man sich endlich entschlossen hat, Gesetze gegen Leute wie uns zu erlassen?«

»Bis jetzt nicht.«

»Diese Idioten…«

Er legt behutsam den Kopf zur Seite und schließt die Augen. Hör sofort damit auf, Louis!

»Mach dir keine Sorgen, es ist noch nicht soweit. Geh spazieren und komm am Abend wieder zu mir.«

Das lasse ich mir nicht zweimal sagen.

—

Nach einem Glas Chianti und einem guten großen Tomatensalat, wie man ihn in keinem anderen Teil der Erde mehr bekommt, bin ich wieder zu ihm gegangen. Meine leichten Befürchtungen haben sich auf der Schwelle seines Zimmers aufgelöst. Durch das weit geöffnete Fenster betrachtet er von seinem Bett aus einen Hügel in der Ferne, den das Abendlicht erglühen läßt. Heiter. Mit jener Art Heiterkeit, die alles andere als beruhigend ist.

»Wer ist die Dame unten, Louis?«

»Ein Mädchen, das die Gegend hier nie verlassen hat. Im Lauf der Zeit sind wir so etwas wie Freunde geworden.«

»Sie ist sanft. Sie ist hübsch.«

»Leider konnte mein Herz, als wir uns kennengelernt haben, nicht mehr für sie schlagen. Die Schläge reichen gerade noch für mich.«

Ich lasse meine Hand über eine Ablage neben seinem Bett gleiten, knapp neben einem Buch. Er benutzt die Gelegenheit, sie zu ergreifen, ohne den Blick von seinem Hügel zu lösen.

»Ich bin todmüde, Marco.«

»Du hast schon immer gern geklagt.«

»Schau in die Nachttischschublade.«

Er gibt meine Hand frei, ich öffne die Schublade und hole ein großes vergilbtes Notizheft heraus. Ich blättere es äußerst behutsam durch aus Angst, es könnte zu Staub zerfallen. Jede Seite ist mit Anmerkungen und Notizen vollgekritzelt. Ich erkenne die Schrift des Alten.

»Eine Reliquie ›aus der Zeit‹.«

»Aus der, in der du für die Italiener gearbeitet hast?«

»Das habe ich dir schon erzählt?«

»Vor dreißig Jahren.«

»Um so besser, ich muß mit meiner Energie haushalten. Erinnerst du dich an all das dumme Zeug, das uns während der Arbeit an ›Saga‹ durch den Kopf ging?«

»Die Filme, die wir nie geschrieben haben, die abwegigsten Ideen, die absurdesten Dialoge, die frechsten Sprüche, alles, was man nie wagen würde, einem Produzenten zu zeigen.«

»Wir verbrachten damals unsere Zeit damit, zu schreiben, zu trinken, zu essen und uns allen möglichen Blödsinn zu erzählen. Ich hatte die schlechte Angewohnheit, alles zu notieren, statt das alles in der Leichtigkeit des Augenblicks davonfliegen zu lassen. Verlorene Filme aus zwanzig Jahren sind in diesem Heft aufgezeichnet. Sätze, die kein Schauspieler je gesprochen hat, und ein völliges Durcheinander von Ideen, das uns sofort ins Gefängnis gebracht hätte, wäre es publik geworden. Ich schenke es dir. Du kannst das Material verwenden oder das Heft in eine Schublade legen, wie ich es gemacht habe. Das bestimmst ganz allein du.«

»Ich kann das nicht annehmen, Louis.«
»Was glaubst du, wird Loretta damit machen? Es wird in einer Mülltonne landen!«
Ein endloser Hustenanfall folgt seiner kleinen autoritären Anwandlung. Seine fahlgraue Maske wird scharlachrot, ich weiß nicht, was ich tun soll, um ihm zu helfen, außer ihm auf den Rücken zu klopfen. Wider jedes Erwarten beruhigt ihn das. Langsam kommt er zu Atem.
»Wenn du eines Tages die beiden anderen wiedersiehst, sag ihnen, daß ich nie aufgehört habe, an sie zu denken. Und vor allem an den verlorenen Blick Tristans vor seinem Bildschirm.«
Plötzlich klammert er sich heftig an meinen Arm, für die Dauer eines langen Krampfs, die mir wie ein Jahrhundert vorkommt.
»Ich werde Loretta rufen ...«
»Nicht gleich!«
Erneuter Krampf. Ich habe Angst, daß mein Herz vor dem seinen versagt.
Er bittet mich, ihm zu helfen, sich auf die Seite zu drehen.
»Ich mache lieber die Augen zu, sprich weiter«, sagt er matt.
»...«
»Sag irgend was, es ist das Beste, was du tun kannst.«
Ich zögere noch. Aber die Zeit wird knapp. Nimm dein Herz in beide Hände, Marco. Oder du wirst es für den Rest deines Lebens bedauern.
»Weißt du, Louis ... Es gibt da etwas, worüber wir ein paar Worte wechseln sollten, du und ich. Aber ich weiß nicht, ob du damit einverstanden bist.«
»Der Augenblick, es zu versuchen, ist jetzt oder nie.«
Er hat verdammt recht, der Alte. Jetzt oder nie.
»Etwas quält mich schon von Anfang an, Louis. Ich bin der

Sache oft nachgegangen, unauffällig. Hundertmal habe ich sie im Kopf gewälzt. Tausendmal. Mit der Zeit wurde sie sogar zu einer Herausforderung für den Drehbuchautor, zu der ich dank deiner Hilfe geworden bin.«

»Ein Problem mit einem Drehbuch? Du konntest es nicht besser treffen. Ich werde auf der Bühne sterben, wie Molière.«

»Dreißig Jahre lang habe ich diese Geschichte aus jedem Blickwinkel analysiert. Alle Möglichkeiten durchgespielt. So gründlich, daß ich auf die einzige Version gekommen bin, die einigermaßen glaubhaft ist.«

»Du warst der beste von uns vieren.«

»Es geht um den Tod von Lisa. Deiner Lisa...«

»...«

»Du warst es, der sie getötet hat, Louis. Eine andere Erklärung gibt es nicht. Es hat lange gedauert, bis ich mich getraut habe, diesen Gedanken zu akzeptieren. Aber vom Standpunkt des Drehbuchautors aus gesehen, gibt es keine andere Auflösung der Geschichte. Trotzdem, ich habe gesucht, weißt du...«

Er öffnet matt die Augen. Ein verstohlenes Lächeln gibt seinem Blick wieder etwas Glanz.

»Heute nachmittag, als ich deinen Schritt auf den Steinfliesen hörte, habe ich mich gefragt, ob ich mit dir darüber reden soll oder nicht. Man redet sich ein, das würde das Gewissen erleichtern.«

»Aber dein Gewissen hat nie darum gebeten, erleichtert zu werden.«

»Ich glaube sogar, daß mich gerade das so lange hat durchhalten lassen, weißt du. Nach ihrem Tod ist alles besser geworden. Ich habe gelitten, ja, aber anders. Ich konnte mir mich ohne sie vorstellen, aber sie ohne mich... das hätte meine Kräfte überstiegen.«

Ich stieß einen unglaublichen Seufzer der Erleichterung aus. Des Sieges.
»Gib mir deine Hand, Großer.«
Er hat die Augen wieder geschlossen.

—

Er läßt meine Hand nicht los, lange Minuten nicht. Ich achte bang auf seinen Atem.
»Wenn ich an dieses Hotel denke, habe ich den Eindruck, über meine Verhältnisse zu sterben...«
»Du treibst es zu weit, Louis. Das ist nicht von dir, sondern von Wilson Mizner, einem Drehbuchautor aus Hollywood.«
Schweigen.
Seine Hand öffnet sich langsam und verliert ihre Kraft.
»Falsch. Es ist von Oscar Wilde. Ich mußte doch noch einen letzten geistreichen Satz finden. Aber was richtig Gutes ist mir nicht eingefallen...«
Sein ganzer Körper erstarrt plötzlich. Er sucht in sich die Kraft, nach Luft zu ringen.
Sein Arm fällt auf die Bettkante.
Ich streiche mit der Hand über seine bereits geschlossenen Augen.

Manhattan hat nichts mehr von dieser Verrücktheit, in die ich vor Jahren, als ich Jérôme besuchte, für kurze Zeit eintauchen konnte. Heute ist alles viel ruhiger, viel deutlicher. Die Stadt wirkt leblos. Ihr Herzrhythmus ist unter die Marke von dreißig Pulsschlägen pro Minute gesunken. Das Babylon von einst hat sich zu einem riesigen, verfilzten Konglomerat ausgewachsen, in dem es nur dem Finanzwesen gelang, sich durchzusetzen.
Das Taxi hält vor einem großen Würfel aus Glas und Stahl, den ich noch nie gesehen habe, aber trotzdem erkenne, weil ihn meine Erinnerung aus einem alten Geographiebuch ausgräbt: der Sitz der Vereinten Nationen.
»Die wollen nicht umziehen«, erklärt der Fahrer. »Achten Sie mal darauf, von dem Bau geht was Unauslöschliches, Ewiges aus. Ziemlich beruhigend, was?«
Ich nähere mich dem Gebäude, meine Tasche in der Hand. Die heutige Organisation der Vereinten Nationen ähnelt der von einst nicht mehr im geringsten. Ihre Autorität ist mittlerweile unbestritten, und kein Land der Welt würde sich einfallen lassen, ihre Entscheidungen anzufechten. Ich komme zu einem ersten Wachposten, der meinen Passierschein kontrolliert und mir den Weg weist. Bevor ich auf den Vorplatz darf, muß ich durch einen kleinen Glaspavillon, wo weitere Soldaten mich mit einem Scanner von oben bis unten abtasten. Röntgenstrahlen und Untersuchung des Körpers mit Instrumenten von irrsinniger Präzision. Nichts, worüber man Witze macht. Mein Passierschein

sicht aus wie eine Kreditkarte, man schiebt sie in ein Gerät, das man zu meiner Zeit für einen Apparat zum Aufspüren gefälschter Geldscheine hätte halten können. Zwei Männer in weißen Kitteln neigen sich über die Flasche mit rotem Inhalt, die sie aus meiner Tasche geholt haben, und mustern mich dann mit Blicken.
»Wodka.«
»Warum ist er rot?«
»Weil Pfeffer drin ist.«
»Noch nie gesehen.«
»Es hat mich viel Mühe gekostet, ihn zu bekommen. Ich habe ihn beim Erzeuger bestellen müssen, und der hat selbst nur noch ein paar Flaschen.«
Trotz meiner entwaffnenden Ehrlichkeit öffnen sie die Flasche und gießen ein paar Tropfen in ein Reagenzglas, um sie zu prüfen.
»Nehmen Sie einen ordentlichen Schluck, dann werden Sie mir glauben.«
»...?«
Mit solchen Typen sollte man nicht scherzen, das wußte ich doch. Diese kleinen paranoiden Wissenschaftler sind meilenweit davon entfernt zu ahnen, daß meine Bemühungen, an den Wodka zu kommen, nichts waren im Vergleich zu dem, was ich in den drei Wochen vor meiner Ankunft durchgemacht habe.
Der Alte hat mich gar nicht sehr drängen müssen, ich will und muß Mathilde und Jérôme aus unzähligen Gründen wiedersehen. Um ihnen zu sagen, daß unser Team den Kapitän verloren hat. Um in Erfahrung zu bringen, was sie machen, und ob sie das, was sie machen, zusammen machen. Um festzustellen, was sie heute im Kopf haben. Um diesen Duft wiederzufinden, der Mathilde immer umgab. Und vieles andere mehr.

Man läßt mich über den Vorplatz gehen, in den Eingangsbereich des Gebäudes, wo mehrere Männer in Anzug und Krawatte nacheinander meinen Passierschein prüfen und mich dann an einen Schalter weiter hinten in der riesigen Halle verweisen. Ich erwartete ein Gewimmel von Menschen, aber ich höre einzig das Echo meiner Schritte in großer Leere.
Seit fünf Jahren verschwunden, alle beide. Ich habe eine Karriere als Detektiv beginnen müssen, und das in meinem Alter. Wenn ich an all die Ermittler denke, die ich kreierte...! Den anderen immer um einen Schritt voraus, wenn es galt, ein Indiz zu ergattern! Weil ich bei weitem nicht so versiert bin, habe ich zwei Wochen am Telefon verbracht, bevor ich etwas Hoffnung schöpfen konnte. Ich habe Patricks Hilfe in Anspruch genommen, er hat auf seinen Modems, seinen Bildschirmen und all den anderen Dingen herumgespielt, die uns angeblich mit der ganzen Menschheit verbinden. Ich habe mich an die Produktionsgesellschaften, die Presse, die Freunde von Freunden gewandt, an alle. Ich habe wechselweise den Fährten Mathildes und Jérômes nachgespürt, habe die beiden endlich zusammenlaufen sehen, dann aber sind sie verschwunden.
Der Mann am Schalter mustert meinen Passierschein verwundert.
»Mit wem sind Sie verabredet?«
»Mit Jérôme Durietz.«
»Sind Sie sicher, daß er hier arbeitet?«
»Und Mathilde Pellerin?«
»Auch nicht. Aber Sie haben einen Passierschein vom Typ B.1.«
»Und... was heißt das?«
»Man wird Sie zu einer Unterredung ins Konferenzgebäude führen.«

Er ruft einen Jungen, der in ein Walkie-Talkie spricht und mich bittet, ihm zu folgen. Aufzug, ein Labyrinth von Gängen und eine Reihe von Büros. Das gesamte Personal ist hier rastlos mit der Zukunft der Welt beschäftigt. Man bittet mich, neben einem Getränkeautomaten zu warten.
Nach zwei Wochen war es mir gelungen, Oona zu erreichen, die für einen kalifornischen Konzern arbeitet. Sie hat sich an mich erinnert. Auf dem Bildschirm sah sie immer noch aus wie der verkörperte Traum jedes Mannes. Sie hat mir ihr Leben geschildert, die verschiedenen Trennungen von Jérôme bis zur letzten, die endgültig zu sein scheint. Sie hat mir von Tristans Tod vor drei Jahren berichtet. Wir haben geplaudert, bis sie schließlich erwähnte, daß Jérôme für die UNO arbeite. Sie war selbst überrascht und konnte mir nicht sagen, was genau er dort macht. Aber sie hat mir versprochen zu versuchen, mit ihm Verbindung aufzunehmen, freilich ohne Garantie.
Zwei Typen verhören mich wie einen Tatverdächtigen. Sie wollen wissen, wer ich bin, woher ich Jérôme und Mathilde kenne und was ich von ihnen will.
»Nehmen Sie es uns nicht übel, das sind eben die Sicherheitsvorschriften.«
»Wenn Jérôme im Haus ist, verständigen Sie ihn doch davon, daß ich hier bin.«
»Das ginge auch nicht schneller.«
Ich habe in den drei Wochen gelernt, geduldig zu sein. Es hat mich an die Zeit erinnert, in der ich die Frau meines Lebens suchte, ohne daß jemand die Güte hatte, mir den richtigen Weg zu zeigen. Mathildes Fährte hat in den ersten Tagen nichts Brauchbares erbracht. Seit langem spendet sie die Erträge aus ihren Autorenrechten bestimmten Vereinen, die von ihr wie von einer Heiligen sprechen, sie aber nie gesehen haben. Ihr herzoglicher Ehemann hielt sich

sehr bedeckt, weil er sich bereits die Finger bei Interviews mit der Sensationspresse verbrannt hat, die ihn nicht mehr aus ihren Fängen läßt. Schließlich hat er mir gesagt, daß er im Zusammenhang mit der Scheidung einen langen Brief bekommen habe, mit dem Briefkopf der UNO. Ich habe also diese ruhmreiche Institution belagert, bis meinem Ersuchen stattgegeben wurde. Als ich dann drauf und dran war, auch noch den letzten Rest Mut zu verlieren, kam eines Morgens der Passierschein.

Weil ich inzwischen endlos in einem Duty-free-Shop kreise, steigt in mir das heftige Verlangen auf, einen lauten Schrei auszustoßen, nur um meine Nerven zu beruhigen. Eine Hosteß führt mich in das Gebäude der Vollversammlung, und ich habe den Eindruck, auf der Rangleiter ein bißchen emporgeklettert zu sein. An der Biegung eines Gangs sehe ich *den* großen Saal, in dem die Vertreter aller Länder der Welt tagen. Die Hosteß hat mich inzwischen zwei Schergen mit Krawatte anvertraut, mit deren Hilfe ich die letzten Meter im obersten Stockwerk des Gebäudes bewältige, bis in einen verborgenen Winkel unter der Kuppel. Nachdem wir drei völlig leere Versammlungsräume passiert haben und durch eine Reihe verlassener Flure gegangen sind, bleiben wir vor einer langen Schiebetür stehen, die so dick ist wie eine Tresortür. Die Männer fordern mich auf einzutreten, bleiben aber selbst draußen.
Ich befinde mich in einer kleinen Schleuse, die sich schließlich öffnet.
Das Zimmer enthält nicht viel Mobiliar, abgesehen von einem sehr langen Glastisch mit einem Stuhl an jedem Ende. Jérôme sitzt vor einem großen Bildschirm, auf dem eine Reportage läuft. Mitten in einer riesigen holographischen Planisphäre verliert sich Mathildes zarte Gestalt zwischen

Japan und Australien. Der Ton des Videos überlagert das Geräusch meiner Schritte. Die Sinne der beiden sind aber auch nicht mehr scharf genug, um meine Anwesenheit wahrzunehmen.
Ich beobachte sie einen Augenblick, ohne mich bemerkbar zu machen. Jérôme gleicht in seiner fülligen Gestalt und mit seinem graumelierten Bart einem alten Krieger, der sich entschlossen hat, sein Marschgepäck endgültig abzulegen. Er kleidet sich nicht einmal mehr wie ein typischer Lebemann aus Hollywood, sondern hat zu seinen ausrangierten Klamotten von einst zurückgefunden. Mathilde sieht aus wie eine strenge, pflichtbewußte alte Lehrerin. Graues Kostüm mit langem Rock, die Haare im Nacken geknotet und eine Brille mit kleinen ovalen Gläsern. Sie raucht nicht mehr.
Er hält das Bild an und dreht sich mit einem Flunsch zu ihr um.
»Sagen Sie mal, finden Sie nicht, daß diese Typen mit ihrer pazifischen Front völlig übergeschnappt sind?«
Sie antwortet nicht und zuckt nur leicht die Schultern.
»Stellen Sie sich nicht taub, verdammt noch mal!«
»Die werden durchhalten, wenn wir ihnen helfen.«
»Gut, lassen Sie mich nachdenken ... Haben Sie das Gipfeltreffen von Córdoba schon vergessen?«
»Die Situation hat sich grundlegend geändert, seit wir Jeffrey ins Rennen gebracht haben. Die haben Vertrauen zu ihm, er ist eine charismatische Gestalt, er wird ganz sicher gewählt.«
»Ich will gern bis zu den Wahlen warten, und danach werde ich Vorkehrungen treffen.«
Schweigen. Er setzt sein Video wieder in Gang, sie tritt aus ihrer Planisphäre heraus, um in einem offenen Ordner, der auf dem großen Glastisch liegt, etwas nachzuschauen.

»Nachdem es bei Ihnen mit den Vorkehrungen offenbar nicht gut steht – haben Sie an Stockholm gedacht?«
»Ich war mir sicher…«
»Mein Lieber, wir müssen unbedingt darüber reden.«
»Ich bin dabei, eine Lösung zu finden.«
»Das Embargo wird nicht genügen.«
»Ich weiß!«
»Durch das Heben der Stimme erreicht man nichts.«
»Die gehen mir langsam auf die Nerven mit diesem Blödsinn über einen nördlichen Wald!«
»Das habe ich schon bemerkt.«
»Ich warte auf den Bericht, und ich schlage Ihnen eine kleine Änderung der Lage vor, eine, die noch geheim ist. Die werden niemals damit rechnen.«
»Ich lasse Sie auf keinen Fall an die Verträge der Zwei Atolle rühren, nicht einmal in Gedanken. Versuchen wir doch, uns etwas weniger… weniger Rustikales einfallen zu lassen.«
»Danke für das ›rustikal‹.«
»Dieser kleine italienische Forscher hat ausgezeichnete Ergebnisse erzielt, man sollte ihn dorthin schicken. Das brächte wieder etwas Schwung in die Sache. Es geht nur darum, einen Vorwand zu finden.«
»Den Nobelpreis?«
Sie hebt schlagartig das Gesicht von ihrem Ordner und dreht sich strahlend zu ihm um.
»Ausgezeichnete Idee! Endlich finden wir wieder zueinander, mein Freund. Wenn Sie für den Zwischenfall in Kobe auch so etwas Glänzendes wüßten…«
»Man muß sie mit einem Gesetz bestechen, dann ist das beigelegt.«
»Niemals!«
Ich kann mir das Lachen nicht länger verbeißen. Mathilde

führt überrascht die Hand ans Herz, und Jérôme richtet sich in seinem Sessel auf.
Nur im Blick eines Freundes vermag sich ein Funken in Glut zu verwandeln. Sanfte Wärme, vom Herzen ausgehend, erfüllt meinen Körper.

—

Als Jérôme die Wodkaflasche sieht, macht er Augen so groß wie Untertassen: »Den gibt es noch?«
»Nein.«
Er holt drei Gläser aus einem in die Wand eingelassenen kleinen Schrank. Ich schlage den beiden vor, auf das Andenken des Alten zu trinken.
»Wann ist er gestorben?«
»Vor einem Monat, in seinem Hotel.«
Alle drei suchen wir nach etwas, was wir sagen könnten, aber ein kleines Nichts hemmt uns. Eine Regel von Louis: »Ein Drehbuch ist nicht Wort, es ist vor allem Bild. Kein Dialog ist besser als das Schweigen.«
Wir stehen auf und stoßen kräftig miteinander an.
Als Mathilde einen Schluck von dem roten Wodka trinkt, verzieht sich ihr schönes hageres Gesicht jäh.
»Ich habe mich schon damals gefragt, was ihr an diesem Gift findet.«
Der Mathilde-Effekt rötet uns die Wangen. Alkohol bringt einen zwar dem Grab näher, aber er hat auch die Macht, einen binnen Sekunden um dreißig Jahre zu verjüngen.
»Haben sie Ihnen dort unten Schwierigkeiten gemacht?«
»Kafkas ›Prozeß‹, weiter nichts.«
»Wir können in der Sache kaum etwas tun, die nehmen es verdammt genau mit ihrer Sicherheit. Stell dir vor, du bist unser erster Besucher seit Jahren, das ist ihnen natürlich komisch vorgekommen.«

»Ich habe euer Gespräch mit angehört. Der Dialog klang gut, aber ich habe keinen Satz verstanden.«

Ihre Blicke kreuzen sich kurz. Sie lächeln sich an. Nichts Verliebtes, nichts Zweideutiges. Einfach ein außergewöhnliches Einverständnis. Jérôme deutet, leicht verlegen, mit dem Zeigefinger auf den Boden, um mich auf den darunterliegenden Saal der Vollversammlung hinzuweisen.

»Anfangs hatten wir gar nicht vor, so lange zu bleiben. Sie benötigten nur ein bißchen Hilfe da unten.«

»Die Delegierten?«

»Sie haben uns ›eingeladen‹, ihre Berater zu sein, vor fünf Jahren. Und jetzt sind wir immer noch da.«

»Berater?«

»Es sind ziemlich gute Theoretiker, aber unsicher im Aufbau.«

»Was die Phantasie angeht, sind sie Nullen.«

»Was wollt ihr mir damit sagen, ihr beiden?«

»Sagen Sie ihm einen nackten Satz, Jérôme.«

»Sie brauchen Ghostwriter, die an ihrer Stelle Geschichte schreiben.«

»Hört auf, euch über mich lustig zu machen ...«

»Anfangs waren wir auch ziemlich überrascht. Mit der Zeit ist es dann ein Job wie jeder andere geworden.«

»Wir werden wie Könige umhegt und gepflegt. Jeder von uns hat seine Suite. Wir haben nicht einmal mehr Lust auszugehen, was, Mathilde?«

Sie nickt lächelnd.

Einigermaßen verblüfft setze ich mich auf einen der beiden Stühle und betrachte den East River. Jérôme gießt den letzten Rest des Wodkas in mein Glas.

Unfähig, auch nur ein einziges Wort von mir zu geben, versuche ich mir die beiden vorzustellen, hier, das ganze Jahr über, allein in ihrem Elfenbeinturm.

Er. Sie. Die gegenseitige Anziehungskraft. Der ständige Kampf. Jeder fasziniert vom anderen.
Der Apostel des Kriegs und die Fürstin der Liebe.
Dessen bedarf es wohl, um eine Welt zu gestalten.
»Du behältst das für dich, Junge. Sie wollen nicht, daß es publik wird.«
Zum ersten Mal werde ich Charlotte anlügen müssen.
Aber ich habe ja auf der ganzen Rückreise Zeit, mir etwas Glaubwürdiges auszudenken.

RAFAEL AROZARENA

MARARÍA

Roman

Aus dem Spanischen übersetzt
und mit einem Nachwort
versehen von Gerta Neuroth

240 Seiten

Leinen mit Schutzumschlag

DM 32,–/ÖS 234,–/Sfr. 29,50

ISBN 3-7857-1503-x

editionLübbe

Die Kunst des Erzählens

Dieser Roman des Kanarischen Dichters Rafael Arozarena erzählt die Geschichte von Mararía aus Femés, die einst das verführerischste Mädchen der Insel Lanzarote war – bevor Eifersucht, Gewalt und Wahnsinn über sie hereinbrachen. Vor der archaischen Vulkanlandschaft der Insel entfaltet sich das Drama Mararías und der Männer des Dorfs, die sie einst liebten und verrieten.

»Mararía gehört zu den wenigen literarischen Werken, die nicht ihrer Zeit verhaftet sind, die immer wieder neu entdeckt, die immer wieder neu geschaffen werden, die im Kopf der Leser ihre Zeit überleben.«
Manuel V. Perera

HELEN DUNMORE

IM ERSTEN LICHT DES TAGES

Roman

Aus dem Englischen von Claudia Geng

288 Seiten

Leinen mit Schutzumschlag

DM 34,–/ÖS 248,–/Sfr. 31,50

ISBN 3-7857-1501-3

Am Anfang war es ein Spiel. Jenes Spiel, das Schwestern spielen, um herauszufinden, wie unterschiedlich sie sind. Aber irgendwann verselbständigte sich die ganze Sache, und wir wurden zu den Spielfiguren.

»Alle Mondjahre einmal stolpert man über einen Autor, dessen Werk dem eigenen Leben etwas hinzufügen kann. Helen Dunmore ist ein solcher Fall – eine Schriftstellerin von solcher Intensität, solcher Helligkeit, solcher Hitze, daß man eine Zeit des Abkühlens braucht, bevor man etwas anderes lesen kann.«
Yorkshire Post

GIORGIO PRESSBURGER

DIE BEIDEN ZWILLINGE

Roman

Aus dem Italienischen von Christiane von Bechtolsheim

224 Seiten

Leinen mit Schutzumschlag

DM 32,–/ÖS 234,–/Sfr. 29,50

ISBN 3-7857-1502-1

In seinem raffiniert inszenierten Spiel um Wahrheit und Lüge erzählt der italienische Schriftsteller und Regisseur die erstaunliche Geschichte von Aron und Beniamino, die – als Kinder knapp dem Tod entronnen – später zu berühmten Wissenschaftlern werden, jeder in einem anderen Land, und nach langen Jahren der Trennung einander beistehen müssen, vor allem in Dingen der Liebe.

»Durch Arons und Beniaminos Geschichte schimmern die Gegensätze von Gut und Böse, Vernunft und Leidenschaft – uralte Zwillingspaare auch sie.«
Marisa Rusconi, *L'Espresso*